樊善標 主編

香港文學大系一九五〇—一九六九

散文卷一

商務印書館

《香港文學大系一九五〇——一九六九》編輯委員會已盡力徵求文章及相片刊載權。如有遺漏之處，敬請版權持有人與本編輯委員會聯絡。

香港文學大系一九五〇——一九六九・散文卷一

主　　編：樊善標
特約編輯：陳　芳
責任編輯：張宇程
封面設計：涂　慧
出　　版：商務印書館（香港）有限公司
香港筲箕灣耀興道三號東滙廣場八樓
http://www.commercialpress.com.hk
發　　行：香港聯合書刊物流有限公司
香港新界荃灣德士古道二二〇至二四八號荃灣工業中心十六樓
印　　刷：美雅印刷製本有限公司
九龍觀塘榮業街六號海濱工業大廈四樓A室
版　　次：二〇二一年十一月第一版第一次印刷

ISBN 978 962 07 4614 7
Printed in Hong Kong

《香港文學大系一九五〇—一九六九》人員名單

編輯委員會

總主編　陳國球
副總主編　陳智德
編輯委員　危令敦　陳國球　陳智德　黃子平　黃仲鳴　黃淑嫻　樊善標（按姓氏筆畫序）

顧問

王德威　李歐梵　周蕾　許子東　陳平原　陳萬雄（按姓氏筆畫序）

各卷主編

一　新詩卷一　陳智德
二　新詩卷二　葉輝　鄭政恆
三　散文卷一　樊善標
四　散文卷二　危令敦
五　小說卷一　馮偉才
六　小說卷二　黃淑嫻
七　話劇卷　盧偉力
八　粵劇卷　梁寶華
九　歌詞卷　黃志華　朱耀偉　吳月華　盧惠嫻
十　舊體文學卷　程中山
十一　通俗文學卷一　黃仲鳴
十二　通俗文學卷二　陳惠英
十三　兒童文學卷　黃慶雲　周蜜蜜
十四　評論卷一　陳國球
十五　評論卷二　羅貴祥
十六　文學史料卷　馬輝洪

目錄

總序

陳國球

《香港文學大系》之編制體式，源自一九三五年到一九三六年出版的十冊《中國新文學大系》。兩者的關連，實在依違之間；前者第一輯的〈總序〉已有交代。[1] 其中最要重要的一個相同立意，是向歷史負責、為文學的歷史作證。《中國新文學大系》由趙家璧（一九〇八—一九九七）主編，目的是為由一九一七年開始的「新文學運動」作歷史定位，因為他發現「新文學」到了三十年代中期，面對的社會環境已經不同，他深恐「新文學運動」光輝不再；[2] 因此他設計的《新文學大系》由整體結構到每一冊的體式，綜之就是一種歷史書寫；這也是《香港文學大系》以之為模範的主

1 陳國球〈香港？香港文學？——《香港文學大系一九一九—一九四九》總序〉，載陳國球、陳智德等著《香港文學大系一九一九—一九四九・導言集》（香港：商務印書館（香港）有限公司，二〇一六），頁一—三九。

2 趙家璧後來在回憶文章指出當時幾個環境因素：一、一九三四年國民黨軍隊作第五次「圍剿」，又查禁書刊，成立「圖書雜誌審查會」；二、同年有推行舊傳統道德的「新生活運動」；三、湖南廣東等省實行尊孔讀經；三、「大眾語運動」批判五四以後的白話文為變「之乎者也」為「的那呢嗎」的「變相八股」；四、林語堂的《人間世》半月刊，「惡白話文而喜文言之白，故提倡語錄體」；五、上海圖書出版界大量翻印古書，社會上瀰漫復古之風。見趙家璧〈話說《中國新文學大系》〉，《新文學史料》一九八四年第一期（二月），頁一六三—一六四。

因。正如我們以「大系」的形體去抗拒香港文學之被遺棄，《中國新文學大系》的目標也明顯是對「遺忘」的戒懼，盼求「記憶」的保存。[3]這意向的實踐又有多方向的指涉：保存「記憶」意味着對「過去」發生的情事之意義作出估量，而估量過程中也必然與「當下」的意識作協商，其作用就是開發「未來」的各種可能；這就是傳統智慧所講的「鑑往知來」。因此，以「大系」的體式向「歷史」負責，同時也是向「當下」、向「未來」負責。

3　趙家璧在《中國新文學大系》初編時說：「這十年間寶貴的材料，現在已散失得和百年前的古籍一樣；假如不趁早替它整理選輯，後世研究初期新文學運動史的人，也許會無從捉摸的。」見趙家璧〈編輯《中國新文學大系》緣起〉，原刊《中國新文學大系》宣傳用樣本（上海：良友圖書公司，一九三五），收入趙家璧《書比人長壽：編輯憶舊集外集》（北京：中華書局，二〇〇八），頁一〇六。他後來追憶《大系》的出版時，曾舉出兩個事例，一是劉半農編集《初期白話詩稿》時，女詩人陳衡哲的感慨：「那已是三代以上的事（了），我們都是三代以上的人了」；另一是阿英編《中國新文學運動史資料》時不過離「新文學運動」只短短二十年，但回想起來已有「渺茫」、「寥遠」之感，而且要搜集當時的文獻「真是大非易事」。見劉半農編《初期白話詩稿》（北平：星雲堂書店，一九三三；新北市：花木蘭文化出版社，二〇一六年影印），頁七—八；張若英（阿英）編《中國新文學運動史資料》（上海：光明書局，一九三四），頁一—二；趙家璧〈話說《中國新文學大系》〉，頁一六六—一六七。

一、《大系》的傳承與香港

從製作層面看，《中國新文學大系》可說成功達標，不少研究者都認同它在文學史建構的功績。[4]然而，當我們換一個角度去審視這一抵抗「遺忘」的製作之「生命史」，卻也見到其間別有一番掙扎浮沉。[5]於此我們不作詳細論述，只依據趙家璧的不同時期記憶，配合相關資料，以簡述《中國新文學大系》的「記憶」與「遺忘」的歷史，當中香港的影子也夾纏其中，頗堪玩味：

一、一九五七年三月，趙家璧在《人民日報》發表〈編輯憶舊〉連載文章，提到當年《新文學大系》「先後經過兩年時間（案：即一九三五年到一九三六年），衝破了國民黨審查會的鬼門關才算全部出版。」[6]

4 參考溫儒敏〈論《中國新文學大系》的學科史價值〉，《文學評論》，二〇〇一年第三期（五月），頁五四—六一；羅崗〈解釋歷史的力量：現代文學的確立與《中國新文學大系一九一七—一九二七》的出版〉，《開放月刊》，二〇〇一年第五期（五月），頁六六—七六；黃子平〈「新文學大系」與文學史〉，《上海文化》，二〇一〇年第二期（三月），頁四—一二。

5 這是捷克結構主義者伏迪契卡（Felix Vodička）的文學史觀念之借用。伏迪契卡認為文學的過程並非終結於文學作品創製完工的時候；文學的「生命史」在於以後不同世代的閱讀；參考陳國球《文學史書寫形態與文化政治》（北京：北京大學出版社，二〇〇四），頁三三六—三四六。

6 趙家璧〈編輯憶舊．關於中國新文學大系〉，原刊《人民日報》，一九五七年三月十九日；重刊於《新文學史料》，一九七八年第三期（三月），頁一七三。

二、趙家璧在後來追記，《大系》出版後，原出版公司「良友」的編輯部，因應蔡元培和茅盾的鼓勵，曾考慮續編「新文學」的第二個、第三個十年。[7]不久抗戰爆發，此議遂停。

三、一九四五年春日本戰敗的跡象已明顯，他再想起續編的計劃，和全國文協負責人討論先編第三輯「抗戰八年文學大系」，因為抗戰時的材料，「都是土紙印的，很難長久保存；而兵荒馬亂，散失更多」，要先啟動。可惜戰後良友公司停業，計劃流產。[8]

四、趙家璧在一九五七年的連載文章說：「解放後，很多人建議把《中國新文學大系》重印。我認為原版重印，似無必要。」文中的解說是可以另行編輯他早年的構想——《五四以來文學名著百種》。[9]然而，他後來的文章説這是「違心之論」。[10]

---

7 蔡元培在《中國新文學大系．總序》結尾時說：「對於第一個十年先作一總審查，使吾人有以鑑既往而策將來，希望第二個十年與第三個十年時，有中國的拉飛爾與中國的莎士比亞等應運而生呵！」載胡適編《中國新文學大系：建設理論集》（上海：良友圖書公司，一九三五），頁九。茅盾為《中國新文學大系》的宣傳樣本寫〈編選感想〉也說：「現在良友公司印行《中國新文學大系》第一輯」；趙家璧認為他意指以後應有「第二輯」、「第三輯」。見趙家璧〈話說《中國新文學大系》〉，頁一七一。

8 參考趙家璧〈編輯憶舊．關於中國新文學大系〉，原刊《人民日報》，一九五七年三月廿一日，重刊於《新文學史料》，一九七八年第一期（一月），頁六一；趙家璧〈話說《中國新文學大系》〉，頁一八六—一八八。

9 趙家璧〈編輯憶舊．關於中國新文學大系〉，頁六一。

10 趙家璧〈話説《中國新文學大系》〉，頁一六二—一六三。

五、趙家璧在八十年代的追記文章又說：「一九六二年，香港一家出版社已擅自翻印過一版。」[11]這家出版社是「香港文學研究社」，出版時有李輝英撰寫的〈重印緣起〉，文中引用了蔡元培〈總序〉「十年總審查」以後，還有接着的「第二個十年第三個十年」；李輝英又說：「第一個十年總結過了，留下來豐富的十集《大系》，然而，「這豐碑式的《大系》，現在海外竟然變成了孤本和古董」，於是出版社「決定本諸傳播文化的宗旨，……重印《大系》，……使豐碑免於湮滅」。[12]這裏有幾個關鍵詞：「擅自」、「海外」、「湮滅」。

六、趙家璧同時又指出「翻印《大系》的那家香港出版社，於一九六八年又搞了一套《中國新文學大系・續編一九二八—一九三八》」，其〈總序〉「居然把上述蔡元培為一九三五年良友版《大系・總序》裏所表示的重要期望，接了過去，自稱為是蔡序《大系》的繼承者，在海外漢學界造成了混亂。……國內學者更不會輕易承認這種自命的繼承。」[13]事實上，香港文學研究社出版《大系・續編》的計劃，早在翻印十集《大系》不久就開始，到一九六八年全套出版；其卷前的〈出版前言〉提到《續編》（一九二八—一九三八）和《三編》（一九三八—一九四八）的構想；完成的話，「中國『新文學運動』的歷史大致完整了」。這個出版計劃不無商業的考慮，〈出版前言〉謂各集編

11 趙家璧〈話説《中國新文學大系》〉，頁一六三。

12 〈重印緣起〉，載胡適編《中國新文學大系：建設理論集》（香港：香港文學研究社，一九六二），卷前，頁一—二。

13 趙家璧〈話説《中國新文學大系》〉，頁一八一—一八二。

者「都是國內外知名人物」，分處東京、新加坡、香港三地，編成後在香港排印。[14]然而，由後來的相關追述可知，其實編輯工作主要由北京的常君實承擔，再由香港的譚秀牧補漏；二人並無直接溝通協調，加上兩地各有不同的客觀限制，製作過程困難重重。[15]無論如何，在所謂「正」與「續」之間，不難見到「斷裂」與「繼承」的複雜性。

七、與香港文學研究社編纂《中國新文學大系．續編一九二八—一九三八》差不多同時，李棪與李輝英也在構思一個「一九二七—一九三七年」的續編，並已列為「香港中文大學研究計劃」之一；其中小說、散文、戲劇部分已有四冊接近編成。主編者認為「新文學第二個十年」的編選，「實為必要的也是刻不容緩的工作」。值得注意的是，他們「搜求資料的主要對象」是英國、日本、美國各大圖書館，而不是中國內地。他們也知悉香港文學研究社的出版計劃，視之為「同道者」的「姊妹編」。[16]可惜，這個計劃所留下的只是一份編選計劃書。

---

14 〈出版前言〉載《中國新文學大系．續編》（香港：香港文學研究社，一九六八），卷前，無頁碼。

15 參考譚秀牧：〈我與《中國新文學大系．續編》〉，《譚秀牧散文小說選集》（香港：天地圖書公司，一九九〇），頁二六二—二七五。譚秀牧在二〇一一年十二月到二〇一二年五月的個人網誌中，再交代《續編》的出版過程，以及回應常君實對《續編》編務的責難。見 http://tamsaumokgblog.blogspot.hk/2012/02/blog-post.html（檢索日期：二〇一九年六月二十一日）。

16 參考李棪、李輝英〈《中國新文學大系．續編》的編選計劃〉，《純文學》（香港），第十三期（一九六八年四月），頁一〇四—一一六；徐復觀〈略評《中國新文學大系續編》編選計劃〉，《華僑日報》，一九六八年三月三十一日。

八、一九七八年，《新文學史料》創刊，編輯約請趙家璧撰稿；趙家璧婉拒不成，只好提交一九五七年刊發於《人民日報》的文章，文章開首就宣明沒有必要重印《中國新文學大系》。[17] 同年末，他知悉上海文藝出版社打算重印《大系》，卻表示「完全擁護」，並撰寫〈重印《中國新文學大系》有感〉。[18] 至一九八二年《大系》十卷影印本出齊。

九、一九八三年十月，他寫成長篇追憶文章〈話說《中國新文學大系》〉，次年刊載於《新文學史料》一九八四年第一期。這是後來大部分《中國新文學大系》的研究論述之依據。

十、一九八四至一九八九年，上海文藝出版社由社長兼總編輯丁景唐主編，趙家璧作顧問，陸續出版《中國新文學大系一九二七—一九三七》共二十冊；一九九〇年再有孫顒、江曾培等主編《中國新文學大系一九三七—一九四九》二十冊；一九九七年馮牧、王蒙等主編《中國新文學大系一九四九—一九七六》二十冊；二〇〇九年王蒙、王元化總主編《中國新文學大系一九七六—二〇〇〇》三十冊。

---

17 趙家璧在《人民日報》發表的連載文章，原題作〈編輯憶舊〉，其中有關《中國新文學大系》的部分，刊於《人民日報》，一九五七年三月十九日及廿一日；後來重刊於《新文學史料》，一九七八年第一期（一月），頁六一—六二；及第三期（三月），頁一七二—一七三。

18 文章正式發表有所延後，見趙家璧〈重印《中國新文學大系》有感〉，《文匯報》，一九八一年三月廿三日。參考趙家璧〈話說《中國新文學大系》〉，頁一六三；趙修慧編〈趙家璧著譯年表〉，載趙家璧《書比人長壽：編輯憶舊集外集》，頁二六五。

以上的簡單撮述，目的不在於表現巧黠的「後見之明」，以月旦是非；而是借檢視「歷史承載體」的歷史，重新思考「歷史」的所謂傳承，以至「歷史」的存在與否，大抵是「記憶」與「反記憶」、「遺忘」與「反遺忘」的心與力的爭持。我們都明白，一九四九年之後，無論中國內地還是港英統治下的香港，政治與社會都有一個非常大規模的變易與轉移。以趙家璧的一人之身，歷經世變卻又似斷難斷，在大斷裂之後試圖由「記憶」出發以作歷史（文學史）連接，並且非常着意連接的合法性，而疏略其形神之異。他的舉措很能揭示「記憶」的黏合能力，同時也見到其偏狹的一面。[19]如果論者想把這五輯《中國新文學大系》看成一個連續體，必須面對其間存在一個極大裂縫的問題：第一輯完成於一九三六年，第二輯開始出版於半個世紀之後的一九八四年；更不要說中間經歷天翻地覆的戰爭與政治社會的大變異，第一輯與後來四輯的編輯思想、製作方式與實際環境的千差萬別。考慮到種種因素，香港在上述過程中的參與角色，又透露了哪種意義？《香港文學大系》要作「續編」，又會遇上甚麼問題？都有待我們省思。

19 有關《中國新文學大系》第一輯與後來各輯的差異與區隔，可參考陳國球〈香港？香港文學？——《香港文學大系一九一九—一九四九》總序〉，頁十—十三。

二、「記憶之連續體」在香港

一九四九年以後，香港與中國之間有各種迴斡，其中文學與文化是兩邊關係的深層次展現。在五、六十年代期間，有一些文學現象可供思考。五十年代初從內地南下的馬朗（一九三三？—），在香港創辦《文藝新潮》，推動現代主義創作，引進西方文藝思潮，影響了香港一個世代的文學發展。《文藝新潮》的馬朗，在大崩裂的時刻意識到「遺忘」帶來歷史的流失。他在雜誌創刊不久的第二期就預告要編一個〈三十年來中國最佳短篇小說選〉的特輯。他的想法是：

> 中國新文學運動至今已卅餘年，其間不少演變，然而不論是貧乏還是豐饒，出版不下數萬種的小說倒底〔案：原文如此〕給三十年來的讀者群廣汎的影響，然而這些作品今日都在歷史的洪流裏湮沒了。目前海外人仕〔士〕即使想找一篇值得回味的小說，亦無可能。……〔我們〕借這個特輯來作一次回顧，讓大家看看中國有過甚麼出色的短篇小說，在文化淪亡無書可讀的今日，對於華僑青年，其意義又豈只是保存國粹而已。[20]

一九五六年五月《文藝新潮》第三期特輯正式刊出，收入沈從文〈蕭蕭〉、端木蕻良〈遙遠的風

20 《文藝新潮》，第一卷第二期（一九五六年四月），封底〈預告〉。

砂〉、師陀〈期待〉、鄭定文〈大姊〉、張天翼〈二十一個〉五篇。馬朗在〈選輯的話〉交代編選過程中遇到的困難：

> 中國新文學書籍湮沒的程度實在超乎意料，令人吃驚。譬如，曾經哄動一時的新感覺派奇才穆時英的〈Craven A〉、〈一個本埠新聞欄廢稿的故事〉、〈白金的女體塑像〉、〈公墓〉等等之中，似乎可以選擇一篇的，因為他首先迎接了時代尖端的潮流；還有直追梅里美擅寫心理的施蟄存，他的《將軍的頭》和《梅雨之夕》兩本書；以致〔至〕偽滿時代的「中國紀德」爵青，他的《歐陽家的人們》；再有蕭紅的〈手〉和〈牛車上〉，羅烽描寫瀋陽事變的〈第七個坑〉、萬迪鶴的〈劈刺〉、荒煤的《長江上》、戰後的路翎和豐村……。前者已永遠在中國書肆中消失了，後者卻在香港找不到。[21]

四十年代在上海主編《文潮》的馬朗，來到香港以後對現代小說的記憶，自然與他昔日的閱讀經驗有關。馬朗在《文潮》有個〈每月小說評介〉的欄目，當中就曾評論《文藝新潮》特輯的〈期待〉

21 〈選輯的話〉，《文藝新潮》，第三期（一九五六年五月），頁六九。

及〈大姊〉兩篇；也旁及荒煤的《長江上》和爵青《歐陽家的人們》。[22]由此可見「香港」連結「中國」的軌跡之一，是「文學記憶」在空間（中國內地—香港），以及時間（四十年代—五十年代）上的傳承接駁。這個具體的例子說明，我們看到的不是「中華文化廣被四夷」；[23]而是一種「記憶」的遷徙、搬動。因為這些文學風潮與作品，在原生地已經難得流通了。[24]

此外，六十年代又有一次更大型的「文學記憶」的連結工程。一九六四年七月廿四日《中國學生周報》創刊十二周年紀念，推出《五四．抗戰中國文藝新檢閱》專輯，前有編者的〈寫在專輯前面〉，羅列了一批當時香港讀者會感陌生的作家名字，如卞之琳、端木蕻良、駱賓基、穆時英、施蟄存、錢鍾書、無名氏、王辛笛、馮乃超、孫毓棠、艾青、馮至、王獨清等，指出「他們的聲名給『正統作家』們蓋過了，他們的作品被戰亂的烽火燒燬了。但是，他們對當代中國文藝的影響是永遠潛在的，他們的功績是不可磨滅的」；這個專輯的目標是：

22 蘆焚（師陀）〈期待〉的評論見馬博良（馬朗）〈每月小說評介〉，《文潮》，創刊號（一九四四年一月），頁七五。鄭定文〈大姊〉的評論見馬博良〈每月小說評介〉，《文潮》，第一卷第五期（一九四四年八月），頁九八—九九；當中提到爵青《歐陽家的人們》。再者，評論曉芒〈荒原〉時，曾以荒煤《長江上》作比較，見馬博良〈每月小說評介〉，《文潮》，第一卷第六期（一九四四年十月），頁九七—九八。

23 我們也留意到馬朗提到香港的年輕世代時，稱他們做「華僑青年」。

24 例如三十年代的「新感覺派」，在大斷裂之後，要到八十年代北京大學嚴家炎重新提出，並編成《新感覺派小說選》（北京：人民文學出版社，一九八五），內地的讀者才有機會與之重逢。相對之下，這份「記憶」卻搬移到香港，由五十年代開始一直在文藝界傳承。

> 分別從小說、散文、詩歌、戲劇、翻譯、批評方面，介紹文壇前衛作家們的成就。……希望能夠提醒今日的讀者們：不要忘記從五四到抗戰到現在這一份血緣！[25]

這個專輯與「現代文學美術協會」的幾位骨幹人物如崑南（一九三五—）、李英豪（一九四一—）、盧因（一九三五—）等關涉最多。例如盧因就以「陳寧實」和「朱喜樓」的筆名，分別討論端木蕻良的小說，和周作人以來的雜文和散文；崑南則談無名氏，同時翻譯辛笛的詩作為英文。至於詩論大將李英豪則以「余橫山」的筆名討論劉西渭和五四以來的文藝批評，更重要的一篇論述是以本名發表的〈從五四到現在〉：

> 時至今日，一些真有才華和創建性的作者，反而湮沒無聞；作品隨着戰火而被埋葬；……我們只以為，「五四」及抗戰時，中國只有寫實小說，或自然主義品，卻漠視了如以新感覺手法表現的穆時英，捕捉內在朦朧感覺的穆木天，打破沿襲語言辭格的駱賓基，追尋純美的何其芳，寫〈水仙辭〉的梁宗岱，和運用小說「對位法」與「同時性」的爵青。茅盾、巴金、丁玲等都受政治宣傳利用，論才華和穩實，都比不上駱賓基、端木

25 編者〈寫在專輯前面〉，《中國學生周報》，第六二七期（一九六四年七月廿四日）。文中所列舉作家（除了穆木天、艾青、馮至）大部分是當時內地的現代文學史罕有論及的。

> 蕻良和李劼人；論狂放，更望塵不及無名氏。[26]

如果馬朗是搬動內陸的「文學記憶」到這個島與半島的文化人，李英豪卻是土生土長的本地「番書仔」，他的文化觸覺明顯與馬朗所傳遞的訊息有密切的關聯。但這並不表示李英豪一輩只是被動地接收單向的訊息。從文中可知他一樣看到由郭沫若到王瑤等傳揚的另一種文學史記述。換言之，李英豪等一輩人接收到內容有差異的訊息。顯然他們選擇相信文學的「過去」原本很豐富，但經歷滄桑歲月，「記憶」斷裂；精彩的作家和作品被「遺忘」。

由於對「遺忘」的戒懼，馬朗試圖將被隱蔽的「記憶」恢復。當他的私有「記憶」在易地以後成為一種論述，他高呼「人類靈魂的工程師，到我們的旗下來！」[27]當然是為了招集同道，發揮傳播的力量。至於論述的承受方，如崑南、盧因、李英豪一輩在本地成長的年輕人，緣此擴充了香港教育體制以外視野；[28]另一方面，在地的位置——作為面向世界的殖民地城市——也促使他們以更多元、多層次的思考，面對這些非他們固有的「文學記憶」；他們採取主動積極的態度，試

---

26 李英豪〈從五四到現在〉，《中國學生周報》，一九六四年七月廿四日。

27 新潮社〈發刊詞：人類靈魂的工程師，到我們的旗下來！〉，《文藝新潮》，第一卷第一期（一九五六年二月），頁二。

28 香港的文學教育並沒有提供這部分的知識，參考陳國球〈文學教育與經典的傳遞：中國現代文學在香港初中課程的承納初析〉，《現代中文文學學報》，第四期（二〇〇五年六月），頁九五—一一七。

圖建構可以上下連貫的文學史意識時，也在衡量當下自身的位置。所以文中說：

> 我們並不願意墨守他們的世界，亦不願盲從他們的步伐。中國現代文學應落眼於開創的一面——不斷的開創。我們不一定要有隻手闢天的本領，但我們必得肩負數千年來沈重的中國文化，高瞻遠矚的看看世界，默默的在個人追尋中求建立，自覺覺他。

文章的結尾，李英豪又說：

> 「現代」是「現代」，是不容逃避與否認的，而那必得是個人的、中國的「現代」。[29]

他們心中的「我們」，顯然是由當下的年輕一代的眾多「個人」組成；這一群「我們」為甚麼要「肩負」一個沉重的責任？如果用趙家璧的話來對照，他們「居然」、「擅自」、「自稱」是此一文學與文化記憶的「繼承者」，可謂不自量力地「情迷中國」（Obsession with China）。由馬朗到李英豪，「情迷中國」的基礎並不相同，但在五、六十年代香港共同構建了奇異卻璀爛的華語文化論述。

29 李英豪〈從五四到現在〉，《中國學生周報》，一九六四年七月廿四日。

[30]正如香港出版的《民主評論》，在一九五八年元旦刊載了牟宗三、徐復觀、張君勱、唐君毅等四位流離於中國之外的儒學中人合撰的〈中國文化與世界——我們對中國學術研究及中國文化與世界文化前途之共同認識〉；[31]這些「新儒家們」的「文化記憶」在中國大地養成，他們的親身體驗，是支撐他們信念的依據。然而香港一個年輕人聚合的文藝團體，也在翌年（一九五九年）元旦發表他們的「文化宣言」。這個團體的主要成員是崑南（二十四歲）、王無邪（一九三六—，二十三歲）和葉維廉（一九三七—，二十二歲），組織名稱是「現代文學美術協會」；他們高呼：

> 為了我們處於一個多難的時代，為了我們中華民族目前整體的流離，更為了我國半世紀以來文化思想的肢解，於是，在這決定的時刻中，我們都面臨着一個重大的問題；這個重大而不可抗拒的問題，迫使我們需要聯結每一個可能的力量，從面裏〔裏面〕發揮每一個人的勇敢，每一個人的信念，每一個人的抱負，共同堅忍地正視這個時代，共同表現中華民族應有的磅礴氣魄，共同創造我國文化思想的新生。……讓所有人，有共

30 參考陳國球〈情迷中國：香港五、六十年代現代主義文學的運動面向〉，《香港的抒情史》（香港：香港中文大學出版社，二〇一六），頁二六一—三二〇。

31 牟宗三、徐復觀、張君勱、唐君毅〈中國文化與世界——我們對中國學術研究及中國文化與世界文化前途之共同認識〉，《民主評論》，第九卷第一期（一九五八年一月），頁十二—二〇。

同善良的願望的年青人緊密地站在一起，站在一起肩負一個偉大而莊嚴的使命。[32]

由語言措辭以至思想方向看來，他們的想像其實源於南來知識分子的「文化記憶」，是這種「記憶」的承納與發揮。他們建構（虛擬）了一個超過本土的文化連續體，由是他們既能立意開新，又有歷史（上一輩的記憶）的厚重。千斤重擔兩肩挑。香港文學史的這一段，可說是最能大開大闔，最有歷史承擔的一段。[33] 更重要的是：他們的確開拓了華語文學的新路，展示了內地環境所未及容納的文學之可能。當然，他們大概不能逆料其勇於承擔有可能遭逢「合法性」的質疑，而這正正是「歷史」之弔詭，與悲涼。

32 〈現代文學美術協會宣言〉，載崑南《打開文論的視窗》（香港：文星圖書公司，二〇〇三），頁一六三—一六四。

33 這是評斷香港文學文化為「淺薄」的外來學者所未及注意的一面。例如陳麗芬曾引用呂大樂指「香港意識」為「淺薄」的說法，普遍化為香港人就是「淺薄」；見陳麗芬〈普及文化與歷史記憶——李碧華的聯想〉，載陳國球編《文學香港與李碧華》（台北：麥田出版，二〇〇〇），頁一二三—一三〇。其實呂大樂之說是專指香港戰後嬰兒組成的「第二代人」自我發明的「香港意識」，是七十年期間快速發展起來的（自欺欺人的）神話，是無力的、排他的、淺薄的；其指涉有具體的範圍，與陳麗芬的想像有根本的差異。參考呂大樂《唔該埋單！——一個社會學家的香港筆記》（香港：閒人行有限公司，一九九七），頁一—三；二〇—三一。

三、歷史的崩裂與文學主體的更替

《香港文學大系》第一輯以一九四九年為編選內容的時期下限，現在第二輯在時間線上作承接，以一九五〇年到一九六九年為選輯範圍。然而，時間上雖然相互啣接，其間的「歷史」進程卻很難說是無縫的連續體。從現存資料看到，一九四五年二戰結束，港英政府從戰敗的日本收回香港，當時的人口約六十餘萬；一九四六年增至一百六十餘萬人；一九四九年一百八十六萬，一九五一年二百三十萬。[34] 由一九四九年到一九五一年兩三年間的人口增長約四十四萬，再計算雙向移動替代的實際情況和趨勢，這個歷史轉折時期香港人口變化極大，政治社會、經濟民生等面貌大有不同；尤其在文化理念或文學風尚，更是裂痕處處，前後不相連屬。

按照最通行的解說，自抗日戰爭結束，國共內戰展開，香港成為左翼文人的避風港，不少人更在此地主理重要報刊的編務，由是這個文化空間也轉變成左翼文化的宣傳基地。到一九四九年國民黨敗退台灣，大批內戰時期留港的文化人北上迎接新中國；而對社會主義政權心存抗拒的各式人等，又紛紛移居香港，或以之為中轉站，再謀定居之地。其中不少文化人在居停期間，書寫

34 參考湯建勛《一九五〇年香港指南》（香港：民華出版社，一九五〇；香港：心一堂，二〇一八年重印），頁八—九；華僑日報編《香港年鑑．第四回》（香港：華僑日報公司，一九五一），頁二；華僑日報編《香港年鑑．第五回》（香港：華僑日報公司，一九五二），頁二。

去國的鄉愁。一九五〇年韓戰爆發，緊接全球冷戰，美國大量資金流入香港，支持反共的宣傳；文藝界受益於「美援」，在應命的文字以外，也謀得一定的文學發揮空間。[35]若暫且依從極度簡約化的「左右對壘」觀念，我們可以說：在一九四九年以前，香港文學由左派思潮主導；一九五〇年以後，右派的影響大增。[36]準此而言，以連續發展為觀察對象的「文學史」，根本無從談起。

再細意的考察，可以《香港文學大系一九一九—一九四九》所載，時代較能相接的重要作家

35 相關論述最有代表性的是鄭樹森幾篇「港事港情」文章：〈遺忘的歷史‧歷史的遺忘——五、六〇年代的香港文學〉（一九九六）、〈一九九七前香港在海峽兩岸間的文化中介〉（一九九七）、〈五、六〇年代的香港新詩〉（一九九八）、〈談四十年來香港文學的生存狀況——殖民主義、冷戰年代與邊緣空間〉（一九九四），均收入《縱目傳聲：鄭樹森自選集》（香港：天地圖書公司，二〇〇四），頁二一六—二二六；頁二二七—二五四；頁二五五—二六八；頁二六九—二七八。下文再會論及其中最重要的〈遺忘的歷史‧歷史的遺忘〉一文。又參考王梅香《隱蔽權力：美援文藝體制下台港文學（一九五〇—一九六二）》（新竹：清華大學博士論文，二〇一五）；Chi-Kwan Mark, *Hong Kong and the Cold War: Anglo-American Relations, 1949-1957* (Oxford: Oxford UP, 2004); Priscilla Roberts and John M. Carroll, ed., *Hong Kong in the Cold War* (Hong Kong: Hong Kong University Press, 2016)。

36 部分親歷這個轉折期的文化人例如慕容羽軍、羅琅等，也各自有其憶述，他們的說法又與此宏觀圖像並不能完全吻合；大概當中添加了許多更複雜的人事轇轕的追憶，以及個別的遭際感懷。但究竟這些微觀經驗，是否比遠距離的觀察更可信？實在不易判定。參考慕容羽軍《為文學作證：親歷的香港文學史》（香港：普文社，二〇〇五）；羅琅《香港文化記憶》（香港：天地圖書公司，二〇一七）。

為論。《香港文學大系》第一輯所見表現精彩的詩人易椿年（一九一五—一九三七）、編輯兼作者梁之盤（一九一五—一九四一）、文藝理論家李南桌（一九一三—一九三八），均英年早逝；而曾在此地推動「詩與木刻」的戴隱郎又回到馬來亞參加戰鬥，無法在文藝活動上延續影響。至於在文壇非常活躍的「香港文藝協會」成員如李育中、劉火子、杜格靈，又如寫過「香港照像冊」系列的前衛詩人鷗外鷗，《中國詩壇》骨幹陳殘雲、黃寧嬰、黃雨，小說和散文作家黃谷柳、吳華胥、杜埃等，都相繼在一九五〇年後北上，在香港再沒有蕩漾餘波；更不要說奉命來港「工作」的文化人如茅盾、郭沫若、聶紺弩、樓適夷、邵荃麟、楊剛等，他們返國以後，再也不回頭。這些三、四十年代在香港有頻繁文學活動的作家選擇離開，各有其原因，不應究責；後來不少人更身陷困厄。值得注意的是：他們的作品從此幾乎在香港絕跡，不再流傳；換句話說，當初備受讚譽的作品，其「生命」卻未能在此地延續。

回到《大系》續編的問題。《香港文學大系一九一九—一九四九》及《香港文學大系一九五〇—一九六九》兩輯，年代相接；選入的作家理應有所重疊。但比對之下，結果令人驚訝。例如第一輯《新詩卷》收錄詩人五十六家，第二輯共兩卷收詩人七十一家。第一輯詩人在第二輯再次出現的僅有柳木下、何達、侶倫三人。侶倫擅寫的文類還有小說和散文，何達的詩歌創作生涯比較長；至於柳木下，到六十年代詩思開始枯竭。三人以外當然還有一些留港作家，如舒巷城、葉靈鳳、陳君葆等，仍然有在報刊撰文，以不同的文體見載《香港文學大系》第二輯；但相對於五十年代新近南移到香港的文人，以及在本土成長的新一代來說，這些香港前代作家的整體創作量和影響力遠遠不及。再者，新一代冒起的年輕文人如崑南、王無邪、西西、李英豪等，與三、四十年代香港作家的關係也不密切。[37]

這種前後不相連屬的崩裂情況，提醒文學史研究者重新審視歷史的「延續」問題；這又關乎「歷史」與「記憶」主體誰屬的問題。

四、「記憶」與「遺忘」的韻律

《香港文學大系一九五〇—一九六九》的選錄範圍是五、六十年代，正進行中的編纂過程有許多不容易解決的問題；不過，在這個時間範圍採集資料，我們得助於前人的工作甚多。在上世紀八十年代已見到從文學史眼光整理的五、六十年代資料出版，例如鄭慧明、鄧志成、馮偉才合編的《香港短篇小說選——五十年代至六十年代》。[38]到九十年代香港另一個歷史轉折期前後，

37 在這個轉折時期，有更強韌力可以跨越時代，持續發展的是香港的通俗文學寫作人，如傑克、望雲、周白蘋、我是山人、高雄（三蘇）等；然而他們要應對的環境和寫作策略與前述者不同；在此暫不細論。

38 鄭慧明、鄧志成、馮偉才合編《香港短篇小說選——五十年代至六十年代》（香港：集力出版社，一九八五）。書中〈前言〉特別提到當時搜集資料工作之艱巨繁複。

也有劉以鬯和也斯的五、六十年代短篇小説選；[39]以及黃繼持、盧瑋鑾、鄭樹森三人更大規模的合作計劃。黃、盧、鄭三位從一九九四年開始合力整理香港文學的資料，最先面世的成果如《香港文學大事年表》、《香港小説選》、《香港散文選》、《香港新詩選》等，其年限都設定在一九四八年到一九六九年。[40]三位學者還有其他時段的資料陸續整理出版，決定先推出五、六十年代的部分，應該有深義在其中。[41]鄭樹森在一九九六年發表〈遺忘的歷史．歷史的遺忘——五、六十年

39 劉以鬯《香港短篇小説選：五十年代》（香港：天地圖書公司，一九九七）；也斯《香港短篇小説選：六十年代》（香港：天地圖書公司，一九九八）。

40 黃繼持、盧瑋鑾、鄭樹森合編《香港文學大事年表：一九四八—一九六九》（香港：香港中文大學人文學科研究所，一九九七）；《香港小説選：一九四八—一九六九》（香港：香港中文大學人文學科研究所，一九九七）；《香港散文選：一九四八—一九六九》（香港：香港中文大學人文學科研究所，一九九七）；《香港新詩選：一九四八—一九六九》（香港：香港中文大學人文學科研究所，一九九八）。

41 三人合編的其他香港文學資料還有：《早期香港新文學作品選：一九二七—一九四一》（香港：天地圖書公司，一九九八），《早期香港新文學資料選：一九二七—一九四一》（香港：天地圖書公司，一九九八），《國共內戰時期香港本地與南來文人作品選：一九四五—一九四九》（香港：天地圖書公司，一九九九），《國共內戰時期香港本地與南來文人資料選：一九四五—一九四九》（香港：天地圖書公司，一九九九），《香港新文學年表（一九五〇—一九六九年）》（香港：天地圖書公司，二〇〇〇）。

代的香港文學〉，可說是為其理念及這個階段的工作，作出綜合說明。[42] 從題目可以見到「遺忘」也是三位前輩非常關心的問題。鄭樹森在文章結尾說：

> 五、六十年代的香港文學，雖是當時最不受干預的華文文學，但也是物質基礎最薄弱、生存條件最貧困的。而當時政府圖書館的不聞不問，完全可以理解，但對今日的文學研究者，史料的湮沒，不免造成歷史面貌的日益模糊。任何選集、資料冊和文學大事年表的整理工作，都不得不面對歷史被遺忘後的窘厄，但也不得不去努力重構。而在這過程中，過濾篩選，刪芟蕪雜，又在所難免。換言之，重新構築出來的圖表面貌，不論是有意或無意，不免是另一種歷史的遺忘。[43]

42 〈遺忘的歷史．歷史的遺忘——五、六十年代的香港文學〉一文先在《幼獅文藝》及《素葉文學》發表，也收入《香港文學大事年表》作為書〈序〉；後來三人合著的《追跡香港文學》，也以這一篇文章放在卷首，可見這篇文章的重要性。分見《幼獅文藝》，第八十三卷第七期（一九九六年七月），頁五八—六三；《素葉文學》，第六一期（一九九六年九月），頁三〇——三三；《香港文學大事年表：一九四八—一九六九》（香港：香港中文大學人文學科研究所香港文化研究計劃，一九九六），頁一—八；《追跡香港文學》（香港：牛津大學出版社，一九九八），頁一—九。

43 〈遺忘的歷史．歷史的遺忘——五、六十年代的香港文學〉，《素葉文學》，第六一期（一九九六年九月），頁三三。

鄭樹森提到兩種「遺忘」：一是「集體記憶」的遺落，政府無意保存，民間社會也沒有「記憶」的需求；另一是史家技藝的限制，無法呈現「完全」的「記憶」。後者其實是前者的逆反：因為不滿「記憶」的遺失，所以要填補這缺失；卻因為要勉力拯救所失，求全之心生出警覺之心，甚或憂心。我們循此方向再作深思，或者可以從「記憶」的本質出發。「記憶」本是存於私我的內心，私我要尋求「生命歷程」的意義時，「記憶」是重要的憑藉。「記憶」從來不會顯現完整的「過去」，因為「過去」的每一刻都是無限大、無窮盡的；「記憶」本就是零散經驗的提取，如果要將所經驗的「過去」轉化成有意義的記憶（**making sense of the past**），則編碼（**encoding**）過程不可缺少；於是「現在」與「過去」、「私我」和「公眾」就構成對話關係，過程中既內省、再玩味、更參酌比照，當中自然有選擇、有放下；「遺忘」與「記憶」就構成辯證的關係。[44] 鄭樹森念茲在茲，

44 有關「集體記憶」、「歷史」與「遺忘」，可參考 Maurice Halbwachs, *On Collective Memory*, ed. and trans. by Lewis A. Coser (Chicago: The University of Chicago Press, 1992); Peter Burke, "History as Social Memory," in *Memory*, ed. by T. Butler (Oxford: Blackwell, 1989), pp. 97-113; Patrick H. Hutton, *History as an Art of Memory* (Hanover, New Hampshire: University Press of New England, 1993); Jeffrey Andrew Barash, *Collective Memory and the Historical Past* (Chicago and London: University of Chicago Press, 2016); Guy Beiner, *Forgetful Remembrance: Social Forgetting and Vernacular Historiography of a Rebellion in Ulster* (Oxford: Oxford University Press, 2018)。在參閱這些論述時，我們也要注意歷史學的關懷與文學史學不完全相同，因為「文學」的本質就與美感經驗相關。

是「集體記憶」的公共意義，「歷史」不應被（政治力量或經濟力量）刻意「遺忘」；謹之慎之，是為重構「歷史」過程的成敗負上責任。這種態度是值得我們尊敬的。

然而，當我們要整合思考《香港文學大系》第一、二輯的關係時，要面對的「記憶」與「遺忘」卻埋藏在更複雜的歷史斷層之間。尤其「文化記憶」在兩輯之間的失傳，是否宣明「文學」無力抗衡「現實」？只要政治社會有大變動，文學所能承載的「記憶」是否就必然失效，就此湮滅無聞？

可是，當我們還未在「歷史現實」面前屈膝之前，就發現香港的五、六十年代文人，其實在奮力抗拒「遺忘」，正如前面提到馬朗為三十年代的文學亡靈招魂；李英豪等更大規模的重整文學記憶。這樣的超越時空界限的香港文學事件不一而足，例如：曹聚仁寫《文壇五十年》正續編（一九五四、一九五五）；[45] 趙聰寫《大陸文壇風景畫》（一九五八）、《五四文壇點滴》（一九六四）；[46] 李輝英寫《中國新文學二十年》（一九五七）；構思《中國新文學大系．續編》

---

45 曹聚仁《文壇五十年》（香港：新文化出版社，一九五四）；《文壇五十年續集》（香港：世界出版社，一九五五）。

46 趙聰《大陸文壇風景畫》（香港：友聯出版社，一九五八年）、《五四文壇點滴》（香港：友聯出版社，一九六四）。

（一九六八）；[47]力匡以新月派風格寫《燕語》的離散心聲（一九五二）；[48]侶倫調整他的浪漫風格，以《窮巷》繼續「五四」以來的現實主義（一九五二）；[49]宋淇借梁文星重現四十年代的詩學觀念（一九五五）；[50]葉維廉用心融會李金髮、戴望舒、卞之琳等的風格（一九五九）；[51]崑南盡意追慕無名氏的小説（一九六四）。[52]應該注意的是，他們刻意重尋的「記憶」，其典範並非源自本土；但這也不是簡單的「情迷」心結，而是將更悠長深遠的「記憶」與當下的生活體驗以至生命感懷作出斡旋與協商；其中文字在文化脈搏中生發的美感經驗，或許更是關鍵樞紐，由是生發出在地的、新鮮的「文學記憶」。至於發生在《大系》兩輯時限之間的斷裂，前後輩作家之不相聞問，的確是我們所關懷且惋惜的現象。不過，我們或許要再放寬視野，只要有能力在崎嶇不平、滿佈坑洞的「歷史」長廊走遠，就會發覺已遺落的「文學記憶」，會乘隙流注，在意想不到的時刻直奔眼前。例如八十年代中段，久失踪影的鷗外鷗翩然重臨，向隔代的本地同道傳遞添加了滄桑

47 林莽（李輝英）《中國新文學二十年》（香港：世界出版社，一九五七）；李棪、李輝英《《中國新文學大系．續編》的編選計劃》。

48 力匡《燕語》（香港：人人出版社，一九五二）。

49 侶倫《窮巷》（香港：文苑書店，一九五二）。

50 林以亮〈詩的創作與道路〉，《祖國周刊》，第十二卷第五期（一九五五年五月），頁二五─三〇。

51 葉維廉〈論現階段中國現代詩〉，《新思潮》，第二期（一九五九年十二月），頁五─八。

52 崑南〈淺談無名氏初稿三卷〉，《中國學生周報》，第六二七期，《五四．抗戰中國文藝新檢閱》專輯，一九六四年七月二十四日。

苦澀的「記憶」；以舊作新篇為年輕世代的文學冶煉助燃。[53]「歷史（文學史）」不僅形塑「過去」，它還會搖撼「未來」。

風物長宜放眼量。文學「記憶」與「遺忘」的往來遞謝，或者好比一種即興式的「時間韻律」（rhythmic temporality），時而共鳴交感，時而沉靜寂寞。[54]我們未必能按軌跡預計「記憶」何時重訪我們的意識世界，因為現世中有種種有形與無形的屏障或壓抑。然而文學——依仗文字與文化生發的美感經驗——就有種「反遺忘」的力量，在意識的海洋上下浮潛而汩汩不息，或者衣缽相傳，也可能隔世相逢。年來我們努力梳理五、六十年代香港文學的作品和相關資料，每每驚嘆初遇其實就是舊識；因為，彼此都存活在這塊土地上。

五、同構「記憶」的大眾文化

以上的論述主要從「遺忘」戒懼出發，也牽涉到主體的問題，究竟誰在「記憶」？誰要「遺忘」？簡約式的回應是：南下文人滿懷「山河有異」的感覺，以「文學風景」作為寄寓。至於本地

53 參考陳國球〈左翼詩學與感官世界：重讀「失踪詩人」鷗外鷗的三、四十年代詩作〉，《政大中文學報》，第廿六期（二〇一六年十二月），頁一四一——一八一。

54 這是英國學者 Ermarth 討論歷史時間的觀念之借用；見 Elizabeth Deeds Ermarth, *Sequel to History: Postmodernism and the Crisis of Representational Time* (London: Routledge, 2012)。

的年輕「番書仔」，卻以文化源頭的「想像」承接文壇長輩的「記憶」，來抗衡殖民統治下的種種壓抑，以及在「現代性」的苦悶狀態下尋找精神出路。「反遺忘」的對象，就是大環境的政治與社會氣候。這些「抗衡政治」的論述，比較能說明精英文化層面的心靈活動。然而，各種力量的交鋒在更寬廣的民間社會可能有不同的表現，其中顛覆的意義更不能忽略。《香港文學大系》以文字文本的「藝術表現、社會感應，與歷史意義」作為觀察對象，但編輯範圍並不會囿限在新詩、小說、散文、戲劇、文學評論等自「新文學運動」以來的「正統」文學類型。第一輯十二卷在上述文體以外，還包括通俗文學、舊體文學、兒童文學等；編輯團隊認為在香港的文化環境中，這些文學類型能夠提供「額外的」審視角度。相關的編輯理念已在《香港文學大系一九一九—一九四九》的〈總序〉作出解說。在這個基礎上，《香港文學大系一九五〇—一九六九》保持第一輯的各種文體類型，再添加粵語、國語歌詞，以及粵劇兩個部分。歌詞和粵劇的相關藝術形式是音樂和舞台的表演，但其中的文字文本仍然佔了一個相當重要的位置。當然更全面以文字表達的大眾文化體類可以舉出盛極一時的武俠小說與愛情流行小說，以及別具形態的「三毫子小說」。本輯《香港文學大系》兩卷《通俗文學》會適切地反映這個現象。在《香港文學大系一九五〇—一九六九》的架構中，新增的《粵劇卷》和《歌詞卷》有助我們從更全面了解不同類型的文字文本如何融會成大家認識的香港文化。

粵劇本是廣東珠江三角洲一帶開展出來的地方戲曲，其原始功能是作為民間酬神的一種儀式，娛神的作用不少於娛人。隨着二、三十年代省（省城，即廣州）港（香港）澳（澳門）的城市化發展，粵劇演出的空間與時間也相與呼應，重心漸漸從臨時戲棚轉到戲院舞台，並由季候性的農閒祭祀活動變成市民日常生活的文娛康樂；演出所本也由固定劇目、排場之程式化與即興混合，進展到文人參與編訂提綱以至劇本。由是，文字的作用愈加重要，文學性質經歷一個由隱至顯的歷程。於今回顧，可知粵劇的文學階段之成熟期正正發生在大崩裂時代的香港；而粵劇的整體藝術表現，也在五、六十年代進入最輝煌的時期。是時，粵劇是這個城市的重要文娛活動，與社會大眾同一呼吸；相對同時其他嶺南地區，香港更有可以迴轉的精神空間，在市廛喧鬧間讓文字的感應和創發力量得以發揮。市民社會本來就複雜多元，在現實困厄中謀存活，難免有保守功利的一面；然而大眾意識中也不乏向上提升、或者挑戰威權的想望。這時期香港粵劇界出現最有駕馭能力的編劇家，在娛樂消閒與藝術錘煉之間游走；部分更蘊藏種種越界之思，乘間衝擊諸如生死、倫常、國族、階級等界限，暗中顛覆舊有的價值體系。[55]當中文字與現實的博弈，透過不同媒介如電台廣播、唱片，或電影改編等廣泛傳播，植入不同階層的民眾意識之中，成為香港的重要「文化記憶」，在往後世代滋潤了許多文學以至藝術創作。[56]

55 例如《牡丹亭驚夢》（唐滌生，一九五六）及《再世紅梅記》（唐滌生，一九五九）的跨越道德與生死界、《碧海狂僧》（陳冠卿，一九五一）以「老妻少夫」的情節質詢愛情之「常態」、《鳳閣恩仇未了情》（徐子郎，一九六二）以「胡漢戀」撼動國族的界限、《紫釵記》（唐滌生，一九五七）中郡主與歌妓的階級身份置換等等。

56 參考陳國球〈粵劇《帝女花》與香港文化政治想像〉，未刊稿。

由粵劇的劇曲衍生出「粵語小曲」，再而出現受「國語時代曲」感染的「粵語時代曲」，發展到更「現代化」的「粵語流行曲」（Cantopop），是香港文化的其中一條重要發展脈絡。五、六十年代流行文化中的粵語歌未算鼎盛；要到七十年代開始，「粵語流行曲」才成為香港最重要的「軟實力」之一，影響不止遍及華語世界，在整個東亞地區都有其耀眼的位置。《香港文學大系》第二輯開闢「歌詞」一體，其中一個考慮點是為以後各輯的《歌詞卷》先作鋪墊。此外，作為這個時期的文字力量之一，粵語歌詞還有不少可以細味的地方；尤其與當時的「國語時代曲」對照並觀，更能見出在地的語言風俗與各方交涉周旋的意義。「國語時代曲」的原生地應該在上海。一九四九年以後，「樂人南奔」，一大批上海歌手、作曲家、填詞人移居香港；重要的唱片製作人、大型唱片公司也由上海南下，帶來上海先進的歌曲製作技術，資金又充裕，一時間「滬上餘音」瀰漫香江。[57]

香港的語言環境原本以粵語為主，書面語基本上與其他華語地區相通；但歌曲唱詞發聲，以聽覺主導，「國語時代曲」（與「國語電影」）在五、六十年代香港居然可以引領風騷，比粵語歌曲（及「粵語電影」）有更高的社會位置；這是值得玩味的現象。在一定程度上，可以見到香港文化

57　參考黃奇智《時代曲的流光歲月：一九三〇—一九七〇》（香港：三聯書店（香港）有限公司，二〇〇〇）；沈冬〈《好地方》的滬上餘音——姚敏與戰後香港歌舞片音樂〉上、下，《音樂藝術（上海音樂學院學報）》，二〇一八年第一期（三月），頁一二七—一四二；二〇一八年第三期（九月），頁七八—九一。

有一種在殖民統治影響下的寬鬆彈性：有時是逆來順受，有時是兼容並包。若有所抗衡，會選擇比較迂迴或含蓄的方式。粵語歌曲同時經歷「國語時代曲」與「歐西流行曲」的衝擊，再由在地意識浸潤洗練，七十年代以後就能奮起搶佔鰲頭。另一方面，國語歌曲在當時香港的寬廣空間也得以茁壯成長，進入這一種歌唱體裁的黃金時期；這時「國語時代曲」的創作人不止於追詠〈南屏晚鐘〉（陳蝶衣，一九五八），也會欣賞地道的〈叉燒包〉（李雋青，一九五七），漸漸體會身處的〈好地方〉（易文，一九六二）。可見「國語時代曲」也能接地氣，成為五、六十年代本地文化的一環。

粵語、國語的歌詞合觀，可見其中還是以情歌最為大宗。談情說愛在現代社會幾乎是人生的必經歷程，普羅大眾最容易感應；這方面的書寫，在語言鍛煉（或者堆疊）上，可以上承《香奩》、《花間》，往返於風雲月露、鴛鴦蝴蝶，不難造就一種「文雅」的面相。反而其他內容的創作表達與市民接收，更值得注意。流行文化本質上要隨波逐流，寫大眾喜見樂聞，或者憂戚同感的情事。這時期的國粵語歌展示了社會的眾多面相，例如：對富貴或者美好生活的嚮往；[58] 又有為低下階層的勞動生活打氣；[59] 反映大眾的社會觀感、居住環境的差劣；[60] 以至世代轉變帶來的家

---

58 如〈月下定情〉（張金，一九五一）；〈馬票夢〉（韓棟，一九五五）；〈我要飛上青天〉（易文，一九五九）；〈財神到〉（梅天柱，一九六七）。

59 如〈擦鞋歌〉（司徒明，一九五六）；〈工廠妹萬歲〉（羅寶生，一九六九）。

60 如〈飛哥跌落坑渠〉（胡文森，一九五八）；〈扮靚仔〉（胡文森，一九六一）；〈一家八口一張牀〉（陳蝶衣，一九五六）；〈蜜蜂箱〉（李雋青，一九五七）。

庭代溝、青春之鼓舞與躁動；[61] 甚至女性主體意識的釋放。[62]《香港文學大系》這一輯統合香港國粵語歌曲的歌詞為一卷，更有助我們對照兩個語言表述傳統的異同，觀察二者在同一文化場域中如何周旋與互動，如何同構這個時段的「文化記憶」。再者，從整個《香港文學大系一九五〇——一九六九》的體系來看，我們也可以留心新增的《粵劇卷》和《歌詞卷》如何補足我們對香港文學文化的理解。

六、有關《香港文學大系一九五〇——一九六九》

《香港文學大系一九五〇——一九六九》共計有十六卷；《新詩》兩卷，卷一由陳智德主編，卷二葉輝、鄭政恆合編；《散文》兩卷，卷一樊善標主編，卷二危令敦主編；《小說》兩卷，卷一馮偉才主編，卷二黃淑嫻主編；《話劇卷》盧偉力主編；《粵劇卷》梁寶華主編；《歌詞卷》分兩部分，粵語歌詞黃志華、朱耀偉合編，國語歌詞吳月華、盧惠嫻合編；《舊體文學卷》程中山主編；《通俗文學》兩卷，卷一黃仲鳴主編，卷二陳惠英主編；《兒童文學卷》黃慶雲、周蜜蜜

61 如〈老古董〉（易文，一九五七）；〈青春樂〉（吳一嘯，一九五九）；〈莫負青春〉（蘇翁／羅寶生，一九六六）；〈我是個爵士鼓手〉（簫篁，一九六七）。

62 如〈哥仔靚〉（梁漁舫，一九五九），〈卡門〉（李雋青，一九六〇）。

合編；《評論》兩卷，卷一陳國球主編，卷二羅貴祥主編；《文學史料卷》馬輝洪主編。

編輯委員會成員有：黃子平、黃仲鳴、黃淑嫻、樊善標、危令敦、陳智德、陳國球。我們還邀請了李歐梵、王德威、陳平原、陳萬雄、許子東、周蕾擔任本輯《香港文學大系》的顧問。

《香港文學大系一九五〇—一九六九》編纂計劃很榮幸得到公私各方的襄助。其中李律仁先生再度捐贈啟動資金，香港藝術發展局先後撥出款項作為計劃的主要運作經費。在計劃醞釀期間，也得到香港藝術發展局文學藝術組全力支持，並提供寶貴的意見。出版方面，續得香港商務印書館高水平的專業支援，解決了不少編輯過程中的難題。中研院王汎森院士盛情鼓勵，為《大系》題籤。香港教育大學中國文學文化研究中心作為《大系》編輯的基地，各位同事和研究生們以最高熱忱協同編務。至於境內外文化界同道的熱心關懷，督促提點，在此不及一一。以上種種，我們都銘記在心，並以之為更大的推動力，盡所能以完成《大系》的工作。

在此還應該記下我對《大系》編輯團隊的無限感激。眾所周知，當下的學術環境並不鼓勵《香港文學大系》一類的工作，團隊同仁犧牲大量時間與精神參與編務，只說明我們認識的這個城市、這個地方，值得大家交付心與力。至於其中的意義，就看往後世間怎麼記載。

凡例

一、《香港文學大系一九五〇—一九六九》共十六卷，收錄一九五〇年（一月一日起）至一九六九年（十二月三十一日止）之香港文學作品，編纂方式沿用《中國新文學大系》的體裁分類，同時考慮香港文學不同類型文學之特色，定為新詩卷一、新詩卷二、散文卷一、散文卷二、小說卷一、小說卷二、話劇卷、粵劇卷、歌詞卷、舊體文學卷、通俗文學卷一、通俗文學卷二、兒童文學卷、評論卷一、評論卷二和文學史料卷。

二、作品排列是以作者或主題為單位，以作者為單位者，以入選作品發表日期先後為序，同一作者入選多於一篇者，以發表日期最早者為據。

三、入選作者均附作者簡介，每篇作品於篇末註明出處。如作品發表時所署筆名與作者通用之名不同，亦於篇末註出。

四、本書所收作品根據原始文獻資料，保留原文用字，避免不必要改動，如果原始文獻中有×或□，亦予保留。

五、個別明顯誤校、字粒倒錯，或因書寫習慣而出現之簡體字，均由編者逕改；個別異體字如無法顯示則以通用字替代，不另作註。

六、原件字跡模糊，須由編者推測者，在文字或標點外加上方括號作表示，如「不以為〔然〕」；

原件字跡太模糊，實無法辨認者，以圓括號代之，如「前赴（　）國」，每一組圓括號代表一個字。

七、本書經反覆校對，力求準確，部分文句用字異於今時者，是當時習慣寫法，或原件如此。

八、因篇幅所限或避免各卷內容重複，個別篇章以「存目」方式處理，只列題目而不收內文，各存目篇章之出處將清楚列明。

九、《香港文學大系一九五〇——一九六九》之編選原則詳見〈總序〉，各卷之編訂均經由編輯委員會審議，唯各卷主編對文獻之取捨仍具一定自主，詳見各卷〈導言〉。

十、本〈凡例〉通用於各卷，唯個別編者因應個別文體特定用字或格式所需，在〈導言〉內另作補充說明，或在〈導言〉後另以〈本卷編例〉加以補充說明。

導言

樊善標

「那些強而有力的不可磨滅的感覺，使他理解了人生意義，領略了人生的趣味；『人應有幸福的，並且這幸福就在他本身』，他有所不滿足這動亂的現實嗎？我們雖說慣聽了『寧為太平犬，莫作亂世人』的舊話，可是成千成萬，從亂離中過來的人，會用帶淚的笑容來否定那兩句話的啟示的。」[1]

一、一九五〇年代香港的文學空間

一九四九年中國大陸政權易幟，國民黨退守臺灣。翌年，韓戰爆發，臺灣被美國納入全球圍堵蘇聯的陣線。作為英國殖民地的香港，也因此成為「自由世界」和「共產世界」對壘的前沿。中共很早就認定香港留在英國手上，可以充當他們通向國際的窗口，並牽制英美；[2] 而英國也小心

1 曹聚仁〈亂離篇〉，《亂世哲學》（香港、新加坡：創墾出版社，一九五五年七月三版），頁二十二。

2 曾任香港《文匯報》總編輯的金堯如回憶，不即時收回香港的政策是在一九四九年中共建國前夕定下的。參金堯如《中國香港政策秘聞實錄》（香港：田園書屋，一九九八年），頁一—八。

翼翼地調整中美、國共在香港的勢力平衡，以爭取自身在全球的利益。[3]往後的二、三十年裏，香港就在脆弱不安的狀態下，無意中成為「兩岸三地唯一兼容各種意識形態競爭的開放空間。這種地緣政治格局，引發了香港社會的根本變化，迎來香港文學形成獨特面貌的契機。

自一九三〇年代以來，香港人口經歷了幾次驟然的升降。首先是抗戰開始不久，由八十萬陡增至一百八十萬，一九四一年淪陷之後大量居民離境，到二戰結束時剩下五、六十萬人，一九四六年底又回升至一百六十萬，至一九四九年中超過一百八十萬，一九五〇年初更達二百萬以上。[4]其實自一九四九年起，香港政府因應中國大陸局勢的變化，已陸續採取各種方法管制出入境，[5]然而累

3 參麥志坤（Chi-Kwan Mark）著，林立偉譯《冷戰與香港——英美關係 一九四九—一九五七》（香港：中華書局（香港）有限公司，二〇一八年），頁二四一—二五三。

4 王賡武主編《香港史新編》（增訂版，香港：三聯書店（香港）有限公司，二〇一七年），上冊，第五章〈社會組織與社會轉變〉（冼玉儀撰），頁二一一—二一二。其他資料來源的人口統計數字和這裏有些出入，但大趨勢一致。

5 例如在邊境地區實施戒嚴、設立邊境禁區 簽發香港身份證等，參鄭宏泰、黃紹倫《香港身份證透視》（香港：三聯書店（香港）有限公司，二〇一八年），頁五十—九十六。這些措施並非完全針對人口激增而推行，但有阻止自由流動的作用。又，其中一次封閉措施是香港政府在一九五一年六月十五日頒布的「一九五一年邊境封閉區域命令」，有些論著誤為五月十五日頒布。

計出生和移入，一九五九年香港的人口仍升破了三百萬。[6] 一方面外地人大量增加，令香港成為五方混雜的社會，而淪陷前後的兩次移入者不完全是同一批人，有些本來只是路過，因形勢變化而被迫滯留，這些因素使得社會變得陌生而欠缺歸屬感，成員有待互相認識建立關係。另一方面，邊界封鎖終止了香港和內地的人口自由流動，「香港人」逐漸成為了一個身份標籤。於是，無論喜歡不喜歡、願意不願意，香港居民開始有了共同的命運。

在中華人民共和國建立前後，左派文化人陸續北上，右派及其他不同政見的文化人避禍南來，美國也在香港建立了全球人事編制最龐大的美國領事館，[7] 開展盛大的文化攻勢，美國新聞處出版《今日世界》、《四海》等書刊，中央情報局成立的「亞洲基金會」則大力資助友聯出版社、人人出版社等機構，但左派仍擁有《大公報》、《文匯報》、《新晚報》、《文藝世紀》等媒體。敵對的陣營共同提供了大量發表園地，支持了不少全職、兼職寫作者的生計，意識形態的宣傳戰轟烈展開。然而政治風潮畢竟源自境外，香港長期以來是商業社會，市民普遍把金錢利益看得比意識形態更重要，文學出版必需面對強大的商品化壓力或誘惑。不過無論政治或商業，終究沒有完全淹沒文學。不追隨政治號召，不迎合大眾口味者，仍未至於鳳毛麟角；即使介入政治、追求銷路

---

6 *Hong Kong Statistics, 1947-1967*, Hong Kong: Census and Statistics Department, 1969, p.14. 又，據香港政府的估計，一九五〇年年終人口為二百零六萬。出處同上。

7 參高馬可（John M. Carroll）著，林立偉譯《香港簡史——從殖民地至特別行政區》（香港：中華書局（香港）有限公司，二〇一三年），頁一七六—一七七。

的，也儘有創意充盈之作。[8] 總括而言，一九五〇年代的香港社會從動盪漸趨於穩定，此地的文學也徐徐展示新鮮的姿態。[9]

二、文獻選介及作業步驟

一九五〇年代的散文，前人研究成果不算太豐富。就選本而言，黃繼持、盧瑋鑾、鄭樹森編《香港散文選（一九四八—一九六九）》，[10] 涵蓋的範圍與本卷最接近。盧瑋鑾所撰的導言〈香港散文身影——五、六十年代〉交代，該書以寫「香港生活」、多少透露某些「香港情懷」為選錄原則，但取其廣義，包容「懷故園斥異地」之作。至於需要配合時事動態才能理解的雜文、怪論，則不予收入。[11] 盧文篇幅不長，但對重要文學現象都有所觸及，評論一針見血，例如說明一九五

8 參盧瑋鑾、鄭樹森、黃繼持〈三人談〉，《香港新文學年表（一九五〇—一九六九年）》（香港：天地圖書有限公司，二〇〇〇年），頁二十四—二十五。

9 本節節錄並改寫自筆者為《臺灣文學館香港文學特展圖錄》（臺南市：臺灣文學館，二〇二〇年）所撰的〈「左右爭言，造現代」導言〉。

10 黃繼持、盧瑋鑾、鄭樹森編《香港散文選（一九四八—一九六九）》（香港：香港中文大學人文學科研究所香港文化研究計劃出版，一九九八年）。

11 盧瑋鑾〈香港散文身影——五、六十年代〉，頁 i-ii 及 v。此文也收入黃繼持、盧瑋鑾、鄭樹森《追跡香港文學》（香港：牛津大學出版社，一九九八年），篇題改為〈五、六十年代的香港散文身影〉。

〇年代初中葉左右派文人怎樣由於生存狀態而寫出了不同題材、風格的作品，後來年輕世代怎樣從左右派前輩的培育中走出自己的道路。更重要的是，斷言「實質在五、六十年代報刊中，除少數政治立場鮮明者，及在某時段因某些作者為政治信念而揮筆外，一般專欄散篇均對政治十分淡化。有等論者以為當時情勢，兩陣對圓，大有張弓拔弩之勢，實乃想當然而已」。[12] 這本選集可配合同樣由黃、盧、鄭三位合編的《香港新文學年表（一九五〇——一九六九年）》來閱讀。作為此書導言的編者〈三人談〉，對與香港文學有關的宏觀處境及具體人事，都有非常關鍵的提示。

上世紀九〇年代中國內地書寫香港的熱潮中，出版了多部香港文學史，儘管在資料掌握和論述觀點等方面，未必盡為香港學術界所認同，[13] 他山之石不無參考價值。以劉登翰主編的《香港文學史》為例，下卷涵蓋一九五〇至一九九七年，其中第九章「散文」分為「散文傳統的地域推移和文化變異」及「『文化傳播者』的散文業績」兩節，後者再分為三小節：「葉靈鳳和曹聚仁的散文創作」、「徐訏、徐速等的散文創作」、「吳其敏、絲韋等的散文創作」。[14] 此章開宗明義說「民

12 同上註，頁vi。

13 參考陳國球〈收編香港——中國文學史裡的香港文學〉，《感傷的旅程：在香港讀文學》（臺北：臺灣學生書局，二〇〇三年）。

14 劉登翰主編《香港文學史》（修訂本，北京：人民文學出版社，一九九九年）。第九章的撰寫人是樓肇明、蔣暉。

族文學的共性和地域殊性同樣在這一文體類別〔引者案：指散文〕交匯」。[15] 共性是民族文學的證據，所以是主要的，殊性則只是地域的變異，因此以上提到的作者都以「〔中國〕文化傳播者的」面貌進入敍述。這裏無法逐一評論全章內容，但像說葉靈鳳「意欲喚起包括香港人在內的所有國人對香港的熱愛、熱愛這一方熱土與不忘國恥是全然一致的」，[16] 實在很難與閱讀葉靈鳳散文的印象一致。香港學者兼作家陳德錦〈傳承、疏離、轉化：一九五〇—六〇年代香港散文的文化背景〉，有一節的標題是「文化播種理念的延續和困難」，提出南來作家的「思想感情未能同殖民地的生活情態緊密結合」，「延續」只是勉強「保存着一脈生機」，[17] 可謂針鋒相對。

共性和殊性在十年後另一位內地學者黃萬華筆下，有了完全不同的體認。黃萬華《百年香港文學史》首先區分了「中國性」和「中華性」，前者主要是一種現代民族國家意識，也就是代表中國的文學，後者則表現為精神、倫理、審美情感等文化內容。[18] 黃氏認為「從『中國性』向『中華

15 同上註，頁三三三。

16 同上註，頁三四八。

17 陳德錦〈傳承、疏離、轉化：一九五〇—六〇年代香港散文的文化背景〉，《文學論衡》總第七期（二〇〇六年一月），頁六十六及七十三。此文後來作為〈裂縫和出路：香港當代散文的文化背景〉的第一部份，收入作者的論文集《宏觀散文》（香港：科華圖書出版公司，二〇〇八年）。

18 黃萬華〈代前言：在地和旅外：從「三史」看華文文學和中華文化〉，《百年香港文學史》（廣州：花城出版社，二〇一七年），頁六—七。「三史」是作者在大學開設的「臺灣文學史」、「香港文學史」、「海外華文文學史」的合稱，見頁一—二。

性』的轉換，是〔中國境外〕華文文學的共同現象」，亦即「中華文化在不同地域、社會中各憑『靈根』，自成傳統」。[19]他進一步指出有兩種「靈根自植」：一種是「回到中國文化的源頭去尋找在居留國生存、發展的精神力量」，另一種則褪去家國、族羣、語言存亡續絕的象徵，表現為在地國華裔國民的「『精神性格、民族經驗、工作風格、道德倫理、學術理念、生活模式』等」。[20]黃氏觀念開放之處，在於更肯定第二種「靈根自植」：「表面上看它似乎是中華文化傳統的衰微，實際上卻是開掘了中華文化傳統中多種發展的可能性」。[21]這幾句話在原文的脈絡中，是指東南亞國家，而全文的主旨則是把香港、臺灣和海外華文文學都作為相對自足的整體來論述，這種思路在內地學界似不多見。此書敍述第二次大戰結束之後到一九七〇年代的散文，分為三節：「『在香港』與『屬香港』的相容、轉化：葉靈鳳等的學者散文」、「報章體的興盛：曹聚仁等的散文」、「十三妹等的個人專欄寫作」。有兩點值得注意：首先，第一節吸納了黃繼持「在香港/屬香港」的說法，[22]着重本地創作傳統的形成；其次，把成名於香港的專欄作家十三妹放在與南來名家葉靈鳳、曹聚仁同樣顯眼的位置。這種強調在地的觀點與對第二種靈根自植的讚賞，是前後一貫的。

19 同上註，頁七。
20 同上註，頁七—八。
21 同上註，頁八。
22 黃繼持〈香港文學主體性的發展〉，黃繼持、盧瑋鑾、鄭樹森《追跡香港文學》，頁九十一。

把專欄文章的地位提升至代表香港文學的特色，本來始自一九八〇年代香港學者的努力。但礙於舊報刊接觸不易，最初階段的研究主要以當代的專欄為對象，其後更多研究者加入，才漸次增加通過報刊重探香港文學史的嘗試。[23]這種研究嘗試藉重返歷史現場，與通行的文學史論述商榷。特別值得一提是曾卓然的博士論文《周作人與五十年代香港散文》。[24]此文以曹聚仁和葉靈鳳為案例，討論「周作人式散文」在香港一九五〇年代的傳承和發展，其中第三章「鳥瞰五十年代的報章與雜誌中的香港散文」，廣泛瀏覽了超過十三種報紙副刊、十五種期刊，一一概述其面貌，對報刊材料的運用甚有指南之功。

劉以鬯主編《香港文學作家傳略》成書超過二十年，[25]至今仍然是唯一的香港作家總名錄；盧瑋鑾、鄭樹森、黃繼持編《香港新文學年表（一九五〇—一九六九年）》列出時限內出版的散文集、創刊的報紙副刊及期刊，以及重要專欄。本卷開始工作時，即以此二書為底本，參考其他

23 參樊善標〈香港報紙文藝副刊研究的回顧〉，《諦聽雜音：報紙副刊與香港文學生產（一九三〇—一九六〇年代）》（北京：中華書局，二〇一九年），頁四二三—四四九。

24 曾卓然《周作人與五十年代香港散文》，博士論文，香港：香港嶺南大學，二〇〇六年。http://commons.ln.edu.hk/chi_etd/40/（二〇一九年八月十九日檢索）

25 劉以鬯主編《香港文學作家傳略》（香港：市政局公共圖書館，一九九六年）。

學者的論著、親歷者的回憶、書刊收藏者的分享，初步圈定作者範圍，然後在大學圖書館逐一查閱、瀏覽入藏的單行本和合集、重要的期刊等。[26]香港文學大系工作團隊也適時提供了數量可觀的期刊和報紙副刊掃描檔案，節省了不少查閱微縮膠卷的時間。

「文學大系」的基本立意是「向歷史負責，為文學的歷史作證」，[27]「以文字文本的『藝術表現、社會感應，與歷史意義』作為觀察對象」[28]，本卷選入六十位作者，一百二十一篇散文，[29]

---

26 合集包括以下各種：《靜靜的流水》（香港：自由出版社，一九五九年）、《靜靜的流水（第二集）》（香港：文海出版社，一九六〇年）、《新雨集》（香港：上海書局，一九六一年）、《新綠集》（香港：香港新綠出版社，一九六一年）、《五十人集》（香港：三育圖書文具公司，一九六一年）、《五十又集》（香港：三育圖書文具公司，一九六二年）、《紅豆集》（香港：香港新綠出版社，一九六二年）、《南星集》（香港：上海書局，一九六二年）、《海歌．夜雨．情思：青年散文創作集》（香港：萬里書店，一九六二年）。這些合集大部份在一九六〇年代面世，其作用在於補充作者名單。

27 陳國球〈總序〉，本書頁一。〔《香港文學大系一九五〇—一九六九》〕

28 同上註，頁二十七。〔陳國球〈總序〉，《香港文學大系一九五〇—一九六九》〕

29 包括二十七篇存目作品。其中四篇——高旅〈聽猿記〉，聶紺弩〈論悲哀將不可想像〉、〈天地鬼神及其他〉，以及黃繩〈有趣味的人〉——，因為無法找到一九五〇年代的發表版本，僅存其目。其餘以本卷篇幅有限而無奈割愛。

涉及七種報紙副刊、十三種期刊、三十二種單行本。[30]就作者名單而言，大抵可以視為經過時間淘洗存留在共同文學記憶裏的名字，本卷編者無意提出自成一家之説。至於作品的甄選，藝術、社會、歷史三方面的標準如何落實、協調，自有主觀成份，其結果代表了編者對這一時段裏散文面貌的體會。

30 報紙副刊包括：《文匯報．文藝》、《星島日報．星座》、《星島晚報．星晚》、《香港時報．淺水灣》、《新生晚報．新窗》、《新生晚報．新趣》、《新晚報．下午茶座》。期刊包括：《人人文學》、《人生》、《中國學生周報》、《文壇》、《文學世界》、《文藝世紀》、《文藝新潮》、《南國電影》、《海瀾》、《祖國周刊》、《熱風》、《論語》、《鄉土》。單行本包括：左舜生《萬竹樓隨筆》，成愛倫《成愛倫小品》，百木《北窗集》，百劍堂主、梁羽生、金庸《三劍樓隨筆》，吳其敏《走馬十二城》，李素《被剖》，沙千夢《有情世界》，辛文芷《今日之歌》，易君左《君左散文選》，易君左《香港心影》，易君左《祖國江山戀》，阿甲《抒情小品》，思果《私念》，思果《藝術家肖像》，柳存仁《人物譚》，秋貞里《北國的春天》，唐君毅《人文精神之重建》，徐訏《傳薪集》，桑簡流《西遊散墨》，高伯雨《聽雨樓雜筆》，高伯雨《讀小説箚記——「水滸」和「二十年目覩之怪現狀」索隱》，康年《鄉情小品》，曹聚仁《山水　思想　人物》，曹聚仁《文壇三憶》，曹聚仁《書林新語》，望雲《星下談　第二輯》，彭成慧《山城之夢》，馮瑜寧《文藝雜談》，葉林豐《香港方物志》，端木青《畫與家》，燕歸來《梅韻》，蕭遙天《東西談》。

三、作為行動者的作者

歷史敍述往往藉一組或稱之為行動者（agency）與環境（circumstantiality），或稱之為主體（subject）與結構（structure），或稱之為人（human）與制度（institutions）的對立項而展開。[31]本文第一節交代一九五〇年代香港的文學空間，偏重於環境、結構、制度，但在文學的世界，行動者、主體、人才是更有吸引力的主角。散文向來給人貼近作者的印象，所謂文如其人，多數散文作者也都願意宣稱和讀者締結真誠以對的契約。儘管真和假的分際、契約的效力，恐怕難以說得清楚，[32]但在文類傳統下，「文學大系」的散文卷仍舊可以提供一個觀察行動者（主體、人）內心的機會。

社會學家指出，二戰結束後移居香港的華人不少都經歷了向下的社會流動，在各類移民中（包

31 Jonathan Arac, "What is the History of Literature?" in *Modern Language Quarterly* 54:1 (March 1993), p.105.

32 參考黃錦樹《論嘗試文》（臺北：麥田出版，二〇一六年）中，〈力的散文，美的散文——散文的世界〉、〈文心凋零？——抒情散文的倫理界限〉、〈散文的爪牙？〉諸篇，唐捐（劉正忠）〈他辨體，我破體〉（載臺灣《中國時報．人間副刊》二〇一三年六月六日）、〈散文的逆襲〉（載臺灣《聯合報．聯副》二〇一三年六月二十日），朱少璋〈虛構與撒謊〉（載《字花》第七十四期，二〇一八年七、八月），樊善標〈散文文類真實性之源〉（出處同上）。

括戰前來過的移民），超過五分之四只能從事低於原來地位的工作，特別是商人、專業人士和知識分子。來港移民需要面對國民身份和職業身份的雙重失落，「在他們面前的香港社會，就是缺乏一種確定性」。[33] 失落和不確定是惘惘的精神威脅，觸目驚心的新聞消息則催促每一個人考慮該採取甚麼行動，如：「香港資金外逃內流情況嚴重，一些華資銀行已經很少放款」（一九五一年一月）、[34]「美國駐香港總領事勸告美國僑民撤離香港」（一九五一年一月十日）、[35]「港督葛量洪頒發緊急令，為防止囤積居奇和炒賣，政府對一部分西藥實行管制」（一九五一年一月二十七日）、[36]「內地與香港的商業貿易由於內地『三反』、『五反』運動影響，各類出口貿易陷於停頓狀態」（一九五二年二月）、[37]「香港、九龍兩地的失業人數已達四十萬人」（一九五四年八月）、[38]

33 參呂大樂、王志錚《香港中產階級處境觀察》（香港：三聯書店（香港）有限公司，二〇〇三年），頁二十一—二十五，引文見頁二十五。

34 陳昕、郭志坤主編《香港全紀錄（卷一）》（香港：中華書局（香港）有限公司，一九九七年），頁二八四。此書「資料主要採用來自香港、內地和英國的官方文獻、報刊資料和學術著作」，「以新聞紀事方式用大事記條目和特寫鋪陳史料」，雖然書中的事件和敘述角度難免有所選擇，但基本上都有事實基礎。見中華書局出版部〈出版說明〉，無頁碼。同樣，本文的引錄也不免帶有主觀成份。

35 同上註。

36 同上註。

37 同上註，頁三〇五。

38 同上註，頁三五一。

「新界失業人口達三分之一」（一九五五年四月）、[39]「聯合國發表調查報告稱：滯港難民達六十七萬」（一九五五年三月八日）[40]……然而回顧歷史，一九五〇年代的香港，與之前的二十年相比，在日常生活的各方面都有明顯進步。熱戰終究沒有在本地發生；冷戰禁運促成了香港經濟模式的轉型，且奠下了日後更大發展的基礎；[41]與日常生活息息相關的住房、食水、學校缺乏問題，雖然未能解決，卻也得到持續的改善。[42]

閱讀作品之前，還可以先了解一些關於作者的統計。〈表一〉列出六十位作者初次在香港居留（不包括旅遊、過境）的年份：

39 同上註，頁三六五。

40 同上註，頁三六四。

41 高馬可《香港簡史》：「禁運迫使香港步上從轉口貿易改為製造業的轉型，如果沒有禁運，香港在戰後可能不會達到如此高度的經濟繁榮。」（頁一七九）。經濟史家 Catherine Schenk 更認為一九五〇年代奠下了香港崛起成為國際金融中心的基礎。見同上書頁一八〇。

42 舉例來說，一九五三年石硤尾大火，翌年成立徙置事務處，統籌興建公共房屋，是為政府介入公共住房事務之始；一九五四年因應工業需要發展觀塘，是香港第一個新市鎮；一九五五年的新建築物條例放寬地積比率，令私人樓宇供應大增。參王賡武主編《香港史新編》，上冊，第六章〈香港的城市發展和建築〉（龍炳頤撰），頁二五三—二五七。一九五七年十二月「蓄水四十五億加侖的香港大欖涌水塘建設完成，其蓄水量佔全港十四個水塘蓄水量的一半」。參陳昕、郭志坤主編《香港全紀錄（卷一）》，頁四一四。官立、政府津貼及資助的中小學數量，一九五〇年為三百三十二所，一九五九年增至四百九十二所，私立學校不計在內。參 *Hong Kong Statistics, 1947-1967*, p.183.

〈表一〉

一九〇九	陳君葆
一九三五	衛林[43]
一九三七	吳其敏、黃繩[44]
一九三八	南木、[45]施也可、葉靈鳳
一九四〇	易文[46]
一九四四	三蘇
一九四五	夏果、[47]黃蒙田
一九四六	柳存仁、聶紺弩
一九四八	今聖歎、辛文芷、金庸、康年、端木青、劉以鬯
一九四九	十三妹、左舜生、沙千夢、易金、岳心、阿甲、思果、秋貞理、皇甫光、唐君毅、梁羽生、蕭遙天
一九五〇	司明、成愛倫、李輝英、易君左、徐速、徐訏、高旅、黃思騁、曹聚仁、蕭閒
一九五一	慕容羽軍、衛聚賢

43 一九四一年離港，一九四八年再來港。

44 一九四一年後離港，一九四八年再來港。

45 一九四一年離港，一九四九年再來港。

46 一九四二年離港，一九四九年再來港。

47 之前經常來港探親。

一九五三	費立
一九五七	衣其
只知大概年份	黎明起、[48]百木、[49]李素、[50]彭成慧、[51]夏侯無忌、[52]馬朗、[53]唐舟、[54]桑簡流、[55]路易士、[56]燕歸來、[57]于肇怡、[58]黃崖[59]
香港出生	侶倫、[60]高伯雨、[61]望雲[62]

48 一九三七至一九四二年間來港。

49 一九三七年後曾在港讀中學，一九五二年再來港。

50 一九二〇或一九三〇年代曾在港受教育，一九五〇年再來港。

51 一九三〇年代至一九四二年間曾在港任教師，一九四九年再來港。

52 一九三〇或一九四〇年代曾在港讀小學，一九五〇年再來港。

53 一九三〇或一九四〇年代曾在港受教育，一九五〇年代初再來港。

54 一九四九年或一九五〇年代初來港。

55 一九四九年或一九五〇年代初來港。

56 一九四九年或一九五〇年代初來港。

57 一九四九年或一九五〇年代初來港。

58 一九五〇年代初來港。

59 一九五〇年代初來港。

60 一九四一年後離港，一九四五年回港。

61 在廣東受教育，一九三七年回港，一九四四年再離港，一九四五年再回港。

62 一九四一年後離港，戰後回港。

從上表可見，一九四八至一九五〇年是作家來港的高峰期，共有二十八人。之前曾居香港，一度離開，在一九四八至一九五〇年間再次回來的，有七人。兩者合共佔全部作者的百分之五十八（姓名以粗體標示）。只知大概年份的作者中，應該也有一些在這段時期來港，那麼百分比還要更高。一九四八年之前已定居的，則只有十二人，[63]僅佔百分之二十。

上述統計顯示，重要的一九五〇年代散文作者以新移民為主。這裏的「重要」雖然經過了時間的沉澱，實際上不少在當日也是響亮的名字。[64]在這段時期移居香港，主因當然是不願意接受內地的新政權，但也有少數奉派而來的左翼作者。然則離散經驗和對政治的態度，是閱讀這一時期散文的重要背景。

〈表二〉統計作者在一九五〇年的年齡：

63 包括陳君葆、吳其敏、葉靈鳳、三蘇、黃蒙田、夏果、柳存仁、聶紺弩、黎明起、侶倫、望雲、高伯雨。施也可不計算在內，因為她是嬰兒時期隨家人到港，一九五〇年只有十二歲，幾年後才開始發表作品。

64 張春風、林檎、陳畸、苗秀、馮式等在《香港文學大系一九一九—一九四九》散文卷一或卷二出現，這時仍有發表，但沒有選入本卷。這當然帶有編者的主觀去取。

〈表二〉

57	左舜生
52	陳君葆
51	易君左、（衛聚賢）
50	曹聚仁
47	聶紺弩
44	高伯雨
42	徐訏
41	吳其敏、南木、唐君毅
40	李素、望雲
39	李輝英、侶倫、彭成慧
37	易金、蕭遙天
36	黃繩
35	阿甲、皇甫光、夏果
34	今聖歎、黃蒙田
33	柳存仁、葉靈鳳、端木青、于肇怡＊
32	三蘇、司明、思果、高旅、劉以鬯
31	沙千夢、黃思騁、黎明起
30	易文、秋貞理、衛林、蕭閒
29	辛文芷、桑簡流＊
26	十三妹、金庸、徐速、梁羽生
25	成愛倫
23	岳心、（百木）、（慕容羽軍）
22	唐舟、燕歸來＊
21	康年
20	齊桓
18	（黃崖＊）
17	馬朗＊[65]
16	（費立）
15	（衣其）
12	施也可
不詳	路易士

括號內的作者在一九五〇年尚未到港。

＊到港年份不詳，數字為在一九五〇年的年齡。

65　據一般記載，馬朗生於一九三三年，但這一年份很可能有問題，本卷所收錄馬朗〈談亂世感覺〉憶述的個人往事，有些發生於一九三三年之前。

一九五〇年在香港的重要散文作者，[66]最年長的不超過六十歲，平均年齡為三十五歲，中位數則是三十三歲。前文提到當時的內地移民大都經歷社會階層下降的挫折，就常情而論，承受挫折的能力和年紀有關。較年輕的人預期還有很長的日子可以開展新的人生，健康情況一般也較佳，應當較容易適應。一九五〇年代的散文是否呈現相應的情況，值得留意。

〈表三〉按前往地列出一九五〇年代離開香港的作者：

〈表三〉

中國內地	聶紺弩
美國	費立、端木青
馬來亞/馬來西亞	黃崖、燕歸來、蕭遙天、皇甫光、劉以鬯[67]
新加坡	百木、徐訏

這十位作者中，劉以鬯、徐訏、皇甫光不久就回來。一九六〇年代離港的有左舜生、易君左、馬朗、徐訏、黃思騁，其中徐、黃二人在幾年內回港。儘管日後還繼續有外移的，大體上本

66 馬朗和施也可不計算在內。

67 皇甫光、劉以鬯都曾在新加坡、馬來亞兩地居留。

卷的作者在香港居留的平均時間長於《香港文學大系一九一九——一九四九》散文卷一、卷二的作者，這代表香港逐漸成為一個適合長居的地方了。

四、作品閱讀

閱讀一九五〇年代的散文，並非為了佐證以上所勾勒的社會變化。所謂歷史軌跡，總是回過頭來才看得分明的。配合時空背景及作者行事來重讀那些作品，毋寧是想細察：作者的紛歧感受、思考、主張，甚至幻覺、錯覺，以及在當時環境下有意無意的藝術創造；在人口驟增、人才薈萃的時機裏，社會如何消化新的資源，這些人又怎樣努力生存而改變了社會和文學。以下把閱讀所得，分為「人生轉折」、「壁壘穿行」、「售稿生涯」、「流轉與培育」、「那復計東西？」五小節略作説明。

（一）人生轉折

本卷作者中，年紀最長的一羣包括左舜生、陳君葆、衛聚賢、易君左、曹聚仁，一九五〇年時都在五十歲或以上。陳君葆久居香港，暫且不論，其他四人都是新近南來。左舜生曾參與五四運動，在中國內地為政黨元老、政府高官，來港初期曾與易君左合資經營小商店失敗，其後參與到「美援文化」中，出版刊物、編譯圖書，繼而在大專講授歷史學，人生軌跡的弧度不為不大。

〈我所見晚年的章炳麟〉、〈假定魯迅還活着〉選自所著《萬竹樓隨筆》。書名的「隨筆」沿用「凡意有所得，即隨手札記」的古義，[68] 並非 essay 的中譯，但時人許為「文筆簡潔，敘事扼要，要言不煩，而文字組織頗嚴謹，的是個中能手」，[69] 作為散文欣賞自無不可。左舜生這一系列現代史事隨筆當時深受歡迎，[70] 應當是由於讀者對自身遭逢的歷史大變渴望有更清晰的了解，[71] 這也顯示大眾缺乏一種「就位」的安穩感覺。在作者而言，有更想從事的重要工作，寫作小文章未免浪費時

68 〈容齋隨筆十六卷續筆十六卷三筆十六卷四筆十六卷五筆十卷〉，永瑢等《四庫全書總目》（北京：中華書局，一九六五年），卷一一八，頁一〇二〇。

69 蘭苓〈隨筆小品及怪論——香港文壇面面觀之三〉，《出版月刊》第八期（一九五九年四月），頁五。

70 左舜生〈新版說明〉：「我的一本薄薄的『中國現代名人軼事』，過去印過三次，共七千冊；一本『萬竹樓隨筆』印過兩次，共四千冊；其實本來是同一性質的東西。現在為了讀者的方便，同時使得內容稍稍充實一點，把兩本合成一本，用老五號字重排，並增加了新近所寫的一十三篇，原來的目次和標題有些改動，文字也有幾處訂正，這便是我這本新版隨筆的由來。」見《萬竹樓隨筆》（香港：自由出版社，一九五七年七月新版），頁五。

71 朱少璋主編《沈燕謀日記節鈔及其他》（香港：中華書局（香港）有限公司，二〇二〇年）第七〇五則（一九六三年一月一日）：「駱仰止過訪，持金雄白著《汪政權之開場與收場》四冊歸還，蓋自始借第一冊至今，已四踰寒暑，不特仰止詳閱一過，展轉為戚友傳觀亦反復幾度矣。仰止夫婦在倭人入寇時遠走華西，於倭人在淪陷區域之肆威，國人身受之痛苦，偽政權號稱和平之經過，與夫戰後劫搜之慘酷，審理漢奸之壞法，其所耳聞者不盡完，其所目睹者不可解，得雄白書讀之，亦可略見當年史實之一斑。」（頁三八八）這段話大抵可以用來解釋，現代史事隨筆及秘辛在當時的意義。

間，[72]不過終究是對讀者有益，[73]這種自信令左舜生的隨筆保持平靜語調，沒有滲進現實生活的挫敗悲憤。〈我所見晚年的章炳麟〉運用淺近文言，可與本卷三蘇的「三及第」怪論對照，以見當日語體光譜之廣闊。

相較左舜生，易君左的散文家身份更明確。易君左在內地早有文名，一九二〇年代曾與郭沫若、郁達夫在泰東圖書局共事，與郁達夫保持長久的友誼。移居香港之後，易君左同樣一度藉「美援」解決生活窘境，但他還有其他生計，包括投稿、主編報紙副刊、自辦雜誌、展銷書畫、任教大專等，不能簡化地視為從屬於某一政治陣營。易君左以散文、舊體詩詞著稱，也寫小說，文筆流暢近於郁達夫，卻不像郁達夫以頹唐自喜，反而時露幽默之感。易君左曾言，「香港，你說它是天堂，不見得；你說它是地獄，也不見得。……問題在自己是不是能夠奮鬥、能夠掙扎，度過這苦難的年月」，[74]其實他筆下的香港並非只有苦難。〈香港的穿衣自由〉以輕鬆筆調比較不

72 左舜生〈再版自記〉：「假定在這個黑暗時代，我還能勉強的生活下去，我一定要靜坐下來讀自己所要讀的書；或為中國未來許多驚心動魄的問題動動腦經〔筋〕；甚至為了某一個問題，要搜集一些可靠的資料，或更明瞭各方面一些實際情況，也可能把世界的每一個角落都給我跑遍；然而這一切一切都無可能，便只好把這五六年寶貴的光陰，在這種玩物喪志的工作中白白斷送。」見《萬竹樓隨筆》，頁三。文末署「中華民國四十三年十一月六日　香港」，即一九五四年。

73 左舜生〈序〉：「給青年朋友們看看，或者多少還有點益處」。見《萬竹樓隨筆》，頁一。

74 易君左〈序〉，《香港心影》（香港：大公書局，一九五四年十月），頁一。

同地方儀容衣服規範的寬嚴，主張以便利工作和交際為佳，讚美香港的自由風氣。〈苔痕草色總成空！〉記在香港住過的幾個房子，不免有種種煩人之處，但文友都身受相同的困擾，他也只好豁達面對了。易君左筆下的生活兼有苦樂，而最後多是以偶得之樂暫時緩和苦痛，例如〈春節逛花攤〉寫選購年花，多番盤算，買了一盆水仙，擠巴士回家不幸有一枝幾乎折斷了，然而大年初一晨起，叢花無恙盛放，作者感動已極，「生命之力是這樣偉大，花猶如此，人何以堪？」這種態度樂觀而平實，勝於豪言壯語的空洞。本卷另選入〈南嶽小記〉，屬遊記類。易君左對遊記頗為自負，僅僅在一九五四年就出版了五本遊記集。[75]遊記的寫作與出版屬於文化宣傳的一環，左右派陣營都深明此道。右派意在撫慰流亡者的鄉思，兼培養青年的愛國精神，[76]〈南嶽小記〉把衡山擬於莊重、謹飭、正派，又帶點幽默感的君子，別開生面。全文着重渲染山川之美，而不涉張口見喉的說教，時移世易仍然可讀。

曹聚仁在內地教過大學，辦過雜誌，當過記者，移居香港後主要以寫作為業。曹聚仁以「史

75 《祖國江山戀》（香港：自由出版社，一九五三年）、《祖國江山戀續集》（香港：自由出版社，一九五四年二月）、《偉大的青海盡頭》（香港：友聯出版社，一九五四年四月）、《祖國山河（君左遊記選）》（香港：亞洲出版社，一九五四年十二月）、《江蘇》（香港：亞東圖書公司，一九五四年九月）。此外，《香港心影》也收錄了一些香港遊記。

76 參樊善標〈三位散文家筆下香港的山——城市香港的另類想像〉，臺北《中國現代文學》第十九期（二〇一一年六月），頁一一五—一四〇。

人」自許，意謂以客觀超然的態度評論時局，向後世負責任。[77]這種立場令他飽受左右兩派的攻擊，但他與兩個陣營也有一定的合作，後來與左派文友交往較密切。[78]他的作品總量既多，類型也豐富，包括雜文隨筆、歷史掌故、回憶錄、採訪記、專題論著等，也寫過小說。曹聚仁學問通博，閱歷豐富，文辭暢達，喜歡建立思想系統，看不起純粹的考訂。但因為多在報紙副刊發表，即使專題論著，也多以雜感方式寫作。[79]單不庵是曹聚仁的老師，〈蕭山先生單不庵〉既推崇他的考證功力，深切感念老師把他帶進考證學和桐城派，奠下治學基礎，但也毫不含糊地表明不滿足於老師在校勘訓詁之外，再沒有自己的主張，可謂愛吾師尤愛真理。〈書的命運〉、〈我的家〉都

77　曹聚仁〈後記：我是一個史人〉：「我並不是一個文人，而是一個史人；我雖說是一個新聞記者，我所努力的，卻是舊聞記者。我的一部份比較重要的工作，並不想叫有政治成見的人來喝彩，而是對千百年後的史學界有個交待；我的確有着藏之名山傳之後世的意願。」見《觀變手記》（香港、新加坡：創墾出版社，一九五五年四月初版），頁一六二。

78　本卷存目的聶紺弩〈天地鬼神及其他〉可以代表左派的批評。右派的批評可參馬兒（李皺生）等著，呂媞編《與曹聚仁論戰》（香港：永泰祥印刷公司，一九五二年）。另參絲韋（羅孚）〈曹聚仁在香港的日子〉，《絲韋卷》（香港：三聯書店（香港）有限公司，一九九二年），頁二二〇—二三一。黃耀堃〈曹聚仁先生與香港「左派」出版〉則指出曹聚仁和左派始終有距離，文載《上海文史資料選輯．曹聚仁先生紀念集》總第九十六輯（二〇〇〇年第一期，上海：上海市政協文史資料編輯部），頁一五一—一五三。

79　例如《中國剪影》（新加坡、香港：創墾出版社，一九五二年七月初版）的〈前言〉說，此書本質上是中國史，由人物和地理兩個角度切入，但「這一份談中國問題的篇什，也還是雜感式的」（頁四）。

是舊事回憶，細節豐滿，敍述中淡淡流露感情，近於周作人在「文抄公體」之前的風格。[80]〈我的家〉收筆說：「今後我們的家，究竟在甚麼地方？目前也還無從說起，也許將來想到流寓香港這一段生活，格外覺得甜美呢！」可見曠達之懷。〈旅行〉較多默思的成份，有點像梁實秋《雅舍小品》。總體來說，幾篇文章都在周作人提倡的美文延長線上。時局評論和文史論著不宜單篇閱讀，故不選入。

衛聚賢在港期間任教於大專，是考古史地學者，散文創作不多，但〈吃錢〉把專門知識寫得通俗有趣，在此順帶一提。

從上所見，幾位老輩文化人對人生逆轉都沒有形於憤怨激動。「懷故國斥異地」的其實是遠為年輕的一羣，如百木（力匡）、夏侯無忌（齊桓）、秋貞理（司馬長風）、慕容羽軍，他們的寫作風

80 周作人〈讀書的經驗〉：「我從民國六年以來寫白話文，近五六年寫的多是讀書隨筆，不怪小朋友們的厭惡，我自己也戲稱曰文抄公」。見周作人著，止庵校訂《藥堂雜文》（石家莊：河北教育出版社，二〇〇二年），頁四十一。案：《藥堂雜文》的初版由北京新民印書館在一九四四年一月出版。又，周作人一九六五年四月二十一日致鮑耀明信：「他（林語堂）說（我）後來專抄古書，不發表意見，此與說我是『文抄公』者正是一樣的看法，沒有意見怎麼抄法（？）」，見鮑耀明編《周作人與鮑耀明通信集》（開封：河南大學出版社，二〇〇四年），頁三八六。「文抄公體」所得評價不一，如舒蕪〈真賞尚存，斯文未墜〉深表欣賞，張仲謀、張梁〈周作人散文藝術脞談〉則不以為然。前者收於張梁編《周作人》（香港：三聯書店（香港）有限公司，一九九四年），後者收於《周作人的是非功過》（增訂本，瀋陽：遼寧教育出版社，二〇〇〇年）。

格也相近。李輝英比他們稍稍年長，交往圈子不大重合，文風有異，但同樣抗拒在地。百木〈避雨〉通過一件小事建構了自然和城市、美好和醜惡的對立，他抱怨所在的城市人情冷漠，但孤絕處境反而激勵他堅持自我、奮力追求理想。時人認為純真的內容、詩意的行文是百木的長處，[81]而致有青年競相模倣的「百木體」。[82]慕容羽軍〈海底夢〉詩化的程度更高，重在抒發情緒，而略去了具體的事實。夏侯無忌〈野火〉和〈兩個溝渠旁邊的故事〉（署名齊桓）正好把百木〈避雨〉的主題一分為二，前一篇寫個人的不屈意志，後一篇寫不友善的社會，但細節豐富得多，實感較強。另一篇〈九月的隨筆〉透露了感傷情調的原委：在他們心目中，「沉重的時代」令「一切輕快的明朗的感覺都消失殆盡了」。既然連吃一個時令水果，打一場網球，都能觸動家國興亡、文化存續的憂思，所在的這個小地方還有甚麼要緊的事情值得牽繫呢？

秋貞理的〈夜聲〉和〈獨醒的況味〉都是富於詩意的題目，與百木等一樣表達了愛自然恨城市、懷內地厭香港的鮮明感受。同是叫賣聲，在大陸上的令他「不由得感到一種遙遠的思念」，在

---

81 于平凡（許冠三）〈我心上的「北窗集」〉：「我總覺得百木的可貴處不在文章，而在他那顆純真的心。幽美的詩情，生動的畫面，不過只是他那顆赤子之心的自然表白。欣賞百木是不能止於詩情畫意的，你得捉住他的那顆心。」見《人人文學》第十五期（一九五三年八月一日），頁六十三。〈避雨〉不在《北窗集》裏，但這段評論大致上也適用於此文。

82 盧瑋鑾〈香港散文身影——五、六十年代〉，頁iii。

香港的則是「喧鬧」，即使人們的談笑，也是「煩躁的音網」。和故土有關的一切都着上了濃重色彩，元朝「以暴風式騎兵橫掃歐亞」令作者緬懷其「雄威」，而沒有想到生靈塗炭的一面，似乎戰亂經歷僅僅強化了作者的民族感情。不過秋貞理極力渲染中國大地的神奇壯美，抨擊現代社會磨蝕個人志趣、情感和性格，呼籲「肯定自我的存在和個人的價值」，把文化傳統、現實處境、價值理想扣連在一起，為青年指示人生方向，自有貢獻。

李輝英〈漂亮的嘴巴〉寫對陌生人的提防，哪怕對方也是南來者，因為這是「黑得有點怕人」的城市。李輝英是小說家，此文也介乎散文與小說之間，文中的「我」未必完全等同於作者。另一篇〈茄子葫蘆〉則明確地表白由小時候渴望離鄉，到今天思鄉不已，雖然在香港住了七年，「接觸到的倒儘是一些陌生的男男女女」，他們落井下石，背後毀人信譽，令作者下了「此生休矣」的強烈斷語。李輝英對在地的惡感一如百木等，更添上沒有出路的絕望。[83]

本卷另選入百木的〈姑姑〉。此文寫一個平凡女人婚姻和愛情的不幸，敘事為主，行文樸素，抒感適可而止，讓讀者自行體會，例如作者應身在內地的姑姑要求代筆寫自傳，姑姑交給有關部門後，得到一個工作崗位，「是供給制，上大課，學習土改資料，好不容易才養活了她自己」。低調的筆觸留下了特定時代的碎影，是百木較少人注意的一面。

83 其實李輝英在不同園地裏有頗多發表機會，又參與《星島周報》、《熱風》、《文藝新地》等刊物的編務，並非文壇的邊緣人。

文人給捲進時代大轉折的漩渦裏，自傷淪落本屬常情，但不一定變成故鄉和他鄉的對立。蕭閒〈老派克的滄桑〉以殘舊的墨水筆自比，悲涼之中帶點幽默，于肇怡〈流亡文人王韜〉寫一位同病相憐的前輩，都可作為例子。又有一些作品，雖然寫故國經驗，卻不是撫今追昔。沙千夢〈故鄉和外鄉〉說「一個人有着固執的鄉土觀念，在我是很不可理解的」。她住過蘇州、昆明、重慶、成都等地，感到各有好處，但希望生活有更多新花樣，所以「更願意終生都向陌生的地方走去」。這真是非常具有探險精神的性格，戰爭似乎不曾給她留下心靈創傷。思果評論沙千夢的散文集，「與其說讀了『有情世界』覺得那本書好，倒不如說佩服作者的為人還更真實些」，[84]在當時的香港也的確難以找到同樣愉快正面的作者。

費立和黃思騁都是小說家，費立的〈閒散〉和黃思騁的〈紫雲英時節〉、〈旱年〉，情節安排和人物塑造也都帶有小說味道。[85]〈閒散〉寫抗戰時隨家人到粵北小鎮投靠親戚，發現當地人生活節奏舒徐，後來更見到一個人寧願行乞也不接受富有的哥哥替他捐官，〈紫雲英時節〉寫幼時在故鄉和朋友的日常玩鬧，〈旱年〉則寫稚童眼中的農村大旱。三篇文章的內（異）地色彩給讀者帶來欣賞的距離感，而沒有暗示對在地的否定。距離感更強烈的是南木的〈鴉片〉。作者細緻地憶述童

84 思果〈談「有情世界」〉，香港《海瀾》第十五期（一九五七年一月一日），頁十七。

85 發表這三篇作品的刊物都標明是散文。

年時家鄉裏如何種植鴉片，怎樣應付公家的需索，採收前後節慶似的氣氛，大人和小孩都樂在其中。文末說「到現在，要是有人肯給我一塊地，讓我種鴉片而不干涉我，我一定可以種得很好，而且感到極大的樂趣」，完全沒有提到犯罪、道德等問題，令人出乎意料之外。

有幾篇以懷鄉、憶舊為主題的文章，內涵深刻，值得特別介紹。唐君毅當然不是散文家，〈懷鄉記〉在他較通俗的論學問、談道德文章中也屬罕見。此文通過回想在家鄉四川的往事，延伸到地方的文化傳統、新思想的湧動、學校的風氣、朋儕的志向及轉變等。在作者來說，懷鄉是要回到心的本源，而非出於感傷的情緒。〈懷鄉記〉娓娓而談，饒有情味，令人明白作者的文化守成主義立場來自早年的親身體驗。唐舟的〈寄去舊日世界的信〉寫「他」其實就是寫「我」。[86]「我」對舊日世界感受複雜，既斷念又禁不住懷念。時世劇變，一種意識形態即將消滅另一種意識形態，重整的分類體系縮減了類目，「我」無法心安理得地進入新位置，出逃是背叛，還是堅持？據說唐舟在一九六〇年代仍有不凡表現，[87]可惜除了此文，只能找到兩、三篇一九五〇年代的短文和小說。馬朗創辦的《文藝新潮》選譯了一批前衛的當代外國文藝，重提被意識形態埋沒

86 此文也像小說，但原刊標明是散文。

87 李英豪〈從五四到現在〉：「七十年代的今天，……現代詩已逐漸抬頭，……現代小說的成長卻較緩慢，……散文僅是唐舟和思果等較有『瞄頭』。」見香港《中國學生周報》第六二七期（一九六四年七月二四日），頁十二。這裏的「七十年代」指一九六〇至一九六九年的十年。

的一九三〇年代中國作家，率先把現代主義引入香港。馬朗個人的創作成績，以詩和小說較受注意，其實他為數不多的抒情散文也令人眼前一亮。〈談亂世感覺〉寫本來準備脱胎換骨的「小資階級智識份子」，突然發現「碰到了冰冷的命運」；〈烟火〉從何其芳《畫夢錄》式的唯美意象逐漸轉為新感覺小說的風格，「情慾的溫香」代替了「古典的情緒」，最後被一個「絕望而哀傷的姿勢」吸引着，澄清了精神上的「污穢」。兩篇文章一實一虛地回顧了作者在劫難裏接受的愛與欲考驗。

人生轉折見諸文學，不僅是懷舊而已。文化人南來，有些不再操弄筆墨，本卷當然無由選入，但也有些轉業之後，難捨結習，珍惜舊緣，這種行動本身就足以證明文學對人生的意義。彭成慧大學主修西洋文學，在上海出版過散文集及譯作，一九三〇、四〇年代間曾在香港教學。及至一九四九年與兄弟再度來港，轉為開設餐館，營商之暇也投稿報刊，出版作品集，甚至參與文學雜誌的編務。本卷選入的〈藏箋〉，憶述與舊愛相合相離。多年來的悔疚和秘密，終能藉此文一吐為快，相信是作者無法忘情文學的一個原因。

成愛倫的文學因緣更奇特。〈情婦〉和〈寄外子〉以愛情和夫妻關係為題材，前者視婚外情為平常事，在六十多年前固然驚世駭俗，尤令人訝異的是作者本為杭州文藝青年，孤身來到香港，以伴舞為業，偶然應上海南來的小報編者之邀，在副刊兼職寫作，稍後更自資設立出版社，把專欄結集成書。書前有序言多篇，由小報老闆、編者、前輩作者等所撰，其中一位更可能是舞廳主人。這裏無意過份獵奇，但當時眾多的小報今日已百不遺一，小報專欄的內容和人脈關係藉此稍有所窺，也算幸事。

不僅新近移居者深受時代巨潮拍擊，即使是早已定居者也未必能倖免，這裏只舉一個例子。黎明起抗戰期間已由廣州來港，艱難地度過了淪陷時期，可惜一九五二年即以三十三歲的英年猝逝。本卷選入〈蒼蠅〉、〈精神病院〉兩篇，都含哲理玄想，意態平靜，符合他一貫的風格。然而參考《葉靈鳳日記》，黎明起去世時遺下兩個孩子，妻子正在懷孕，葉靈鳳歎為「人間最淒切事」，一羣文友發起募捐，為他的家屬籌措生活費。[88] 文風和現實的距離令人黯然惻然。

（二）壁壘穿行

一九五〇年代香港社會上的政治左右對壘格局，與見於文學作品——就本卷來說特指散文——的情況，是兩個不同的問題，鄭樹森、黃繼持、盧瑋鑾曾有細緻的討論。[89] 參考他們的見解，大致上文化事業的資金來源確有左右陣營之別，但從作品來看，意識形態的對立並非所有時候都劍拔弩張，文學仍可穿行於政治壁壘之間。這大抵由於香港政府杜漸防微，毫不遲疑地預防

88 一九五二年七月二十二日及八月七日的日記，見盧瑋鑾策劃、箋，張詠梅注釋《葉靈鳳日記》（香港：三聯書店（香港）有限公司，二〇二〇年），上冊，頁二八五、二九〇。

89 參盧瑋鑾、鄭樹森、黃繼持〈三人談〉，《香港新文學年表（一九五〇—一九六九年）》，頁十九—二十四。

及打擊超越其底線的政治活動，[90]中華人民共和國則一再在內部下達暫時無意收回香港的指令，微妙的平衡因此得以維持至一九六七年的「暴動」前。

這段期間自然不乏反共言論，本卷之中也有反映，例如于肇怡〈貓語〉借家貓和野貓的對比諷刺為了生計而左傾的文人。有趣的是，易金〈如此文人值幾錢？〉也嘲諷政治依附，卻指向己方陣營中的投機者，另一篇〈出了籠的鳥飛不過海〉慨歎投奔自由的無奈結局，皆發表於國民黨嫡系的《香港時報》，作者後來更出任該報總編輯。易金的文章顯示了右派內部仍有自我批評的空間。

---

90 包括出版、教育、社團等方面的法律限制，以及遞解出境的懲處。出版方面，李少南認為「一九五一年五月制定的《刊物管制綜合條例》最為全面及苛刻。……任何報刊會導致他人犯罪、支持非法的政治團體、影響公共秩序健康或道德者，法庭可根據律政司申請查禁或暫停違例報刊出版六個月。此外，任何報刊惡意散發可能導致公眾不安的虛假消息，即屬違法。此例還規定不得發表任何煽動正常社會秩序的言論」。見王賡武主編《香港史新編》，下冊，第十三章〈香港的中西報業〉（李少南撰），頁五九八。教育方面，例如一九五四年十一月十四日教育司重申《一九五二年教育則例》，禁止學生組織參加集會及向外籌款。見陳昕、郭志坤主編《香港全紀錄（卷一）》，頁三五五。社團方面，例如一九五七年七月四日律政司會議首讀通過《一九五七年社團（修訂）條例》，加強管制，見《香港全紀錄（卷一）》，頁四〇七。遞解出境方面，一九五二年一月十日馬國亮、司馬文森等文化人因政治活動被遞解出境，見鄭樹森、黃繼持、盧瑋鑾編《香港新文學年表》，頁二十七。被遞解出境的不限於文化人，例如同年三月教育工作者呂岡、六月十五日名電車工人、一九五八年八月五日香港培僑中學校長杜伯奎，都受此懲處，見《香港全紀錄（卷一）》，頁三〇七、三一一、四二八。

左派在香港雖然備受壓制，但掩蓋不住建政帶來的自信。聶紺弩〈論悲哀將不可想像〉認為「一切悲哀都有它的社會根源，都是社會制度的反映」，最大的悲哀來自舊世界的制度。舊世界既已走向衰亡，新世界序幕已經揭開，「將來是歡樂的時代，一切人都歡樂，是所謂真正的人類歷史時代」，悲哀將無法想像。[91] 題目先聲奪人，假如不爭議文中的理論是否正確，作者的想像力值得肯定。另一篇〈天地鬼神及其他〉源於曹聚仁自稱不承認任何權威，說天堂裏的神其實是惡魔，給打到地獄的每每是善良之神，作者遂嚴斥他「反對人民政權」，地獄「是他該去的地方」。[92] 聶紺弩在一九五一年初返回內地另有任命，曹聚仁承受的左派批判壓力才逐漸減輕。

陳君葆一貫認同中國文化、支持左派及中華人民共和國。〈「這裏是南邊」〉反對當時有些人主張香港「要和『大陸』絕緣」，但語調沒有聶紺弩的凌厲。文中引述周壽臣的話來支持自己的意見。周壽臣家族世代居於香港，他本人更獲英國授予爵士勳銜，陳君葆則在香港成長，任職於殖民地最高學府，無獨有偶地也獲得英國的封贈。他們都自視為中國人，但行事和主張的分

91 聶紺弩《聶紺弩雜文集》（北京：生活．讀書．新知三聯書店，一九八一年），頁七五八。文末署「一九五〇，七，三，九龍」。由於無法找到原刊本，此文列為存目。

92 聶紺弩《聶紺弩雜文集》，頁六四三—六四四。文末署「一九五一，三，二四，香港」。由於無法找到原刊本，此文列為存目。

際與聶紺弩或其他定居時日較短的人不盡相同，這毋寧是當事人未必意識到或者願意承認的香港立場。[93]

辛文芷（羅孚）〈也寄小讀者〉、康年（吳羊璧）〈路的閒話〉不直接談政治，而歌頌國家的建設，以期達到宣傳效果。吳其敏的遊記〈武漢鱗爪〉讚美舊名勝的新氣象，用意相近。類似的遊記還有很多，辛文芷、康年、夏果、黃蒙田、葉靈鳳、李輝英等都寫過不少。他們與右派作者如易君左最顯著的分別，是後者只能追思昔遊，前者則多寫最近觀光所見，本卷選錄三篇以見一斑。

一九五六年十月下旬，左派的《大公報》推出由金庸、梁羽生、百劍堂主合寫的專欄《三劍樓隨筆》。三位作者是當時得令的武俠小說家，「專欄」雖僅持續了三個多月，後來沿用專欄名稱結集成書，至今仍見稱道。《大公報》預告專欄出台時說，約得這三位開創武俠小說新流派的作者，「用另一種筆法撰寫散文隨筆」。[94] 其實三人都是《大公報》員工，在寫武俠小說之前已發表

93 例如在一九四九、五〇年香港興起了青年回內地升學或工作的熱潮，陳君葆卻呼籲為人民服務大可由當下的地方做起，沒有鼓動強烈的意識形態。參樊善標〈一九四〇、一九五〇年代之交《華僑日報》兩個學生「園地」的青年文藝培養〉，《諦聽雜音：報紙副刊與香港文學生產（一九三〇—一九六〇年代）》，頁二二一—二二二。

94 香港《大公報．大公園》，一九五六年十月二十二日。

過不少其他類型的文字。金庸在《大公報》及《新晚報》工作，並以筆名姚馥蘭、林歡寫影評；梁羽生是《大公報》副刊編輯，又以馮瑜寧、梁慧如等筆名寫談文藝、歷史的小品；百劍堂主早年寫新詩，署名周為，一九五五年以筆名阿甲出版過散文集。所謂「用另一種筆法」顯然是相對於武俠小說。金庸、梁羽生的武俠小說日後評論者甚多，且成為學術研究的課題，當時卻與其他同類作品皆被視為通俗娛樂。《三劍樓隨筆》以武俠小說家的名氣吸引讀者，但專欄內容強調知識，廣及中外歷史、文學、電影，圍棋和象棋，甚至數學，作者互相延伸話題，也引來讀者認真討論，銳意展示一種高雅的現代文人格調。百劍堂主〈乾亨行．楊衢雲〉寫晚清革命先烈在香港的事蹟，梁羽生〈一位記者的舊詩〉談百劍堂主的文學才華，金庸〈快樂和莊嚴〉記他和法國著名影人的談話，三位作者的學養和交遊令人悠然神往。梁羽生引錄了百劍堂主在民國年間的多首憤懣感慨之作，最後不忘補上一首歡樂的近作——欣賞中國民間藝術團來港演出荷花舞；金庸轉述了國際友人對當前中國的讚美，又得體地回應了對方就中國電影技術提出的小批評。兩篇文章誠然有宣傳意味，但分寸恰可，特別是〈快樂和莊嚴〉以一個小片段收結，饒有幽默感。金庸另一篇〈聖誕節雜感〉則更多地表達了個人化的感受，例如對西方習俗和宗教的包容。

百劍堂主早些年以筆名阿甲出版的《抒情小品》，名副其實地抒發個人化的感受。〈鄰〉寫鄰里感情的凝聚，〈質樸〉寫廣東俗諺的趣味，〈訪友〉寫日常生活裏可喜的小事，都予人簡樸清新的感覺。夏果〈蟄居雜記〉是一束街巷速寫，關心低下階層，卻不流於樣板的社會批判。高旅〈聽猿記〉回憶抗戰期間到桂西山區訪友，友人在一個荒涼的火車站當副站長。作者小住一星期，得知小站所在雖然荒涼得「日本飛機決不會上這兒扔炸彈」，卻有村民和猴子爭奪生存空間，結果是人勝猴敗，後來作者在香港偶然想起那次經歷，相識者已斷絕音信多年了。大時代的人和事往往如此，徒令人思之惘然。[95]

黃蒙田〈在年畫市場〉、〈白蘭花及其他〉講述自己的喜好和見聞，向一般讀者介紹藝術和植物知識，親切平易，呈現日常生活中感到的美好——當然不乏新中國的成就。黃蒙田畢業於美術專門學校，藝術作品及藝術家、植物及時令，是他寫作的兩大題材。一九五〇年代初，黃蒙田又主編《新中華畫報》。從《葉靈鳳日記》可見，他應付出版審查非常謹慎，多次向葉靈鳳約稿都要求撰寫民俗、考據或史話類文章，以避免觸犯禁忌，而葉靈鳳也樂意配合。[96]由此推想，不觸碰

95　本文收入霜崖（葉靈鳳）等《紅豆集》（香港：香港新綠出版社，一九六二年三月）。文末署「一九五一年十一月十二日」。由於無法找到原刊本，此文列為存目。

96　例如一九五一年十月四日的日記說：「下午應黃茅〔引者案：即黃蒙田〕之約赴大酒店喝茶，他交來五十元，是《新中華畫報》給〈三合會與義興公司〉一文的稿費。但謂編者因了文章內容涉及殖民地管制華僑的社團政策，怕第一期因這篇文章遭遇問題不敢即用，擬留待稍後再用，並請我趕寫另外一篇，以備補入第一期。他們要求的是先寫一些關於南洋風土人情的民俗隨筆。約定在一星期內交稿。」見盧瑋鑾策劃、箋，張詠梅注釋《葉靈鳳日記》，上冊，頁二二一。黃蒙田所說的「編者」其實是他自己。另參一九五二年四月十日、一九五二年七月三日的日記，見上冊，頁二六〇、二七九。

政治正是這些知識小品的政治性所在。[97]

葉靈鳳也是美術學校出身，知識散文寫作的題材更廣泛，除了藝術、文學、動植物，還有香港史、性風俗、書籍收藏及設計等，每一方面的內容都為後人所重視，但亦多只引錄或撮述資料、僅略加評論的文章，稍欠情味。本卷選入的〈法國文學的印象〉則較多披露自己的感受，與憶念故人的〈望舒和災難的歲月〉同樣可讀。〈新蟬第一聲〉、〈三月的樹〉、〈香港的蝴蝶〉選自《香港方物志》。[98]早在一九四〇年代，葉靈鳳已開始有系統地寫作香港史題材的文章，[99]其後受香港大學教授、英國生物學家香樂思（Geoffrey Alton Craig Herklots）著作 *The Hong Kong*

---

97 黃蒙田的散文集《北遊記》（署名蒙田，香港：上海書局，一九五七年四月初版）與吳其敏等的遊記都寫內地的新氣象，但黃蒙田似乎更小心，只寫風景、藝術，不談其他，甚至只說和「旅伴」同行，同行者姓名、出行目的、接待部門，都沒有交代。通篇流水帳記述路上所見，當然都是正面印象，但沒有太強烈的讚美。然而在內地出版的《新美術講話》（署名黃茅，廣州：人間書屋，一九五一年一月）則政治化得多，書中〈由舊美術到新美術〉一文解釋「新美術」的意思說：「是反帝、反封建、反官僚資本主義，和舊美術站在完全相反的立場。在無產階級領導的新社會中，新美術底最高的意義，就是它真正地為廣大的人民所需要。」（頁七）這些措辭在香港出版的《美術雜記》（香港：上海書局，一九五九年四月版）完全沒有出現。《美術雜記》甚至連魯迅也避免提及，改稱為「周樹人先生」，如〈比亞茲萊的抒情畫〉，頁一。

98 葉林豐（葉靈鳳）《香港方物志》（香港：中華書局，一九五八年十一月）。

99 葉靈鳳主編《星島日報．香港史地》，大部份文章都由葉靈鳳親撰。據葉靈鳳一九四七年五月二十八日及七月十日的日記，見盧瑋鑾策劃、箋，張詠梅注釋《葉靈鳳日記》，上冊，頁六十七、七十八。

Countryside: Throughout the Seasons 啟發，把注意的對象由古舊文獻轉到身邊和當下，對在地產生了新鮮的感受。〈三月的樹〉說香港的樹和北京、杭州都不一樣，秋天並不落葉，到二、三月時才一夜之間去舊換新，是春花以外另一種美麗的風景。〈香港的蝴蝶〉則指出「以本港面積之小」，蝴蝶的種類卻比英倫三島多上一倍，「這確是可以值得誇耀的」，行文中帶着毫不隱藏的欣賞之情。〈新蟬第一聲〉擬想乍暖還寒的時候，新蟬興奮地等待寒流的尾潮過去。這種喜悅的移情在葉靈鳳其他隨筆小品都不曾出現過，實在是一種突破的寫法。如果說葉靈鳳對定居已經十多年的地方，開始有些好感，顯然並不誇張。然而一九六七年的事件把他重新捲進政治漩渦裏，要是帶着之後的印象來閱讀《香港方物志》，就難免錯失葉靈鳳在感情上和香港最接近的一刻了。[100]

（三）售稿生涯

一九七一年蕭閒去世，友人戎馬書生為文悼念，憶述一九五〇年代初的香港：

> 我和張贛萍〔引者案：蕭閒本名〕認識在彼此一生中最貧困的時候，大家避亂來港，語言不通，人地生疏，舉目少親朋之人，容膝乏迴旋之地。他學的是軍事，根本用武無地；為了

100 參樊善標〈讀書、政治與寫作——從《日記》看一九四九年後的葉靈鳳〉，臺北《中國現代文學》第三十八期（二〇二〇年十二月），頁三一—二十六。

日謀三餐，夜求一宿，迫得作打石子苦工，日賺三元六角一天以糊口，我則焚膏繼晷，日夕鑽研，重作操觚生涯，到處投稿，因為那時香港的日晚報及雜誌，只有十家左右，時星島晚報尚日出一張，行銷亦不過萬份，後始出張半、兩張、三張，直至今日的四五張。而希望賣文為生，煮字療飢者，更多似過江之鯽，粥少僧多，供過於求，自不能篇篇採用，向隅者亦大不乏人，稿費千字十元者，亦唯本報一家，其他七八元、四五元，最少者僅及千字二元。為了生活，大家亦競相投稿。[101]

這段話寫出南來者生活的艱困，但也可以看到寫作在當時有為生的可能，讓無法回到原來行業的人得一出路。賣文的回報其實不算太少，一、二千字的稿費已經超過體力工作者一天所得，困難在於收入不穩定。然則如能與發表園地長期保持合作，就可以安頓下來了。戰後香港報紙的文藝副刊版面大多固定，由連載小說及不同類型的短文專欄組成，開放投稿的篇幅不多，因此一旦取得寫連載小說或專欄文章的「地盤」，一段時間之內的生活就有了保障。

取得「地盤」有不同的辦法，如人脈關係、政治依附之類，但也有人憑作品內容取得成功。

101 戎馬書生〈哭張海山〉，張谷志蘭（？）編《海宇心聲——張贛萍先生逝世周年文集》（香港：張谷志蘭（？）出版，約一九七二年），頁四十二。戎馬書生，本名朱振國，另有筆名退職記者。引文中「本報」未詳是哪一份報紙。張谷志蘭是張贛萍之妻，此書無版權頁。

很多上文介紹過的作者未嘗不賴稿酬為生，但這裏的重點是藉抓住讀者興趣而開展的職業寫作生涯。這些作者的成就是在商業主導的發表園地中贏得讀者捧場。並不是說他們總是追隨着讀者的喜好，相反，成功的作者多是突破了市場上的舊模式，啟發了讀者的新口味。因此也可以說，他們開拓了商業報紙副刊的可能性。

高伯雨自言從一九四〇年代初起就「全靠文字來吃飯」，養大了六個子女，[102]是資深的職業作家。高伯雨以掌故文章馳名，發表範圍遠至東南亞各地。掌故源自古代的隨筆，作者蒐羅官私文獻，比照推敲，整理出各種歷史知識，寫成短篇文章。論者普遍認為高伯雨之所長在於嚴謹有據，[103]也有人說「喜歡他那種輕快的筆調，妙緒環生而並不是胡扯，談言微中而並不涉輕

---

102 高伯雨〈後記〉，《聽雨樓雜筆》（香港：創墾出版社，一九五六年八月），頁一九一。

103 如瞿兑之〈序〉稱高伯雨和在北京的掌故前輩徐一士齊名，「他們對於資料的運用都十分謹慎」，「其謹嚴負責的態度，是符合學術要求的」，見高伯雨《聽雨樓叢談》（香港：香港南苑書屋，一九六四年六月），頁三、四。易君左〈編餘小記〉：「他（高伯雨）是當代掌故學的權威，他穩坐在南天掌故壇上第一把交椅。以前在星島，現在在熱風，常常讀到他的文字，沒有一個人不驚（原文如此）佩他的淵博和卓識。他所談掌故的正確性，是誰都相信得過的。」見香港《新希望》香港復刊第五十七期（一九五五年三月二十二日），頁十五。葉靈鳳〈讀《聽雨樓叢談》〉：「他（高伯雨）摭拾舊聞，對於一人一物，必定要指明其出處，辨別真偽。這就不是『閱微草堂筆記』的『姑妄言之』，而是近於『夢溪筆談』一類的有益於考證之事的文字了。」見小思（盧瑋鑾）選編《葉靈鳳書話》（北京：北京出版社，一九九八年），頁一三七。

薄」。[104]不過時移世易，今天以掌故考據文章消閒的讀者，恐怕絕無僅有了，本卷選錄內容較平易、不涉雜複考證的〈倒霉狀元龍汝言〉、〈煉煤油的笑話〉，嘗鼎一臠。後面一篇選自高伯雨《讀小說箚記——「水滸」和「二十年目覩之怪現狀」索隱》，[105]書名看似學術著作，其實仍然是隨筆體式，顯然由於對象是一般的報刊讀者。曾有人詢問為何不多談當下的事情，高伯雨回應說，「今時今日的事不是『掌故』，未必為讀者所樂聞，還有，在此時此地，月旦人物，批評社會，易招愆尤，甚違古人明哲保身之道，暫時敬謝不敏」。[106]愆尤未必限於政治，也包括開罪有財有勢的人。高伯雨不想惹禍的顧慮與左舜生《萬竹樓隨筆》取材於當世相識者恰成對照，或可視為職業作家與學者的分別。然而高伯雨也並非完全不寫今事，〈煉煤油的笑話〉以內地最近掌握的一種合成人造石油方法入題，正流露了他對新中國的好感。

三蘇在二戰後進入報界，憑着靈敏的社會觸覺迅速攀上職業生涯高峰：主編叫好又叫座的《新生晚報．新趣》副刊，用各種筆名發表不同類型的作品，通行於不同政治立場的報紙，署名經紀拉的《經紀日記》系列尤其受歡迎，但作者本人更喜歡以三蘇等筆名撰寫的「怪論」。[107]本卷選入四篇「怪論」文章，〈論活下去不活下去活不下去活下去不〉回應社會局長遏制自殺風氣的呼籲

104 瞿兌之〈序〉，高伯雨《聽雨樓叢談》，頁四。
105 高伯雨《讀小說箚記——「水滸」和「二十年目覩之怪現狀」索隱》（香港：上海書局，一九五七年八月）。
106 高伯雨〈自序〉，《聽雨樓隨筆（初集）》（香港：上海書局，一九六一年五月初版），頁三。
107 見劉紹銘〈高雄訪問記〉，林以亮等《五個訪問》（香港：文藝書屋，一九七二年），頁三十五。

——「活下去是人的義務」。題目藉詞序變化帶出幾種自殺者的心理及自殺的原因，條分縷析，最後得到的結論是：「人不但有活下去的義務，其實亦有要求活下去的權利」，「人有勸人活下去的權利，也應有使人活得下去的義務」，既尖銳地揭露了官員的偽善，滑稽的文字遊戲也令人不禁失笑，三蘇的行文特色又不僅是眾所周知的「三及第」（白話書面語、粵語、文言雜糅）而已。[108]〈對飛機撞山慘案不須過於緊張論〉正言若反，諷刺當局根本不在乎市民的性命安全；〈佔最多數之華人應接受少數之非華人意見方為香港論〉一針見血地指出，殖民統治的本質就是將非華人（殖民者）的利益置於華人（被殖民者）之上。二戰結束後第一任港督楊慕琦（Sir Mark Aitchison Young）在一九四六年宣布將要推行政制改革，讓香港居民有更多機會參與管理香港事務，但華人和非華人社會代表、英國政府接連提出各種質疑，到一九五二年計劃終於正式宣布取消，[109]三蘇的批評可謂洞燭先機。這幾篇怪論站在小市民的立場發言，無關政黨的主張，可說是一種香港人的思考角度。然而三蘇怪論不僅針對當政者，〈論論論講古古古口吃〉荒謬地提出說話結巴的好處，其實是嘲諷有些人思想保守，小題大做，無疑是一種社會批評。可是儘管三蘇在報界叱吒風雲，卻難掩面對純文學作家的自卑。他寧可自稱「寫稿佬」、「職業作家」，自覺「與一般所謂『文

108 有關三蘇的「三及第」小說和怪論，可參黃仲鳴《香港三及第文體流變史》（香港：香港作家協會，二〇〇二年），頁一〇四——一一一。

109 王賡武主編《香港史新編》，上冊，第四章〈戰後香港政制發展〉（鄭赤琰撰），頁一四六——一四七。

學作家』，固有有不同也」。[110] 當時售稿為生的作者，即使收入優渥，心態也多如此。

今聖歎在內地時本為學界中人，南來香港也曾在大專任教，但最終由業餘撰稿轉為職業作者。他寫過一系列憶舊散文，談他有所交往的著名作家和學者，如周作人、胡適、陳衡哲等，聞見真切，見解獨特，行文從容閒雅，是典型的文人學者隨筆。[111] 本卷卻特意選入他另一類型的作品。〈閒話文章〉由聽說曹聚仁又在捧他說起，似調侃又似嘲諷地談了一輪曹聚仁，然後似乎漫不經心地提到舊日認識的北大學者，隨手評論幾句各人的高下，接着說到對臨帖和唱戲的意見，娓娓道來，侃侃而談，沒有明確的主線。今聖歎在文中自言擅長模倣各種風格行文，卻不是想自誇樣樣皆能，而是「正在習作，以習作賣錢」。文末又引用徐訏所說，有些熟人寫得太多，以致愈寫愈壞，今聖歎補上三個原因：沒有時間思考，沒有時間讀書，「寫文是為了應付字房排字」。他認為自己正是如此。這篇文章風趣輕鬆而帶點油滑，中間披露為錢而寫因此無法寫得好，自信與自傷同時並見。〈五年回憶錄〉寫到港以來所見所感，但不是抒發思鄉之情。文中記述一九四〇年代末香港社會純樸溫厚，後來「上海人」帶來了「海派」風氣，虛榮浮華，不久「上海人」又走下坡路了，數年之間變化驚人。〈五百年後香港的電話〉比較上海、天津和香港電話服務的便利

110 劉紹銘〈高雄訪問記〉，頁二十六—二十七。

111 後來結集為《新文學家回想錄》（香港：文化．生活出版社，一九七七年）。這些作品多寫於一九六〇年，但也有少量寫於一九五〇年代。

程度，從微小跡象推測將來的變化。今聖歎曾為《經紀日記》作序，稱讚「經紀日者〔記〕將近五六年來之香港社會形態，商場貿易，物資流動，以及香港人的物質生活與精神生活，全部烘托出來，每天積累，遂成巨帙，使將來正式研究大陸解放前後，香港的經濟社會情況的人，能得到一份連綿數年的活資料，於學術貢獻，誠不可估計」，[112] 今聖歎本人也能留心社會脈動，而不受困於感傷的情緒中。

十三妹後來被視為神秘作家，其實她在專欄裏表現出來的性格非常強烈鮮明。[113]〈我也向戴高樂歡呼〉和〈中共第一功：提高了認識！〉選自十三妹的第一個專欄《女人看世界》。[114] 欄名強調

---

112 今聖歎〈經紀日記序〉，香港《新生晚報．新趣》，一九五三年三月二十七日。後收入經紀拉（三蘇）《經紀日記》（香港：大公書局，一九五三年）。

113 十三妹在劉以鬯主編的《香港時報．淺水灣》寫了接近兩年的專欄，劉以鬯〈我所知道的十三妹〉說：「十三妹不願以貌示人，並不表示她是一個『神秘』人物。」「從十三妹的文章、書信與言談中，我得到的印象是：她是一個心直口快的人，知無不言、言無不盡，喜歡說出自己的意見，不考慮後果。」見《暢談香港文學》（香港：獲益出版事業有限公司，二〇〇二年），頁一七一、一七四。十三妹逝世後，一九七〇年十月十六日香港小報《新夜報》以頭條報道，主標題為〈本報專欄女作家　十三妹不幸逝世〉，副標題為〈生前身世成謎．從未公開露面〉、〈本報記者〇〇七首先獲覩廬山真面目　神秘女作家之謎已破！〉。另參蕭郎（過來人）〈神秘女作家十三妹〉，載香港《大人》第七期（一九七〇年十一月十五日），頁五十八—五十九。

114 專欄刊於香港《新生晚報．新窗》。

了她的性別和所寫的題材，刻意建立突破傳統的女作家形象。前一篇文章談國際政治人物，後一篇文章在不親近中華人民共和國的報紙上肯定中共，[115]皆當大出其時讀者意料之外。〈雜談中國近代幾個女文化人〉繼續表現十三妹勇於評論的特點，以時代氣息和視野寬狹為尺度，讚賞丁玲，貶抑冰心。十三妹後來自豪地說她改變了副刊主編的成見，把西洋新知和潮流帶進專欄裏，打開了讀者的眼界。[116]其實十三妹的學問不見得特別深厚，她只是具備當時一般讀者所沒有的外語能力，藉以吸收書刊上的普及知識，匆忙消化後向讀者介紹，因此她的專欄生猛潑辣，不避粗疏急就。從〈泛談報紙副刊之性質——兼覆希望我談文學藝術的讀者們〉可見，十三妹的自我的定位非常清楚，她參考了歐美的情況，認定副刊最重要的功能是報道時代新訊息，因此專欄散文也需要有相應的寫法。說十三妹是一位成功的職業作家，不僅就讀者的數量而言，更在於她拓展了散文的邊界。[117]

司明在上海時已是多產的小報作者，來港後順理成章地以寫作為業，長短篇小說、散文，以至歌詞和電影劇本，都本色當行。司明的散文多取材自生活見聞，常以上海經驗和香港對照，但並不是一面倒的讚美或批評。〈一項德政〉寫在灣仔、北角海旁公眾休憩區域乘涼的舒適，有如巴

115 十三妹並非左派作者，她有不少批評中共的言論。

116 參十三妹〈果真是夏蟲不足以「語冰」乎？〉，香港《新生晚報．新趣》，一九五九年十月二十七日；十三妹〈與三位女讀者聊天兒〉，香港《新生晚報．新趣》，一九六二年七月二十八日。

117 參樊善標〈案例與例外——十三妹作為香港專欄作家〉，《諦聽雜音》，頁二九三—三二六。

黎的河畔；〈綠窗〉寫家在尖沙咀的橫街上，幽穆有如蘇州古城的深巷，樹影當窗，小小的世界令人覺得溫暖。兩篇文章都是閒散道來，流露安穩愉悅的心情，緣由在於融入了所在的地方。〈忠貞的女工〉記述房東太太新聘了一個廣東女工，寫出變動時代的人情味，也顯示了作者對政治避之則吉的態度。〈家庭店〉從具體的事件看到一個廣東家庭長幼分工合作，努力賺得生活所需，作者表達了他的欣賞。司明同時撰寫多個專欄，每天見報，常以尋常細事、偶然所見入文，沒有擺出居高臨下的姿態，不用宏大空泛的腔調，靜水緩流，保存了不少昔日的小市民感性。

十三妹的副刊專欄風格後繼乏人，香港的期刊也無法提供適合的園地，讓這種初步開拓的散文寫法淬礪得更細緻深刻。司明的低調親切卻不乏同路人，但容易流於瑣屑浮淺。總而言之，從一九五〇年代報紙副刊萌長出來的一批作品，超越了左右政治教條，緊貼城市脈搏，追求娛樂趣味，時或粗疏鄙俚，實在是香港散文的一大特色。這種特色延續了最少三、四十年。[118]

最後簡單介紹幾位主要在報上寫小說、偶爾兼差寫散文的作者，包括劉以鬯、望雲、易文、侶倫及皇甫光。劉以鬯〈失眠心得〉的驚奇結局有似於他的短篇小說，〈顧影談心〉點評電影明星，寥寥數語已可見他對外國電影的熟悉。望雲由香港土生土長的文藝青年轉型為流行小說名

118　專欄散文的研究可參也斯〈公眾空間中的個人論説——談香港專欄的局限與可能〉，《香港文化空間與文學》（香港：青文書屋，一九九六年），頁六十三—七十九；黃繼持〈香港散文類型引論——「士人散文」與「市人散文」〉，黃國彬、王列耀主編《剖沙賞沙——中國當代散文雜文國際研討會論文集》（廣州：暨南大學出版社，一九九七年），頁三三二—三四四。

家，〈怪癖〉、〈最美麗的花球〉取材自日常所見及報上新聞，信筆直寫，當年望雲小說的忠實讀者當然不會錯過了解心儀作家所思所感的機會。易文除了寫小說，還寫詩和劇本，後來轉業成為名導演。〈新物語〉由物件延伸至世態人情，篇幅小而射程遠。侶倫〈買書之類〉是文人的共同經驗，〈母親的畫〉追憶抗戰初期，他們兩兄弟和已故母親一個相處片段，尋常而溫馨。[119] 皇甫光〈三等電車裏的悲喜劇〉和〈女人的手〉介乎散文和小說之間，有些內容可能出於虛構。但徐訏把這類故事歸屬於小品，小品又從屬於散文，[120] 而他在〈序皇甫光「無聲的鋼琴」〉裏，又稱書中所收錄的為小品。[121] 這兩篇正和那些小品寫法一致，本卷據以錄入。徐訏又說，香港的小品有靠巧合和奇遇來吸引人，也有靠人情世故來令讀者感到親切，皇甫光則兼而有之，[122] 此一評語也適用於這兩篇作品。

（四）流轉與培育

時局變化促成了人的播遷，也促成了文學思潮的流轉。有些文學史家認為南來作者延續了周作

119 此文有一個較早的版本，篇題為〈母親的手蹟〉，發表於一九五六年十二月八日香港《青年樂園》第三十五期。

120 徐訏〈序〉，《傳杯集》（香港：友聯書報發行公司發行，一九五三年港一版），頁一—六。

121 徐訏《傳杯集》，頁一〇〇—一一〇。

122 同上註，頁一一〇。

人、林語堂一路的傳統。[123] 上文介紹曹聚仁即曾指出他和周作人、梁實秋風格相似，而曹聚仁也承認，「我在交誼上，和魯迅比較接近；但文章風格，卻以苦茶庵老人為師法」。[124] 不過現代散文的美學本質本來就主要由周作人所建立，他引入英法的「美文」概念，[125] 又躬身實踐，從理論到創作都提供了足為後人參考的楷模。周作人的名言，「它〔小品文〕集合敘事說理抒情的分子，都浸在自己的性情裏，用了適宜的手法調理起來，所以是近代文學的一個潮頭」，[126] 扼要地概括了散文文學性的兩個重點，一是「自己的性情」，二是「適宜的手法」。後者又可以進一步落實在語言上：「我想必須有澀味與簡單味，這才耐讀，所以他的文詞還得變化一點。以口語為基本，再加上歐化語，古文，方言等分子，雜揉調和，適宜地或吝嗇地安排起來，有知識與趣味的兩重的統制，才

123 黃萬華《百年香港文學史》，頁一三二。劉登翰主編《香港文學史》第九章〈散文〉也說：「香港的散文小品基本上是沿襲了周作人、林語堂一路發展下來的。」（頁三三六）。

124 曹聚仁〈前記〉，《魚龍集》（香港：激流書店，一九五四年六月初版），頁四。

125 周作人〈美文〉：「外國文學裏有一種所謂論文，其中大約可以分作兩類，一批評的，是學術性的。二記述的，是藝術性的，又稱作美文，這裏邊又可以分出敘事與抒情，但也很多兩者夾雜的。這種美文似乎在英語國民裏最為發達，……但在現代的國語文學裏，還不曾見有這類文章，治新文學的人為甚麼不去試試呢？」見周作人著，止庵校訂《談虎集》（石家莊：河北教育出版社，二〇〇二年），頁二十九。文末署「十年五月」，為民國紀年，即一九二一年五月。

126 周作人〈冰雪小品選序〉，周作人著，止庵校訂《看雲集》（石家莊：河北教育出版社，二〇〇二年），頁一〇五。文末所記日期為「中國民國十九年九月二十一日」，即一九三〇年。

可以造出有雅致的俗語文來」。[127] 當然，行文之外還有剪裁結構，周作人未有多談，但他的散文創作其實有深入的探索。[128] 綜合而言，周作人所建構的現代散文文學性繫於作者形象的呈現和表達方式的配合。對於前者，周作人的學生梁遇春有精彩的推衍：「小品文的妙處也全在於我們能夠從一個具有美妙的性格的作者眼睛裏去看一看人生」。[129] 「美妙的性格」不是單數，因此梁遇春又說：

127 周作人〈燕知草跋〉，周作人著，止庵校訂《永日集》（石家莊：河北教育出版社，二〇〇二年），頁七十九。文末所記日期為「中華民國十七年十一月二十二日」，即一九二八年。

128 參劉緒源〈結構、技巧與人的魅力——對一個藝術難題的探討〉，《解讀周作人》（上海：上海文藝出版社，一九九四年），頁一三五—一六一。

129 出自梁遇春為所譯《小品文選》撰的〈序〉，引文見吳福輝編《梁遇春散文全編》（杭州：浙江文藝出版社，一九九二年），頁四三五。《小品文選》一九三〇年四月由上海北新書局出版。原文在這句話之前還說：「大概說起來，小品文是用輕鬆的文筆，隨隨便便地來談人生，因為好像只是茶餘酒後，爐旁床側的隨便談話，並沒有儼然地排出冠冕堂皇的神氣，所以這些漫話絮語很能夠分明地將作者的性格烘托出來」，很明顯是參考了日本的英國文學研究者廚川白村在〈Essay〉裏的話：「如果是冬天，便坐在暖爐旁邊的安樂椅子上，倘在夏天，便披浴衣，啜苦茗，隨隨便便，和好友任心閒話，將這些話照樣地移在紙上的東西，就是essay。興之所至，也說些以不至於頭痛為度的道理罷。也有冷嘲，也有警句罷。既有humor（滑稽），也有pathos（感憤）。所談的題目，天下國家的大事不待言，還有市井的瑣事，書籍的批評，相識者的消息，以及自己的過去的追懷，想到甚麼就縱談甚麼，而托於即興之筆者，是這一類的文章。」見廚川白村著，魯迅譯《出了象牙之塔》（上海：北新書局，一九三二年八月二版），頁七。此書初版由北京未名社在一九二五年十二月出版。

「小品文大概可以分做兩種：一種是體物瀏亮，一種是精微朗暢。前者偏於情調，多半是描寫敍事的筆墨；後者偏於思想，多半是高談闊論的文字。這兩種當然不能截然分開，而且小品文之所以成為小品文就靠這二者混在一起。描狀情調時必定含有默思的成份，才能蘊藉，才有回甘的好處，否則一覽無餘，豈不是傷之膚淺嗎？刻劃冥想時必得拿情緒來渲染，使思想帶上作者性格的色彩，不單是普遍的抽象東西，這樣子才能沁人心脾，才能有永久存在的理由。不過，因為作者的性格和他所寫的題材的關係，每個小品文家多半總免不了偏於一方面，我們也就把他們拿來歸儒歸墨吧」。[130] 這大抵沒有脱離周作人的原意，因為周作人晚年時也説：「我想把中國的散文走上兩路，一條是匕首似的雜文（我自己卻不會做），又一條是英法兩國似的隨筆，性質較為多樣」。[131] 據此，「澀味與簡單味」只是「多樣」中的一種，更重要是形象和表達共同造就的讀後「餘情」。[132]

130 出自梁遇春為所譯《小品文續選》撰的〈序〉，引文見吳福輝編《梁遇春散文全編》，頁五五五。《小品文續選》一九三五年六月由上海北新書局出版。

131 一九六五年四月二十一日致鮑耀明信，見鮑耀明編《周作人與鮑耀明通信集》，頁三八六。

132 劉緒源指出周作人把〈美文〉全文錄入他所撰的《中國新文學大系．散文一集．導言》，「所放的位置，正是在批評了當時的一些文章只能『説得理圓』，『沒有甚麼餘情』之後。所謂『詩化的性質』，最根本的，也就是在文章中容納這種真實的『餘情』吧」。見劉緒源〈作為文體探險家的周作人（下）——知堂小品與知堂書話〉，《解讀周作人》，頁九三。「詩化的性質」即周作人所認定的「文學性」，〈美文〉説：「讀好的論文（引者案：即藝術性的論文、美文），如讀散文詩，因為他實在是詩與散文中間的橋」，又説：「若論性質則美文也是小説，小説也就是詩」。見周作人著，止庵校訂《談虎集》，頁二十九。

曾卓然《周作人與五十年代香港散文》說，「從文體上看『周作人式散文』在香港開展成一類比較少抒情與個人絮語，比較少談到自己幽微心境的寫作；更多的呈現成着重博識與趣味，如好友茶話對談講古，更多靜觀與距離的札記寫作」，[133] 用來概括周作人風格的散文頗為得宜，以之描述曹聚仁也很恰當，不過周作人奠下的現代散文基礎比他的個人風格更為廣闊。柳存仁〈耶穌〉重新體會耶穌的教訓和行事，欣賞他的「人性」，而敬服他「不可及的偉大」，作者學問深厚，論人以「平實篤切」為上，[134] 行文則平淡自然，誠有周作人之風。路易士（李雨生）以連載小說聞名，中西文學知識豐富，曾以筆名白丁在報上撰寫文學隨筆。[135]〈「荒原」及其他〉寫城市中的孤寂感，不止於怨懟，而是有所反省、克復，在「荒原」中仍有自存之道。此文並非「有距離的札記寫作」，但文中的默思和理趣富於「餘情」，確有「蘊藉」「回甘」的味道，仍在「美文」的範圍內。

桑簡流的散文本卷選入三篇。用本名水建彤發表的〈不可告人的事〉，寫獨自到印度大吉嶺旅行，目的是把自己長達十萬行的傑作〈人曲〉手稿埋藏在世界第一高峰，好讓百萬年後倖存於原子戰爭大劫的人類作歷史材料參考。這一開場已令人疑幻疑真，及後作者在醉中竟與孔子和貌似錢穆的莊子對話，[136] 大談古代中西文化淵源，被二子斥為胡扯。本卷援徐訏「小品」之例錄入此文，但

133 曾卓然《周作人與五十年代香港散文》，頁二一〇。

134 「平實篤切」是柳存仁文中對耶穌教義的評價。

135 白丁《文藝沙律》，香港《新生晚報．新趣》，一九五八年三月三日至三月二十一日。

136 文中說莊子貌似錢穆，是借錢穆新近出版了《莊子纂箋》（香港：作者自印，一九五一年）來開玩笑。

不僅僅是由於有趣。也斯評論桑簡流的《西遊散墨》說，他「寫亞洲和歐洲的遊記，通博古今，浮想連翩，確是難得一見的奇文。尤其難得是其中對亞洲的看法，不完全是從中原的角度，反而回到歷史，追溯中國與中亞的種種關係，在當時甚至今日，都展示了獨特而不尋常的視野」，[137] 可見〈不可告人的事〉所談在桑簡流心目中未必就是胡扯。選自《西遊散墨》的〈倫敦起居〉和〈悠閒記趣〉，也有異曲同工之妙。此書所記為一九五七年赴英參加國際筆會（International P.E.N. Club）年會之行，[138] 作者的形象除了如也斯所言博通古今中西，文中寫到與各國作家、學者接談的雋語，賞覽的城鄉風景古蹟，結構雖有類流水帳，然瀟灑不拘束、自信而幽默的性情，也因而愈顯。

更值得注意是桑簡流的行文，如：

> 現在，夜深了，從寂靜的燈火看倫敦，好整齊、寬濶、潔淨、厚重。建築物凝重堅實，不高過三四層，卻像歷千年而不崩的鐵鑛巖，一座連一座。有些門面龕着大玻璃櫥，陳列商品。像博物館那樣分類稀疏陳列，燈光不出紫蘿蘭、相思子、奶玫瑰、菀荳花的淡色。城開不夜，却寂靜無人。冷香典麗，淡雅出塵。初夜印象出乎意料之外。（〈倫敦起居〉）

---

137 也斯〈一九五〇年代香港文藝中的一種亞洲想像——以桑簡流的《香妃》為例〉，黃淑嫻等編《也斯的五〇年代——香港文學與文化論集》（香港：中華書局（香港）有限公司，二〇一三年），頁一一二。

138 參水建彤〈國際筆會第二十八屆年會倫敦集會報告〉，香港《文學世界》秋季號（一九五六年九月），頁一一一六。

又如：

> 過了兩天我乘地下火車去艾萍林。在幽靜的鎮上吃過午飧〔餐〕，乘公共車到林邊，獨自走入一片秀宛的平林，置身一座靜寂無聲的綠紗大森林「帳幕」裏，只有自己的腳步踏在厚厚的落葉「地氈」上，沙沙作響，從一株老樹走到另一株要走幾十步，然而枝葉覆蓋，看不見天光，只看見宛委的樹根隱隱現現，成百成千；葉香引人深入深入更靜更靜的淨綠世界。（〈悠閒記趣〉）

節奏、意象、辭藻無不講究，又喜推敲音義兼顧的譯語，如「超靈過」（Charing Cross）大街、「蜉蝣肆」（Foyles）書店，[139]力求典雅格調。《西遊散墨》的〈序〉說：「文字者盛放學術真理之器也。其內涵愈真淳，其外表愈應堅實……是余所以主張文字必晶簡圓實。否則只如玻翠養珠，雖足亂真於一時，不能經久也」，又說：「漢文正宜汲收西方文字以廣其流」。[140]一九五〇年代談論散文而強調語言的，寥若晨星，桑簡流與周作人追求的語言效果截然不同，相同者在於皆要求

139 兩個例子見於〈倫敦起居〉。作者解釋 Charing Cross 大街得名自一位多情英王悼念愛妃在此出喪，「超靈過」意即「心上人由此過去」。

140 桑簡流〈序〉，《西遊散墨》，頁十三、十五。

行文的自覺。

另一位強調語言的作者是思果。思果可以說是一九五〇年代裏唯一同時深入思考散文本質並創作有成的作者。眾所周知，思果散文追隨英國的蘭姆（Charles Lamb，思果譯作藍穆），他對蘭姆的評論也可以看成對自我的要求，例如：

> 他寫人類的情感，甚麼幽微隱僻的角落都給他發掘到了。一個題目到了他手上他就能從各種角度去看，寫出許多精彩的話來。[141]

他又引用法國葛沙米昂（Louis Cazamian）的意見：

> 他的作品總是説明他自己，但並不存心表揚自己，而是寫他最熟悉的東西而已。他的過去一如他的當時有取之不盡的材料供他發揮。他雖主觀，但他有眼光能看出自己的先入之見，自己的虛妄，而自嘲一番。藍穆不是説教者，或心理學家；他不是做研究、分析、或明工作的人；他是個到「道」地的藝術家。除了娛人自娛外更無其他目的。[142]

141 思果〈關於藍穆（Charles Lamb）〉，《私念》（香港：亞洲出版社，一九五六年），頁三十六—三十七。

142 同上註，頁三十四—三十五。

思果尤其贊同最後一句，認為「實在說得再好也沒有了」。[143] 本卷選入五篇思果的散文，都可作如是觀。

中國新文學的散文家裏，思果只推崇梁實秋和周氏兄弟，並認為「周作人，應該算是中國最偉大的散文家之一，其純淨在他哥哥魯迅之上」。[144] 思果把「純淨」視為散文——以及詩——的最高境界，但沒有詳細解釋何謂純淨。從他說「有了一字不妥，有了一句廢話，有一處不能自圓其說，就不純淨了」[145] 看來，似是指思想內容正確無誤而言。但在同一篇裏又說：「散文的文字和內容有同等重要，甚至比內容更重要」，「文字優美，內容空洞，算不算散文呢？說一句不中聽的話，這種文章都可以算是散文」，[146] 然則推到極端處，思果看重的是語言的清晰，亦即傳達的能力。因此，他認為「最狹義的散文是那種只有情理而沒有故事的文字（故事就有也只極少，或者僅供說明之用）；說理表現出卓越的智慧，表情表現出豐美、真實但有節制的感情；有趣而不俗；以文字見長而言之未必有物；繼承文學的傳統而另闢出新的天地」，[147]「未必有物」之言仍能算是

143 同上註，頁三十五。

144 思果〈論散文〉，《文學世界》秋季號（一九五六年五月），頁二十三。本文後來收入思果《沉思錄》（臺中市：光啟出版社，一九五七年九月初版）。

145 同上註，頁二十。

146 同上註。

147 同上註，頁十八。

「以文字見長」，可謂脫盡歷來談散文者的畦徑，卸下全部教育訓誨的重擔了。

在這一批作者中，還可以加上徐訏。本卷選入〈談友情〉、〈談約會〉，屬於梁遇春所說「精微朗暢」的議論文字。這兩篇長文談交友及約會（其實是訂計劃）的各方面，有條不紊，表現了作者的理智篤定，但流露的性情不多。一九五〇年代徐訏參與創辦了《幽默》、《熱風》、《論語》三種以散文為主的刊物，《幽默》和《論語》尤多出力。自一九三〇年代以來，「幽默」就是林語堂的商標，上海的《論語》也在林語堂努力下銷量驕人，徐訏試圖在香港重演林語堂的成功經驗，[148]可惜未能如願。[149]徐訏在《幽默》、《論語》上有些近似林語堂的幽默文章，但並不特別標榜「性靈」、「閒適」，[150]曹聚仁、柳存仁等距離林語堂就更遠了。

以上由曹聚仁到徐訏都傳承了周作人所開創的美文傳統，而有所推展。儘管呈現的性情各有

148 《幽默》和《論語》模倣上海《論語》的痕跡很明顯，例如上海《論語》有〈論語社同人戒條〉十則，《幽默》有〈本刊十則〉，香港《論語》則有〈本刊十不〉，內容非常接近。見上海《論語》第一期（一九三二年九月十六日），無頁碼；香港《幽默》第一卷第一期（一九五二年五月十五日），無頁碼；香港《論語》第一卷第一期（一九五七年四月六日），封面。

149 《幽默》出版了十一期，《論語》出版了三十六期。《熱風》出版了九十九期，但曹聚仁出力較多。

150 林語堂〈論文下〉：「故提倡幽默，必先提倡解脫性靈，蓋欲由性靈之解脫，由道理之參透，而求得幽默也。」見上海《論語》第二十八期（一九三三年十一月一日），頁一七二。〈發刊人間世意見書〉：「（小品文）特以自我為中心，以閒適為格調，與各體別」。見上海《論語》第三十八期（一九三四年四月一日），頁六六二。

不同，共通處是觀看人生所憑藉的不僅是人情世故，還有深厚的學養，具見文人趣味。一般報紙副刊往往難以承載這種重量，因此從普及的角度來看，這些作家和作品並非一九五〇年代散文的主流，但經歷時間沖刷，反而成為香港文學的寶藏。

文學傳統的流轉衍化與世代更替相關。一九五〇年代很多報刊都設有「學生園地」、「青年園地」，或鼓勵青年寫作，如《文壇》、《人生》、《今日世界》、《人人文學》、《祖國》、《海瀾》、《文藝世紀》、《華僑日報》、《星島日報》、《文匯報》等皆然，更不用說《中國學生周報》、《大學生活》、《青年樂園》等以青年學生為對象的刊物了。在當時，投入資源和心力於青年的道德文化培育是社會普遍風氣，原不限於有左右派政治背景的組織，而青年一輩的參與也踴躍熱烈。這些情況從本卷的選文可以略窺一二，[151]下面以梁羽生、黃繩、徐東濱、燕歸來、李素、徐速、倪匡、陸離為例作一簡介。

馮瑜寧（梁羽生）〈看戲的和演戲的〉選自《文藝雜談》。此文解釋文藝理論中「觀照」的意思，淺白易懂，最後歸本於階級理論。這種面向青年的文化教育作品，梁羽生寫了不少。[152]黃繩是左派學校香島中學的校長，〈有趣味的人〉指出「教師不只應該是個有學問的人，而且應該是個有趣

151 這和一九五〇年代青年人口比例劇增，正規教育學額不足，故社會自發提供各種非形式教育有明顯關係。香港政府的人口普查由一九六一年開始，一九五〇年代並無準確的年齡分層統計數據。

152 如梁慧如《中國歷史新話》（香港：自學出版社，一九五六年六月版），馮瑜寧、容穎編《自學成材的文學家》（香港：自學出版社，一九五六年）。

味的人」，[153]以故事帶出道理，沒有說教味道，可能以也是以學生為對象。

岳心（徐東濱）〈給我的孩子們〉是一個三十歲未婚男子寫給他將來兒女的信。作者後來回顧說，這「可說是我唯一認真寫的一篇散文」。[154]文中剖析他的人生觀和價值觀，認定真、善、美三者，當下人類最需要的是追求善，即解決人和其他生物死亡及飢寒的痛苦。沒有善，美將黯然失色，客觀真理也將浮離人間，成為對人類的諷刺。作者深恐隨着時間過去，他自己不一定如此堅持，所以急着把對下一代的囑咐寫出來。徐東濱和燕歸來等創辦友聯社的時候，都是二十餘歲、踏出大學之門未久的青年，但襟懷之開闊，時世之嚴峻，傳承之迫切，令人既肅然亦憮然。

〈給我的孩子們〉一再提到的「燕姨」就是燕歸來。燕歸來寫詩，寫散文，有組織力，更有親和力。[155]〈無形〉、〈回頭〉理路明晰、語調溫和、寫景清麗，這些特點都像冰心，但作者的形象並不柔弱。文中傳達了一種帶有宗教感的信念力量。

153 黃繩〈有趣味的人〉，《香江抒情》（廣州：花城出版社，一九八四年），頁三五九。本文收於此書第三輯，此書〈前言〉，第三輯「是五十年代初期的作品。當時筆者從事教育工作，……以文藝筆調寫了一些以教育思想為內容中心的短文」。（頁二）由於無法找到原刊，此文列為存目。

154 徐東濱〈序言〉，《東濱文集（一九五〇——六九年）》（香港：香港中國筆會，一九七〇年六月），頁四。

155 參考盧瑋鑾、熊志琴編著《香港文化眾聲道一》（香港：三聯書店（香港）有限公司，二〇一四年），奚會暲、古梅的訪問，見頁五十四—五十五、六十三—六十六、九十八—九十九；盛紫娟〈燕歸來——邱然〉，香港《文學評論》第十五期（二〇一一年八月十五日），頁九十六—九十七。

李素曾在國民政府任職，二戰結束後隨丈夫赴中國駐捷克大使館一等秘書任，一九五〇年代前期在港任教中學，後來轉到新亞書院圖書館工作。〈兩座塋墳的啟示——壯美與崇高〉談兩種偉大的人生，一種堅毅不屈，即使最終失敗也無損雄心，另一種克盡職守，超乎功利；前一種人生以其壯美震撼作者，後一種人生則鼓舞了渺小者黯淡的靈魂。作者拈出兩種有啟發意義的人生，大抵與個人閱歷有關，也當帶有指引青年的用意。〈最初一課〉是身為教師的自述，直接地流露了作者的教學熱誠。

徐速〈雪〉、〈海〉二文帶着濃厚的懷鄉感情。前者寫北方雪季裏各種生活樂趣，最後慨歎不知有誰為老母、弱妹清掃門前積雪；後者寫幼時在內地對海的神往、幻想，及至南來香港，與海為鄰一住八年，卻反而更感陌生。〈海〉的正文前有一段〈作者寄語〉，說「近應中國學生周報評閱應徵文卷，使我有機會看到許多描寫海的好文章，也引起我許多感觸，海夢，海戀，海訊，撫今追昔，悲從中來，如果能時光倒流，我倒願意這篇小文也能夾在徵文的文卷裏，然而……」作者儘管無法在香港生出歸屬感，卻沒有營造與故鄉天壤雲泥的對照，反而熱情地與這裏的青年學生互動。徐速參與編務的《人人文學》、《海瀾》、《少年句刊》，也都歡迎青年投稿。一九六〇年代徐速創辦《當代文藝》，又舉辦文藝函授班，繼續培養了更多本地以至外地的文學青年。[156]

156 參黃南翔〈徐速重要文學活動及作品年表〉，黃南翔編《徐速卷》（香港：三聯書店（香港）有限公司，一九九八年），頁二九一——二九二；危令敦《〈當代文藝〉研究：以香港、馬新、南越的文學創作為中心的考察》（香港：天地圖書有限公司，二〇一九年），頁八十一——八十六。

乘時闖入文壇的新進，本卷選了兩位。衣其（倪匡）一九五七年從內地間關偷渡來港，最初在漂染廠當雜工，晚上在大專院校進修，偶然投稿到報紙，獲編輯賞識，聘為校對，由此轉入文化界，日後更成為著名的類型小說家。〈蒙古與馬〉取材自作者的親身經歷，絕塞風光和蒙古人的性情寫來繪影繪聲，敍事明快爽朗，小說家風範已隱約可見。

施也可（陸離）是本卷最年輕的作者，〈海〉和〈少女的祈禱〉都寫於中學階段。〈海〉和徐速的同名之作恰成對照。徐速的〈海〉循時間展開，通過不同階段對海的感受傾訴與一切離散者相似的感情。施也可的〈海〉理直氣壯又迫不及待地宣布自己種種異於別人的地方，「我」是叛逆的、多幻想的，甚至前言不對後語的。〈少女的祈禱〉向聖母要求知道靈魂是否真的不死不滅，她要「真」的答案，更要答案是「真的」——要求靈魂不死不滅。無論神要她去地獄、煉獄或天堂，她都要求得到一個「特權」——讓靈魂隨意飄蕩，哪怕只是一天。因為她要飛出這小島，飛過一望無際的大洋，到彼岸去。沒有特別的原因，只為了那邊有一個她所愛的。放恣的青春氣息逼人而來，即使對着「神」也不稍收斂，一洗上輩人的苦難幽懷，是光芒四射的新世代登場式。[157]

---

157 登場的青年作者當然不止衣其、陸離，在其他文類中，崑南、蔡炎培、盧因、葉維廉、西西等，都已嶄露頭角了。

（五）那復計東西？

一九五〇年代離開香港再沒有回來的作者，除了聶紺弩、百木，還有端木青、黃崖和蕭遙天。

端木青自幼習國畫，一九三〇年代後期留學日本，回國後曾加入政府，至一九四七年決心專注畫藝，但瞬即遭逢時局巨變。一九四八年來港，至一九五六年移居美國，才又專心創作及教授中國畫，以本名侯北人在世界各地舉辦畫展，終成為國際知名的潑墨山水大師。在香港的八年，他沒有放下國畫，但更多的時間用於編輯刊物的文藝版、創作散文和小說、撰寫日本政治經濟評論，甚至寫了一本社會科學專著。[158]〈浮世繪〉回憶旅居日本時認識的女房東及遊女（妓女），發現彼此都在寂寞中消磨了青春，十多年後作者到了香港，依舊過着流浪的生活，淒苦寂寞更甚於往昔，他懷疑會不會永遠失去了歡樂呢，於是想念起那時的一切：「掛着紙燈籠飄着布簾賣夜宵麵的小亭子」、「兩岸柳枝低垂的月夜的小河」、「雨中寂寞歸去的遊女的風情」、「彈着三弦琴的藝妓的茫然所思的神韻」、「窗外松濤」、「午夜鐘聲」，以及「踏着木屐撒在小街上的那一片片寂寞的心情」，然而種種意象都已成一夢了。端木青離港前把一批散文交給徐速，託他代為出版，〈浮世繪〉也在其中。然則香港八年雖是這位畫家生命裏歧出的一段，還是有些堪作留念的痕跡。

158　侯北人《社會學史綱要》（香港：亞洲出版社，一九五七年）。此書在端木青赴美之後出版，但當是在香港時期撰寫，唯未知是否曾在報刊上發表。

黃崖成長於福建，易代之際到了澳門，[159]稍後轉來香港，一九五〇年代末前去馬來西亞，三十年後再移居泰國。從〈靜寂的夜〉知道，他的小情人去了新加坡念高中，繼續赴澳洲上大學，歲月遲遲，遠未到團聚的日子。青澀的愛情沒有結果毫不出奇，倒是文中描寫的天星碼頭、太子道、火車站鐵橋等地點，滿滿盛載着年輕的感情，半世紀之後本地人讀來別有一番懷舊滋味。〈咖啡的戀念〉同樣有豐富的地點描寫，主要是室內的咖啡廳，澳門的、香港的。作者隻身流徙異地，全賴咖啡的香氣紓解愁懷，連結對故鄉和親人的記憶。家太遙遠，幸好逐漸相熟、殷勤待客的咖啡店老板令他有回到家裏的感覺，人和地方終於建立了聯繫。三年後，黃崖離港而去。與端木青不一樣的是，他在每一個棲遲的地方都沒有放下文學。[160]

159 不署作者姓名的〈黃崖年譜〉載，黃崖在一九五〇年「由中國到香港當教員，同年在友聯出版社當校對」，見香港《香港筆薈》創刊號（一九九三年三月十五日），頁一〇一。此一記載似乎不正確。黃康顯〈黃崖在曼谷的日子〉說：「隨着政局的變化，他隻身逃到澳門，澳門不是立足之地，於是又轉到香港，當時應當是一九五〇年。」見同前書，頁一〇〇。本卷選入的黃崖〈咖啡的戀念〉說，「在澳門，我第一次嘗到了那純正的帝汶咖啡，……在澳門的最後一個時期，那正是夏天」，證明他曾在澳門居住。刊於香港《人生》第六卷第五期（一九五三年十月二十一日）的〈聖像〉，文末署「一九五三、九、三、澳門」，刊於第六期（一九五三年十一月一日）的〈紫葡萄〉，文末署「一九五三．九．十四於新口岸」，可見來港當在一九五三年九月中之後。

160 黃崖初中時投稿上海《大公報》獲刊登，在泰國時也有寫作，見黃康顯〈黃崖在曼谷的日子〉，頁九十八、二〇〇。黃崖在馬來西亞主編《蕉風》，並任《學生周報》編輯，見〈黃崖年譜〉，頁一〇一。

蕭遙天在香港的時間最短，僅從一九四九年到一九五三年，但移居馬來亞之後仍有作品寄回香港發表，散文集《東西談》也在香港出版。[161] 鍾怡雯認為短短三年的香港經驗，讓蕭遙天形成了一種「三鄉」視野，「擺盪在北國與赤度（道），在文化中國與『感官南國』之間，中間則是他情之所鍾的香港」，[162] 由此，他把香港經驗帶入了馬華文學。[163] 冷戰時代的香港，是政治光譜最廣闊的華人地區，漢奸、敵人、遺老、遺少、國民黨人，以至在大革命陣營中被清除出來的人物，曾經刀來劍往的死敵，給歷史狂潮沖刷到這裏，竟可以杯酒言歡，蕭遙天〈民主櫥窗〉思考，革命的目的到底是甚麼呢？可謂探驪得珠抓住香港為時代提供的啟示，「三鄉視野」之說確然可信。

以上五個小節並非作者或作品的分類，而是藉着組合和詮釋，帶出一些不同層面的話題，嘗試「為文學的歷史作證」。讀者自可有另外的組合、詮釋，提出不同的歷史觀察，這正是「文學大系」此一體式的精神。

161 蕭遙天《東西談》（香港：南國出版社，一九五四年）。

162 鍾怡雯〈斑駁的時代光影——論蕭遙天與馬華文學史〉，臺北《中國現代文學》第三十一期（二〇一七年六月），頁一九五。

163 除了黃崖和蕭遙天，在一九五〇年代從香港移居或暫居馬來西亞的，還有姚拓、力匡、方天、黃思騁、楊際光、白垚、劉以鬯。見同上註，頁一八九。

五、致謝

本書得以編成有賴很多同道的幫助，除上文所稱引外，這裏特別感謝盧瑋鑾老師長期以來的指引提點；劉以鬯夫人羅佩雲女士、鄧仕樑教授、許定銘先生、許迪鏘先生、鄭明仁先生、馬吉先生（「香港文化資料庫」）、危令敦教授、朱少璋博士、陳大為教授、梁慕靈教授、香港中文大學圖書館提供資料或惠示高見；吳詠儀同學協助蒐集作者簡介資料，撰寫部份作者簡介初稿，以及承擔部份打字工作；香港文學大系工作人員賴宇曼小姐、李卓賢先生、黃妙妍小姐高效率的支援；特約編輯陳芳小姐的專業編校。幾年來在陳國球教授領導的香港文學大系團隊中，與各位不同文學範疇的學者合作，實在是愉快難忘的經驗。

二〇二一年四月三十日

- （右上）柳存仁《人物譚》（香港：大公書局一九五二年九月）封面
- （右下）望雲《星下談第二輯》（香港：東方出版社，一九五三年）封面
- （左上）成愛倫《成愛倫小品》（香港：愛倫出版社，一九五二年四月初版）封面
- （左下）阿甲（百劍堂主）《抒情小品》（香港：晨風出版社，一九五五年十一月）封面

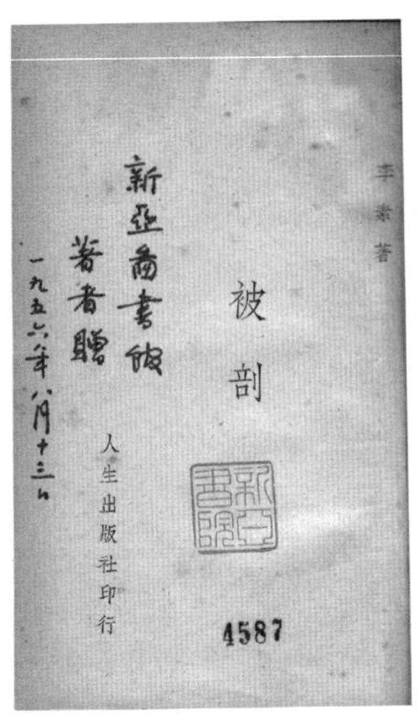

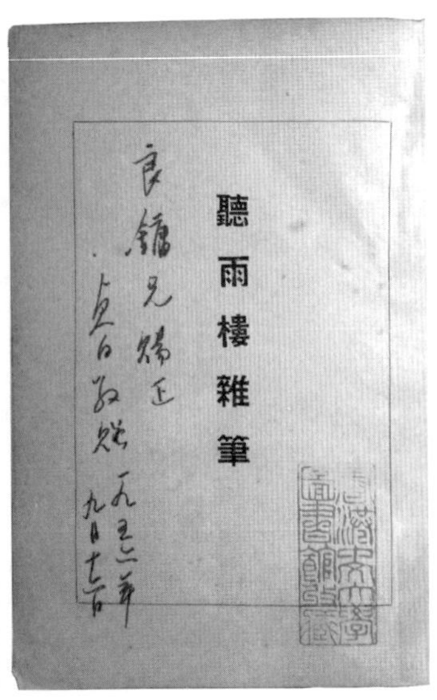

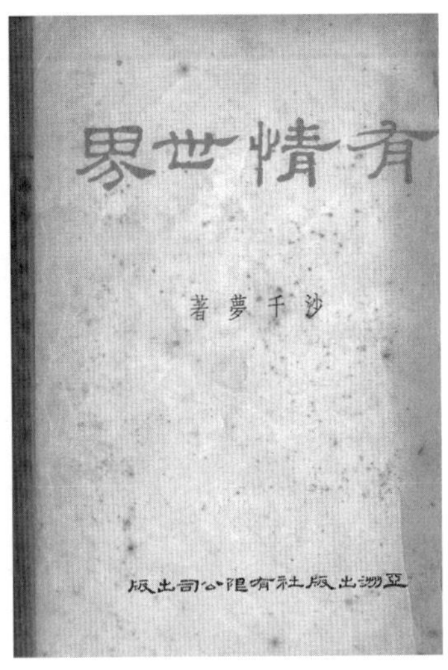

• (右上)高伯雨《聽雨樓雜筆》(香港：創墾出版社，一九五六年八月十六日初版)扉頁作者題贈金庸手跡

• (右下)沙千夢《有情世界》(香港：亞洲出版社，一九五六年九月初版)封面

• (左上)李素《被剖》(香港：人生出版社，一九五五年)扉頁作者題贈手跡

• (左下)葉靈鳳《香港方物志》(香港：中華書局，一九五八年初版)封面

・（右上）易君左《君左散文選》（香港：大公書局，一九五三年十月港初版）封面

・（右下）曹聚仁《文壇三憶》（香港、新加坡：創墾出版社，一九五四年十月版）封面

・（左上）彭成慧《山城之夢》（香港：創墾出版社，一九五四年）封面

・（左下）燕歸來《梅韻》（香港：中國學生周報社，一九五四年七月初版）封面

●（右上）左舜生《萬竹樓隨筆》（香港：自由出版社，一九五七年新版）封面

●（右下）百劍堂主、梁羽生、金庸《三劍樓隨筆》（香港：文宗出版社，一九五七年五月）封面

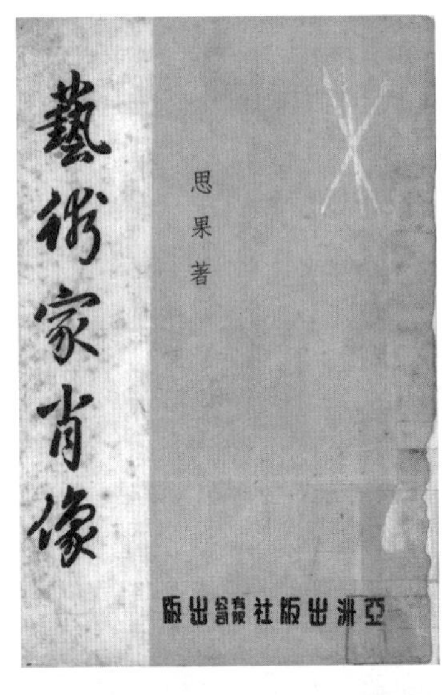

●（左上）思果《藝術家肖像》（香港：亞洲出版社，一九五九年）封面

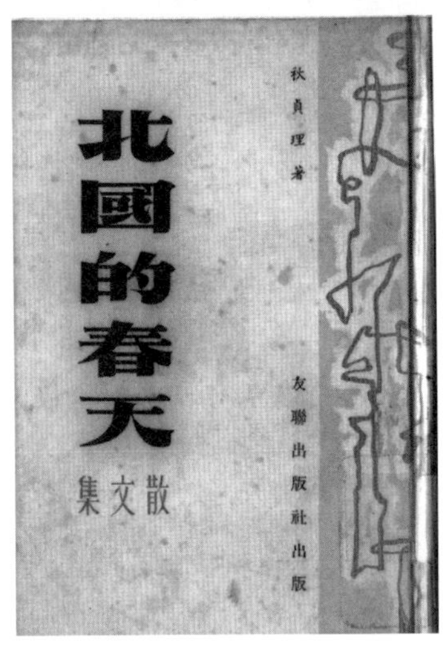

●（左下）秋貞理（司馬長風）《北國的春天》（香港：友聯出版社，一九五九年四月初版）封面

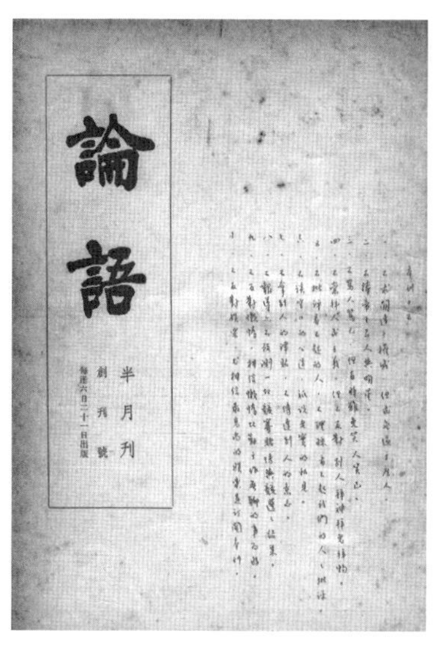

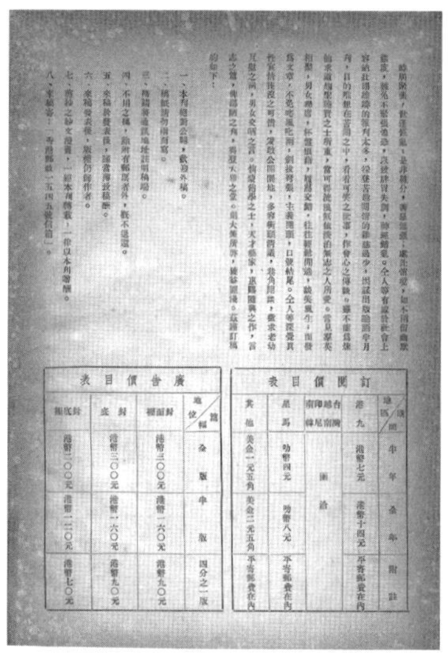

・（右上）《自由陣綫》第二卷第七期（一九五〇年七月十六日）封面

・（右下）《文壇》一九五一年十一月號封面

・（左上）《論語》創刊號（一九五七年四月六日）封面

・（左下）《論語》創刊號（一九五七年四月六日）創刊辭、稿約及廣告

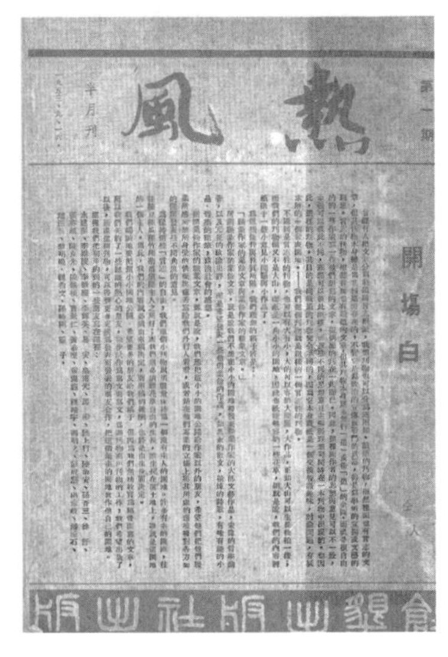

• (右上)《祖國周刊》創刊號(一九五三年一月五日)封面

• (右下)《熱風》創刊號(一九五三年九月十六日)封面

• (左上)《文藝世紀》一九五七年七月號封面

• (左下)《鄉土》第一卷第一期(一九五七年一月一日)封面

泛談報紙副刊之性質
——兼覆希望我談文學藝術的讀者們
十三妹

兩相好

勸擁住老細下總動員令書

紅絲帶

迷樓記

情書

一段情

對工姐貢獻綽頭

彈指江湖

乾隆廿七年的除夕

冬之隨想

•《新生晚報．新趣》一九五九年十二月二十九日全版。十三妹〈泛談報紙副刊之性質——兼覆希望我談文學藝術的讀者們〉該日刊登

一九五六年十二月十四日 星期五 新晚報

六人茶話

「這裏是南邊」

陳君葆

美國應該大晒論

下午茶座

象的秘密

謎一般的禿頭

「再見，小鱷魚！」

仰光大金塔

理想婚姻

第三章 人類性生理一瞥

百彈齋偶紗

對長輩應多諒解

貧家女難入豪門

• 《新晚報·下午茶座》一九五六年十二月十四日全版。陳君葆〈「這裏是南邊」〉該日刊登

黎明起（黃　魯）

蒼蠅

我敢相信，我們不能再在任何地方找出一種比蒼蠅更自由的動物了。

蒼蠅牠不但自由，而且很勇敢，甚至是態度傲岸不恭，隨便在什麼地方，牠總是非常不禮貌的，牠並不會去注意到那位是國王，那位是村夫，牠是一樣地去戲弄他的。在隨便什麼地方，牠總是那樣機械的，迅速的進行着，在每一次停息時，牠都經過一番仔細的考察，表示着完全自負，完全獨立與自恃，牠堅信這個世界是爲牠而建立起來的。

用你的手去打牠，對於牠的影響是這樣的：在外表上的表現，只是像一畝寬十吋厚的紅色的粘土，從地上撕裂開，牠就飛開了，在你的上空，經過了考慮之後，又很快地再飛下來，至於牠內心的態度呢，是一個恬靜的，毫不關懷什麼重要的事變的。在牠的活動上，只不過是一剎那的印象，牠從你的手上飛走，又停在你的背上。

你不能恐嚇牠，管制牠，勸服牠，或者是說服牠，對於每件事物都有牠自己的主見。牠自覺牠並不是個不聰明或是平凡的傢伙，牠不必請求你們的忠告。

牠沒有工作做，也沒有一個暴虐君王的命令去服從，蚯蚓有牠掘泥土的責任，蜜蜂有牠採蜜和造巢的工作，蜘蛛牠要結網，螞蟻有收存與計算的工作，各種的動物都有勞動，人類也要服役於公共的事業。可是，蒼蠅，不但在室外自由，在室內也是自由的，牠是個不善良的任性的化身，——遨遊，尋找，翱翔，急飛，都由牠自己的高興。牠富有選擇佳〔餚〕的能力，從雜貨店的玻璃櫃裡的一堆甜的東西，飛到屠夫的後院子。或者由馬車的馬背上的傷口，飛到馬路的垃圾堆上，在那裡，如果牠受到馬尾的驚擾時，牠就會憤怒的「嗡嗡」地飛起來，——的確，在這世間上，有那一種動物比蒼蠅更自由呢！

選自一九五〇年一月十七日香港《星島日報・星座》

精神病院外

最近搬了家，剛好是在精神病院的旁邊。只要把窗子推開，便可以看見精神病院這一座帶着肅穆的氣氛的建築物，雖然它的式樣和一般的房子沒有顯著的差別，但是，在我看來，它總是那樣的幽眩，那樣的陰森。

精神病院的四週是圍着又高又厚的牆，外邊人自然無法瞧得見牆內是什麼樣子的，但是，聳立在圍牆中央的一座樓房却可以給我們看得清楚，它至少有四五層那麼高，每一層都環繞着很密的格子的鐵窗，而那兒的窗戶却常常關得很緊密，似乎關閉着什麼秘密在裡面，但是，誰也知道，裡面最多不過是關着一些神經不正常的人罷了。

平日，大部分時間，精神病院都顯得相當恬靜，我想：有這麼安寧的環境，住在裡面的精神病者一定會感到舒適，而且很快便會治愈的了。

有一天，我意外地延遲了外出的時間，——往常我總是絕早便離家的了。——已經是晌午時份，我突然聽到從精神病院那邊傳來一陣嘈雜的聲音，就在這時候，我的孩子驀地走來扯着我的衣角說：

「爸爸，給我推窗子，我要看……」

「看什麼？」

「瘋人在那兒唱歌哪！」

「瘋人唱歌你怎會看得到！」

「每天這個時候，瘋人都放到走廊上來唱歌的。」

於是，我懷疑地推開窗子，往精神病院那邊望過去，果然，在每一層環繞着鐵網的走廊上疏落地站着幾個瘋人，他們有的唱歌，有的似笑非笑、似哭非哭的在喊着，有的在舞手動足，有的却默不作聲，兩手抓着鐵網，定睛的凝望着天外，各種動作都顯出天真的稚態，這使我想起：——赤子，詩人和瘋人三位一體。——這一句俗諺來。

「這些舉動可笑的人就是瘋人啊！」我默然地想着，世間上，不是有許多人的舉動比這些瘋人更可笑的麼？但是為什麼他們不被關進精神病院裡呢？

就是在精神病院圍牆外，這時正圍着一羣人，他們也像我一樣，是在觀望着樓上的瘋人的，他們不止在靜靜的看，有的更指手劃腳，或者扮個鬼臉向樓上的瘋人揶揄着，甚至拾起一塊石子向瘋人那邊投擲上去，但是，瘋人並不理會他們，都在唱自己的，笑自己的，哭自己的。……

向瘋人揶揄的人，因為瘋人沒有反應，似乎感到不滿了。於是，其中就有人暴怒的叫着：

「發花癲的鬼呀，你幾時死呀！」

看着這樣的話劇，我不禁感到好笑，自以為是神經正常的人竟然向病人揶揄，這不是顯得比病人更病嗎？

不久，被放出來散心的瘋人又被關進門內去，環繞着鐵網的各層樓的走廊又回復平靜。圍在精神病院牆外的看客也散去，我也隨手關上窗門。

「爸爸你覺得好看嗎？」孩子問我。

「有什麼好看呢，你看瘋人，瘋人看你，不都是一樣的麼！」

我知道孩子不了解我的意思，他莫名地盯了一眼，便跳着去玩了。

這時候，我又想起了「傻子看懵佬」這一句俗諺。這世界，有那一個人够稱得上神經完全正常的呢？我有點惘然。

選自一九五一年十二月一日香港《星島日報・星座》，發表時署名黃魯

易 金

如此文人值幾錢？

許多人有一個寫文章的筆名，因爲文章出了名，讀者的腦子裏只知道你的筆名叫張三或李四，而你本來的名字阿貓或阿狗，反沒有人知道了。

這些文章出名了的先生們，最近也都在香港漏臉，他們一反其在上海南京時的「氣燄逼人」，躲躲閃閃的，文章當然還是要寫，但可有條件提出來了。

一是要求他們的文字必須刊登在自己喜歡的報紙或刊物裏，這是提高自己的地位，人雖潦倒，表示骨氣還在，不能隨便遷就別人。二是原來頗爲吃香的筆名，現在不重用了，他們要求更改一個。

在這個各人掛出「文人」招牌而擠滿了的香港，大家爲吃飯問題，頗有（　）無「用武之地」之感，因此不免對「同類」興起「鉤心鬥角」作用；但這還可以原諒，因爲彼此想生存，不得不弱肉強食一下，那還是指二等二流的自名文人而言。要是像什麼刊物不寫，什麼報紙不寫的那些「文人中的大人先生們」，那又當別論，這種人先前也許就是靠文章起家，辦過報，編過刊物，身價很重，雖然現在蟄居香港，那是「雌伏」，時來運轉的時候沒有到，他們在等候，等候那個環境又需要他們「撫輯」亂離之民時，不又是喉嚨喊得響了嗎？所以此時此地，雖有「潦倒」外象，雄心還是不死，一方面又得維持其「太上文人」的尊嚴，所以寫稿賣文章，不得不看買主是什麼人了。

那些情願放棄用慣了的筆名，現在却改名易姓的，這種人文章無論寫得怎樣好，心理上已經有了病態，骨頭不重的人做起事來，總是如此。他們怕「清算」，他們怕自己再寫文章會寫掉以後的吃飯問題，他們怕給人諷刺說頭腦不清；可是又不能不寫文章表白自己立場，說明自己觀點，於是勾勾搭搭，偷偷摸摸，拖泥帶水地爲寫文章而寫文章了，好在要作文章的人曉得這文章是誰所作，在香港的讀者那是更無所謂，阿貓阿狗都好，看你寫得「必勝論」頭頭是道，誰知道你內心矛盾，連一個筆名也是騙了人的呢？

可憐的是，這些人在文人小圈子裏還自我介紹說：「到現在已經改用筆名了，你留意到沒有？」

這些軟骨蟲，吃抗戰飯，發勝利財，逃反共難，現在又在等做他們的白日夢了。

選自一九五〇年四月二十二日香港《香港時報．淺水灣》

出了籠的鳥飛不過海

火車已經快近九龍站了，車子裏座客不多，有兩個年青人，一路上從上海沉默到廣州，現在已經進入自由天地，他們臉上有笑意了。

一個作一次深呼吸說：「這下子我們可飛出那個鳥籠了。」

另一個望着窗外說：「你看我們能不能去台灣？」

「誰也不敢想像下去，照情理講，政府應該收容我們，我們是從鐵幕中逃出來的，還有什麼可疑之處？」

那個人又是一次深呼吸，他已經沒精打彩，不過不能不作安慰自己說：「我想據我們這片熱忱，總可以感動他們，爲什麼要拒人千里之外？」

另一個說：「此刻都是廢話，到了香港看到人類爲自由歡欣的真面目後，再討論如何去台灣問題。」

出車站渡海，他們趕到一個同學家裏，說明來意，只說借住半個月，就預備去台灣的。那同學說：「你們有把握在半月內辦理台灣入境證？」

一個說：「我想不致成問題。」

有了寄居地方後，兩個青年忙着趕辦一切手續，快信，電報，照片，證明文件，鋪保，時間已經近一個月了，消息一些也沒有，兩個人焦灼萬分。幸而那同學的臉色沒有變。可是他們預算够用的一筆錢，快要到不够用程度了。

消息在一個月後十天終於來了，那邊朋友說：「入境證不容易領，因爲你們是上海來的，不能不鄭重處理。」

「一切都完了。」兩個人作了個攤牌姿勢。

那同學建議說：「你們立刻回上海的話，你們的路費還是富裕的。」

「可是我們不預備這樣作。」

同學苦笑着說：「這就請你們留在香港吧！」

這兩個人現在不再是青年了，他們的心很蒼老，他們的臉有皺紋，他們的思想麻木，他們連走路也迂遲了，香港這地方使他們變了，還是飛不過一個海才如此頹唐呢？

選自一九五〇年五月十四日香港《香港時報．淺水灣》

三蘇

論論論講古古古口吃

有人對電台廣播故事之人，（或稱播音明星，或稱天空小說家，或稱講古佬。）往往在「故事講述」中將其中人物扮成口吃，期期艾艾，頗致微詞，認爲對兒童有不良影響。並且舉出幾個醫生及社會福利工作者之意見，證明此事之不對。三蘇對於口吃情形，早有同感。每當我放工，犬子細蘇就對我講：「爸爸，你你你你你你……………聽李李李李………………我講古！」每當我聽到講古家，（尊稱爲家，始不失禮。因有所謂天空文藝小說家也。）講得期期艾艾之口吃之時，即覺到喉嚨中有話想講而講不出，想替講古家講出來。骨鯁在喉不吐不快也。但是對於兒童有不良影響一點，則我未盡同意焉。

講古家靠把口食飯，何以會期期艾艾？有話講不出？又凡故事之中，幾乎必有一個口吃之人，口吃之人何其多？難道不口吃就不成其天空小說人物？我曾經以此問題請教過一個朋友，朋友之見解以爲：講古家一個人要扮幾個人之聲，要表示幾個不同型之人物，因此就要搵一個係「漏口」者，然後容易使人分得開，因爲本領有限，技盡於此，最容易者，莫過於口吃也。三蘇對此見解，不盡同意，我以爲講古家之所以一定要扮口吃，實有教育意義存在，不止對兒童並無壞影響，反而會有好教導也。因爲文代講古家一辯之。

近人之患，不患其安於緘默，而患其牙擦擦，口花花。大者如國際巨頭之宣言演說，小者如攤販之招生意。無不一出口就好似宣傳家煽動家，口沫橫飛，如江河之就下。蘇秦在生，亦未必頂得順也。因此養成一種說服人之風氣，亦養成一班靠把口食飯之人。江湖賣藥或說話，聽而生厭。甚而有人憑住把口，牙擦擦，得罪人不要本，不犯天條，只犯眾憎。又甚至去到木屋，連女人騙到上手，都係全憑兩塊皮。凡此種種，毛病就出在太會講說話，如果一個期期艾艾之人，任你講「我我我我我⋯⋯愛愛愛愛愛⋯⋯你！」未必會有女人上當。假使希特拉當年口吃，我懷疑納粹黨一定組織不成。古語有云，為政不在多言，今之為政者就專門只會講，不會做。政治之壞，壞在於此。假如全世界之人都口吃，你期期艾艾，我亦基基兀兀，又豈能再吵架？更不能煽動別人，世界和平，亦獲得基礎矣。

所以廣播故事家每每扮人口吃，就係想聽眾之兒童學番幾成，好奠定世界和平之基礎。同時使兒童即使問父母取學費，亦期期不能出諸口，先生口試，亦好似想過至答。更不致兒童同人吵架，家嘈屋亂也。

更有一個好處，以後木屋女郎不致被人搵把口騙到上釣。而最低限度，最*會口吃亦可以在大笪地講古為生也，「你你你你你⋯⋯話話幾幾幾幾⋯⋯好呀!!!」

選自一九五〇年七月九日香港《新生晚報・新趣》

*（編者案）「最」可能是「學」之誤。

論活下去不活下去活不下去活下去不

讀社會局長呼籲遏制自殺風氣的談話，讀報上連日的自殺新聞，再讀吳起的「論活下去是人的義務」的怪論，三蘇爲之頭昏腦脹，心急如焚。一急不活下去之人可是甚多！二急人要活下去之束手無策，三急要人活下去之一籌莫展！三急之下，細想一過，發現「活下去」三字可以有幾種變化的形式如下：

（一）活下去。（二）活不下去。（三）不活下去。（四）活下去不？

據社會局長訓示：「活下去是人的義務。自殺是逃避的行爲。」此是真理。但自殺者心理如何？原因如何？可以有上面四種形式的兩種：「活不下去」，所以自殺。想「不活下去」，也就要自殺，活不下去與不活下去，兩種不同。前者大抵是原因，後者是結果。因爲「活不下去」，所以要「不活下去」。從自殺的內在原因分析，「活不下去」似乎就是因經濟問題自殺；「不活下去」可以說是因情自殺。「不活下去」者，是本來可以活下去而偏偏要不活下去之謂。「活不下去」者，是本來並不是不想活，只是活不下去，無可奈何者自殺之謂也。

上面變化的形式尚有兩種：一是「活下去」。這就是社會局長所說的道理，所謂盡了做人的義務。但問題就來了，本來可以活下去而只想不活下去的例如殉情之流的自殺者，或者可以在社會局長呼籲之下，及早回頭，實行「活下去」。但是對於那些「活不下去」而自殺的人，恐怕又不起什麼作用了。

由此歸結到活下去的第四個變化形式，就是「活下去不」？這是一句問話，我想有人肯拿這話問一問「活不下去」的人。與其說「活下去是做人的義務」，向要自殺的人呼籲，倒不如問他們：「你們想活下去不？」倘若他們說：「我不想活！」那就由他們去死好了。那些都是些傻子。可是假如他們回答說：「我想活！只是活不下去！」那就有問題了。

活下去是人的義務，不錯！但是活不下去是否人的義務？做人有活下去的義務，自然也有權活下去，何以現在竟活不下去而自殺？是自己錯，抑或是誰錯？自殺的人因活不下去而自殺了，你勸他要活下去這本是最簡單的事，就設辦法使他可以活下去就是了，這就是政治，就是政治的義務。人不但有活下去的義務，其實亦有要求活下去的權利，活不下去，可以提出控訴。人有勸人活下去的權利，也應有使別人活得下去的義務。是什麼使人活不下去而自殺？深明大義的人未必沒有，只少了一些使人可以盡做人義務而活得下去的人而已，你勸人不死，就要幫助人生存，這是必然之理，亦惟有使人活得下去，然後不致有因活不下去而自殺的人也。所以最好去問：「你活下去不？」便知明白。

至於因殉情自殺，或者因發神經而自殺如美國前任國防部長跳樓之流，則係「不活下去」而已。可以不必多理矣。

選自一九五〇年十月二十四日香港《新生晚報．新趣》

對飛機撞山慘案不須過於緊張論

港暹客機在大霧迷漫之際，離開啓德，爬上柏架山，於是隆然一聲，十幾條屍就散佈山頭，釀成慘劇。街頭巷尾，紛紛談論，認爲慘絕人寰！此種意外傷亡，在死者親屬方面，自然痛不欲生，值得同情，但在整件事來看，則本人認爲小意思而已。

死十幾條命之慘案亦小意思乎？有人聞之，大罵我一頓。認爲我係涼血動物，殘忍成性。幾乎有「不與同類」之慨！本人僅請暫時勿罵，先聽我道來。

夫意外死亡者，意外死亡也。天災人禍，出於突然，有何辦法？首當其衝者，不幸瓜得，誠然慘痛，但意外日日有，不自今日始，亦非僅一架港暹機。一陣間死十幾條人命固屬可哀，但如果你心水清，三兩日間統計一下，死亡於意外者，又何嘗不十幾人乎？不同者只係分開死，而不是一齊瓜而已。

就以最近而論，大埔道七咪半山泥傾卸，將全架貨車淹埋，馬上發生五屍六命慘劇。再前一日，跳樓慘死者兩宗，當街暴斃者又一宗，至於被汽車軍車電車撞死者，幾乎無日無之。由此以觀，撞機而死者人也，生葬，輾斃，跳樓，槍殺，懸樑，跳海而死者亦人也。而皆死於意外，是則機毀人亡，又何必太過出奇？

或曰：如此死法，太過冤枉也。自然，無端橫死，冤枉之至。惟是事出意外，無法控制，要死便死，要亡便亡，所謂意外，有何可說？例如警探追賊，悞傷旁人，鳥槍失火，將顧客擊傷，皆屬意外。其所以唔死者，大命而已。否則與撞機又何異？論冤枉，有一個細路去沙田旅行，忽然砰一聲，獵槍飛彈，就此一命嗚呼，事後雖然有一個西人玩槍，但經過開審，認爲冇乜證據，此條細命，就此永到冤枉城中，連死在何人之手，都不明白，亦冇仇報也，比起飛機失事，豈非更爲冤枉？

又或曰：飛機撞山，事有不同。香港號稱係遠東民航基地，設備良好，飛機乘客上落頻繁，不應有此種慘案發生，此所以爲冤哉枉也。對此種意見，我最表同情，不過細心一想，又覺得不應故事誇張。一架運金機，已經撞過上柏架山，死過人。初次意外，無法防避，但賊過興兵，事後不免亡羊補牢，想辦法避免再有此種慘事，而運金機撞板之後，毫無動靜，於是乎再有暹機照板煮碗之事，是則一定係有關當局亦認爲此種死法，冇乜值得緊張之處，可以想見。否則早已提防矣。

在此人類勾心鬥角，計劃如何製造殺人無算之利器的時代，一個炸彈可以死十幾萬人，則一架飛機之撞山，又何必緊張？君不見，一架軍車風馳電掣，亦撚出十條八條人命乎？

選自一九五一年三月十五日香港《新生晚報·新趣》

佔最多數之華人應接受少數之非華人意見方爲香港論

請勿以爲鄙人時常發怪論，馬文輝先生在華革會（ ）會席上所發表之意見，亦正係怪論。馬先生如此講法：謂香港居民以華人佔最大多數，非華人之少數人無論是權勢多大，應接受華人爲主要因素之觀念。又話任何組織，如果沒有百份之五十華人組成份子，就講不上什麼代表權。

此是何等說法，豈非怪論乎？

夫香港，乃英國之殖民地也，華人雖佔大多數，實質上此大多數乃係被統治之大多數，而非統治階級也。殖民地者，你隨時翻開西報，都可以見到廣告上有「這個殖民地最好之乜乜」，「這個殖民地之優良物物」，口口聲聲「殖民地」，就係以少數人統治大多數人之觀念與真際也，馬文輝先生難道由英國回來，亦不知殖民地之定義乎？抑或想提出一槓「民族自決」也？非華人雖屬少數，但係屬於統治階級，你見過西部片之牛仔牧牛乎？三兩個人就趕一大羣牛者矣。而牛仔並冇聽從牛羣之意見也。此乃殖民地之基本觀念焉。

照鄙人意見，認爲與馬先生之意見剛剛相反，佔大多數之華人，無論數量幾大，都要接受非華人爲主要因素的觀念。因爲設不如此，你就有極大危機。第一，你有違反香港利益之嫌，第二，你有擾亂治安之嫌，第三，你有危害公共安全之嫌，第四……

總之，你週身唔妥。試一想，設使有權勢之非華人，如果要接受華人爲主要因素的觀念，好多公司豈非要將股東花紅減少，增加員工薪水乎？好多大洋行豈非要將大班買辦階級打倒，採取合作社態度乎？如此攪法，重成香港？重成殖民地？重有咁好入息？

如果此理行得〔通〕，則楊慕琦爵士所許過口之「改革政制」早已實行，不須馬文輝先生成日講來講去話要實行改制。可知香港者，香港也，非常人之少數，不必理佔最多數之華人意見焉。否則，佔甚大多數之華人要求撥一塊有水源交通比較方便之地區做木屋區，何以不獲准？何以好多正當市民住開之木屋一定要（　）拆？何以好多貧苦工友辛苦到死不能養家都不能希望加多兩個錢人工？而事頭則養尊處優，年年月月分花紅？可知香港者，乃係大多數聽少數人說話之地頭也。而非靠人多做主之地方也。

至於要有百份之五十以上華人所組成之組織然後至有代表權，更爲離譜，西商會一個華人都冇，但代表大洋行之意見。如果立法局亦要有百份五十之華人，豈非殖民地亦不成其爲殖民地耶？恐香港亦不成其爲香港矣。

因此之故，大多數之華人應聽從少數人之非華人的意見，方不致爲香港的「不良份子」也。馬先生其亦同意否？

選自一九五一年十二月一日香港《新生晚報・新趣》

皇甫光

三等電車裏的悲喜劇

昨天傍晚因事去中環，在安樂園附近碰到一位朋友，他說天熱口渴，硬拉着進去吃杯雪糕。我們坐下不久，他發現我手裏捏着一張白色的三等電車票。

「老兄，你難道坐三等嗎？」

「我是常常坐三等的。」我無須隱瞞的照直說：「橫直三等並不慢，和頭等的一樣快。」

「三等電車髒得很，能把你擠成沙丁魚。」

「不像你所說的，」我從來沒有覺得三等電車的擁擠使我難堪；再說我也沒有做沙丁魚被油汁浸透裝在罐頭裏的經驗。所以對這位朋友所引用的形容詞並不認爲是恰到好處。我當然否認的說：「我沒有被擠成沙丁魚呀。」

「不過，」這位朋友談鋒有些吞吐，終於這樣說：「坐三等電車，碰到場面上的朋友，是難乎爲情的。」

「這安樂園的七色特號蓮花杯，口味真不壞；可惜貴一點。」我沒有興趣跟他談下去，有意把話題移轉到雪糕，另外找個閑聊的路綫。

「沒辦法啊！這個世界，這個社會，」這位朋友似乎感慨萬端滿腹牢騷似的說：「面子問題重於一切，一切都是面子問題。」

「少傷感點，你那一點不比我強？」我很想教訓他，一轉念間，又覺得大可不必。

「我就拉不下這個面子。」

「坐頭等電車也難爲情。」我只說半句話。

「電車還有特等嗎？」他很詫異。

「別說坐頭等電車難爲情，就是坐紅綠牌的士又何嘗威風呢？」我接着前面沒有完的半句話。

「照你的意思，最理想是白牌私家車嘍？」

「差不多是這樣。私家車的威風不完全在乎那塊白牌，還要考究車子的年份和牌子的名氣。」

「對極了，要考究就要考究到家，這意見，完全贊成。聽君一夕話，勝讀十年書。」

「香港有多少人口？」我問。

「聽說光景有二百三十萬。」

「香港有多少私家車？」我問。

「前天本港舉行汽車賽，報上說全香港的私家車約有一萬三千輛。」

「平均幾個人佔一輛私家車？」我問。

「平均一百七十七個人。」

「一輛私家車的車主是幾個人？」我問。

「那還要研究嗎，當然一輛車只有一個車主。」

「那麼這個算術題的答案有了。就是說香港一百七十七個人裏面，只有一個是有私家車的。還有一百七十六個人是無車階級。」

「你這個分析完全符合科學方法，很佩服你的見解。物以稀爲貴，如果鑽石像海灘上的貝殼，俯拾即是，那就不值錢了。」

「你的聯想能力很強。我問你，電車的頭等和三等有什麼不同？」

「頭等在樓上，三等在底下。」

「還有什麼不相同？」

「頭等票價二毫，三等一毫。」

「你説的對極了。票價相差一倍，才是頭等和三等真正不同的地方。」我説到這裏忍不住要笑，於是笑着說：「隨便問一句：老兄來香港也快一年多，爲什麼不弄輛私家車坐？」

「別開玩笑，我憑那一點能坐私家車？」

「面子問題重於一切，一切都是面子問題。」我有意開他的玩笑。

「錢？那兒來的錢呢。」

「那麼，你該知道我要坐三等電車的原因了。」

「……」這位朋友沒有説話。

我們從安樂園出來，這位朋友跟着我跳上三等電車，我們同在天樂里下車。因爲下電車又引起我們的爭論。

「你爲什麼從三等通頭等的小門下車？」我問。
「這樣似乎比較妥當。」他遲疑一會說：「我有幾個闊朋友住跑馬地，萬一碰見未免尷尬。」
「我還不知道有這個辦法呢。」
「這是生平第一回。」他鄭重聲明說：「我是從報紙副刊上知道的。」
「打腫臉充胖子，畢竟不是胖子。」分手時我對他這樣說。
大都市裏小人物的故事，都是悲喜劇的。

選自一九五〇年九月十二日香港《香港時報·淺水灣》

女人的手

〔存目〕

選自一九五四年十月十六日香港《熱風》第二十七期

侶倫

買書之類

凡是喜歡讀書的人都喜歡買書。書之於文人，正如嗜酒者在生活上不能一日缺少了酒一樣。儘管本身怎樣窮困，也總得設法滿足自己的生活上的享受。

英國過去的潦倒作家喬治吉辛，曾經在他的文章裏叙述着，怎樣把自己準備吃飯的一點錢去換一本自己看中了的書。在「行」外的人看到這段故事也許會感到它的沉痛；然而在從事文學的「行」內人看起來，却未必怎樣感動。寧願把僅有的錢去買一本心愛的書，也不願花在別方面必須用度這種脾氣，差不多是喜歡讀書的人都具有的。窮措大不一定是文人，而文人的命運却往往是窮措大；要想買書而不直接或間接影響自己的生活預算，大概是不可能的事。尤其是在物價高漲的今日，一本薄薄的書的代價，簡直就抵得上我們一天生活的開銷了。

不過無論書價貴得什麼程度，喜歡買書的人終竟是一樣喜歡買書的；至多只在購買之前較爲着意些考慮和選擇。本來書有時是可以借讀的，但讀借來的書總不似讀自己所有的書感到的舒服。至少可以不受歸還時間與小心保管這些心理所拘束（這似乎應該指有良心的讀書人而言）。所以對於自己喜愛的書，總覺得不如自己有一本的好。除非那是絕版的或是不容易買到的書。

把買書的人分析一下是頗有趣的。有的人是爲讀書而買書；有的人是爲藏書而買書；也有的人是爲買書而買書。前一種買了書必讀，第二種人未必讀，後一種人卻必不讀。這種人買書的動機，或是由於炫耀，或是由於湊趣：聽到人説那本書好，看見別人買，自己也買；但僅止於買了就完事；他們不但不去讀它，甚至把書丟到那裏去了，連自己也弄不清楚的。説這種人是附庸風雅未免寬容，實在就是書的侮辱者！不過這是買書的人中之小部份者而已！真正愛書和愛讀書的人，像上述的前二者，他們對於書是非常珍視的；讀前是求知慾的驅使，讀後却變爲蒐藏的興趣。這種人往往把自己的書安排得井然有序；他記得某本書放在書架的什麼部位，記得某本不存在的書某人借去了。

此外，也有的人爲了書的美而買書。我自己就有着這種脾氣。單純爲一本書的儀表的吸引而把它買了是常有的事。我認爲書的裝幀是應該美麗的。一本書裝幀的好壞，對於閱讀的心理與精神都很有關係。我們拿一本裝幀講究的書閱讀與拿一本裝幀醜劣的書閱讀，情感簡直是兩樣的。至少，前者在你開卷掩卷之間，精神上爲那本書的美感渲染會覺得愉快，而後者是不會有這感覺的。所以把書的本身盡可能使它成爲一件藝術品，在意義上並不算得「資產化」的事情。

由於喜歡買書，逛書店便成爲讀書人的一種生活習慣。逛書店底目的不一定在乎買書。因爲未必每天都有新出的書，即使有，也未必每天有買書的閒錢。自然，發見愜意的書而又有買書的錢，是高興不過的事。但對於有逛書店癖習的人，只要在書架前面流覽够了，翻看够了，即使空手出來，仍然會感到心滿意足。倒是一心去逛書店，却碰巧這一天是什麼休假日子，或是過了營業時間而關上了門，這才有爽然若失之感！

記得大戰時旅居在一個文化低落的縣份，隔四十里的一個市鎮才有一家全縣僅有的書店。規模很小。但每次因事到那市鎮去的時候，總要趁機會到那書店去走一走，否則心裏便覺得很不舒服。戰時書價的昂貴程度，簡直叫一個流亡身份的人要想買到一本書都是奢望的事。而我底目的自然也不在乎買到。只要翻翻看看，便覺得無限快意。有時在書架裏偶然發見一二本屬於朋友的作品，更有說不出的高興。那樣的日子，那樣的情趣，現在回想起來，已成爲不可再得之樂了呢！

選自一九五一年一月十七日香港《星島日報．星座》

母親的畫

一個人的生存已經成為過去，儘管一件最尋常的遺物，也會成為觀念上最珍貴的東西；當我從舊紙堆裏尋到了母親的一點手蹟的時候，那種喜悅心情自然是沒法形容了：因為那並不是尋常的遺物！

母親的手蹟是一張小小的圖畫。那張圖畫是在我無意却似有意之間保存起來的。我不曾意識到這樣做的目的，自然更沒有想到有一天，它在我觀念上會顯出這麼珍貴的意義。因此在一段很長的時間，我簡直完全忘記了它。要不是因一點對母親思慕的感情牽動了我的記憶，我恐怕永遠也不會想起來，更不會動起念頭要去找尋它了。

那張圖畫是一個線條簡單的人頭。看起來十足是一幅幼稚的兒童自由畫。

如果這張圖畫不是我親眼看着它產生出來的，我決不會相信這是我母親的手畫成的。因為這是太不調和的事情了。

我母親是舊社會裏無數苦難女人之中的一個。她生在封建思想濃厚的時代，並且出身於農村的窮苦家庭。她根本沒有進過學校，也沒有機會去識字。她的童年和青春都是在勤勞生活中度過去的。讀書是另一種人的福份。「如果我識字，還會有這樣凄涼的日子麼？」這是每當感受了什麼委屈的時候，母親帶着感嘆口氣說的話。她以為一個女人能夠識字就會幸福，就會有好日子過，自然而然地在她腦子裏便形成了這個想法。可是也正好反映了她的心理：覺得不認識字是多麼缺陷的一種人生！

作為一種人生，母親的缺陷便不是那樣單純的了。她的命運，就是一切舊社會裏缺乏知識的女人所遭遇的——受壓迫、受欺侮、受奚落的最典型的命運！雖然到了中年以後，表面上生活算是安定了些，思想也因時代的變動，和兒女方面的感染而變得開明了些，但是她的知識仍舊脫不掉出身條件的限制。她對世界上的事物懂的並不多；加上人事上種種不幸的刺激早就成了人生磨滅不了的烙印；便使她一直在憂患之中度着年月。太多的痛苦把她折磨得麻木之後，她變成一個安命的人。儘管期望前頭有個好日子，也是只要不再在憂患中過活，便算心滿意足。在這樣的態度下，她對於下一代便也不作什麼苛求——像世俗一般做父母的所苛求於兒女們的那麼樣。她不了解——並且也不去了解兒女的事業或工作，可是她卻信任兒女的事業或工作：彷彿認為兒女能夠認眞地去做的，就一定是對的，值得她放心的一樣。

這就是我的母親！

像母親那樣充滿憂患的人生，不消說，她的身心都難得有個安靜日子的了；而且，在那樣緊張的生活圈子裏，也難得有什麼閒情逸緻的時辰。可是出乎意料的事實：她那粗糙的手却捏起從來沒有捏過的筆，畫了那張小小的圖畫，這不能不說得是一個奇蹟！而我在尋出那張圖畫的時候，能夠喚起關於它的全部記憶，並且記憶得那麼清楚，不也是很有理由的麼？

憑了我當時在那張圖畫的紙背隨手記下的年月，那正是抗戰爆發後的第二年冬季。那時候，我們是住在香港對岸的九龍城，一間靠近海濱的樓房的第三層樓上。這樓房是一列建築物中的第一座，屋子的橫邊有一列窗子。在一隻大窗子下面，靠壁擺了一張黑漆的方桌。這方桌除了作吃飯用，還作別的事務用。我的弟弟向陽就常常伏在那裏做他的工作。

向陽的興趣和我不同：他愛好作畫。他有着這方面的天份。直到現在，他仍舊朝這個方向走着。但是在那個時期，他的作品還沒有可能公開發表，它們只是畫在紙上，讓很小範圍內的幾個人看的。他們年輕朋友的一羣有他們的興趣，出版一份同人壁報。他担任編寫壁報，包括在那上面作漫畫和文章裏的飾畫。常常是在下午時間，他伏在那張方桌上面，在一大張白報紙上活動着他的筆。

下午的屋裏是很靜的。明朗的太陽光從橫面的窗口射進來，落在方桌上面，正好利便在那裏進行着的工作。這樣的時刻，假如母親已經把日常的家務打發停當，她便會在方桌旁邊彎下半身，肘子支在桌上，看着向陽正在畫着的東西。他畫得很純熟，很快；只見筆尖在打好的鉛筆草樣上一筆一筆的塗抹，一些人物或事象的形態便在紙上現出來了。

就是那樣一個時辰，我偶然也走近那張方桌去。我察覺母親像平日一樣靠在桌邊，對於向陽的畫看得很有興味的樣子。不知道是什麼意念的衝動，我賭趣地說：

「媽，我沒有看你畫過東西，你試畫點什麼，看你畫得怎麼樣。」

向陽也笑着附和我的提議。他向母親遞過一支鉛筆。

在我的想像中，母親決不會接納我們這個提議。她那粗糙的手，有生以來都沒有捏過筆，也沒有需要她捏起筆的機會。她會因為自慚的心理而不敢嘗試：這是會引起我們發笑的。

但是我想像錯了。母親雖然難為情地應着說：「我嗎？如果我曉得畫，我也該識字了。」一面却捏起鉛筆，湊趣似地在手邊的一張小紙頭上畫了起來。……

這是最難得的，最寶貴的時刻：是消逝了的童心偶然回到生命裏來的一陣閃光！在這閃光之下，一個人頭的形象畫出來了。

我們太高興了，母親居然畫出一點東西。——雖然是那麼單純，那麼幼稚的東西。她自己看着那幅圖畫的時候，却顯出一種老年人的靦覥神情。但是我們都讚賞地說她畫得不錯。我們的看法是有着母親所不能理解的意義的。就是為了這個意義，我覺得應該把這張小小的圖畫留起來。同時，我覺得能夠有個署名便更有意思。可是母親根本不會寫字，更不必說寫個自己的名字了。

怎麼辦呢？我只好在紙上寫個「朱」(母親的姓氏)給她作樣本，請她照樣子試寫一下。母親不再像起先提筆時的那種為難樣子：似乎是一股還未消失的興緻在鼓勵她，於是她接過了鉛筆，就在那張圖畫的空白地方，模仿了我的筆劃，慢慢地砌出一個「朱」字來了。

母親的一件稀罕的手蹟，便是在那樣的情形下留在紙上的。

在第二次大戰的變亂期間，許多東西都毀掉了，失落了；這張留着母親手蹟的小紙片，却一直在我的遺忘之中存着，——存在了十八年。

母親死去以後，遺留在人間的，除了一份崇高的親情的記憶，便是我們對於那份親情所負的債，再也沒有機會償還的缺陷！

而意外地還保存着的一點母親一生僅有的手蹟，便成為更值得珍惜的紀念物了。

選自一九五九年十月香港《文藝世紀》第二十九期

李輝英

漂亮的嘴巴

夜深了，覺着有點餓，就把自己安置到一家小餐館的卡座裏。

這是一條不大繁華的街道，因而影響到這家飯館的生意並不十分旺盛，那也是很自然的了，飯館裏的賬房先生和伙計閑得那樣的從容，使得他們不能不藉此和食客交談幾句來做爲無聊中的消遣。

食客只佔兩個席位，另外的那一個，跟我一樣也是個單身男客。他在慢慢的喝着酒，偶而還吸上幾口烟，獨自喝着，吸着，看樣子是滿悠閑的。

先得承認，我是拙於詞令的，所以在許多的場合裏，以及和別人的交往中，只要說起話來，先開口的常常不是我。如何啓齒以打破沉默的僵局，是我最難完成的功課。

由於這種原故，你們也就不難明白，賬房先生和伙計向着食客交談，特別是向我交談，那主動的一方面當然不會是我了。話是從檢選一樣菜開始的，伙計先朝我看了一眼，笑嘻嘻的伸手摸摸自己梳光的頭髮，然後就說：

「聽你先生講的話，我們還是老鄉呢。」

「也許差不多，因爲你講的話，跟我講的很相像。」

我回答了這句話，就開始用紙擦着筷子，一面把上半身使興的靠到卡座的背墊上，周身疲倦減輕了不少。

賬房先生摘下原來戴好的眼鏡，把兩隻胳膊按在櫃台上。朝我這邊蹙着雙眉注視一刻，陪着笑臉接上來說：

「老鄉見老鄉，原是在他方。你先生貴姓？」

我檢着百家姓裏最習見的一個字回答了他，大概是個「劉」字。天知道，我與劉家有什麼血緣關係。我點燃一枝香烟，無目的的翻着一張晚報。

「姓劉，太好了，」那賬房慢慢走到我那卡座旁邊的座位上坐下了，「『張王李趙遍地劉』，最好的還是『劉』姓。劉邦，劉秀，劉備，劉家出了多少人才！」

我有點惱，但又止不住笑，遇到這樣的能言的嘴巴，即令你真想沉默一陣，看來也不可能了。拙於詞令，似乎還得招呼幾下，因爲他太認真而又熱情，澆他一頭冷水，給他個釘子碰，那都是太殘暴的行動。我從報紙邊上抬起頭來，幾乎是有板有眼的回答着說：

「他們是人才不是人才，與我又有什麼關係。」

「劉先生，不能這樣說，」他做着手勢，「譬如我罷，我姓李，幾個唐朝，都是李家的天下，你能說那不是姓李的光彩麼？」他向前移動着原坐的身子，緩了一口氣。「劉先生，你要是生在漢朝的話，那不該怎樣吃得開呢，我要生在唐朝，也不會來香港當小飯館的賬房了。」

這真是漂亮，言詞使我不能不注意去觀察他那漂亮的嘴巴。一點不錯，他的嘴巴當真是很漂亮的，因爲他能從那裏說出一套不着邊際的言論，那種言說，又正是深埋在土下連一點滋養都不具備的渣滓之類的。

我放下了報紙，因爲菜端來了，筷子也就緊跟着握在我的手中。烟蒂被我投到痰盂裏，第二次的心裏面不知爲什麼還有點止不住的笑。

「若是在唐朝的話，恐怕這條街也還沒有呢。」我說，一面吃着菜，「自然，就是你想來屈就這份賬房，那也是不可能的。」

「自然，自然，」賬房先生連聲說道，「這不過是說笑話罷了，那種日子怎麼會回到我們面前來呢。不過真若是在唐朝的話，姓我這姓的那是不會太壞的。」

我開始吃飯，但並未忘記和他交談，彷彿他的談話引發了我的趣味，使我的詞令有點不甘寂寞了。

「就是在唐朝，」我說，「姓李的也未必就沒有下苦力的，李先生是不是我想的有點不近情理？」

「這個，也不能說不近情理，」伙計加進來說，「不過同姓的人，好總是好一些的。」

「對了，對了。好總是好一些的，說那句話，人不親姓親，沾點光不會有太大的困難。」賬房先生似乎做完了結論，就退回他原來的座位上去。

仍然沒有加添新客，那喝酒的客人，倒付了錢，慢慢的拉開了門，走了。剩下我自己，愈顯得安靜。

燈光是亮的，白桌單壓在玻璃板下，顯得更爲白潔。

賬房先生重行戴上他的眼鏡，當我抬起頭來時，便和他的眼光接觸到一起來。他努努嘴，向我做了一個有趣的鬼臉。我猜不到他這是什麼意思，但是從這副鬼臉上面，忽然的在我記憶中，回憶起一具稔熟的臉面來，一具在任何場合上都不缺乏的諂媚的臉。他們是完全一樣的。那種臉孔是常常隨着氣溫的不同而變化的。生在那張面孔上的嘴巴，比鸚鵡還有高出的本領，說出的話，像在唱歌，像在吟詩，舉出世上所有好聽的言詞，來取媚別人，來眩耀自己。那些話語，當變成粗野刺耳的時候，就是對另外一些不如他的人的申斥了。確有這樣一具熟悉的面孔，確有這樣一張漂亮的嘴巴，只是還不能說出他的名字來。眼前，把賬房先生的嘴巴，歸到這一類裏，其實是差不了許多的。

漂亮的嘴巴是有着多種不同的用處的，么喝人，樣樣缺乏不了它。我不是賬房先生談興的對手，所以當另一對夫婦食客走進屋裏來時，正給我帶來了很好的機會，使我很輕快的脫身走了。

外面，夜更深了，黑得有點怕人。

選自一九五一年三月二十日香港《香港時報．淺水灣》

茄子葫蘆

一

小時候，住在鄉村裏，每天接觸到的人，不出叔伯兄弟三姑六婆，見了面須得叫大叫小，一年到頭只是這些人幌來幌去。彷彿世界上就只是這些人，而我們的小鄉村，也就是整個的世界。

其後對於這些熟人，引起來厭煩之感，那是原於一種好奇心在做祟。好奇心且也導致我對於面前小小世界的不滿。私下裏暗想：難道除却這般叔伯兄弟三姑六婆之外，就不可以另行見識一些新鮮點的人物？難道除却冬天降雪天氣冷到了凍指裂膚之外，就不可以另行見識一個冬天溫暖的世界？

對於冬天惠然降臨的大雪，却是故鄉的特產，初時還不免由大雪引發起一種興趣，覺得頗為好玩，日久天長，年年如是，隨卽感到乏味。對於那些叔伯兄弟三姑六婆，他們每見到你，不是摩摩你的頭頂，把你當成孩提，就是絮絮叨叨指你未梳好髮辮，你又不該流出鼻涕，或不然，又是你還未去掉七分野性，……惹得你既不願和他們見面，也不願多聽他們的絮叨。

就是這麼一個小鄉村，實在煩人，實在乏味，總有一天，我會長出一雙翅膀，像鳥兒似的飛，飛向遙遠的陌生的地方。

二

後來，開始讀起啓蒙的聖賢書，盤腿坐炕，渾身上下不舒服；而這又是無可奈何的事，輩輩傳下的老規矩，孩子們都得如此讀書，如此盤坐，自己當然也就無從例外。聖賢書中告訴我的世界，是遠古，上古的修身齊家，人物不出堯、舜、禹、湯、孔、孟。又是後來，忽然立了學堂，我去上學，入學剪辮，這本就是一大快事，坐櫈子聽課，腿脚不必盤坐，尤其使我感戴三千。其實，這只是小焉者也，更重要的啓示，我從學堂的課本裏，知道了外面的世界，簡直比我們的鄉村，不知大了多少千萬億。尤其叫我感到有趣的，中國的南方省份，居然整個冬天也不降雪。這等於給我開了眼界，開了一扇門，我十分二十分的想找尋適當機會，把自己的脚步溜出門外，踏上那叫我感到有趣的地域。

同一期間，自己存有不少可笑的幻想，也有着不少可笑的抱負，那該是每個兒童的有趣境界。譬如當村裏的叔伯兄弟們問我長大之後想做什麼人物時，我便毫不猶豫的回答，要做一個張作霖；因為張作霖在我們那一方最有權勢，特別是擁有軍權，他的軍隊一到鄉下，就可以向老百姓來一套「打粳米，罵白麵，不打不罵小米飯」，我雖不想在當上張作霖之後，向老百姓打罵粳米白麵，至少不致再受打罵，豈不可喜可賀！而且，像張作霖那樣的大人物，出門靜街，威風八面，怎不羨慕煞人。因而張作霖成為我幼時的崇拜的偶像。

三

其後，長大了，眞像長翅的鳥，飛離開幼年時代居留的故鄉。鳥倦知還，我却越飛越遠。再不受凍指裂膚的冰雪的威脅了，再不聆聽叔伯兄弟三姑六婆的絮叨了，我但只覺得外面的世界很新鮮，無人向我指摘，心境上輕鬆到極點。

我從東到西，從南到北，走過好些地方，感到世界之大，簡直像不可捉摸的神話。自然，我那想做張作霖的抱負，也就早已隨風而去，不足範式。而那些新的稱兵割據大員，騎在別人頭上建築自己權勢的一套，自然也為我所唾棄。看不上那些高官顯貴，富商大賈，他們自詡的成就，正是無法饒恕的醜惡。於是，我這才想到練習用筆，透過筆尖，寫出一個一個字，作文章，做文人，要為不平的人類，發不平之鳴。

自己認為這辦法挺好，最難得的是清高，清高的眞正價值，又有誰能用數目字衡量？

四

年復一年，日復一日，從前的鄉村孩子，今天已在頭上添出白髮，這人就是我。從前，我極希望能到一個冬天不降雪的地方，開開眼界，而現在，我已在冬天不降雪的地方住了七年。從前，我厭煩那些熟人，那些叔伯兄弟三姑六婆和他們的絮叨，現在，我接觸到的倒儘是一些陌生的男男女女，沒有人指摘，當面給你交換的儘是甜如蜜糖的言辭。據説這是文明作風，儘管他已在你身上打主意，或可能也更喜歡對你落井下石，他却在人面前對你仍然擺出一團和氣。也可能有人背地裏說你有文人的怪脾，目的用以毀壞你的信譽，由於你不做兩面人，看做叛徒，所以就該死。茄子、葫蘆就那麼一團，而你也就應該攪到那一團裏當個茄子葫蘆，才是正理。

五

北望關山，對於這冬不降雪的地方不再感有興趣了。我反而更懷念起冬季冷得凍指裂膚的故鄉來。我樂於再聆聽叔伯兄弟三姑六婆們對我的指摘，對我的絮叨，因為當面終於好過背地。為了做的是文人，我不得不承認自己這一着也是失計。如果現在再有人問到我的抱負的話，我願意說的話是：此生休矣，但願兒子不做文人，但願兒子不流進茄子葫蘆一大團裏。

選自一九五七年四月六日香港《論語》第一卷第一期

劉以鬯

失眠心得

近來患失眠，因此想起了睡眠的問題，蓋人生於世，以三分之一的時間消磨在床上。白天栗碌奔走，晚上如果還不能呼呼睡去，此中痛苦，實非筆墨所能描摹。尤其是每當夜闌人靜時，鄰房忽然傳來一串「偉大」的鼾聲，有板有眼，好不羨煞人也。羨慕之餘，在床上翻來覆去，閉目效西人之數羊法，結果却愈數愈糟，我實在弄不懂華盛頓歐文筆下的呂伯怎麼會一睡二十年不醒。有人說：睡眠是一種有規則的習慣，習慣可以成自然，猶之一個人養成了抽烟的習慣，他就非抽不可的道理完全一樣。道理固然充足，但是為什麼我戒了幾十次的捲烟，竟會一次也戒不成。而睡眠一事，我不想「戒」，却很自然的給「戒」掉了。其故何在，值得研究。要研究，必須買幾本書來參攷參攷，但是專門談睡眠的書不多，幸而在舊書舖裏找到了一本吉頂斯博士（Dr. Giddings）所著的「睡眠研究」，化了十二塊港洋買回來，子夜時分，挑燈夜讀，隨便翻了幾頁，却發現有這樣一段精彩的文章，茲特恭錄於後，以備同病者參攷。它說：「一個觀察者並不能精確地指出一個人什麼時候是在睡眠，什麼時候是醒着……『睡』與『醒』兩個名詞，站在科學的立場來說是不確切的。」准此，站在科學的立場來說，我的「眠」應該是並沒有「失」去，既然不「失」，那末何必焦急，倒不如趁別人在浪費時間呼呼睡去時，多讀一點像「睡眠研究」之類的奇書呢？

選自一九五一年十一月十四日香港《星島晚報·星晚》

顧影談心

差利老矣*

毫無疑問地，卓別靈垂垂老矣。

在「華杜先生」之前，他可以叫你一邊笑，一邊哭。

在「華杜先生」之後，他祇可以叫你發笑。

然而在他的新作「紐約一王」（A King in New York）裏，他竟使你啼笑皆非了。

*（編者案）文中差利·卓別靈和却利·卓別林都是 Charles Chaplin。

馬龍白蘭度論演技

在新片「幼獅」（Young Lions）中，馬龍白蘭度飾演一個德國軍官，獲得了超越「慾望街車」的驚人成就。論及演技時，他說：

「每一個人都是演員，因為每一個人都會撒謊。就某種意識來說：撒謊與演戲似乎是一件事。凡是做夥計的，每天必對老闆道『早安』，雖然他們心裡非常討厭，但臉上却老是笑嘻嘻的。察其目的，無非想憑藉佯裝的和顏悅色，來騙取老闆的加薪或升級。基於這個觀點，我們可以肯定許多多白領階級都懷有與生俱來的優秀演技。在我的一生中，我曾經遇到不少非職業的好演員。」

談蘇珊海華

蘇珊海華曾經四次被提名為金像獎候選人；但四次都落選。一個做過四次嬪相而從未做過新娘的女人，當然是有其悲哀的了。

「妮娜小史」的再版與三版

最近看到兩張新片：

一張是「妮娜小史」（Ninotchka），由卜合與凱絲琳夏萍主演。

一張是「妮娜小史」的三版，名叫「紙迷金醉」（Silk Stockings），由佛列亞士提與施瑞麗主演。

如果你看過二十年前劉別謙的「妮娜小史」，（前譯「蘇聯艷使」）你會發現無論是夏萍的喜劇天才，抑或施瑞麗的「全世界最美的大腿」，都無法與嘉寶的一顰一笑抗衡。

這兩張「翻版」的出現等於是「蒙娜麗莎」的仿作品。

在「慕外貪歡」中，夏萍固然搖身一變而為俄國少女了，但卜合却變來變去，還是卜合自己。

在「紙迷金醉」中，我們看到了一個老祖父向孫女求愛的鏡頭。

穆墨林固佳，劉別謙更妙。兩位大師的鬥法，雖然相隔廿年，依舊「緊張熱烈」。

另外一個却利

却利之所以成為却利，是靠他一頂平頂草帽，一撮仁丹鬍髭，一支手杖，一雙破鞋和一副可憐相。這幾樣東西使他成名，使他不朽，但追溯來由，創造它們的還是却利自己。

却利用一種近乎魔術的手法，神化了它們，使它們成為卓別林的一部份。觀眾要看的是戴平頂草帽的却利，拿手杖的却利，穿破皮鞋跨八字步的却利，不是穿軍裝的却利，也不是穿牛仔褲的却利。

「紐約一王」使我們失望，因為這裡面的却利正是另外一個却利。

六年之內三個

權威批評家說，六年之內，好萊塢祇產生了柯德莉·夏萍，瑪麗蓮·夢露，姬麗絲嘉莉三個女星。

平均兩年一個，當然少；可是回顧香港，這六年裡出了幾個？算它也是三個吧！那三個加起來及不及柯德莉．夏萍一個？

滙豐銀行的十幾倍

英國蘭克公司，規模宏大，共有職工三萬五千人，資產總額五千萬英鎊。五千萬英鎊等於港幣八萬萬元，亦即滙豐銀行資本總額的十幾倍。

值得注意的不在它的資力雄厚，而在它的出品嚴謹。蘭克公司的影片產量，每年不過四十部。

選自一九五七年十二月香港《南國電影》，發表時發表時署名葛里哥

成愛倫

情婦

每個男子都免不了有一個情婦，同時每個女子，也少不了有一個情郎。這是天賦的一種鍾情，人們都可以不必否認；縱然否認，人家也自然而然會知道。因此胸襟坦白的人，他承認某氏是他情婦，而這個被目為是他情婦的女子本人，就未必承認了。原因這中間畢竟有一層微妙而又神秘的作用，這作用的產生，就是羞恥。

為什麼有羞恥？情郎與情婦之親熱，要被人家誤會到兩人之間，免不了有下肌膚之愛的。為了肌膚之愛的發生，男的可能承認，女的則抵死也不承認。

我們應該原諒她，應該同情她，否認是有不可告人的苦衷，不外下面二點的原因：

未嫁時，她是不能斷定這個情郎是不是眞心愛她，卽使眞心愛她，會不會中途發生波折，情郎會不會見異思遷而把她拋棄？縱使都不會，那末有沒有力量迎娶她回去？家長是不是同意？

為了這些都不能獲到迅速的解決，某人是她情郎，斷乎予以否認，否認就怕人家對她誤會，將來事態萬一惡化，試問她有何面目做人？

至于已嫁時，被人目為情婦，她更不能承認了。否則，丈夫與情郎，免不了尖刀相會。因是，她同情郎只好暗中來往，成為一對地下工作者，她與他之間的情感，遠較夫婦為勝，認為遺憾的，就是不能公開。

選自成愛倫《成愛倫小品》，香港：愛倫出版社，一九五二年四月

寄外子

對過五號裏的邱太太，她的先生在星嘉坡一家舞廳裏服務，久久沒有家用寄回。邱太太日也記掛，夜也思量；茶飯無心，度日如年。

可是邱太太不識字，先生無錢寄來，為什麼不追封信去？她又怕家庭內情，傳出去給左右隣居知道，一直隱忍，始終不願託人寫信。

生活威脅，邱太太是一日加深一日的。整整四個多月，沒有分文寄來，叫她這日子如何過下去呢？

邱太太慌了。一天晚上偷偷趕到我家，談起她先生的不顧家，女人可以餓，三個孩子不能餓。

談談講講哭起來。我問他有信去催過沒有？邱太太摸法摸法，摸出一個空白信殼，二張信箋，要求我捉刀寫信。

我把寄與外子的書信寫畢，從頭唸給他聽，邱太太又感激，又慚愧。口口聲聲謝謝「成小姐」。但，這封代人捉刀的家書，有一部份並沒有唸出來，怕洩漏人家困苦的秘密。又怕她先生接信太受刺激，可能邱太太不願意如此寫。

然而我越出委託人意思範圍，不道德的。不過我有苦衷，要不如此寫，打不動她先生的心。沒有唸出的部份大意是：「到底顧念不顧念我？假定不，然而也得顧念你的子女，他們是你邱家的骨肉，忍心任其挨餓，天良何在？你一定昏了，四個月不寄一個錢，喝自來水也得要錢去買。你這個忘恩負義的人，沒有錢寄家，片紙隻字也沒一個，是不是花天酒地迷了你的心。當眞我不能趕到星嘉坡？頂去屋，拋下子女，單身同你拚一拚。」

航空信去星嘉坡三天卽到，第七天的一個早晨，邱先生的家用，打信內掛號匯到，邱太太歡喜得連眼淚都流下來了。

選自成愛倫《成愛倫小品》，香港：愛倫出版社，一九五二年四月

衛聚賢

吃錢

莫道世間吃飯難，茫茫滄海儘是錢，
等待浪潮來去後，殷子安貝遍地然；
十朋五朋任君取，一壺老酒拌海鮮，
世上得錢如此易，何必熙攘在人間？

一時興緻，不由信口而唱，房東許太太，對前面幾句，不知道她是沒聽清楚，還是沒聽懂，但最後兩句她是聽清楚了。

「老師傅！你說世上賺錢容易，那麼你請我吃點什麼呢？」許太太開口了。

「我請你吃錢好了。」

「看，你剛才說得錢容易，現在你又捨不得了，」許太太說。

「怎見得我捨不得？我不是說請你吃錢嗎？」

「你們寫文章的人，錢不容易呀！一個斗零，一個毫子，都是從筆尖底下滴出來的，再說斗零毫子，都是銅鑄的，算了，謝謝你，斗零毫子吃下肚，我的腸胃受不了！」

「不是吃斗零毫子。」

「我明白了，是拿斗零毫子買成食品請我是不是呢？」

「不是，硬是直截了當吃錢。」

「這是什麼錢呢？怎麼吃法？」許太太問。

「古代的錢，還是用醬油醋烹熟了，滲湯吃，」

「什麼錢，還可以滲湯吃！我來看看？」

「就是這個東西，」我拿一個子安貝給她看！

「哦！這是海裏的東西，我可不知道它叫什麼名字，你為什麼給它命個名叫『錢』呢？」

「不是我給它命的名叫『錢』，是殷朝的人把它當錢用。」

「對了，老師傅是考古學家，殷朝的人，怎麼會把它當錢用？講給我們聽聽。」

這種東西，產在暖海裏，是蚌類的一種，名叫「子安貝」，中國古代用子安貝作錢用，從現代字中可以看出，例如：財、寶、貨、資、貧、貴、賤、買、賣、貿、販、賒、賠、贖、賞、贈、賄、賂、貪、賊字、你看那一個字與錢都有關係，所以都是從「貝」。

在最古的人類，不知製造器物時，對於盛水的器具，大感困難，於是就利用直徑約一尺大小的蚌殼作為盛水的盆子用，但蚌是湖及海中的產物，距湖海遠的地方的人，就得要用若干條牛換取一個蚌殼，故物字從牛。

到了人類會把石片磨光成為兵器，名為新石器時代，同時也就發明了製造陶器，人類有了陶器，就用不着用蚌殼來盛水，當然也用不着以若干條牛去換一隻蚌殼，但是人類使用蚌殼為交易的媒介物，時日既久，習慣亦成，不忍遽然摔掉蚌殼不用，而是找到與蚌相類又有花紋的貝殼，充作貨幣，就是這種子安貝，學名是（Cypraea mauritiana）。

人類用子安貝作貨幣，在殷朝時代，除在殷朝的都城——河南安陽的殷墟——出土的貝磨上背作貨幣外，在殷墟出土的龜甲獸骨上刻的文字中，有三個最顯明的字，為貝貯朋。茲繪於左：

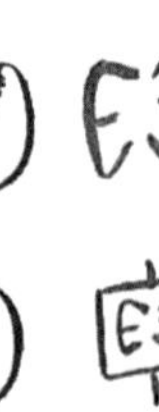

上第一個是甲骨文上的「貝」字，中間兩橫像貝的齒，第二個是甲骨文上的「貯」字，這字的大方筐是個木箱子，上下有手握的柄，以便兩個人抬，內面放的貝，當然不是一個箱子祇放一隻貝，畫一隻貝作為象徵而已，第三個是「朋」字，以貝串成兩串為一朋，一串五個，一朋是十個貝，古人以朋為計數單位，如「王賜貝五朋」即是。

第二行第一圖就是子安貝，第二圖係因貨幣用途擴充，這種貝又不够用，遂用蚌殼片或骨片刻成的貨幣，名為「垗貝」，或銅片鑄成的名「銅幣」，第三圖係用銅鑄做的名為「蟻鼻綫」，上面一個字是「巽」「選」「萬」。是戰國時楚越巴蜀等國使用的貨幣。

用子安貝作貨幣，在西漢末年王莽時曾恢復使用，王莽失敗後，就廢止了。但是雲南的苗人，在清朝乾隆時，還有使用，當時政府規定，人民納田賦，不能純用此貝，要搭用一半銅錢。雲南人把它叫做「海肥」。

藥書的「本草」上把它叫做「紫貝」，因它上面有紫色的點及花紋，宋代寇宗奭編的圖經衍義本草說：「紫貝，本經不載所出州土，蘇注：『出東海及南海上』，今南海多有之，形似貝而圓，大二三寸，人亦食其肉，云味鹹平，無毒，似蛤蟟，而肉堅硬不及，亦可解酒。」

我請你吃這古人用作貨幣的子安貝，不就是請你吃錢麼？

「你這子安貝在那裏買的？」許太太問！

「不是買的，調景嶺的朋友送的，海水退潮之後，這東西就在石縫裏，只消伸手之勞，便可取到。」

「老法師，你可以就子安貝寫篇文章發表，讓我們住在海邊的人知道它的淵源。」

對！老夫正有此意，甫將脫稿，一想不對，人生編者王貫之先生不要我寫考古文章，這篇短文，豈不又是「子安貝考」，也罷！既經脫稿，權且寄出，發表與否？悉聽尊便！

選自一九五二年八月十日香港《人生》第三卷第九期

黃思騁

紫雲英時節

馬尾草長得又高又嫩的時候，我們村了的四周，紫雲英就茂盛得像綠色的錦絲絨地毯一樣了。鴿鴣在我們的屋脊上把我吵醒了，我睜開眼，看見黃澄澄的太陽已經照在山脊上，忽然想起這是一個假日，便一骨碌從床上起來。

我背上籃子，手裏拿着一個裝有木柄的鐵鈎，到田裏去了。

太陽照在粉紅色的花上，閃着帶露水的光。早霧慢慢地在發散，一點風踪也沒有，空氣新鮮得像牛奶，多美麗的季節呀！

一點也不錯，當我到田裏的時候，熊熊早就在那裏了，他遠遠地向我揚了揚手臂，我走近去，打個歡快的照面。我們隨卽談起關於草莓的消息來。

當我們在談到牛市的時候，我們忽然又談到阿全的老牯牛，談到阿全自己，他揚言要摔倒牠，彷彿這就是他在這些日子中的第一志向。

這時，桑林的後面一陣牛蹄聲，一套青布衣服在樹後面隱現着，最後，阿全的身子閃出來了。

「嚁——嚁，好猪草，不果——今年有猪瘟！」他調皮道。

我們聽了不高興，撇開工作去與他鬥嘴，我們咒他的老牯牛今年要死。然而，他笑着，滿不在乎地：「牛不死，那裏來牛肉吃呢。」

他捉着他的衣襟，重重地擦着胸口，虱子在咬了。

「你這個麻痘鬼，你過來。」熊熊吗着，擺穩了陣勢，一面捲起了他的衣袖。

「咦！」阿全叫着，跳到田裏：「你先備好跌打草藥，茅山道士要收妖怪了。」

熊熊在茂密的紫雲英上跳着，企圖選擇一個有利的形勢。但我認定他是要失敗的，因為阿全在我們這批年齡相差不多的孩子中，他是一個摔交的能手。

他們像兩隻雄鷄一樣地轉來轉去，眼珠定神望着對方，熊熊還磨着牙齒。

我覺得這個不够精彩，我提議由我擊掌，擊畢大家必須上前。他們同意了。

他們在糾纏着的時候，我是如此地激動，我願意熊熊得勝，因為我厭惡阿全這個驕傲的征服者。我在一傍為他着力。

然而，不行，好幾次，我都看見熊熊被阿全摔得踉踉蹌蹌，一隻脚膝蓋着了泥土又站了起來。他們這樣推來推去，把紫雲英都踏翻在地上了。

熊熊掙扎着，漲紅了臉，不斷用脚去阻住對方的退步。忽然，奇蹟降臨了，我看見阿全踉蹌一下，然後跌倒在地上了。

「停，停，停！」我興奮地叫起來。

田主人遠遠地來了，阿全趕緊牽着他的牛，我們提起籃子，往樹林裏走。因為那是阿三伯的田，他有一個著名的適合於罵人的好嗓子。

我們在墓前的祭祀石上坐下來，阿全的老牯牛就自顧自到山田裏吃可口的紫雲英去了。

現在，阿全提議去找鳥卵去，「可是，」他說：「我的牛怎麼辦呢？牠會吃過多的紫雲英而脹死的。」

「沒有關係，」熊熊說：「給打個樁好了。」

我們出發找鳥卵去了。映山紅開在路邊。

我們在灌木叢中找黃雀的巢穴，用手分開那些樹枝，探索着。小黃雀在我們的周圍飛來飛去，唧唧地叫着。

「嗨！」阿全叫着，折斷了一根灌木，上面就是一個雀巢，黃雀飛去了，留下兩個鳥蛋，小得像兩粒花生米。

「我要分一個，」熊熊說。

「你不能，因為是我找到的。」阿全不肯。

「那不成，我們一起來的。」

他們爭論着，又在山上打鬥起來，我依然料定熊熊要輸的。他們的脚忙亂地在地上踏着，一會打到大樹下，一會又鬥到草坪上。他們嘴裏咒着，說猥褻的話，來激怒對方。

最後，我看見熊熊捉住阿全的腰，把他抱起來，這樣，阿全被鬥倒了。

他們拍着身上的泥污，嘴裏還不斷咒着，但這塲鬥爭誰也沒有得到好處，鳥卵是打碎了。

阿全在回到田裏看老牯牛的時候，牛已經脹胃了，牠不斷地伸着脖子，但吃下去的東西已出來不了。

阿全睹狀大哭起來，老牯牛似乎也流着眼淚。

「最好你去吽春海公公來，」我對熊熊說：「不然老牯牛會死的。」

熊熊飛也似地下山去了。

一會，遠遠地望見一堆白鬍子，春海公公來了，他手裏提着一個竹筒。走近來說：「不要在紫雲英時節貪玩，你們會送牛命的。」

我們三個人緊緊地拉住牛繩，春海公公把老牯牛的嘴把開來，用滿塗菜油的手在牛嘴裏揉着，將竹筒裏的菜油灌進去，然後，不知怎麼一來，老牯牛嘔吐了，大堆大堆的紫雲英吐出來。

做完這件事，春海公公以一種生氣的眼光望着我們，從腰際取出竹烟桿，指到我們的鼻尖說：「下次再碰到這些事，我就老老實實地來分牛肉，記住，小鬼。」

選自一九五二年八月二十五日香港《人人文學》第三期

早年

〔存目〕

選自一九五二年十二月一日香港《人人文學》第四期

慕容羽軍

海底夢

澎湃的海，在我兒時的夢裏是一幅美麗的夢底圖畫。

我的故鄉衹有兩岸長着鮮花的小河，春天，水漲了，湍急的河水衝激着岸畔的巨石，寧靜的清晨，寧靜的黃昏，清晰的聲音傳進了耳鼓，是呵！這就是海吧！

那一年，岸畔的峭壁給急流衝去了一大塊，裡面該有一個蛇的窠穴吧！兩條大蛇隨着那塊巨泥，一起捲進了湍急的河中，河水激起了恐怖的音响，鄉人也泛起了恐怖的憧憬：

「噢！禍事啦，神龍攪崩了河岸。……」

我隨着這騷亂，渡過了兵戈擾攘的童年。這童年，正像故鄉那條小河似的靜靜地流着，雖則偶爾泛濫，然而，並沒有我夢底巨浪。

那時開始，我憧憬着遙遠的地方，有比故鄉更壯麗的海，有洶湧的波濤，有浩瀚綿遠的視界，有一天，掀起了風浪，怒潮不能够吞噬那醜惡與平凡……

動亂的時候，彷彿把我推到海的浪潮去，我從南到北，又從西到東，我浮游在海的懷抱裡一年又一年，海的幻夢湧現在眼前，一瞬間的波濤，我曾被捲到更深的海底，幸而，風雨在噩夢的邊緣停息，我也從噩夢裏被挽救了回來。雖然，海，在我的平凡生活中增添了險峻的慄懼，然而，不論是晨是暮，我都懷念着海。

這個世界也許離夢的美麗憧憬太遠了，雖則我投荒萬里，來到南國的海濱，這兒的海，始終找不出壯麗的臉譜，是黃昏，我帶着失望的情懷，佇立海濱，微風過處，送來一縷縷的腐臭氣息，波浪無力地縐起了蒼老的波紋，暗綠色的幽光，恍如荒山的磷火，它似乎是一個小潭子，沒有動人的漪漣。偶爾傳來一兩聲咿啞聲。我竭力把思緒移到江南的舊記憶裏，衹為了一陣粗魯淺薄的淫笑，截斷了半沉醉的懸想。是清晨，幸而海濱隱現了休憩後的清新，高聳的熱帶樹沐浴過朗爽的風，寧靜中纔送來一絲兒生氣。也許我生就了飽嘗戰亂的脾性，止水般的生活，永遠掀不起趣味，止水般的寧靜，衹有把一股勁兒壓抑到柔弱無力，因此，我夢底海並不是波平如鏡的止水……

但願有一天——

海漆黑得怕人，漆黑得連白沫已被它淹沒，海，怒吼了，它淹沒了點綴着大小巖石的沙灘，它淹沒了堆積在岸上的腐朽的渣滓，那一天呵，風兒應該猛力地使勁，浪潮應該狠命的衝濺，讓黎明帶來清新的寧謐，微風過處沒有腐朽的氣息，黃昏佇立，聽不到淺薄的淫笑……

這麼一天，我振臂在夢裡高呼：

我愛海，我也愛夢。

選自一九五二年八月二十五日香港《人人文學》第三期

柳存仁

耶穌

我近年來皈依了基督教的門下，簡單地說，也就是皈依了耶穌這一個革命者所提倡的，所修改損益了的教義。我用「皈依」這兩個字很費斟酌，而結果選擇了它，因為我愛它是佛學裏面崇超的名詞。我的基督教決不排斥佛學。

在現代，宗教的信仰在一般人的心裏早已被許多因素沖得很淡薄。有些低能的渣滓我們儘可不談，而高超的，像佛學，它的境界似乎是介乎哲學和宗教之間，在淺識如我輩「中人以下」者目前也很難置喙；不說妄語的感律時刻在刺觸着批評家的心。故在淺學且少信像鄙人者，平實篤切如耶穌他的教義，卻覺得很不錯。這裏先談我們接受的數點，卻大概也是許多現代的基督教徒所衷心情願接納和支持的東西。

首先，應該令我們神往的，是耶穌他有一個遠大的理想，這個遠大理想，實際上就是對社會的改革和對當時黑暗、剝削和高壓的政治反抗。這裏，我覺得信仰耶穌的或並不信仰他的人，大可以先找一冊英國史家 H. G. Wells 的「世界史綱」（商務有全譯本）論耶穌的一段來讀。韋爾斯論好幾位宗教創始者如耶穌、釋迦、謨罕默德的話都很好。他還他們以「人性」，卻心嚮往止於他們的不可及的偉大。我們，特別是讀了些舊書的中國人，往往容易歡喜贊歎歷史上這一路的人，因為我國古代的哲學思想向少神秘性，却獨多改革人世社會的積極主張。這種主張，由神農嘗百草和禹稷的「己飢己溺」，直到王莽和康有為，其實皆是同一路徑。耶穌的「主禱文」有「願你的旨意行在地上，如同行在天上」，其實蓋卽在現實的社會上建立一個公平合理的生活的意思。這個意思在中國人看來原不新鮮，却極親切。

從這個線路出發，馬太福音第十章有幾句話就叫我們覺得他很自然，也很深厚。那是：

你們不要想我來，是叫地上太平，我來並不是叫地上太平，乃是叫地上動刀兵。因為我來是叫人與父親生疏，女兒與母親生疏。人的仇敵，就是自己家裏的人。愛父母過於愛我的，不配做我的門徒。愛兒女過於愛我的，不配做我的門徒。不背着他的十字架跟隨我的，也不配做我的門徒。得着生命的，將要失喪生命。為我失喪生命的，將要得着生命。（三四——三九節）

我覺得這幾節，在耶穌的教育裏，是很緊要的。它並沒有排斥父母子女之間的私愛，但私愛的程度不能超過對眞理的跟隨，這裏的「我」蓋是一個譬喻耳。在同一篇福音的第八章裏，也有足以和上引諸節相生發的意思。就是：

你們要進窄門。因為引到滅亡，那門是寬的，路是大的，進去的人也多。引到永生，那門是窄的，路是小的，找着的人也少。（十三——十四節。）

這都是很有意義的，很嚴重的話。我國儒家的孟子，脾氣很大，對於這同樣的主張，說得殊不如耶穌的宛轉和美，雖然其嚴肅性則二者正相髣髴。孟子的話是，「所欲有甚於生者」，「所惡有甚於死者」和「生吾所欲也，義亦吾所欲也。二者不可得兼，捨生而取義也」，我這裏反覆引伸，並沒有寫八股做起講之意；只是覺得這兩句話，應該是耶教的精義所在：氣派恢閎，平實嚴肅，足夠當得起做一個偉大的宗教的標的。論語所載孔子的話，也有類似者如：

士不可以不弘毅，任重而道遠。仁以為己任，不亦重乎？死而後已，不亦遠乎？

有人解釋任重道遠的話，教人在腦海裏想像一個人背着重重的包袱在險阻彎曲的山路上一直地趕，喻亦固佳，但卻不如耶穌自己的話：

狐狸有洞，天空的飛鳥有窩。人子卻沒有枕頭的地方。（馬太，第八章二十節。）

我覺得要想理解基督教，當先去爬梳一下耶穌這個人的信行，要看「新約」的四福音和「使徒行傳」。前者像論語，屢說引喻和幽默的態度尤其酷似，後者則直如佛教的信受奉行，蓋不止是說給你們聽而已，卻是一字一句都可以在生活裏學習和實踐的：彼得因之而坐監，司提反因之而被亂石慘害，而保羅後來的屢遭苦難，綑鎖鞭打，流離顛沛，蓋皆有耶穌自己被釘死做犧牲的先例為之榜樣；此蓋非普通的祈禱治病，五斗米道者流所能夢想者也。

選自柳存仁《人物譚》，香港：大公書局，一九五二年九月

徐訏

談友情

我離開家庭，被送到學校去住讀時，中國年齡是八歲，十足年齡祇有六歲。在陌生的環境中，我稚弱而胆怯的心靈是孤獨的，那時候的教員都有架子與面孔，沒有教育學教育心理等知識上的修養，對于兒童一點不求了解，體罰是他們唯一的辦法。於是，在偶然的場合中，我發現朋友是我唯一的慰藉，而友情是我唯一的温煖。

我的家庭是過渡時代的畸形的家庭，我的父母是舊式的父母，因此當我發現友情以後，友情就成爲我一切情感逃避的所在。此後一個人在異地的學校中，我永遠依賴着朋友的安慰。朋友的批評似乎比父母的督教多一份了解，朋友的援助似乎比父母的供給多一份温煖，這就注定了我有一個交友的個性。

一個人的幼年的教育有時候也許就會決定一生的命運。有許多幼年的朋友，在一起的時候相處很好，但是一放假彼此就疎遠了，這原因很簡單，大部分的兒童，他們的家是温煖的，和諧的，放假就回到家裏，回到家裏就有另外一個空氣，他們並不像我一樣的需要友情的慰藉。在這樣的情形下，我常常必須尋找與我一樣孤獨的朋友。

大概是爲這個緣故，造成了我愛我的朋友，我對朋友有很奇怪的熱情，我常常爲朋友間友誼的中斷與睽隔而傷心，也常常爲朋友的無義而難過。現在想起來，這些年輕時的友情是浪漫的，這些浪漫的友誼原不能夠久長。中學時代的朋友，後來因所學的不同，生活的異殊就分離了，大學時代的朋友，後來因所入的社會不同，思想修養感覺的差別，彼此就疎遠了。以後，命運注定我，在每一個環境中，前浪推後浪，我總很自然的有一羣朋友往還，而這些朋友始終是我人生旅途中的慰藉與溫煖。

有一種父母會使孩子不想在外面交朋友，也有一種太太會使丈夫不想在外面交朋友，我的命運都未曾使我有這樣的父母與妻子。多年來的孤獨生活，完全是依賴許多環境中機緣中的友情來維持的。

人人都知道愛情的微妙，但是很少人知道友情的微妙有甚于愛情。愛情的對象祗是一個，友情的對象則是繁多的；愛情都是由淺而深，由淡而濃的，友情雖也由歷史與時日而增進，但往往由濃趨于淡。愛情一決絕就永不會繼續，友情則中斷十年，相見可以如故。所謂愛情沒有條件是粉紅色的夢，而友情則在某種意義，的確是沒有條件的。愛情要突破兩個人的距離，友情則要求有恰好的距離。

友情可以沒有愛情，但是愛情必須有友情；友情似乎是一切人類往還最基本的情感。父子母女的情感本不是友情，但在孩子長大了以後，如果沒有友情，那就祗剩了一種責任的包袱；夫妻間的愛情，如果沒有友情，愛情一定不能維持久長。這因爲「愛」的要求是無限的，而友情則要求互相尊敬，自然而平淡。

有過戀愛的人，都驚奇于愛情的神秘，但友情的神秘正是一樣。祇要想想在千千萬萬的人羣之中，兩個人會相遇會相熟會常常想到，常常愛在一起，這就够神秘了。有許多我們天天在一個地方辦公的同事，我們並沒有成爲朋友；有許多十幾年來住在隔壁的隣居，我們沒有做朋友；可是在偶而的場合中所遇到的，幾句談話就吸引我們，彼此希望重行相會，倒反而成了終身的朋友。還有奇怪的是每天客客氣氣相交往的人，倒不見得可以做朋友，而在意見上常有衝突或者爲利害爲愛情有過衝突的人，一旦了解對方的本性的優良，倒忽然可以盡棄前嫌，變成朋友的，這所謂「不打不相識」。也有許多人彼此相識許久，而在某一件事情上使彼此突然發現對方可愛之處，而以後成爲很知己的朋友的，關于這些可解不可解的神秘，我們祇好說是「緣」。

我雖是在幼年時就感到有友情的需要，但是對于友情的了解則是因年齡因時代而不同，朋友的往還是比任何學問都有廣深的哲理。古希臘對于友誼同中國江湖的說法是一樣，所謂「不分彼此」，我幼年時對于友誼的教育完全是受三國演義桃園結義及七俠五義一類江湖標準的影響，以這種標準去對人而同時要求別人依這個標準對我，這當然是會失望的。有失望就必有痛苦，其實儒教對于朋友的看法同這些是不同的，孔子對于友誼並不這樣「不分彼此」，他是講究距離的。

我第一次發現友誼不是不變的東西，是當我重會一個幼年時代的同學。我們別離後他在上海經商，我則到北方讀書，不見面以前我們還常常通信，見了面竟完全無法談得投機，那次以後，也就不想再彼此通信了。因此所謂談得投機還是友情的主流。朋友的來往，好處就在談得投機多來往，談不投機少來往，父子母女夫婦就不能够這樣。

但朋友因爲談得投機，也往往扯到別種關係，這外加的關係，如合資經商之類，往往就會損害友情，朋友的談得投機，所需要的其實衹是一方面，這一方面的契合，就可以成爲我們的往還，如果你再要求別方面，這就比較難了。同甲可以一同看戲，同乙可以一同聽音樂，同丙可以一同談學問，那麼這關係就可以使你在需要什麼時候同誰在一起，這就是友情所給你的最大的自由。

但這種自由是要有友誼的距離來維持的。所謂「不分彼此」的友誼，往往使你失去這一種自由。一說到不分彼此，最容易牽涉的就是金錢；在我的生平之中，曾經有一個時候與朋友共過產，彼此的收入都放在抽屜裏，誰要用錢誰就拿；但這樣不分彼此的生活還是要在上上落落彼此收入相倣，而彼此開支也是相倣。倘若失去某種均衡，這關係也就無法維持。因爲這種「不分彼此」的經濟生活在現代社會有無法可能的背景，所以很少有人作這種嘗試。有人因此以爲現代社會的友情不如過去，這衹是用過去的尺度來量現代的標準就是，當我發現「不分彼此」常常會發生誤會、依賴、欺騙這類奇怪的現象，我開始覺得朋友的往還應當是建立在「善分彼此」上。金錢的往還不過是朋友的一種，有一種朋友可以作金錢的往還，有一種朋友則不宜于金錢的往還，正如有一種朋友可以一同去聽音樂，有一種朋友不宜一同去聽音樂一樣。可以一同去聽音樂的一定是彼此對于音樂的興趣修養態度是相同的，可以彼此作金錢來往的也必須彼此對于金錢的概念態度是相同的。因此，在複雜的社會中，所謂「善分彼此」，就是一個很大的學問了。

人的方面既然是很多，所謂某人與某人的友誼，實際上常常衹是一方面的契合，這契合可以是政治的立場，宗教的信仰，也可以是有對賭博的趣味，飲酒的嗜好。我常常因爲我的一個朋友對我稱讚他的朋友的優點，使我傾慕着去多交一個朋友，但是幾次接觸，使我發現他的朋友竟是一個同我無法投機的人，起初很不解，後來則逐漸知道他們的往還原是基于他們的某一種細微的相同之處，而這竟是與我不同的。這所以甲乙雖是很好的朋友，乙丙也是很好的朋友，可是丙同甲常常無法做朋友的原因。

有人說男女之間是沒有友情的，這句話並不十分對，大概少女少男間，友情往往牽涉着「性」的感覺，可是一個人到了中年，飽經了風霜世故以後，談得投機的男女也會有可貴的純正的友情的。年齡這東西是最神秘的，普通以爲天眞是可愛的素質，但是天眞也包括殘忍與冷酷，孩子們往往對于花草對於昆虫沒有一點憫憐與同情的感覺，因此他們也無從認識一個友誼對于生命的重要；當少男少女有明顯的性愛的要求時，友誼在他們是決不珍惜的。而中年的男女，卽使還在求偶的當兒，他們會知道在某一方面，朋友是比情人多有某種了解的。實際上這是一個矛盾，一方面似乎祇是了解友情的可貴才可以洞悉愛情的眞諦，而另一方面，了解了友情的距離也會失去了戀愛的情熱的。

友情在職業方面似乎也有種種說法，有人說律師是沒有友誼的，也有人說政客是沒有友誼的，這大概都是利益權位方面着眼。如果利害上沒有衝突，某方面的友情還是可以建立的。中國有所謂「同行是寃家」，實際上同行固然易成寃家，但也易做朋友；而不是同行則往往距離越遠越容易做朋友。最近在一個朋友地方聽到一句話，他說：「商人的朋友可以共安樂，不能共患難；政治的朋友可以共患難，不能共安樂；至于文人，……」他沒有說下去，我想他大概以爲我也算文人，所以就不說了，我知道他要說的是：「至于文人，是既不可共患難，也不能共安樂。」後來我把這話仔細思索，我覺得較近于眞理的似當作：「文人的朋友，不是既不能共患難，也不能共安樂；就是既可共患難也可以共安樂。」文人爲什麼不是此就是彼，這原因是文人這一類朋友，大概都是神經質的，多數是胸襟淺狹，神經過敏，表面狂傲，心地自卑，容易生氣，但不難滿足，弄得好，他可以同你共患難，弄得不好，安樂也就無法相共了。

各地各民族，對于友情的概念與對于朋友的要求大都是不同的，譬如西洋人對于化錢對于請客，同中國人完全不同。中國人對朋友似乎還處處要表示「不分彼此」。但西洋人則要表示「善分彼此」。至于實際上，中國人不見得不會「善分彼此」，西洋人也不見得不懂得「不分彼此」，祇是看什麼樣場合與情境。中國有「朋友有通財之誼」的說法，所以對于錢的往還，似乎要看得輕；但這也是表面的，附從這習慣的朋友間，往往因此造成了許多糾紛。金錢的往還不過是朋友間往還的一種，此外同遊、共飯、作客一類的往還，也都因風俗習慣傳統的不同而不同。所以要成爲很好的朋友，必須彼此對這些先要有了解與隨從；而異國的朋友又因爲易爲時間與空間所睽隔，友情也往往易于中斷；世界有時很大，很熟的朋友，一別可以永不相見；世界有時也很小，很生的朋友，往往會在地球的另一角碰到。這都是屬於機緣的。

我是一個交友的範圍很廣的人，年齡越大，朋友種類也越豐富龐雜。有許多人，他們有很多的朋友，但沒有一個是好朋友；也有一種人，朋友不多，但都很好。這正如讀書一樣，有人愛博覽有人愛精讀，但最好的當然是一方面有廣泛的交友，一方面也有幾個終身的知己。我相信我是二者兼有的，但是交友是一種藝術，有人的確是有這方面的天才；我則是天資極低，不過在體驗中學習中得來。我覺得交友頂要緊是誠懇，尊敬對方，其次要保持彼此的距離，在短暫的時間中要常有「不分彼此」的空氣，但在整個的生活中，又要有「善分彼此」的原則。所謂彼此的距離，則因人因時而不同的；同甲友保持某種距離是完美的，同乙友也許不足，同丙友也許太多；旅行時要一種距離，家居時要一距離，生活在各自家庭中同生活在同一戰壕裏，朋友間的距離都是不同。祇有尊敬別人方才是尊敬自己，與人方便也就是與己方便。

我所遇到朋友負我與朋友對我誤會的事情很多，當時也曾經傷心難過，但事後想想，覺這得些都是難免的事情。對于朋友，要求「自由」「自然」與「自在」，有勉強就不能是朋友。朋友同金錢一樣，有時候並沒有求朋友，朋友多得推不開；有時候想要有朋友，倒反而一個也找不到。

如果把友情當作財產，那麼這倒是正財，而愛情則是橫財。友情是堆積而來的，愛情則是憑空飛來的。喜歡交朋友的人，在任何場合中都不難交到朋友，祇要你知道以誠以信去對人，而愛情就無法強求。

朋友可能有幫忙救助一類的事，但這不是交友的目的。交友祇是在人生的寂寞的旅途偶然的同路客，走完某一段路，他要轉變，這是他的自由；在那段同行的路上，你跌倒了他來扶你，遇到野獸一同抵抗，這是在情理之中的。路一不同，彼此雖是關念，但也就無法互相援助。但是這時候彼此也許也就遇到新的同路客了。

友情的温煖是總和的，在日常生活中，朋友來來往往，我們不能發現它的價值，但如果你一個人到一個一無朋友的陌生的城市裏，你馬上會發現，這時候，如果有一個熟朋友來敲你旅館的房門是多麼温煖呢？

友情是酒，越陳越好，老朋友相見，譬如是中學校的朋友，彼此一見正如重新回到中學生活一樣的，許多聯想許多回憶有時都會在我的感覺中浮起，自己談話的聲音與行動的姿態都會恢復過去的天眞。好像大家都年青起來。

愛情則是龍井茶，越新鮮越好。持久的愛情，它必是在愛情生長與衰淡的過程中，建立了彼此尊敬互有距離的友誼。

如果做父母的，沒有在子女長大的過程中，同子女建立彼此尊敬互有距離的友誼，那麼這點本能上的愛情也就會變成溶化了的冰淇淋一樣滋味了。

友情是一種可淡可濃的情感，是一切要維持永久的情感的基礎。只有了解友情，你方才可以有不變的愛情；衹有了解友情，你可以生男育女，有一個愉快幸福的家庭；也衹有你了解友情，你可以養馬養狗養貓。

有人說交友有兩種，一種是藝術的，一種是政治的；藝術的交友，友情就是一種目的；政治的交友，友情衹是一種手段，目的也許在兒子的前途，也許在生意的周轉，也許在升官或發財。其實這不但交友如此，結婚生子也有人抱着手段的想法，有人結婚不爲情而爲財富，有人愛子女爲防老；不但對結婚生子如此，對任何工作與娛樂都可抱功利的念頭，當作他種目的的手段的。

但我這裏所談既是友情，如作爲手段，那麼這就不是眞正的友情，也就不是我題目範圍內的文章了。

選自徐訏《傳薪集》，香港：創墾出版社，一九五三年

談約會

〔存目〕

選自徐訏《傳薪集》，香港：創墾出版社，一九五三年

望雲

怪癖

一天，我到九龍的天文台道訪友。那是一條僻靜的好街道，終日沒有甚麼行人，何況正是上午十一時許的辦公時間。我慢慢的踱着，無意之間，發現在我跟前走着的一位中年紳士，看模樣兒是個葡萄牙人，他穿的很整齊，兩手納在褲袋裡，很閒適的神氣在行人道上走着，奇怪的是他一壁走，一壁踢着一只香烟盒，三步一踢，四步一踢，像一個足球員，正在把球兒向敵陣送去，不過動作上却緩慢得多。看他踢那只香烟盒子，滿有姿勢，說不定他正是個退休足球員呢。

我一點也沒有意思要尾隨着他，不過他所走的也正是我所要走的路。他也一點沒有留意背後還有行人。把那只香烟盒踢了一程。不覺已到了他的家或要去的目的地，那只香烟盒橫在行人道上，他向左轉，我以爲他要到路邊的一座房子裡去了。他想想還有甚麼尚待完成一般，再走前兩步，朝那盒子作最後用勁的一蹴，見他舉動如此天眞，我當時大概忍不住微笑，他一派得意迴身過來，見到了我這個陌生人，知道我留心了他的一舉一動，他下意識地感到那情形很有點尷尬，怪難爲情地，急忙向房子走去了。

我相信一般人也有他的一點怪動作的，就在程度上的深淺分別而已。我記得曾在那一本書上讀到過一位著名科學家，有人發覺他在公園裏，拿着他的帽子，就如我們拿了瓢子舀水一般，一而再的要裝載公園裡的陽光。旁人看來，他簡直有點儍氣，天知道他那麼幹的時候腦海裡想些甚麼，天知道科學的進步沒有那樣的一天，人可以把陽光存儲起來，留待必要時應用。

我還記得奇利谷巴主演的「富貴浮雲」，那個農民出身的承受了大帮遺產的暴發戶生平只愛吹大喇叭，把他的財產悉數分贈給窮苦的人，這件事引起一部份人的不安，認爲他的神經不健全，他却在法庭上證明就算是正常的人，也不免犯有怪癖而毫不自覺，那位高高在上的尊嚴的法官，在諦聽各方供辭之際，正在拿了一根鉛筆，毫不自覺地在跟前的一頁刊有文字的紙上，把所有〇字的空間也填上了，那應該也是毫無意思的一回事。

禮貌和生活習慣造成了我們的束縛，在浴室裡對鏡做一下鬼臉，正是我們對於束縛的抗議，這舉動正十分自然。

選自望雲《星下談　第二輯》，香港：東方出版社，一九五三年

最美麗的花球

〔存目〕

選自望雲《星下談　第二輯》，香港：東方出版社，一九五三年

百木（力匡）

避雨

中午，陰沉的雨天，店鋪裏飾櫃裏的燈都亮了，像一個垂死的黃昏，雨軟弱地落下。

春天的雨，如果落在野外是好的，會洗淨樹葉上的塵土，會濕潤了蒼白乾裂的大地，草更青了，乾涸了的溪澗水流再次快樂地唱歌。

然而，雨落在城市的僵硬的柏油路上，却全然是浪費多餘的了，就使垃圾堆發臭，就混和了塵埃變做泥濘，在沒有好的通水溝渠的地方就泛濫淹沒了道路，積成了一個又一個可厭的水潭。

而我，我早上就出來了，我今天一件事情也沒有做好，我買不到要買的書，找不到要找的人，而我又沒有帶上了雨衣，或者一把傘。

雨仍在落下，我能到什麼地方呢，我能够也和別人共一把傘走到我要到的地方麼？沒有一個人的道路是全然相同的，而且我不是這樣的人，願意屈辱自己來乞求一些什麼小小的恩惠。

儘站在街頭也不是辦法，托庇於屋簷下的人更多了，就都推擠着，焦灼地看着陰黯的天，埋怨着，詛咒着，彷彿自然有什麼罪咎，彷彿在訴苦埋怨裏雨天就會驟然開朗，就會再出現明媚的陽光。

我走進一個路邊的咖啡室了，那是以貓頭鷹爲商標的咖啡室。貓頭鷹是一種殘忍的鳥類呢，它是只活動於黑夜的鳥，是以殘害同類爲生的鳥，由什麼時候起，人類會認爲它是一個聰明的禽鳥呢，會以爲它就是智慧的象徵？

我還是走進去了，裏面是高貴的平靜的，坐滿了人。是那一種人呵，男人在精緻的領花上表現了他們的全部的智慧與良好的教養，女人在細心地裝飾自己最表面的部份，我在想當一隻孔雀被人拔去了牠底美麗的羽毛之後，賸下的還會有些什麼呢，但願他們除此之外還會有一些值得驕傲的東西。

我待了很久，還找不到一個坐位，我看到一張大桌前只坐着一個人，我走到他面前，我問他能否讓我坐在旁邊的空位上，然而，我却碰到如此冷漠的眼光了。他看着我沒有修飾的頭髮，看着我泥濘的皮鞋，如同我來自另一個他完全陌生和厭惡的星球。我坐下了，他仍如此地用訝異與輕視的眼光看着我，彷彿我是個奇異的猩猩，忘了他和我在這茶店裏的地位是全然相同的，我們都是這裏的顧客，也都爲這店裏供應我們的食物而付錢。

我叫了一杯橘子水，我等着，也想着。

是什麼使人的心裏長了如此堅厚的一層外殼呢？就對一切都拒絕了，都帶着仇視，即使最善意的也不願意接受，如同那一層舖了柏油的城市的道路，就全然失去本來自然的本質了；即使那使生命萌發生長的春雨，一落下便變成了泥濘，就積成了水潭。

說愛可以感動禽獸，這是一個崇高的理想，然而這理想是只能在冷峭積雪的峯顚上閃着光的。偉大的耶穌呵，那爲萬世垂下一個光輝的寬容典型的木匠之子，那教會了原諒別人到七十個七次的人，當他自己走進那被作買賣人沾污了的聖殿時，不也爆發了暴怒的雷霆麼？不也把那些找換羅馬和猶太人錢幣的攤位推倒；到後來，他不也負起了那沉重的刑架，在嘲笑與侮辱中被處死了嗎？

橘子汁來了，我喝了，又付了賬，我離開了這些在心靈上長了硬殼的人。

我走出門外，雨仍在下，街道仍然泥濘積水，仍有人徘徊在屋簷底下，等待並企望一個迅速到來的晴天。然而踏着泥濘，讓涼快的春雨打在我的面頰上，我離開了，我不能浪費時間於這無限期的等待，我要回返我自己的地方，那裏，春雨愉快地落下滲入泥土，那裏有種子在等待着春雨的灌溉，那裏，有清淨的荷葉盛住了落下的水滴，當天晴了，積聚着的水珠就滾動着閃爍着美麗的陽光。

選自一九五三年四月二十五日香港《人人文學》第九期

姑姑

〔存目〕

選自百木《北窗集》，香港：人人出版社，一九五三年七月；原刊一九五三年五月十六日《人人文學》第十期

夏侯無忌（齊桓）

野火

你在夜裏會起來向遠方遙望麼？你會看到遠處的野火。

昨夜我不能入睡，在露台呆坐着，我看到遠山上的野火。像一條暗紅的線，野火在山上蜿蜒地爬行，暗紅色在深沉的夜裏無聲地射着微光，但我似乎在那暗紅的光裏感覺到深厚而隱藏的灼熱，我似乎感覺那種草根的焦味，於是，我嗅到了記憶的氣息。

×　×　×

那時還是無憂慮的童年，那時還是生活在故鄉的日子，那時我還是母親的寵兒。

記得那是一個夏天的晚上，宛宛和我去找紡織娘，我們涉過長滿蘆葦的小溪，我們摸索在蔓草叢生的塘畔，我們走過一條又一條田邊的小徑。

宛宛跌交了，手上的小燈籠也打翻了，我們兩個，帶着裝紡織娘的小竹籠，迷失在村野裏。

宛宛開始嚶嚶地哭泣，我雖然在安慰她，但聽見一陣陣夜風吹葉嗚嗚的聲音，心裏也害怕得不得了。

我驚惶失措地望望黑越越的四野，我看到在起伏的田疇那邊，有一堆發着暗紅色光亮的野火，是二伯他們在村前守稻子的野火。

我背起宛宛，摸索着路，走向那朵暗紅色的火光。我委頓而困倦，但我心裏是光亮的，因爲我不必再畏懼這漆黑的郊野，我知道了道路。

×　×　×

然後我又想起八年戰亂裏的經歷。

我獨自離開了家，在大後方流浪。有一次，我和一位醫生趕夜路到七十里外的一條山村去。帶路的鄉人遠遠地走在前頭，我們走着，走着。醫生感慨地指着遠山的一道野火紅線，說：「走這種夜路最容易給野火騙你了。看上去那麼近，有時走上好幾個鐘頭它還是在老地方閃爍呢。」

我看着那道可望而不可卽的紅線，想起戰局，想起自己不可預知的前途，說不出話來。

醫生歎口氣說：「希望就是這樣使人沮喪而不肯死心的東西。」

如今勝利又已經整整八年！在山野裏趕夜路的感覺又出現在心頭了，遠處也有一道野火的紅線在隱現麼？我永遠忘不了醫生的話。

×　×　×

去年冬天，一個寒冷的夜裏，我從干德道走下山，看見遠處的山間燃燒着一道紅線，那是新界以北的野火吧？想起白雲底下的故國，那片寬容睿智的土地上，現在不也正燒着一片土石俱焚的野火麼？心裏有着「倉皇北顧」「悽然北望」的悲哀。

今年四月，偶然去新界，想起那天晚上看到的野火，不禁注意地看看四面的山頭，果然西北面一個半島的山頭，還留下一道很清晰的灰線，下面是青翠的綠色，上面是焦黑和灰褐的山脊。

早些日子我又到新界去，又經過那個山頭，但那道灰線已經差不多看不見了。整個山頭又已經葱葱鬱鬱，灌木已經滋生，蔓草已經長可及膝了。

我心裏不由得湧起一陣喜悅——其實我早就應該明白了的。我們這個民族一向如此，我們這個寬容而睿智的民族！一千多年前我們已經說過：「離離原上草，一歲一枯榮，野火燒不盡，春風吹又生」了。

× × × ×

人生就是這樣的，你的生命可以分做若干個時期，而你的感覺對某些事物的反應，就是每一個時期最好的紀錄。野火對於我，就是這樣。

偶然，你也會在夜裏起來向遠方遙望麼？你會看見野火。

選自一九五三年八月一日香港《人人文學》第十五期

兩個溝渠旁邊的故事

〔存目〕

選自一九五三年八月一日香港《人人文學》第十五期，發表時發表時署名齊桓

九月的隨筆

〔存目〕

選自一九五三年十月一日香港《人人文學》第十九期

今聖歎

閒話文章

前天有人告訴我說：「曹聚仁又在捧你了」！我大驚，因為這世界的「捧」字是可作各種解釋的。也許「捧」就是罵，所以我偶一聽到有人捧，便心驚膽戰。去年某上海小報曾一連數日把我當舞女捧，而且今日猜我是張三，明日猜我是李四，我的胆向來很小，常常見到簷前兩個麻雀打架，也要嚇得躲起來的，因此又聽到有人捧我，並且不三不四把我跟那位有名的什麼說明家拉在一起，甚是不倫不類，我很感到慚愧，從不想借光「我的朋友胡適之」招搖，因爲我既非如曹君所謂之天才，更無所謂多方面的發展，而且成功二字，尤為過火，太不敢當了。我自己明白，我無論做學問、好虛名、賣野人頭、誤人子弟、追女人、買馬票、寫納妾說明，都沒有一樣成過功。

以曹聚仁先生古代學問懂得十分之八九，近代知識全懂；八國學問（套用八國聯軍）通了七國半，中國學問全通的一位名新聞記者、大學教授、新聞學家、新文學家、理學家、蘭谿人公認的現代李笠翁（見最近星期六週刊曹氏文）等等等等，却說最近重讀水滸傳，「才勉強把金聖歎的批評看了」一遍，這和我的一個說純北京話的文學家年近四十還沒有看過紅樓夢，是一樣地令人拍案驚奇而又遺憾的，不過曹君到底高明，還肯勉強勉強，而我那個朋友却既經朋友勸請於前，復經嬌妻諷諫於後，至今却沒見他咬下牙根，狠狠心，「勉強」讀一遍紅樓夢。我即將致書吾友，請他向有名的曹君學習勉強工夫。

曹君「捧」我云：「才知道這個今聖歎，受那個金聖歎的影響太深了，處處顯露着才華，却又才華太露了」。這兒我不得不以研究金聖歎的前輩（請恕我無禮了）的姿態，向曹君解釋一番，好在學無先後，達者為師，我要向曹先生學的地方正多着呢！吾國今日論文學批評，在今日只有寥寥數人，我所知道的有北大外語系現在大紅特紅的錢學熙和驕不可當博不可言而又樣樣提得起拿得動的為毛澤東譯自傳的錢鍾書和師大教哲學和文學的李長之等。餘如朱光潛之流，根本不懂文學批評，朱任北大外語系主任時，我在北大初出茅廬，就已如此當眾説過，今日還是這樣説。二錢一李三位中，李長之研究金聖歎最有心得。因爲弄文學批評，比自己做詩做文做小説還難，那就是説非有和作家至少一樣的才華不可，我雖多年讀洋裝書教洋裝書恕我這兒不引歌德，安諾德，以及什麼夫斯基等外國名家之名言了。貫華堂主人的對文學作品有意發明一套辯證法和分析法，可能是他有這個癮，此事曹君的老友林語堂曾提及過。金氏文體，不失爲一派，老實説與韓文公比至少通多了。韓愈的古文不通，並非胡適之一人説過，清人説過的甚多。我並不受金的影響，在此不用過謙，但有時某類文字仿金的筆調是有之的，一如我寫北平的房屋有意學周豈明，寫北平的硬麵餑餑，酸梅湯等，有意自弄一套京油子腔夾四言韵句；寫電影批評，有意假冒一個港聞記者是一樣的。我並非自誇樣樣能，樣樣能等於樣樣不能，一如樣樣懂等於什麼都不懂是一個道理。我所以如此做，目的是爲的正在習作，以習作賣錢，因爲我也和其他同類一樣，愛錢。同時練句和用字小心，我也曾希望能多努力。我多年來喜歡英國吉士特頓，希勒貝拉克，和高爾斯華綏，蕭伯納四人的散文和小說，我們大可不必拘於一家吧。我寫散文，是打野狐禪，但每一想到王國維所說「散文易學而難工」的話，益覺文章大非易事，而寫得有感情，有血肉，尤非數十寒暑苦工莫辦。曹君自己是大作家，而且教青年作文有年，這話一定能得到方家的共鳴的。

我以爲文體和習字唱戲一樣，先得樣樣碑帖都用一番工夫，然後才自成一家。但有時有意寫一副張遷碑或史晨碑的隸書聯，有時寫信來兩葉米南宮，未嘗不可。童芷苓是女伶王，她梅程尚荀四大名旦的戲腔都學，唱鳳還巢學梅，唱摩登伽女學尚，唱鎖麟囊學程，唱紅樓二尤學荀，但她自己另有自己的童派戲，道理和書家習字一樣。寫文章，吟詩，彈鋼琴，製樂譜，唱戲，（畫畫），寫字，都是藝術工作，藝術是一種既要才華又要出汗纔能畧有成就的，不是一陣隨心亂搞可以成器的。我至今對朋友和對我的學生，坦言我是習作，不管屬於那一體那一類。我喜歡金聖歎，我對於他在二百年前敢大捧當時認爲微不足道的稗官小說，使之與史記，杜詩，左傳同列，而於文章作法，極盡其科學分析之能事，非常佩服。至於說他有時喜用怪論調（新趣怪論諸兄姊有禮了），並不見得就是「邪」，我還覺得他那尊一統重王制太迂了呢。我常有一種想法，假如金氏生後八十年，能讀到紅樓夢一書就好了，他沒有見到紅樓一書，真是中國文學批評史的莫大的損失。

至於徐訏先生嘆息有些熟朋友的稿子，越寫越壞了。曹先生以爲最主要的原因是寫得太多了，這話我相信。但只是一個主要的原因，還有許多的原因，即（一）沒有時間先多思想；（二）沒有時間多讀新書和溫故書；（三）寫文是爲了應付字房排字，不是作文。這第三點我和諸君一樣是有經驗的，無論今天寫得出寫不出，報館字房要排我一千幾百字，請問如何寫得出文，要從何有章？

至於那位有他多沒他好，有他好沒他快的高大哥，則爲不世見之才。我平生只愧比不上別人的才和福，這兩件東西，是上帝賜的，自己急死也沒用，想多方面發揮也是惘然。

選自一九五三年八月八日香港《新生晚報·新趣》

五年回憶錄

到前天十二月三十日止，我到香港整整不折不扣五年了，說光陰太快，也未必快到怎樣；說五年時間太慢，却好似許多事情就跟昨天剛發生過似的。總而言之，五年的時間使我變成了一個準香港佬，這不但令人感慨，也是初料所不及的。偉大的人物，常在晚年寫回憶錄，有的寫六大本，有的寫四鉅冊，像我們這種百姓，五年回憶錄作一小篇寫完，也很够了。前天我們還大談其送舊迎新，實則值得回憶的還是比新的更好的舊。近半世紀五十四年來，人類的文化，在某些方面，是常令人發懷古之幽情的。

記得一九四八年十二月三十日天剛亮，我們從天津開來的船進鯉魚門靠攏了碼頭，其時我已覺得香港不是十餘年前小時候到過的香港了。但中環電車道和大道中一帶的櫥窗、舖櫃，都裝璜得清潔整齊，不像現在都污濁發霉，破破爛爛。論人情，我以爲不但不淡，而且非常之溫暖，人人都好像鄉親一樣，也許其時正當繁榮之始，一個都市在繁榮開始的時候，人情可能溫厚些；當一個都市日向下坡走的時候，人情自然也隨着商業的冷淡而冷淡下來了。老牧師給了我溫暖與招扶，神始終愛那信祂的人。

約半年功夫，銅鑼灣大興土木，蓋戲院了。電車和巴士原是從從容容上落的，電車樓上沒有一個人企立（好像有條禁令，不許企立，現在則無人留意了）。巴士除了早晨學生太多，平常也沒有人企立。就都市言，我以爲那時的香港雖不及天津之安詳和緩，但比上海好多了。沒有來過香港的人，必以爲香港一定有一種都市的流氣，實則香港那時是最老老實實的都市，不像上海那地方，衣冠楚楚的人，也有許多同禽獸一樣，油腔滑調，一切講虛浮，講空頭。其時香港的普通餐室和現在的茶樓一樣，無付小帳之惡習。吃多少叫多少，不以你吃得少而瞧不起，不以你不付小帳而不招待，因此令人有可以安生之感。不到半年，上海解放的前夕，香港忽然瘋狂了，房屋不止漲價，而且大行其「（　）頂」。「上海人」來了，在我初來之時，是並無「上海人」一名詞的。當「上海人」雲湧而至以後，香港人——至少香港的女人有一個印象，上海人用錢痛快，有派頭。那也難怪，本來那時候的上海人原也和今日的上海人不同，他們來了先買金錶——牌子可以不講究，金則不可不買；做西裝，因爲香港衣料便宜；跳舞，因爲上海人是最會跳舞的民族。那時的他們，袋內的內容，多少是和他們的外表相稱的，而且好像全中國已被他們袋在袋裏來了，儘量地花呀！用呀！「紮枱型」呀！於是安靜的香港從此囂張起來，不安定起來，使原來的良好樸實的風俗變成了「海派」風氣。於是香港開始被沐化於海派文化中了。一直到今天爲止，香港截然不同有了兩種文化：一種極少數的，保有原來的本地文化，以茶樓爲例便是代表；小間的咖啡店西餅冷飲餐室，也至今保持着原來的風度，不改舊章。另一種則爲海派文化，男女的髮式，女人衣服的裁剪，腰肢的綫條，肩膊的新拼法，下擺的秀氣，和女人行路時的誘風，以及她們的媚眼等等都是；男人的大聲説話，小聲用錢；用大拇指揩胸脯，來他一聲「閒話一句」，或拍拍胸脯，表示什麼都不在乎，再加上油頭粉面，酒色過度的骨架上，繃上一套整齊的西裝，説每一句話都不用肯定的字眼，這些都是男性的海派文化。自然手上戴的金錶，在人前看的時候，那肘彎兒要從一個一百八十度的直線，轉成九十度，然後變爲四十五度角，纔瞪着眼看一看幾點鐘，更足以代表此種文化是什麼了。不錯，香港是殖民地，上海則爲近百年來有各種租界造成的冒險家的樂園的次殖民地，這是不可否認的。次殖民地的文化侵畧到殖民地來了！殖民地文化多多少少也得投一部分降的。我在一九四八年底來到了這個殖民地，看到一種次殖民地的文化湧到這殖民地來，於是都市的虛榮更虛榮了；都市的罪惡，更罪惡了；都市的不平更不平了；都市的所謂黑市更黑市了！終於在一九五一年左右，海派忽然大行下坡路，來了一個轉變。

好景不常，從上海那兒利用電話，利用特權的關係，甚至利用流氓手段賺來的錢，也一樣的禁不起紮派頭紮完了。香港人做生意硬碰硬，在上海的館子吃東西講究簽字是有派頭，好像簽不動字便沒面子，便算不得財主似的，香港餐館却非請先生付現不可。初期還開過幾天支票，謝謝那些開了空頭支票吃了霸王餐的上海人，若非有他們，今日的香港必以開支票或簽字成爲良好的風俗與派頭了。五年來我們看到次殖民地文化侵畧到殖民地來，又看到次殖民地文化漸漸抬不起頭了。留下的只有女人的髮式，女人衣服的剪裁，女人化裝的精緻，和女人「吃豆腐」的語言。五年來的變化，確令人有「灞陵夜獵，猶是故時將軍，咸陽布衣，非獨思歸王子」之感！

選自一九五四年一月二日香港《新生晚報・新趣》

五百年後香港的電話

香港不是中國的都市，這是必須首先聲明的。但據說香港是現代化的都市，這是不便妄自菲薄的。談到電話，則我們必須先討論中國的現代化都市，然後再談談香港。

中國的現代化都市，當然第一個應數上海，第二個才數到天津。可是上海打電話也一樣地不方便，因爲按次計費，十分麻煩，私家電話，每月不得過若干次，所以打電話在上海，頗有不自由之感。其次談到天津，雖進出口貿易次於上海，然電話非常方便，因爲不按次數計費。最方便莫過於北南二京。尤其是北京，任何小角落的一個小米店，小油鹽店，都有電話。因爲太多，所以從前分東南西北四局，日本人時代一律改爲日本製造的自動機，乃以號碼之第一字別之。普通的大住宅多有一具，如果是兩三個大院落的大住宅，則前院和最後院各有一具。雖然那地方的房子是三百年前的，或四百年前的，雖然那地方長袍粉底皂靴多於西服領帶一千倍，雖然那地方黃瓦紅牆，綠樹深院，但電話之被利用，是頗符合電話之發明的。南京是中華民國的首都，電話是華盛頓電話公司出品，聲音奇大，也和北京一樣並不按次數收費，沒有人感覺到不方便，更沒有人住在南京和北京，會感到沒有電話，好似我們在香港的感覺。餘如廣州、瀋陽、長春、哈爾濱、漢口、杭州、青島，亦皆有電話的方便。

最近以前，本港的電話給人的印象是一個少字。住宅而有電話，算是闊住宅，商店而有電話，算是殷實的舖戶。大概世界各國中以英國人最不喜歡電話，不然（　）以香港開埠，在發明電話以前，而做過「次殖民地」的中國大都市，電話之被利用，反而超過殖民地的香港，寧非怪事。關於這點，鄙人也曾作過研究，據有電話的人家說，須要頂手，須有人情紙，須請飲大茶。這些話我都不相信，一如我之不相信香港租房要頂手一樣。於是乃又向專家請教，專家們告訴我，説因爲電話機缺貨。這缺貨當然是暫時的，但這暫時却暫到六年之久。我們眼看着銅鑼灣和北角，從荒地變成了繁盛的市區，我們眼見到一座利園山倒入到海裏去。我們眼望着九龍城起（　）了一大片住宅，我們看到香港從七十萬人變成一個二百四十萬人的都市，而電話之缺貨也如故。一間教會合辦的「大學」府的主持人告訴我，説從一九五〇年開辦，直到今年一九五四年才有電話，因爲他們是輪到的，不是用其他能加速度的辦法得到的，所以也只〔好〕等了四個年頭。好在人生平常也有六十年，一間學校的壽命可能千年萬年，區區四年，等一架電話，原是微不足道的。

因爲告羅士打與聰明人等處飲咖啡，打電話太不方便，我老是去飲唐茶。這〔對〕於英國文化實在是一種損失，因爲我是極願能受全部英國教化的，而飲英國的下午茶，當然是使我受英化的功課之一，而今因打電話不便，而逼得我非唐化不可，這對於英國文化之希望全世界人士追隨同化，當然是一種損失，至少也是一種障礙。許多次我在中環因打不到電話，不得不乘坐的士，花三塊錢跑趟東區，當然就經濟學而言，的士公司是繁榮了的。

現在好了，香港的電話就快要俯拾即是，到處都有了。何以見得？因爲東區決定改用六個字位數的電話號碼了。如此計算下去，未來的港九，大約說五百年後，約爲西元二四五四年時，香港和九龍各有一間高過今日電話大廈的「查電話號碼處」，其規模必定大過倫敦大英博物院。那裏面的每間房都像圖書館的書庫一樣，密密層層一架一架，排列的都是電話號碼簿，你要查一個電話號碼，須進去先查明屬於何區，然後進入第十四樓一四八〇室第一〇八〇B櫥，打開櫥門從四十八格放電話書架上，取出第四十五厚本來，然後再按索引號到你所要打的那個電話號碼，可能是BEH4-6785231號。那時的電話就真正方便了，因爲裝號碼須用兩所幾十層的大廈。可能你袴袋中便裝有一架電話。今日之六位號數，不過是電話開始方便罷了。

選自一九五四年十一月五日香港《新生晚報．新趣》

易君左

在風窩裏

我在香港有一個時期住的地方，環境確是幽美，站在大門口就可以飽覽山海的奇景，可是有一點使我茫然，每到晚間便大風怒號，龍吟虎嘯般一直鬧到深夜，天一亮風也就戛然而止。我乃訪問久住於此的鄰居，據說：這是因爲我們所居的地正在海灣灣裏山窩窩裏，冬天多寒冽的北風，這北風吹到我們這地方沒有出路，就橫衝直闖，發瘋一般，呼呼地吹，攪來攪去，弄得天旋地轉，鬼哭神號。所以這個地方是九龍有名的「風窩」。這位鄰居的老人笑了一聲，還和我開玩笑：「你一來，我們這裏文風鼎盛了。可惜是你的文風抵不過這冬天的北風。」

昨天下午在風和日暖的庭園中散步，看見有兩人正和那位老者談天，指手畫脚地，似乎在研究什麼問題。後來那兩人走了我便去問問老者。據老者說：「剛才這兩人是來看風水的。他們都說這裏背山面水，來龍去脈，歷歷分明，確是一塊好地，只可惜位置稍偏一點，才容易招致陰風。在這裏嫁女兒是相宜的，娶媳婦不大妥當，居家無所謂，做生意要當心！」我聽了以後，放下心了。因爲既不打算收媳婦，也不打算做生意，「陰」其奈我何！

若就大風而論，我生平有過三次的經驗：

一次是在長沙。我和一家人躲風在屋裏，忽然看見半空中掉下一個毛希希的東西，一看却是一隻雞。第二天風息後出去觀光，一家電影院的洋鐵屋頂整個兒被揭去落到一里外的省政府後花園裏，附近湘江邊的樹木上電桿上都掛着一條條的魚。一隻渡船剛離水陸洲全船的人便遭沒頂，只有一位老太婆吹到半空中翻了一個觔斗仍復落在沙洲上得以苟全，站起來合十地唸了一聲「阿彌陀佛」！

一次是在西北。塞外玉門敦煌間的安西是世界有名的風庫。從前某大員的太太曾經有一次坐專機從蘭州飛迪化經過安西上空遇着「風陣」了，那飛機飄飄忽忽竟被吹到蒙古，好容易才接到地面的呼應而折回落到哈密機場。我過安西也無可避免地遇着一陣大風。同行的人全躲在縣政府的套房裏，忽然聽到「繃統」一聲巨響，還以爲是房子被吹倒了，冒險地逃出來一看：原來停在縣政府大門外的五噸重的大卡車被吹翻了，地位移到十幾丈遠。

還有一次是在台北，那就是所謂「颶風」。這種大風不來則已，一來就是「順帶公文一角」，大雨傾盆。狂風暴雨，足足鬧了三天三晚。水電自然都停了，燭也點不燃。紙糊篾紮的房子搖搖擺擺，到處漏洞。廚房廁所，成了金井玉淵。直到第四天，才寧靜下來。出門一望：不遠的一所大紗廠的那具數人合抱直干雲霄的大烟囱，居然彎了。最奇怪的是我們門口忽然添了一棵大樹，橫插水溝中，詩意盎然。

截至今天止，我平生遇着大風的地方如上所述的三處——台北、安西、長沙。如果說還有兩處，那就是上海和香港。

上海和香港的大風是另外一種大風。它不是天然的風，而是人爲的風。風本來是「無中生有」。

我往年作客安慶，常常聽見安慶人說：「四牌樓的上諭，」當然不懂，後來才知道：四牌樓是安慶市內商業繁盛之區，那裏來的「上諭」呢？安慶人就把這句話當做「謠言」的代名詞，意思是說這種代名詞是在「商業繁盛之區」產生的。上海和香港是東方的兩大商埠，繁華百倍於安慶，自然到處是「四牌樓的上諭」。今天的上海如何雖不得而知，而這一顆「東方之珠」的寶島，是東南西北風的大總滙，賽過安西的世界大風庫。作客在這裏實在要萬分的小心，「四牌樓的上諭」和「陰風」等是會常常降臨的，尤其像我們關在這個「風窩」裏的，出門看天色，回家關大門，比較妥當，比較妥當。

選自易君左《君左散文選》，香港：大公書局，一九五三年十月

香港的穿衣自由

香港總督葛量洪爵士曾在漢文學校致訓，盛稱中國長袍之美，對中國女子的時裝，也表示欣贊。他幽默似地說：如果我能獨裁，我將命令一切市民都穿中國長袍，但是現在不是獨裁時代，各個人都可以穿他們所愛穿的衣。（大意如此）葛量洪所提倡的固然是中國的服裝，但他似乎更在强調自由。

在民主進步的國家，自由是人民的第二生命。過去我國有一個時期，對於人民私生活的干涉不遺餘力，尤其對於女性，不但禁止奇異裝服，而且不許燙髮。記得當時有一家不怕事的報紙公開地提出抗議，說一個人連處理他自己的頭髮都沒有自由，還談什麼！那家報紙並指出一點：在電影院裏放映總理總裁影相，也就等於在總理紀念週裏放映電影，同樣地是不合式的。幸而那家報紙是帶有所謂「友黨」的色彩的，而那個時候又正在爭取友黨，所以沒被查封。

在香港，我們看到各式各樣的頭髮和衣服，招搖過市，司空見慣，這也證明在香港至少已有處理頭髮和穿着衣服的自由。我在台北時，曾看見各報上登過一段新聞，對剛從西北轉港飛台參加一個盛會的馬步芳的兒子號稱「少年虎將」的馬繼援，大肆批評，而所指摘的並不是有關他的喪師失地的軍國大事，却是他的私人小節。因爲馬繼援參加那個盛會，穿一件花花綠綠的夏威夷衫，加上一個油光光的飛機頭，只差一條牛仔褲，就完全是「阿飛典型」，在衣冠楚楚的黨國要人和地方紳士的眼中，馬繼援這種奇裝異服，不但有辱「將軍」身份，而且會氣死馬援。因爲假使馬援參加這個台北的盛會，一定是全副鎧甲，背上插着幾面旗子，像舊劇羣英會上的趙雲那樣神氣。現在繼馬援的馬繼援這樣烏兒郎當，隨隨便便，無怪乎要喪師失地了。

我又想起一件逸事。南京是政治中心，上海是商業都市，南京的官兒多，穿的盡是中山裝或制服。上海的紳士多，穿的盡是西裝。在服飾上，立卽可以判別這兩個地方的不同。一天，穿着一套黑呢中山裝行政院秘書長黃少谷從南京搭夜快車赴上海，剛巧與上海聞人杜月笙同一臥室。黃少谷因爲訪問杜月笙的人很多，爲避免室內的擁擠，在車廊踱來踱去，只等一開車就輕鬆了，那知訪問杜月笙的人源源而來，看見黃少谷，都以為是杜月笙的「副官」，便問：「杜先生在裏面嗎？」黃少谷點點頭。有的還向黃少谷遞一張名刺，請他傳達上去，黃少谷一笑謝絕了，那人反而驚奇，覺得這個副官太不盡職。黃少谷後來告訴我，我說：「誰叫你穿這套中山裝呢？」因為上海的茶房，以及濶人們的侍從，是有些穿着這種制服的。黃少谷權充杜月笙的副官一次，杜月笙至死還不知道。

以上兩個例子，是說明一般人對於穿衣的看法。衣冠不整或是奇奇怪怪，常為社會譏笑的對象，亦為正人君子搖頭嘆氣的淵源。像現在風行香港的牛仔褲，在中國一般人的眼中，那不過是窮青年講戀愛經的「古本重印」。為什麼呢？因為在漢朝有一個落魄的文人叫做司馬相如的，他吹口琴（其實是彈琴）挑動了一個新寡婦卓文君的芳心，和他私奔，從臨邛逃到成都開了一爿小酒店，卓文君當女招待員，司馬相如燒火，而司馬相如當時燒火穿的那件「犢鼻褲」，據說就是今天風行香港的「牛仔褲」，也就是牛仔褲的「始祖」。據說穿這種褲子是最便於講戀愛經的，一穿戀愛即成功，有司馬相如為證。

至於長袍馬褂則是我們中國的「國服」，要在舉行開國大典或國展開幕典禮時才穿上一次二次，以示莊嚴神聖，雍容華貴。葛量洪所譽穿長袍感着舒適一層，倒在其次。香港一般中國人之盛穿西服，而不多穿所謂「唐裝」的長袍馬褂，似乎不能即謂之「忘本」，這是由於工作上或交際上的便利。穿夏威夷衫的，只要不是馬繼援，只要不到台北，也無所謂。女性的服裝，香艷解脫，爭奇出勝，本來春天到了，花蝴蝶應該蹁躚花叢，男的女的，愛穿什麼，便穿什麼。男裝女扮，女裝男扮，似男似女，不男不女，都有自由，各有千秋。自由到了香港，從服裝上看，女的叫做「大解脱」，男的叫做「大無畏」。

選自易君左《君左散文選》，香港：大公書局，一九五三年十月

春節逛花攤

打聽到九龍的年宵花市是在旺角山東街一帶，農曆除夕那一晚，吃過年飯後，便偕家人前往花攤巡禮。

有幾條街在不甚明亮的電燈光下擠滿了花也擠滿了人。我去看花，是想買一兩枝梅花插在瓶裏以作「案頭清供」。我自己知道：我是一個不雅不俗的人。有時候喜歡向人叢裏鑽，有時候却願在蕭齋面壁。能寫我的心情的是我的詩句：「熱處偏求人海味，豪時亂帶酒花香，」「願化一僧孤石頂，或揮雙劍萬軍前。」因之，有些朋友們對於過舊曆年扭扭捏捏地説是「未能免俗」，而我則極願從俗，但爲什麽一定要買一兩枝梅花呢？這就俗中有雅了。

花攤上陳列的花，種類是那樣多，顏色是那樣靚，最奇怪的是嗅不到香氣。我屬狗，照例屬狗的人，嗅覺是特別發達的。我儘量地運用鼻子的功能，而所嗅來的香氣僅是一些脂粉氣味，與花

無關。原來那些花都不過是桃花、吊鐘花，以及那些雜花之類，我沒有發現我所要買的梅花，也沒有看到想看到的茶花，而桃花吊鐘花等都是沒有香氣的，在這市場上唯一有香氣的只是水仙花，卻含苞未放的多，此外最使我驚羨的是某花園出產的牡丹，對於這種號稱「天香國色」的富貴花，像我們這般衣冠不整而又多少帶些寒酸味的文人，對之殊感慚愧。

今年的花價，高嗎？低嗎？我聽說香港灣仔花市上供奉一株古梅，索價三千元，可惜我沒有看到。在九龍，大部分是桃花，一株較為大點的是四五十元，其他插瓶花，一小束也要二元以上不等，看來花的代價並不廉，在今天這種不景氣的社會中，有閒有錢的究居少數，大多數的人們，只是為看花而來，雖有點雅興想買一點，為着生活打算，倒不如買點柴米。今年花價為什麼這樣高？據說是因為這些花都是從廣東內地各縣販來的，捐稅很重，加上運費，兼以天氣甚暖，百花爭先怒放，還等不到人們過春節才來慢慢地開，花不取媚于人，這也是一個原因。

在上述種種情況之下，最難以處置的是我。我，不但是為着看花而來，而且是為着買花而來的。可是對于那些一捆一捆像柴薪的桃花，既無大盆可栽，又乏肩挑之力，假如放在我那「三間小屋」，便會「頂天立地」。買些雜花插瓶嗎？頗有此意。那些花好看是好看，可惜全無香氣，像我這樣嗅覺特別發達的人是需要一些芬芳，而且友人所送我的紙花插瓶已經兩個多月顏色未變大可亂眞，鮮花無香，紙花也無香，則又何必要買沒有香的花兒呢？

然而既在香港過年，為點綴年景，似不可白逛一場，空手而回，也不吉利。鑽來鑽去，擠去擠來，實在沒有什麼可買的，最後選購了一窩水仙，索價三元，僅以一元買得，非常高興。水仙是在我理想中僅次于梅的好花和有香的花。前些日子，海角詩鐘社出了一個鐘題：耶誕與水仙花的分詠，我做的一聯是：「竟夕狂歡黃蠟板，小齋清供紫泥盆。」我既不會跳舞也不喜歡跳舞，則黃蠟板對我爲無用之物，而我的貧乏枯寂的案頭却需要一盆水仙花。可惜家無紫泥盆，提回家來，到厨房裏洗淨一隻搪瓷菜盤，作爲「清供妙品」，悠悠然寄其「洛水淩波」之遐思，以勾引寫文章的靈感。

附帶鄭重地說一件事：買了這盤水仙，穿人叢，擠巴士，有一枝幾乎完全被折斷，我以對前線將士裏傷般的精誠，替它用紅紙好好的包裹，當晚澆些淨水，安眠之前，祝它「爲國珍重」。果然大年初一抬頭一望，到處都是喜氣，那枝重傷的花，原有三個小苞的，全部怒放。我高興極了，幾乎流出眼淚來。生命之力是這樣偉大，花猶如此，人何以堪？

選自易君左《君左散文選》，香港：大公書局，一九五三年十月

苔痕草色總成空！

苔痕上階綠，草色入簾青。（劉禹錫：陋室銘）

我們這一大羣幹文化工作的朋友在香港，最傷腦筋的就是住的問題。動不動搬家，家越搬越空，房子越住越小。

我的朋友中搬家次數最多的，第一是南宮搏，第二是皇甫光。此外，應該由我居第三位。南宮搏搬家九次，皇甫光搬家七次，我搬家六次。搬家的原因各人雖不同，但總是表示對所住的地方不滿足，而所謂不滿足，並不是嫌房間小，嫌房間不好，嫌環境鬧，或是嫌房東那條小哈叭狗；相反地，正因房間大一點，好一點，清靜一點，女房東和氣一點，租錢也就要高一點，我們實在担負不起，只好遷地爲良；搬來搬去，房子是越縮越小了，東西是越搬越少了，地點是越搬越遠了，包租婆的面孔越來越凶了，荷包越搬越空了，人也就越搬越瘦了。

南宮搏住在九龍城獅子道的時候，因爲住在地下，被「扒手小王」光顧多次；最妙的是一個自稱接替他住房子的，走進房一轉身，南宮搏的自來水筆卽杳如黃鶴。後來搬到東方台，一上一下爬幾百級的高坡，再登四樓，正對太平山頂，風景是好極了，却有點「高處不勝寒」，女傭辭職的兩大理由是傷風和買餸太吃力。搬到北角建華街，和另一大家族（不是孔宋）合居，厠所生意興隆，大便小便都不便，只得再搬……

皇甫光從香港的摩里臣山道搬到九龍城福佬村道，就在福佬村道搬來搬去三次，從地下升二樓，從二樓升三樓，從對面搬側面，從側面搬背面，太太跟着行李團團轉，先生的稿費收入也因之減少了。九龍城的屋宇大都朝東或朝西，皇甫光渴想一間朝南的，眞不易得，後來只好遠征北角，租到一間向南的房子，不料對街就是一家工塲，煙灰吹來，滿屋黑化，只好關着窗，日光不流通，南風吹不進，而煙屑仍從窗隙直逼而入，毫不客氣，太太怨聲載道，自己變成了「小人物小故事」的主角。於是再搬……

現身說法，再輪到我。四年前我初到香港，左舜生處「室」以待，分租一間與我，同他住了將近一年。左舜生和幾個流亡的朋友在鑽石山下元嶺開一個小得無可再小的士多，邀我加入了一點小股。結果，關門大吉，我虧了五百多元。後來搬到離鑽石山一站路的牛池灣，背山面海，風勢很大，我叫它做「風窩」，曾寫了一批「散記」在星島晚報發表。我住着小屋兩間，常在白蘭花下大做其「金陵夢」，故有「白蘭花下夢金陵」之詩句。而這個住處，自然環境雖美，但因人住得太多，九流三教，無所不包，談情打架，花樣百出，廹使我又搬到九龍城衙前圍道。衙前圍道的房東夫婦對我們還客氣，可是房租逼得很緊，遲一天，租條就從門縫插進來了；電燈更限制用四十支光，因此我的眼睛愈陷於近視。

我和太太私自商忖，總覺得每月担負房租太不合算，不如把準備一兩年的租金自己蓋一棟房子。不但每月房租可省下來，而且可以廉價分租給朋友一間或兩間。這樣，我們的本錢就可撈回，而房子依然存在。主意既定，就籌借了一點錢，憑一個潮州人的介紹，在鑽石山麓鳳溪邊買了一塊小地皮，開山平地，築成了一棟田字形的石屋。我的「烏托邦」實現了：自己住兩間，分租給朋友兩間，把屋前一塊小地也塡起來，夾竹成籬，盤石作案，種了一些閑花野藤，忽然綠陰如海。我每天清早和黃昏，總撥出一段時間靜靜地在院子裡坐坐，欣賞那座高插天外峯巒起伏的獅子山；山上面常常有雲霧環繞着，斜陽返照，蒼翠之中帶金黃色，有時整個山頂被白雲掩住，微微露出一點薄薄的山容，縹緲空靈，令人有飄飄欲仙之感。雨後月夜，人聲漸寂，仰觀星斗，靜聽溪聲，心情淡淡然，忘記了塵世的煩惱。入暮，就可以望見海濱和島上燈火，燦若繁星，明如烈炬，別是一番情調。這個家，這棟屋，促進了我的文章生產、詩歌創作和繪畫溫習。搬進去以後，寫了五六十萬字文稿，做了一兩百首詩歌，畫了三四十幅山水人物。我靠寫文章吃飯，靠吟詩消遣，靠畫畫養性，我靠這個家，這棟屋。

可是不久，我的「烏托邦」迅速地幻滅了。我這棟屋叫做「雙溪書屋」。雙溪書屋後來賣給人家了，只剩下張大千送我的一幅畫，和梁寒操送我一幅對聯，作爲雙溪書屋永久的紀念。雙溪書屋幻滅的原因很多，交通的不便，環境的複雜，小偷的橫行，「霸王屋」的麻煩，尚在其次，最傷腦筋的是那個屋頂。住進去最初兩三個月，天氣還好，後來雨水漸多，屋便開始漏起來，滿牆滿壁掛着一行一行傷心的眼淚，雨大的時候房子裡懸着廬山的三疊泉飛瀑。一次鄭水心雨中來訪，站在漏簷下，眞變成了「水心」。爲什麼這樣漏呢？完全由於那個潮州人不懂建築學，我也是門外漢，屋頂的斜度太不够，非大加修理不可。可憐我的太太經常在屋頂上工作着，石棉瓦上加桐油石灰，還是漏；桐油石灰上再加柏油，還是漏；柏油上面加鋪英坭，還是漏；英坭上面再敷柏油，還是漏；上面柏油再敷桐油石灰，還是漏。每加一次，太太上屋一次，隔壁的貓兒陪她上屋一次。大漏大補，小漏小補，不補更漏，補了愈漏。同居夏老夫子，自告奮勇，打起赤膊，也上屋頂糊坭，百般努力，終歸無效。一直到決定賣屋了，然後化了一筆錢，整整修理了五天，全部加蓋牛毛氈，再敷英坭，才不漏了；不漏了，才好賣出。

上面我不過説説我的兩位朋友和我自己的關於住的一點實際情形。我相信：其他的朋友和一般人士都有這類傷腦筋的情形。人生四大需要，最難解決的是住的問題。特別是在大城市中，房荒比什麼「荒」更嚴重。中外皆同，古今一律。白居易初到長安的時候，他的朋友就警告他：「長安居大不易」，勸他不要自以爲「居易」，隨便就跑到長安來。長安爲什麼「居大不易」呢？因爲那裡「米珠薪桂」。開門七件事，不是書生容易搞得通的。劉禹錫住在那樣的「陋室」裏，實在透不過氣來，也只好勉強説些「苔痕上階綠，草色入簾青」的自然風景來安慰自己，最後還引孔老夫子一句話：「何陋之有？」以壯聲勢。陸游住在一隻小艇上就當做他的家，等於現在香港銅鑼海上的「蛋家」，要説他是貪愛烟波漁笠，閒情逸致，也未見得，實際上還是受到居住的威脅。我往年去遊他的故居——鑑湖上的快閣，亭舍一新，陸游當年決不會有此享受。梁鴻流浪的時候，替人家舂米，住在一個財主臯伯通的耳房裡，每次回來，他的妻子孟光替他燒飯，恭恭敬敬的捧着食具，後人稱贊他們夫婦「舉案齊眉」。臯伯通才知道梁鴻竟是個有學問有修養有能力的人，另眼相看，讓出正房一間給他倆住。——這幾個人都是我國歷史上有名的文人學者，他們當時都不能解決住的問題，何況今天在香港的南宮搏、皇甫光、易君左？

在歐美大城市中，住的問題一樣傷腦筋。據我的另一位朋友錢歌川的記述，他遊歐洲的時候，在意大利登陸的第一夜，就是坐以待旦的，連旅館都找不着。他又説過：「美國的活動房間的出現，雖是對房荒的一種解決的辦法，無奈一般人都不願把那大型水管似的東西，認作一幢房子，而在夏天住在那薄頂的管內，實在也就够熱了。」我們現在坐五路巴士過漆咸道的海濱，或是坐七路巴士到九龍塘底，可以看到那些一排排的美式活動房子的營房，陽光照着錫皮通亮，幸而香港並不太熱，且有海風調劑，所以你會覺得那些外國兵士似乎很舒服的樣子，「大型水管」前而還有小花園和彩色傘呢。但是我並不作此想法。假如我當兵，我應該住這種房子，爲的是鍛鍊體格，提高戰鬥精神；我一天不當兵，就不願進水管。假如我眞沒有寄宿的處所，我情願整晚蹲在渡海碼頭的休息處，或是躺在騎樓下的水門汀上。

不過我現在又在動腦筋。只可動腦筋，不可再傷腦筋。因爲我現在住的地方仍是房租担負重，像雙溪書屋的「奇蹟」是再不願來了，而搬來搬去總不離九龍城像渡船一樣，似乎要換換新口胃、新觀感、新環境、新作風、以不傷荷包元氣而又能獲致相當合理的住處爲原則。最近有一個朋友知道我的內容和隱情，正在向我宣傳「經濟住宅」的十全十美，並且說：「你辦『新希望』。這就是你的新希望！」我非常興奮，等到我探聽這批住屋的情形，才知道還是要先化一筆錢，而且不是每月攤出，担負奇重。看來這腦筋仍以不動爲宜，一動必然傷。結論是：百動不如一靜，吃虧就吃虧，白居易他們都沒有辦法，我們有什麼辦法？白居易不能白居我姓易的房子，我姓易的也不能白居姓白的房子，還有什麼辦法可想？

選自易君左《香港心影》，香港：大公書局，一九五四年十月

南嶽小記

〔存目〕

選自易君左《祖國江山戀》，香港：自由出版社，一九五四年十二月

蕭閒（張贛萍）

老派克的滄桑

我現在用的這枝水筆，雖然也是派克，却是那種朱紅色膠套原始式樣的老派克。牠跟隨我十多年了，相依爲命的，扶持着走過了人生旅程中最艱險崎嶇的一段路程。

十多年來，牠從未離開過我，甘苦與共，隨我歷盡滄桑，在任何艱難困苦的環境下，牠從沒有向我罷工請假，在住食粗劣的時候，也從未向我發過牢騷。隨便我給牠喝點什麼有色的飲料，總是毫無怨言的爲我工作到底。別人的工作時限，大都「三八」制，而牠跟隨我，則往往是十二小時以上，我這樣剝削牠的休息時間，也從沒說是要「清算」，「鬥爭」我。

大陸變色時，有幾次牠都險些做了共產黨的俘虜，好在牠那「大智若愚」的樣子，紅朝新貴們對牠還不十分注意。尤其是三十八年，我帶牠逃來香港的時候，在廣州車站，在深圳大橋，共幹們都向牠送過秋波，想要牠靠攏去爲「人民服務」，幸好他們以爲這「老頑固」不够「前進」才作罷。

事後，老派克在對我說：

「哼！說得好聽，什麼爲『人民服務』？還不是想要我跟他們助紂爲虐，幹那些卑污醜惡，指白說黑的勾當，這種抹煞是非的事，我才不幹哩」！

老派克的可愛，就是這些忠貞不貳的地方。

十多年來的操勞，牠的外表雖然顯得蒼老許多，可是工作的精神，却未減退，既不倚老賣老，也從不說是「老夫耄矣！不可爲也」的自暴自棄話。在香港這段艱苦的生活中，牠每天工作十二小時以上，有時通宵達旦也得不到休息，而牠反而老當益壯，不論大小事務，無不克盡厥職。這種爲我鞠躬盡瘁，死而後已的精神，論功行賞，牠直可授至高無上的勛章而無愧了。

可是美中不足的，便是不能陪我出去交際應酬，這並不是牠沒有交際的本能，十年前，牠也曾在交際場中紅得發過紫，在大陸時，由於民風的儉樸，也還能登大雅之堂，唯有在這事事物物均講究時髦的香港，由於牠那老態龍鍾的樣子，與無法改良的古老裝束，確使牠相形見絀，大有美人遲暮，不堪回首話當年的感嘆。一班與牠同姓的晚輩，論出身、教養、內在的美德，都不及牠十分之二三，可是外表的服飾，無不花枝招展，曲線畢露。至於與牠同宗的那班小妹妹們，更打扮得雍容華貴，金碧輝煌。與牠這粗腰坦胸，還穿着這件褪了色的朱紅色外衣相比，自己縱能我行我素，可是人家都會冷嘲熱諷的說：

「妳們看這老古董呀！還有臉皮出來與這班摩登小姐們爭妍鬥麗呢？眞是不知死之將至哩」！

因此，我爲了維持牠的尊嚴，保持我自己的面子，凡是交際場所，不是把牠深藏袋底，便是乾脆的不帶牠出門。但是沒有牠在我身邊的時候，又的確使我有許多地方感到不方便。

有一次，我領了一筆較多的稿費，忽然起了一個勒令老派克退休，欲另買一枝新筆來代替牠工作的念頭。這次牠可向我提出抗議了。

「怎麼啦！鳥盡弓藏嗎？老蕭！我可沒有甚麼地方對不起妳呀！十多年來，我帮你完成了文武學校的學業，在大陸時，公一方面：計劃方案，電函簽名，我無不奉命惟謹。私的方面：家信情書，文稿日記，我也無不唯命是聽。你處順境，我沒有得過好處，你處逆境，我帮你另創新局。我隨你在山涯水傍風餐露宿過，我陪你進過禁閉坐過監獄，我帮你在文武戰場上交過鋒，我助你在情場上打過仗。以前的太多了，我也說不勝説，就拿這在香港三年來說吧！我為你籌劃房租伙食，人家離開你，打擊你，我始終伴隨你，支持你。十多年呀！十多年的日子不算短呀！你所花費的代價，比我高出幾倍的行李服裝，有那一件能像我這麼經久耐用？有那件能像我這樣不分季節，不論晝夜，不受時時空間的限制，爲你效勞賣力？這並非我丑表功，縱沒功勞，苦勞是有的吧？我年紀老嗎？自問只須一息尚存，決不會失職半點。今天你拿我替你賺的稿費，便見異思遷，你竟這麼忍心嗎？我拋開交情不談，就拿利害來說吧！你以爲與我同姓的那班後生小子們，眞的價廉物美嗎？哼！哼！牠們這虛有其表，不能稱職的。你要牠們做事，不是慢吞吞的你急牠不急，便是一瀉千里使你跟不上。精細的時候，劃破你的稿紙，粗野的時候，弄得滿紙烏鴉。不是硬崩崩的不聽指使，便是軟綿綿的沒有氣力。吃少了，寫不到幾百字又喊着肚子餓。吃多了，撒得你指頭上口袋裏盡是藍色的尿水，像這樣金玉其外，敗絮其內的東西，除了會淘氣外，我眞說不出牠們有甚麼好處來？至於與我同宗的那班小妹妹們，說年輕漂亮，我自嘆弗如，可是也正因爲牠們年輕漂亮，才人見人愛，在外招蜂惹蝶，只須稍一不愼，不是被歹徒們綁架而去，就是跟樑上君子私奔，到那時財物兩空，你已追悔莫及。再說我容顏老，沒有曲線不够時髦，怕在交際塲中丟你的臉，這完全是你觀念上的錯誤，自卑感的作祟，其實這有什麼關係，你帶我出去試試看，如果有人向你嘲笑我，你問他水筆是講實用，也還是講好看？再不然，你跟他開筆戰好了，我自問還有擊敗這班華而不實的小子們的本領」。

對呀！於情於理，我都不應該對老派克有半點不滿，良心道義，更不應該對牠有喜新厭舊的存心，所以，我便打消了另買新筆的念頭，對牠也不再有自卑感的存在，任何大庭廣衆之中，我都是安之若素的帶牠一同去參加。

有一次，我與老文倆夫婦，還有小周和他的愛人劉小姐，在牛奶公司喝下午茶，約定星期天上午十時，同遊沙田，並議定那個遲到，便罰他拿野餐器具。我因爲有健忘的毛病，擬將這個約會的時地寫在手冊上，正當我抽出筆來要寫的時候，劉小姐卻在傍邊發出一聲怪叫：

「哎喲！蕭先生！你這是一枝甚麼筆呀」？

「派克！派克」。我口中雖然這麼回答，心裏卻在罵她少見多怪。

「派克？那一世紀出品的派克」？這小鬼就是這麼好搗蛋。

「唔！牠出世的時候，你恐怕還是穿開叉褲子，爬在地上摸灰吃吧」？我實在氣不過，也挖苦她一下。

「咦！老蕭！我也早想說了，你這枝筆實在可以把牠送到古董店去了」。小周爲支持他的愛人，也向我進攻。

「對啦！放進博物館去倒是一件珍品呢」？老文也附和了起來。

「一個靠筆桿吃飯的人，連筆也不講究一點，眞未免太那個一點」。連文太太也加入了他們的陣線。

「香港恐怕找不出第二枝吧」？劉小姐見她能一呼百諾，更喜形於色的向我開連珠炮。

他們羣起而攻，老派克便成衆矢之的，我也被挖苦得尷尷尬尬。本想據理力爭一番，可是在這「一面倒」的情勢下，大家都是追求虛榮的社會中，又有誰會同情我的見解？支持我的理論呢？於是，靈機一動，隨卽造了一個謊言：

「我這枝筆其貌雖不揚，來頭可不小呵！這還是十年前，我一個愛人送給我的。我每撫摸着牠的時候，便聯想到我的初戀，睹物思人，爲了紀念這高潔的愛情，所以我才把牠一直帶在身邊。你們說牠古董？我也眞把牠當作寶貝！——換一枝？你們那個拿十枝新派克來，看我願不願意」？自然，這些話無非是遮遮醜而已，可是我却裝得一本正經，像煞有介事似的。

自這一個烟幕放出之後，他們對老派克的觀感也隨之改變了。大家爭相觀摸這件象徵愛情的紀念品。這麼一來，我固然態度傲然，老派克更揚眉吐氣了。

「你的愛人現在怎樣了」？文太太首先表示關懷。

「死了！患憂鬱症死的」。扯謊扯到底，我故意搖頭嘆息。

「啊！那麼你的愛情故事，一定是很哀艷的了」？小周也感到驚異。

「張先生倒還是個多情人」！劉小姐對我也肅然起敬。

「像蕭先生這麼一個鍾情的人，的確難得，可惜那位小姐太沒福氣了」！文太太表示惋惜。

於是劉小姐與文太太便借題發揮，你一篇，她一套的，把我讚揚成一個了不起的「情聖」。意思當然不外乎是要小周與老文向我「看齊」，我聽了却暗自好笑。

此後我到任何地方去，對老派克不但沒有絲毫自卑感的存在，有時還找尋機會拿牠出來「亮亮相」。朋友們也代爲宣揚，輾轉介紹，尤其是朋友們的太太，當着她們丈夫的面時，更把我捧上三十三天，不是說：「你看蕭先生多好！拿在別人莫說是一個愛人，就是恩愛夫妻也早忘得一乾二淨了」。就是說：「你看張先生！對一個死了的愛人都這麼鍾情，那像你這見一個愛一個的爛污鬼呀」！對這些高帽子，我眞是却之不恭，受之有愧。她們旣是有所謂，我也就樂而受之了。

可是世間上的事，有利必有弊，時日久了，我這假愛情紀念品的故事，不知如何竟傳到我現在眞愛人的耳朵裏去了，今天接到萍萍的來信說：「如果你還愛我的話，就必須另換一枝新筆，我買好了一枝五一型金套派克送你，希於今晚九時來海濱餐室當面換取，你失約的話，便是不惜犧牲我的表示，那就一切不談了」。

我的天呀！這怎麼辦呢？一次謊言，竟會造成這麼一個嚴重的後果？以萍萍這刁蠻好嫉的個性，如果把老派克交給她的話，不打得牠粉身碎骨那才怪哩！

當我百感交集；用老派克寫完這篇文字作爲對牠最後一次的紀念，以惶恐而又內疚的心情，帶着牠去赴萍萍的約會時，我撫摸牠說：「老派克呀！煩惱皆因强出頭，我勸你不要到那些人多嘴雜的地方去竄，你偏偏要稱强，現在弄得殺身之禍，我也愛莫能助。萍萍你是知道的，人倒挺不錯，就是愛呷醋，佔有慾强。這次她信以爲眞，把你當作她的死對頭，自然不會饒過你了。說起來我與她的情愛，也是借助你的力量才增進的，想不到你今天反而會死在她的手中，這眞是以怨報德，免死狗烹了。世道人心如斯，眞是從何說起？老派克呀！人就是這麼自私的動物，世界就是這麼慘酷的世界，爲完全我與萍萍的愛情，你就替我蒙上『莫須有』的寃枉，而背上這犧牲的十字架吧？我會感謝你的」。

「別矣！老派克！安息吧？老派克」！

選自一九五三年十一月香港《文壇》第九十二期

易文

新物語

汽車門

汽車設計者在繪製藍圖時，是不是故意把車門畫得這樣低？

在萬衆歡呼聲中，一個被歡呼的人的來與去，也和他站在台上時一樣，是應該「高高在上」的。可是，如果他乘坐汽車的話，上車與下車時，都不得不爲了那扇低矮的車門而彎下腰來。

挺着大肚子的人，在這一刹那，也像無數向他膜拜乞求的人一樣，也得把身子佝僂。

「汽車是男人的時裝」，它和女人的時裝一樣：最華貴的夜禮服，只有在宴舞會中纔能供人讚美。當穿它的人在更衣室裡穿上與脱下時，爲了怕碰壞衣頭與裙裾，那小心翼翼的拘謹樣子，是不大雅觀的。

有趣的是大酒店門口的童僕給汽車主人所開的玩笑——當一輛汽車停下時，童僕上前開門，汽車的主人一定會先向他彎腰鞠躬。

雖然出了汽車之後還要施捨兩毫錢小賬，但是躬是已經恭敬地鞠過了。這一躬，使「高高在上」的人，給「卑賤」的人來了一次敬禮。

愈是新式貴重的汽車，車門愈低。使車中人失去「昂然」氣概者，惟進出汽車時的這一瞥耳。

看看是挺好玩的。

玩具

美國有一位兒童教育家說：「我們應該給兒童多一點武器的玩具。一個懂得玩槍的孩子，才是懂得仁慈的。」

也許這便是美國大量製造武器玩具的理論根據？我沒有研究過兒童心理學，也不懂得兒童教育，我小時候沒有玩過像眞的一樣假左輪手槍，可是現在我「仁慈」得連殺鷄也下不了手。當然我希望我的下一代比我們更「仁慈」。我說着給兒童買手槍，買坦克車，買轟炸機。

兒子玩得很起勁。他懂得用手槍來喝住他母親：「不許動！」也懂得用轟炸機在我書桌上搖幌着作飛行狀，對桌上玻璃板下面的地圖說：「蓬，蓬，蓬，炸彈落下來了。」

有一次他翻着一本畫報，叫我講給他聽。上面有一張是美國某民航公司的廣告，說着飛機裡的床舖怎樣柔軟，飲食怎樣豐富，設備怎樣豪華。他聽得睜大眼睛表示詫異，隨即把他的那架轟炸機找出來問我：

「飛機裡這樣舒服？爲什麼我的飛機不是這樣？」

這個兩歲的孩子對飛機的認識衹是「蓬，蓬，蓬」的轟炸而不是舒服的空航。他的認識，比我對科學的認識竟「現實」得多！

我拿起他的這些玩具，看了看，看到上面註着的「佔領了的日本製」。

從兒童玩具看世界，今天的國際形勢盡在其中了。

烟灰碟

如果香烟灰是靈感的渣滓，那麼，烟灰碟是靈感的垃圾箱了？

吸烟的人都體會到：能够隨手彈去烟灰是舒暢的。然而，偏偏有了香烟以來，被人創製了盛烟灰的器皿。上好的柚木傢具，絲絨沙法，波斯地毯，爲了一舉手的快意，支付的代價似乎太大。愈是享受得好的人，愈是受着烟灰碟的束縛。富麗堂皇的客廳裡，常常安置了許多「點」，教你夾着烟支的手須在軌道上行駛。坐在沙法裡高談，發揮着「自由論」，冷不防一撮烟灰落下來，主人的眼色足以使你臉紅。

而我，就討厭這東西。

我相信整潔在於打掃，勤奮才是美德。提心吊胆，拘束雙手，不能算是崇高的品性。斗室燈下，烟霧迷漫，其中是我自己的天地。破木桌上毋需精緻的烟灰碟來點綴，靈感也無分昇華與沉滯。小擺設固然增加所謂「生活情趣」，但並不該讓生活嵌進一隻玻璃盒裡。星星之火，裊裊之烟，渣滓必然會墮下來，正如人類也有墮落的廢物。

如果香烟灰是靈感的渣滓，烟灰碟却是靈感的牢籠。

皮鞋帶

趕搭一列電車，一輛巴士，或者一班渡海小輪，爭取一二分鐘時間，免不了奔跑幾步，雖不過幾丈路，却不禁有千鈞一髮之緊張。這時，往往有一件極小而打擊很大的事發生，便是皮鞋帶「及時」而斷。——舊了的鞋帶，時時在穿帶的洞孔中磨擦，磨得只剩幾絲殘紗時，一經奔跑，脚上用力一大，就會斷下。並不是鞋帶有靈，晚上睡覺把皮鞋放在床前不會斷，却偏偏要在緊要關頭來這一下。

皮鞋帶是都市男人日用必需品之一，它比領帶的銷售量更大。西裝固然革履，唐裝也往往皮鞋。除了那些「懶人鞋」外，大多還是結帶的欵式。爲蠅頭小利而奔走者與爲世界和平而奔走者，他們奔走的目的雖不同，但負担着他們奔走時的兩隻鞋的，都同樣是一對鞋帶。穿鞋的人肩上的輕重有異，鞋帶上緊着的重量相差不多。男人而不奔走者很少，或爲國奔走，或爲吃飯奔走，或爲百年大計，或爲片暫歡娛，或爲人民羣衆，或爲某一位姨太太，奔走有成有敗，有水到渠成，有白費工夫。使他能够奔走者，有繫於皮鞋帶，這兩根小繩子，却往往拴着大人物與大事情。

然而，誰都知道，一天之中，最愉快的莫過於晚上回家解開了皮鞋帶時的那刹那！

選自一九五三年十一月一日香港《熱風》第四期

桑簡流

不可告人的事

我敢說，誰都做過不可告人之事，可是，我敢說，誰做的也沒有我多。

原子時代，難免想到「滄海桑田」。尤其喜歡攷古的，反應更怪。比如我，就有一種錯覺，認爲地下出現的古物，要比地上的作品有價値。

這一念之差，害我又做了一件儍事。我乘一年一度休假，到印度大吉嶺旅行。獨來獨往，沒有告訴人。行李衹一只手提箱，箱裡衹一只煉金條用的鉛缽，鉛缽裡放的是一卷手稿——我的傑作「人曲」。

一到大吉嶺，四山雪雨凝亭：剛從加爾各達茫茫人海的熱潮出來，山上簡直是入了無餘湼槃，什麼都忘得乾乾淨淨。

本來，我來大吉嶺，是爲了把我的「人曲」葬在世界第一高峯，以便幾百萬年以後出現，供人參攷，作歷史材料，免得遭原子戰爭大刼，化爲烏有。兩天時間遊山玩水，結果竟找不到一個下臨萬丈雪谷的懸崖，可以藏我的作品。瀑布深潭很多，可是我以爲水性太「水」，靠不住：不然，我何不把手稿沉到香港海底？

天從人願。一批朝山進香的月衹婆族人，包了一架飛機，想飛繞喜馬拉雅山幾座高岸，參拜

「大清淨世界」。他們不够人，約我出錢加人。爲了了却我的心願，我衹好跟着他們徒步走九十多里下山，一起在聖河洗澡。預定第二天黎明從山腳起飛。

夜間，我融化錫塊，把手稿封進「鉛棺」，一時眼前閃出多年後考古家啓封時的景象，心理非常喜歡。吃了一天素，肚裏餓得像小鹿在叫，可是夜晚找不到東西吃，我衹好偷酒喝。打開一陶罐土酒，我自由自在喝起來。先是用茶杯，後來改用飲碗；每到這個境界，我心花怒放，自己心裡說：超脱「小乘」，改學「大乘」起信吧！

我常自己跟自己説話，自己跟自己玩，有五年時間，我被關在房間裡，就是這麼過的。酒喝到「大乘」的境界，一時清醒，一時胡塗，眞是進了另一世界，迷迷忽忽，迷迷忽忽……

我注視着核桃木雕一圈圈花邊的小圓桌上，「小乘」的玻璃酒盅，酒盅裡忽然泛起一個一寸高的小人，雪白的頭髮，長眉毛，蘋菓色的孩子臉，穿着開襟的土黄長袍，冉冉跳出玻璃空杯，對我呵呵大笑，發出洪鐘似的聲音：

「Sui generis tun（怪物）！」

咦，他説拉丁文。我再細聽，原來他叫我的名字「水建彤」，山東口音，鼻音很重。

「你是誰？」我問。

「我叫仲尼，姓孔。」

我跳了起來，細看他，面貌很像胡適，我想，拿現在證從前，大概不會錯，都是「大德若缺」的神氣。我向來天不怕地不怕，可是這時見了聖人，嚇得説不出話。孔子却若無其事，拱起寬大的袖口，斂起手說：

「我拜讀了你的人曲，想和你談兩句。」

我高興起來，又抓起勇氣，酒氣加酒意，吐出妙句，就像一根麥管瞧着一缸胰子水，吹出一串一串胰子泡：

「我這十萬行詩，寫咱們中華民旅的來歷，一時一代的人所做的事，耕田的怎麼耕，發明的怎麼發明，怎麼造字，怎麼造紙，怎麼造車，怎麼繅絲，怎麼作陶，怎麼磨玉，怎麼治水，怎麼發明天文，怎麼發明數理……然後寫地球上別處的人怎麼找銅，找鐵，找土地，石油，陸陸續續找到中國，變成中國人，怎麼來怎麼去。我認爲每一朝每一代，是一塲文化比賽，歷代帝王或是陶器家，或是旅行家，或是治水家，或是建築家，或是農業家，或是戲劇家，或是畫家……輪到後來，也有土匪。這都是你老詩書六藝造成的民主歷史，各種文化都能有機會一表所長。因此我考定你的大名仲尼，在突厥文中意思是大——」

「得，得，得，」孔子搖手止住我，「你說的我不說，我說的你聽聽：憑什麼你不相信原子能，你生在二十世紀，不看清事實，亂說話？」

我知道「人曲」裡最後一章出了毛病。唉，不朽的眞理，非但現在人不願意接受，連古人都來作梗。我說：

「我不是說得明白，地質學上有同型均衡作用，這裡噴火噴掉一座山，那裡又凸起一座同型的山，這種桑田變成滄海，那裡滄海又變成桑田，所以我說，人類不久都要遷到西伯利亞和阿拉斯加住，所以，世界上相隔幾萬里的山因爲同型而同名。你難道不知道，儘管國與國間勢不兩立，美國的土壤可能是北極的冰風從蘇聯吹送來的。這道理，你不信，你問莊子，他一定明白。」

突然一個白袍沒鬍子的人，出現在孔子身邊，面貌很像錢穆，我猜一定是莊子。他叫我「小鬼（音舉）頭」，意思是稱呼「水建彤」，沒有一絲鼻音，完全是用唇音撥弄出來的南方話。他很豪爽，我敬他酒，他就喝，喝着就說起話來：

「你個人眞亂講，你寫什麼人曲，硬說我是漆樹園裡的園丁，什麼楚國漆器工業發達，我是爲了設計漆器而收集故事傳說，好編繪圖案，後人奉爲我的哲學。又說楚民族從貝迦爾湖來，只因爲那裡有條楚河。完全胡扯，完全胡扯！」

我背上開始出汗，又乾了一碗酒，這是我的慣用武器，以刺激制刺激。莊子揚起清秀的眉尖，閃着眞正有學問的眼光，抑揚頓挫地說：

「還有，你說屈原的離騷，起源于民間的鬼故事，把他比作什麼華略頓爾溫的談鬼作品，尤其荒唐。你還說唐代道教大典，是因爲突厥文化的李朝原來信奉波斯拜火教，源于從伊朗巴庫到玉門關到處地下冒火的石油苗。完全倒果爲因！」

孔子扯一扯莊子，他不再說下去。孔子望望我尷尬的樣子，惻隱之心人皆有之，他在陳蔡絕過粮，一定會給我解圍。他拉長聲音說「不——」我想他一定叫我不要見怪，他接着說「學——」我想他必是叫我別學道家之言，可是最後他加重語氣，痛快一吐「無術！」

我一清醒，兩個小人不見了。

第二天，朝山的不許我上飛機，說我喝酒破了戒。於是我偷偷回來，偷偷找鐵匠鑿開鉛鉢，取出我的手稿，重寫「人曲」。

選自一九五三年十一月一日香港《熱風》第四期，發表時署名水建彤

倫敦起居

突然瞥見地面燈火，彷彿一片星宿海。夜幕垂垂，黑雲被夜色淹沒。星座機徐徐滑行下降，盲目飛行，靠雷達領航。千百盞火炬映出機場界限，和跑道方位，比九龍啓德機場大十倍也許不止。飛機似乎一隻小飛虫落進珠寶庫。一望無際的地面燈光，彷彿黑夜雨後月下蜘蛛網游絲上的無數晶瑩水珠。我夜夜從香港半山旭龢道望香港九龍，也有這景色，不過這片景色浩瀚無邊——倫敦到了。七月五日午夜十二時正着陸。下機，登車，開到機場休息室。

旅客忽然置身英國風味的田園別墅，夏天裏的冬天。壁爐松柴熊熊。嗡嗡的機聲寂滅。旅客三三兩兩散坐在大客廳內，像一枝密葉繁枝忽然散落原野，離開很遠很遠。不知什麼時候個個都換上冬裝，羊毛圍巾和厚呢絨大衣。而我還傻穿着白麻夏裝。頓時感覺北風吹。

綽約的航站職員來請旅客走進一間過堂。三張書案，穿黑衣硬領戴眼鏡的「老學究」坐在那

裏，「該不是大學註冊處？」輪到我，原來是檢查護照。看一眼我的護照，他抽出一本二十四開黑皮「聖經」，依照字母一翻就翻到了我的名字了，註上一筆，道謝，不消一分鐘。靜悄悄連一根針落在地上都聽得見。然後踱進海關，關員客氣地問我有沒有　帶什麼送禮的古董字畫。「沒有！」他就免檢放行。不管多急，人人都溫文爾雅說「色兒」(Sir)。我知道已身在英國。

一位穿毛呢制服的站員，提起我的行李，伺候我這麻衣孤客。導游冊上的酒錢條例提醒我，我連忙伸手到每個口袋裏，預防健忘症。沒有走上二十多步，出了門，他將行李放置地上，我連忙趕過去送他兩枚銀圓——兩克郎。他鞠躬，一怔：「色兒，這就行了麼？」我以爲他嫌少，再塞給他一枚，他更聲色有異謝謝「色兒」，並且敏捷地把行李安置在一輛載旅客的大汽車身後。我以爲是他給我找到汽車，又塞給他一枚銀幣。他連呼「色兒」說謝謝，指引我上車。原來是航空公司的送客車。一分鐘之內賞錢一金鎊有餘。

現在，夜深了，從寂靜的燈火看倫敦，好整齊、寬濶、潔淨、厚重。建築物凝重堅實，不高過三四層，却像歷千年而不崩的鐵鑛巖，一座連一座。有些門面龕着大玻璃橱，陳列商品。像博物館那樣分類稀疏陳列，燈光不出紫蘿蘭、相思子、奶玫瑰、菀荳花的淡色。城開不夜，却寂靜無人。冷香典麗，淡雅出塵。初夜印象出乎意料之外。

落脚滑鐵盧航空總站。同機那位印尼醫生，一路「暈船昏浪」頭痛得有氣無力，又不願入醫院，怕躭誤轉飛德國漢堡入學。我自己沒有去處，却慷慨答應一起照應他。我向來愛遲到，不幸這次早到倫敦兩天，預定好的旅館沒有空房間。總站三位職員耐心地向一家一家旅館詢問。大廳上四位中國學生走過來親切招呼，請我們去中國大使館。我婉謝，並問他們三更半夜坐在航站等誰，其中一位說國語的回答說，在等曼谷飛來的華僑學生。像這樣英俊優秀的下一代，千千萬萬，都在大陸新政翼護之下了。憑五千年歷史說話，這一俄頃我和他們爲何——又怎能不——風馬牛不相及！

房間訂好，驅車到坎辛敦的一家旅館，名叫「紀程碑」（Milestone），只能過夜，而夜漏已盡，時鐘指正「二」字。暫在「紀程碑」下過宿再說。房間舒適，有浴室，兩張大床。熱水浴後，洗去疲倦，就枕安息。印尼朋友似乎大有起色，酣睡不醒。

早晨拉開紅絨窗簾，望見「冬天」含凍的灰色屋頂。時間倒流好幾世紀。走出「紀程碑」，對面林樹疏密漫衍，一幅十八世紀油畫——坎辛敦公園接連海德公園。街上老式轎形英國汽車，保存古老的畫面。紅色雙層公共車來來往往，叫人勿忘這是二十世紀。印尼朋友和我漫步街頭，街上見到的英國人女的秀宛，男的溫文，有一種瀟洒之氣，與在亞洲所見西方人不同。「紀程碑」留我們多住一日。天色青藍，風冷日暖。下午徜徉公園。高林芸野，蒼青的秀意疏濶舒拓，平鋪遠去，不見涯際。走進公園草地，街車之聲頓時熄滅。密林蔭下，有兩個五六歲的小女孩騎小馬，父親騎着大棗騮馬，並轡練騎術，全副獵裝。曲湖上有人划船。落葉莎莎響在脚下，夕陽漏過林椏，點點金光照明林間暮靄。轉彎處不期而遇小神仙「彼得潘」——刻成銅的，站在石座上，躍躍欲飛。

第二天送印尼朋友登機，留下我。該去拜訪英國筆會。記得艾里蕪（Alec Waugh）說，會所在一條賣花街。我在索叿（Soho）區一家小館吃過午飯，在一條橫巷裏看見一座鮮花檔，一車舊書檔，我猜筆會就在這附近。找來找去，找不到。一直走到超靈過大街，一間一間舊書店。我進去買了份倫敦地圖和交通圖，才知筆會所在的格力勃巷在策勒溪（Chelsea）區，離此地二十多里。乘公共汽車經過庇卡地里、坎辛敦，轉入一條長街，我怕錯過，跳下車來，道旁多是古董店書畫店。邊走邊看，邊找。經過許多街口都不是。忽然在一個街口發現一座花檔，抬頭一看，街名正是格力勃巷（Glebe Place）。天已黑下來，找了六小時才找到，辦公時間已過。方圓兩千英里的倫敦，我竟憑「幻想」尋到目的地。

一有空閒，我就去逛超靈過大街，訪書。街名得自一位多情英王的法語，他哀悼所愛貴妃在這條街上出喪，呼這條街「超靈過」（Charing Cross）——意思是「心上人由此過去」。現在是英文版本舊書的「公墓」，每天許多衣襟沾染書卷氣的人，來這裏徘徊憑吊亡書。書店門窗，堆放上千舊書，任行人隨便翻閱，沒有店員在旁。挾走幾部，絕不會有人過問。但是英國人很有品，不會有人出此下策。我踱進「蜉蝣肆」（Foyles）書店，公認倫敦最大一家，樓下一角，有善本藏書室。正在流覽巨冊孤本，忽然走進來一位顧客，身材面貌極像日本裕仁天皇，仰首和身高六尺的善本部主任說話。我一眼認出來潘恩愷法官——我香港半山寓所的主人。天地之大，世界眞小。

七月七日遷入筆會代爲預定的旅館——「吉人居」（Mascot Hotel）。人常取笑我「痴人痴福」，偏偏住到「吉人旅館」，未免開玩笑。座落攝政公園附近斐克爾街上。雖然客滿，却成天不見人。用膳時間，走進冷清清的餐廳，黑衣白領的姑母型女招待，引我到座位——單人小桌。半分鐘後，蹣跚走進來一位住客——老處女，也獨據一張單人小桌，離我的桌子一尺。再進來一位，又是老處女，再佔領一張單人桌，坐在我們一排。又一個，又一個……烏衣白髮，一間餐廳坐滿七零八落的老處女時，大家把眼睛放在盤子裏，低着頭喝湯，一點聲音也沒有。「此時無聲勝有聲」。原來「吉人居」的住客盡是老處女。

第二天清早搬出「吉人居」，遷入攝政王公園貝佛學院。

貝佛學院是倫敦大學的女子學院。我當然住的是女生宿舍。第一晚，一座四層樓的大廈，只住我一個人。坐在房裏壁爐旁作畫消遣，把室內陳設的一件一件古老傢具素描在日記簿上。式樣和木料都合乎我的考古癖，並且，也很少見這麼樸拙的木器。一座有蓋的書枱，頗像周代鐘鼎上的張口虎頭饕餮。一口古舊的盛物箱，放在床頭，很像一口黑漆楠木棺。衣橱、壁爐、圓桌、木櫃，都留下圖樣。我以在沙漠地探訪匈奴王墓的耐心，渡過「古色古香」的一晚。

天公作美。我來後，米芾山水中的倫敦，天天麗日快晴，沒有霧，沒有雨，天氣十分出色。我的浴室的長窗正好望見攝政王公園一角——玫瑰園。後來樓上也住了人。隔壁住的是兩位女作家。在樓上從來沒有見過面，只聽得見脚步聲。我搬出去那天，她們也在搬。在房門口碰了面，原來也是老處女。雖然，我却覺得的確在貝佛學院住了七天*。自告奮勇替她們搬行李，從五樓搬到校門，並且談了半天才告別。早晨常到玫瑰園散步。幾十種品種中，以茶色玫瑰最淡嫩柔香。

*（編者案）「雖然，我却覺得的確在貝佛學院住了七天」，這句接得奇怪，但原稿如此。

一位老園丁引我看幾株中國品種。據說，今年天氣冷，開謝得早些。又看到玫瑰的最初品種「莫邪」（Mosia），學名「絕種風車屬」（Lathrea clandestina）。我常覺得，英詩和唐詩與玫瑰有緣，並且受波斯影響。唐人羊士諤的古宮怨：「窗前好樹名玫瑰，去年花落今年開。」正是我小住貝佛學院的情景。

玫瑰畦圃順沿小湖邊緣。湖邊有座銅孩兒，兩歲多，被一頭大鵬奪去手中的弓箭，急得要哭。小獵人可是愛神的小天使「孤癖」（Cupid）？他若失去弓箭，有情人靠誰串通隱衷？踏着玫瑰花岸走上林丘，銅孩兒又在林蔭出現，他奪回弓箭，擒住大鵬，開心笑了。象徵英國在大戰中的經歷？

我的臥室天天被人收拾得非常潔淨，從來不見人影。臥室斜對面有兩扇玻璃門。臨走那天，我想道聲謝，推開玻璃門，一位老女僕在洗地，她一回頭，看見我，驚恐的表情把我嚇得倒退出來。原來這是一間解剖室，無怪她疑神疑鬼。如果早知道，我七天七夜都會忐忑不安。

白天集會和應酬多，常感疲倦。一天開會回來，下午五點。仰在床上休息，準備十分鐘後換衣服去赴宴。睜開眼睛，天已漆黑，手錶指着九點，我已經睡了四小時。我從來不大容易入睡的。我急忙換好衣服下樓，大鐵欄門已關閉。繞到其他的校門出口，也已關閉，只好走回宿舍，懊悔不遠千里而來，第一個重要宴會就爽約。突然覺得很餓，食堂也關門。長長的陰森過道迎面走出一位老太婆，安慰我說：「這種盛大招待會，十一點以前趕到都不遲。」她帶我到一扇通到公園的門出去。

在倫敦，十次有九次都迷路。公共車有二百多路，不知乘那一路好。地下火車像蜘蛛網，常常上行下行弄錯，去東城去了西城，上北郊乘到南郊。每次迷路，遲疑顧盼間，總有人走過來指引道路，或相陪走上一程，甚至殷殷相送到目的地。倫敦人心很古。後來，迷路時也裝作不迷，怕打擾「古人」。心想，這點天性能愛助、耐苦、帶路的厚重之德，成全英國人的探險事業。

七月中旬，遷居坎辛敦公園二十四號學院大廈，一座三層樓的老宅，門口銅牌刻着「世界大提琴協會」。樓下當街的大客廳改作我的臥室，叫作「琴室」（Cello Room）。樓上的客廳有一具名貴的大鋼琴，「火舞」的節奏飄進我窗簾，必是西班牙鋼琴家貝依格（Albert Puig）練琴了，傍晚貝多芬的明淨音階涓涓流下，必是鄰室德國少女阿丹諾在彈。大作曲家羅赫曼尼諾夫（Rachmaninoff）的姪女是大廈的主人。這間公寓，供給早晚兩餐，房租及伙食每星期四鎊。我住的大臥室鋪滿五張地毯，七面大窗。晚間拉上絲絨窗簾，坐在壁爐旁落地燈下的沙發上，靜得發慌。好在約會多，沒有時間靜坐。

早晚在餐桌上見面的，不少「亞」人。阿富汗王子赫辛汗，「香妃」里洪薩王子一型的人，蠻、黑、壯，非常豪爽，二十幾歲。婆羅門少女什梨雲弗桑，牛津經濟系畢業，可算印度美人。祖籍印度的馬來人穆辛達在倫敦林肯舍（Lincoln Inn）讀法律。此外都是德法比瑞青年。早晚超過九點鐘，餐廳不再供應。黃昏六時商店休息，無處可以買煙斗的葉子。街上只是一片靜。我住的地方是住宅區，走在路旁有樹的柏油道上，只有路燈、樹影、和自己。

習俗使人靜，禮節令人忙。倫敦人愛動筆墨，投書簡。每日清晨和黃昏總會收到幾封來信，多半親筆手寫，約請晚飯或見面。必須作覆。每大晚上都忙于寫幾封短簡投郵，答應約會或是道謝謙請。我的字蹟難看，文字艱澀，但是無法藏拙，深以爲苦。

一天收到一封短簡：「頂禮世尊：明晚在掃桑屯上船。盼以後有緣再會同參夢禪。海滌凡上。」這位芝加哥大學印度史教授，知道我在倫敦一次作家集會上坐在席上睡着了的尷尬場面。我無可奈何，回他一封短簡，盼能「同證涅槃」，並用他贈我的雅號「睡代表」（Sleeping Delegate）署名。

後來，我也學會寫信去約人。湯因比（Toynbee）到亞洲遊歷講學去了。英國文化委員會轉來烏利（Leonard Woolley）和施普敦（Erie Shipton）的信約我見面。希臘文化史權威陶恩（W. W. Tarn）也寄來一封信，字跡顫微微幾乎不能辨認，卻寫了長長的兩頁。別人告訴我，他已年將一百歲了，令我非常感動。信裏說：

「拜讀來信，非常高興，承蒙你寫信給我。我恐怕很快就要去世，似乎什麼都不能做了。你對月氏人的看法很可能是對的。我很想借給你有關莫高（Moga）的那本拙著，可惜我手頭沒有，也不知道誰有。不過我想在牛津找到的機會多些。承你提起拙著第四九四頁，我當時的確盡了力之所及加以考證，而你現在對莫高（Moga）有更好的解釋。斯坦因之去世，我極爲哀痛，因爲我和他相知很深。我曾和他一起共事並爲他工作多年。承蒙你答應寄下你的一篇大月氏考證的英譯，我一定拜讀。但我已說過，我已經過時不大濟事了，所以，請千萬不要期望我能下什麼批評，聽說英國文化委員會爲你約了一批學者，在你離英之前見面，但願我也能在其中參加，可惜只能寫信敬頌旅程多福了。陶恩。」

往往被請赴讌之後，閒談些中國情形，主人來信稱謝，少不得又要回信道謝招讌。漸漸覺得不止有趣，也是人情厚重的好習慣。「看過英國石器及青銅造像，」我道謝批評家藍姆錫（Guy Ramsey）遊西敏大寺的信裏說：「我想，這一堂不朽的大雕琢絕非我們用細竹筷子吃飯的手所能爲。」別看英國人沉默寡言，他們最怕語言無味。「沒想到在林園碰見那麼多英國文藝界人物，」我道謝作家洛勃爾（Lanning Roper）信上説，「論淵博，論風雅都是一流。在我實在受寵若驚。請莫錯把我當作中國的聖賢。其實我是無數中國愛動筆墨的人中間的一名過剩閒人而已。」

選自桑簡流《西遊散墨》，香港：珍珠出版社，一九五八年七月

悠閒記趣

〔存目〕

選自桑簡流《西遊散墨》，香港：珍珠出版社，一九五八年七月

彭成慧

藏箋

現在是晚上，沒有工作，比較清閒，心情也就寧靜許多了。一個人到了沉靜的時候，往往會有許多感觸浮上心頭：人情，世故，社會，朋友，幾乎什麼都會想到，錯錯雜雜的，時時會引起心情中的愉悅和抑鬱，歡笑和哀愁。甚或一點點的懷念，也會挑起無端的沉默和眼淚。人生，就是這麼奇異的啊！

獨自坐在高樓的寫字檯上，從窗口遙望外面夜的景色，實在有點迷惘。空際星斗滿天，月華如水，海面微波蕩漾，千萬銀鱗。在沉靜瞑濛的夜氣中，燈火輝煌，樓台聳立；只見一片烱灼，一團神秘。看不到市面的繁華與熱鬧，隱約的，只能聽見一點浮沉的市聲。香江，這冒險家的樂園，這亂世的天堂，這東方繁華的都會，這英皇冠上最可愛的明珠；充滿希望，藏滿罪惡；有成功者的歡笑，有失敗者的悲哀；多麼不可以想像的一個地方！倚窗呆望，默默地想着，惆悵重重，觸景生情，我驀然的想起了：「獨自莫憑欄，無限江山，流水落花春去也，天上人間？」於是，我忍不着深深地太息了。

往事眞是不堪回首！昔年祖國抗戰，烽火滿天，我們始終形影似的相隨一起。「夫妻本是同林鳥，大難來時各自飛。」當年我們雖然還談不上百年偕老之緣，然而大難當頭，兵荒馬亂之中，我們并沒有離散而各自飛奔。入桂林，走衡陽，奔重慶，轉昆明，足跡所至，我們一齊不知踏過了多少高山和峻嶺，穿過了多少大樹和叢林，逗留過多少野市和荒村。我們有年輕的天真，有美麗的幻夢，有純潔的靈魂。生命的火花，閃出了朝夕相聚的歡悅和興奮，青春的熱情，溶解了奔波跋涉的困倦和疲勞；遠景已然是那麼明媚和瑰麗，世間還有什麼值得我們埋怨和悲吟？我想你至今也不會忘懷，當時我們所見過的錦繡江山，所見過的美麗田園，所見過的風土人情，這些可追憶的往事，在月明之夜，在風雨之夕，在孤燈之下，在銀燭之傍，你會不會勾起一樣惆悵的心？

也許是年少氣盛，缺少人情世態的洗鍊吧，一點輕輕的誤會，我們便經不起任性的挑動，受不了自尊的誘惑；情感的洪流，便如脱韁之馬，分道揚鑣，我們終於彼此的分開了。回首前塵，不覺十年，白雲蒼狗，恍如一夢。十年來歲月無情的消逝，你也許曾感覺到無辜地浪費了你的青春，無辜地消蝕了你的生命。當年對我的一點懷恨，一點恩怨；一定依然蘊藏在你心胸的深處。十年來當我第一次去看望你時，是不是觸起了你的新愁舊恨，你低聲地告訴我以後還是不見為佳，因此我只好緘默，再也沒有勇氣去看你了。

我已經踏上了人生不可避免的一個階段，早已有妻室之累，你却容顏依舊，風采如昔，歲月并沒有掠走你的青春，年華也沒有鞭走你的美麗；為了你動人的姿色，為了你可貴的風度；我知道年來多少人對你讚揚，向你追慕，不知是天賦你的優越有所矜持，還是對我恩怨的餘情未斷；你始終漠不關懷，至今還是悄然獨處。不過韶光易老，流水無情，轉眼間，我恐怕你終將感到遲暮的悲哀。十年一覺揚州夢，回頭已是百年身，那我十年前一點偶然的罪過，眞是永遠無法消除了。

這麼多年來，我眷念你的心情，一向沒有忘懷。然而我只有追悔，沒有怨恨。也許你把人生看得過於認真，視人生為一種責任，所以觀點自封，至今不能對我開懷諒解。可是在我，百年歲月，我覺得不過是過眼烟雲。我雖沒有「對酒當歌」，却總覺得「人生幾何」。是的，人生正如朝露，去日無多。一縷裊裊的輕烟，代表了生命的重量，一道移動的暗影，象徵着生命的飄渺；我們何必把生命當為一杯苦酒，滲進了眼淚和辛酸？

相對無言，我一向沒有機會向你吐露我年來心情的秘密，今晚，對着這麼一個銀河在天的，神秘的夜，萬感交集，我忍不着清風向你舒出最深的嘆息：

只把一點舊情追憶，獨自惆悵的今宵，

一個孤獨的心海，浮蕩着寂寞的波濤，

星星月亮，從今也許還會再對我默笑，

呵，永恒之念，將隨着生命向你奔跑！

選自彭成慧《山城之夢》，香港：創墾出版社，

一九五四年；原刊一九五二年五月二十四日《星島日報·星座》

南木（羅吟圃）

鴉片

偶然在報上讀到內地某些地區的農民在種鴉片的消息，那些粗糙的句子，在我讀來竟像詩一樣的美麗。此刻是農曆十一月，鴉片要是種得好的，已經有四五尺高，開始開花了。

在我的童年生活中，最快樂的回憶，除了趕着大風雨後到人家的果園裡去拾取地上的果子那些片段而外，就是關於鴉片的了。

鴉片並不是年年有得種；而那一個年頭被選擇來種是很神秘的。大概農民們有一種直覺，覺得這一年應該種了，於是就有一個出類拔萃的農民出來揚言說，那裡那裡的人都已在種了。所謂那裡那裡，總是一個比較遠一點的地方，大家不會去查探的。此言一出，大家的血都沸騰了起來，當天就會有人到田園裡去掘開一個小角落，預備下種。平時你決不知道那一家藏有種子，但到要種時大家都有。只要有一個人開始，或者一個村落開始，不到幾天，便蔓延到幾十里的一個大區域。

這個時候眞是普天同慶，田野上彌漫着一片生機，人們不知道從那裡來的一股勁，成天就在田裡或園裡工作。烟苗初開像蛾眉一樣，再過十來天便像叢秏菜，可以分種了。看着烟苗一天天長大，農民個個心花怒放。這時除了白天澆水、施肥、刈草、除虫種種使人興奮的工作而外，晚上就有人開始賭起錢來；賭的不是現欵，而是約定鴉片收成再清賬。大人在鄉街上賭，小孩子則在「牛間」——鄉下養牛的地方牛住的地方，時常比人住的還要好。牛躺在一個角落裡反芻，孩子們則在油燈下拉胡琴，吹笛子，歌唱，和互相交換性的智識——裡賭，從擲骰子到紙牌，花會，番攤等都有。贏的固然高興，輸的也不覺得心痛。街頭巷尾，開始在討論今年酬神時，應該演那一班戲，或者應該演兩班打對台，這些常常成爲劇烈爭論的題目，因爲各人對各個戲班的評價不同。

但事情並不一定這樣順利。當鴉片長到尺來兩尺高的時候，縣裡的地保便時常從村裡經過。農民對地保都有三分怕，看見地保來了便跑開。但也有些胆大一點的代表人物挨近去問：

「老總，今年知事剷不剷烟？」

「剷不剷問你們自己，講不妥就剷」！

有的農民還跟在地保屁股後，求他將來剷烟時不要剷他的，答應給地保一罐烟。地保十個有九是烟鬼。

十一月，遍野開滿了紅紅白白的鴉片花，白的多而紅的少。那種風光，衹有荷蘭的鬱金香時節差可比擬，但荷蘭的鬱金香並非漫山遍野皆是，決沒有鴉片花那麼壯觀。鴉片花並不香，只有輕微的清腥味，可是那種味道已經和歡愉的氣氛結合在一起，一聞就使人心曠神怡。在上海的時候，我到過一家以鴉片花作盆景的公館，我老是禁不住到花上嗅，使主人十分詫異。在我，鴉片花是全世界最美麗的花，決不是玫瑰，芍藥以及桃李之類所可代替。

就在這種時候，縣知事下鄉剷烟了。未必每個縣知事都懂得選擇這個時機，但地保會告訴他的。這時收成已經在望，農民們也已經下盡了本錢，決不肯讓烟剷掉，因而價錢也可以出得最高。

知事下鄉並不採突襲的方式，未到之先，便已由地保通知各村。不久之後，農民們便聽到一種只有兩個音階的喇叭聲。那是一種細而長的喇叭，從吹者的嘴巴一直抵到地面。農民總說這種喇叭一吹連地都震動了，其實沒有，不過它的聲音的確一兩里外都可以聽見。由於這種聲音總是帶來災難與恐怖，聽了不免心驚胆戰。農民們叫這種喇叭做「搏地虎」。我記得當年我和其他的孩子們一聽見「搏地虎」的聲音便立即停止了游戲。

知事的轎子一到，就有穿鞋子的人去接，把知事引到祠堂裡去。那裡的廂房裡有一張古舊而非常寬大的楠木烟榻。跟着知事轎後的通常有十幾二十個兵，有的背着七九槍，有的空手，但每個兵都有一根六七尺長兩三寸寬的，兩面都修得很鋒利的竹劍，那就是用以剷烟的。知事進了廂房，那些兵則在廊下休息，自有人招呼茶飯，普通是一大水桶的豬肉粥。

廂房裡的談判常常進行得十分順利，因爲農民經驗豐富，價錢也早有前例可援，而知事也總是適可而止，他知道農民也有土槍，認眞要剷的話，再來幾十個兵也不當事。所以每次談判，只在數目上稍爲爭執便達成協議，會議後也不發表公報，只見知事跑出廂房來，向那些兵號令一聲：「去剷烟」，便知大功已成。

這時兵大哥們便拿起竹劍，排成隊伍，由地保帶路，向田野浩浩蕩蕩而去；實際上還有一位農民帶着那地保。當他們到達一處鴉片長得頂不好的田裡便開始剷，不够十幾分鐘，田裡的鴉片已經東歪西倒，完了，於是那些兵便各人隨便檢了些殘枝斷莖，束成一把，提了回來。接着就整隊回衙，「搏地虎」又呼呼響了起來，全村皆大歡喜。至於被剷了的那一畝田，大家早有諒解，將來收完了烟，大家湊一份賠他就是。

以後便是一連串的快樂日子，鴉片桃起先像拇指那麼大，過幾天一看，就有新娘子敬酒用的錫酒杯那樣粗。長得好的烟桃，以其半徑自乘，乘三一四一六，大概可以有四五寸。頂上那些有點像英國旗一樣的花紋，起初是嫩黃色的，後來變成褐色，再後來變成黑色，到了變成黑色的時候，不管桃子大小，便是可以割泥的時候了。

這時已屆歲暮，村裡的氣氛一天熱鬧一天，人們賭得更兇，有時竟以「生膏」作注。鑼鼓隊和舞獅隊都紛紛成立了，大戲班也請定了。村口平添了猪肉攤子，烟雖還沒有收成，人們不知道從那裡來的錢，竟大胆地花起來了，探親訪友，竟敢提上一斤半斤貼着紅紙的猪肉。和尚們也笑逐顏開，因爲求神許願的人多了，做佛事的也多了，油香錢的收入着實可觀。有的人家預備嫁女，有的預備討媳婦，因之木匠漆匠都忙起來了。鄉街上時常可以看見有人穿了新衣服，又驕傲又害臊。大人們一開心，孩子們也更加快樂起來，因爲可以少受打駡。這時我便向母親聲言我要喝飛鷹牌的煉乳，那本來是我所最討厭的。那裡沒有別的罐頭，就只有飛鷹牌煉乳，我的目的不在煉乳，而在那個空罐子，而且總得有好幾個，以便裝盛烟泥。到現在我一看見煉乳就怕，恐怕就是因爲當時勉强喝多了的原故。

鴉片種得又早又好的，年底或開正，已經可以收割。但遲的也遲不過二月。收割的方法是這樣：大人們在夕照西斜的時候，便拿着一種特製的小刀到田裡去。這種小刀無寧說是小耙，一兩分長的刀刃有四五道之多，一下子就可以在烟桃上劃出幾道刃痕來，形狀有如老式的種痘刀，而使用的方法也一樣。大人們揀頂上的花紋已經變黑的桃子，自上而下地劃了兩下，至多三下，必須劃得不深不淺，太深了損害了桃子，太淺了收不到泥。此外還得看天氣，刮風的日子不能劃，劃了也沒有泥，空白犧牲了桃子上的部位，因爲一個桃子渾身劃滿了便也沒有用了。下雨天不能劃，怕湧出來的烟泥給雨水沖洗去了。最好的是寒冷多露的晴天。

劃桃的工作沒有我們孩子的份；但到了第二天，天還沒有亮，大人們還沒有起身的時候，我們早就拿着飛鷹牌煉乳空罐子和一根預先修好了的小竹片敲着等着了。

到了田裡，大人在先，我們在後，開始用竹片刮下烟桃上的泥，那是一種淡紅灰色的半固體，畧如草莓雪糕。大人刮過的，我們再刮一遍，所得不多。因之我們總是要求大人不要刮得太乾淨。有時大人漏下了一顆未曾刮的，那我們就高興極了。大人們用來盛烟泥的是一隻碗，刮滿了一碗便拿去倒在田頭的缽裡。我們碰到運氣不好，半天刮不到一點兒時，便悄悄地回到田頭去偷一點，却也不敢偷多，因爲多了容易被發現。這樣刮得來的便算是我們的私產。我們雖然不知道可以值多少錢，却知道它很值錢。

刮下來的烟泥必須擺在太陽底下曬，越曬越黑，並且變得越少。一煉乳罐的烟泥，曬到差不多時，還剩不到一半。大人們曬他們的，我們則曬我們的。有時我們覺得自己的太少了，便又到大人的那裡去刮了一點來湊上去。大概一次收成，我可能有兩罐到三罐烟泥，其中大部份都是偷的。

過了正月，戲看過了，新衣服穿過了，果餅食得膩了，壓歲錢也花光了，於是就有一些不知道從那裡來的收買烟土的人，背着一布袋一布袋的銀洋，到村子裡來收購。農民們便到處打聽價錢。這倒瞞他們不了，因爲附近就有鴉片烟館，熟膏多少錢一兩他們都知道，多少生膏煮一兩熟膏他們也有經驗，一合算就把價錢算出來。不過，每逢種烟的年頭，烟膏的價錢總是跌得很厲害，收購的人轉運到別處去，還是有大利可圖的。

可是臨到了這個重要關頭，我們却失敗了。大人們不許我們拿自己的私房烟泥去賣給收購者，只許賣給大人們，而價錢則由他們定。有時給五六塊，有時給三二塊，全憑他們高興。也好，我們平日所有的只是一些中間有方孔的小錢，有了幾隻角子便算了不起，那裡有過大洋？這時拿着兩隻大洋學大人們那樣敲着玩，那才是一種最新穎的玩具。玩過了又可以藏起來，一年到頭都記住自己有幾塊大洋。

我大概曾從刮烟泥賺過十幾塊大洋。但這些錢後來到那裡去了，我也不知道，所知道的就是我從來沒有用過它們。

到現在，要是有人肯給我一塊地，讓我種鴉片而不干涉我，我一定可以種得很好，而且感到極大的樂趣。

選自一九五四年一月一日香港《熱風》第八期

路易士（李雨生）

「荒原」及其他

亞里斯多德曾經說過，「喜歡孤獨的人如果不是野獸，就是神靈。」我只是一個渺不足道的常人，所以難免會需要朋友，痛恨孤獨。

然而我痛恨孤獨，又常常陷於孤獨的境地中。昨天下午，詩人S兄來坐，偶然高興，就買了一小瓶杞菊，跟他打邊爐對酌。酒過三杯，S兄向我表示，他有許多小姐可以帶去參加舞會，却從她們中找不到一個眞正的朋友。我想這是當然的事情；也許詩人比較敏感，因而會有感慨，至於我，我早就相信它，並且覺得不值一提的了。

「人心不同，各如其面。」我們需要朋友，拆穿了講，無非需要朋友瞭解自己而已；這基礎就是所謂自我表現的欲望。但是瞭解的條件是同情，同情的條件是一致，既「不同」，如何能有澈底的瞭解呢？我們人，是註定了非捱受寂寞不可的，彷彿是。

古諺云：「一座大城市就是一片荒野。」就中國的情形而言，你在南京北平，也許不會感到，如果在天津、上海和香港等「十里洋場」上生活過，一定有這種感覺的，特別在今天的香港。你有時候想要找一個朋友談談，得先打電話跟他連絡，看他有沒有空；打過電話，有空了，你興沖沖地趕去，一口氣爬上四樓（假定他們在四樓。我的朋友高貴到幾乎全是住在四樓的），喘息未平，伸手按鈴，於是門上的小洞開了，一聲「搵邊個？」你已經心灰意冷，何況從「搵邊個」到請你進去，還有三四道必經的手續呢。如果你嫌麻煩，好，到街上去逛逛吧，只是熙來攘往，摩肩擦踵的行人——當然連閣下在內——各人轉着各人的念頭，彼此的距離恐怕有十萬光年！

再往好處設想，你見到你的朋友了，並無意外發生；他先敬你茶，再敬你煙，然後跟你開始聊天。天哪，你知道他在想些什麼？你說「百老匯」今天的片子不壞，他告訴你目前世界難撈；你告訴他你的太太病了，他說近來白喉症流行，他的孩子們必須早去打預防針！這還是講眼前的閑話。萬一你不識相，居然企圖要「同聲相應，同氣相求」呢？抱歉得很，即使帶着三大冊正續編的「辭源」，你無法找到一個字眼來叙述你心上的歡樂或者悲苦。「君子之交淡如水」，這「如水」之「淡」，卽冷淡也。凡君子與君子見面，可談「波」，可談馬，更可談女人，無論談得多麼熱烈，總歸心如古井，微波不興。你、我、任何稍有世故的人，是絕對不會談到「波」、馬和女人之外去的。

世故我當然有。十多年的流浪生涯中，我見識過許多笑臉和白眼，並且，十九歲那年，就曾經被一位老同學出賣，在日本憲兵隊中受過相當舒服的刑，在「農場」中做過七個多月的奴隸。直到如今，我早已明白生命是一隻苦杯了。然而我仍然有着幻想、癡念；我仍然迷信着「愛人者人恒愛之」的「眞理」。此外，正由於明白了生命是一隻苦杯，我記得莊子「涸轍之鮒」的教訓，認爲在荒原中，我們更應該「相濡以沫」。我試圖，我碰壁，我養好了心上的創痛，再度試圖，再度碰壁。

大前年我寫過四行無聊的小「詩」，「詩」云：

除去聲色犬馬，
只賸柴米油鹽；
可談的話題實在太多，
什麼都離不了錢。

題名彷彿就是「友誼」。

是的，我們的友誼，是建築在錢上的。我七八歲時嘗寄居在一位父執的家裡，父執有兩位公子，都比我大，當時常常把我帶在單車的後座，到兆豐公園去玩的。我記得那位較小的「世兄」當時的身材，對於一架廿八吋的單車仍然太小，因此騎着的時候車子左右傾側，狀殊驚險；我又記得我今天之稍識 Yes 和 No，得歸功於最初授我以 ABCD 發音的他——這位「世兄」。大大前年我在報上偶然見到他結婚的照片，高興非常，後來有個機會，我託一位同鄉轉告他我想見見他，他沒有反對，但他似乎不大贊成。於是我痛苦地躲進自己的斗室，抹掉我精神的血跡，又一遍詛咒這曾經馬克斯詛咒過的社會組織。再後來，我在辰衝書店「立讀」中無意地撞到這位「世兄」，我訕訕地溜開了；無他，我怕新癒的創口再度出血罷了。

在香港，不知不覺地混過了五個年頭。折實的四年中，我新交了一些「朋友」，也陸續地疏遠了他們，甚至於跟他們之中的有兩位鬧翻或將近鬧翻了。事後檢討，我並不責備我自己，也不責備對方，因爲我覺得彼此都沒有錯，錯的是這個社會！薩洛揚在他「我的心在高原」的結尾，借男主角的口說：「這世界彷彿出了毛病。」對了，薩洛揚先生，這世界千眞萬確地出了毛病，不止「彷彿」呢。

培根又說過：「友誼的主要效用之一，就在使人心中的憤懣抑鬱之氣得以宣洩弛放。這種不平之氣是各種情感都可以引起的。閉塞之症於人體最爲兇險，這是我們知道的；在人的精神上亦然。你可以服撒爾沙（一種用於梅毒及風濕病的藥）以通肝，服鋼以通脾，服硫華以通肺，服海狸膠以通腦；然而除去一個眞正的朋友之外，沒有一樣藥劑是可以通心的。」然而，我們心的閉塞症，恐怕一時還不易治療——特別在今天的香港。

香港人的衆多智慧中，有一個頂大的智慧是屬於防範「友誼之敵」的，他們說，朋友們「講錢就傷感情」，這是眞理中的眞理。我常常希望下一季馬票開彩時，頭獎竟爲我所中。那時候我願意把幾十萬元的鉅欵悄悄地藏起來，作爲一輩子的生活費用。然後我無需謀生，無需求人，無需抵觸任何人的利益，那麼我更再試一試如何「義氣博義氣」，找幾個眞心的朋友，閒來呼茶沽酒，暢談上下古今。但是，偏偏每季馬票開彩時，連入圍獎都沒有我的份！

我又弄不懂：既然大城市是一片荒原，既然每個人都有寂寞，爲甚麼不能夠互相安慰呢？我不相信一切人爲的隔閡會長遠存在，無法消滅。古人教訓我們應該規勸朋友，但是「不可則止，無自辱焉」。往往曾經規勸過我的許多朋友！至今深夜自省，我每一次都記起他們給我的益處，因此，我也曾不顧死活地就管見所及，規勸過我的朋友們，只並未「不可則止」。於是起初我被誤解，被厭惡，終於，一度誤解我厭惡我的朋友們，開始愛護我了。

這是一項極大的收獲。我變得更「迷信」，「迷信」「愛人者人恒愛之」的眞理，幾乎死而無悔，雖然我仍未忘記「人心不同，各各其面」的那句老話。

當然，人心是不同的，如果同，我們就不會有許多糾紛，從而也就沒有了糾紛之解決，那麼人生就成爲不可想像的單調了。人，本來有着一副賤骨頭，送上口來的饅頭不香，搶來的饅頭總可口。如果人心相同，二人見面，不出一聲，彼此心領神會，融洽無間，則言語既成廢物，文章更屬多餘，一切藝術、宗教、法律、道德、政治、戰爭與和平，通通無由產生，這世界根本不成其爲一個世界了。法國人有一句俗語：「瞭解一切，就原諒一切。」當我們胸襟較寬，器量稍大之後，自然會覺得「無友不如己」的。鍾子期死後，伯牙不復鼓琴之說，成爲千古美談，但是從另外一個角度看，未嘗不是一件愚蠢而自私的行爲。伯牙鼓琴之目的，應爲使人欣賞，高山流水，懂不懂是人家的事，爲什麼人家不懂，你就生氣呢？我們是不應該先「予」後「取」麼？凡有衝突、不平、牢愁、悲憤者，皆由人思「取」而不願「予」之故。佛說：「我不入地獄，誰入地獄？」所以他受萬人頂禮；基督不把十字架讓給旁人而自己背負，所以他受萬人崇拜；此外中外歷史上一切革命家之受人尊敬，皆因他「予」而不「取」之故。人親的心靈是互相交感的，算盤人人會打，好歹人人清楚——自然有些人只打算盤而不認好歹的，那是他暫時被猪油蒙了心，「唔化」而已——我這樣想。但是，想儘管這樣想，有時候受了委屈，我仍會痛心、激忿；我住在大城市中，仍然有置身荒原之感；我半夜做夢，仍然會溫習到許多不愉快的遭遇；推而至於我吃了旁人的一點小虧，仍然會不甘於人。這些，我相信得怪我自己的。

「新約」中聖雅各有云：「有時看看鏡子，不久就又忘記了自己的容貌。」也許誰都有這種毛病。而在錢就是一切的社會中，一文錢可以使夫婦反目，朋友絕交，兄弟頓成陌路的，我們之覺得城市——不，簡直全世界——都是一片荒原者，只是錢的隔閡而已。所以S兄有許多小姐可以帶去參加舞會，却無法找到一個女朋友的癥結所在，我想大約在於他只想從小姐們身上取得些什麽，而沒有打算過給她什麽。S兄也許會怪我「駡」他的，也許不會；因爲他在寫一篇萬字的隨筆「愛情的研究」。該文完成之前，我對他的舞伴與女朋友之間的差別不能多置一詞。他是個天才中的庸才，庸才中的天才。我只希望它手頭有點閒錢，常常有點空暇，讓我們再打一次邊爐，再東拉西拉地閒談一陣吧。生命如果是一隻苦杯，我們得當它是一杯涼茶，抱着「消除百病」的心情去喝，味道自然不同，否則念念不忘於苦，其苦必愈甚；何「苦」呢？

「告訴我誰是你的朋友，我就知道你是怎樣的一種人。」如果你相信自己是在荒原中，周圍沒有一個人，那麽我知道你是個最可悲的入了。如果我知道你只有極少的幾個朋友，我知道你是個狷介成性的書呆子之類。如果我知道你有許多許多朋友，那麽，我知道你也一樣在荒原中。而唯有當你承認你的熟人中有一半是你的朋友之時，我纔相信，你眞正是一個幸福的人。

選自一九五四年二月一日香港《熱風》第十期

蕭遙天

民主櫥窗

二十世紀已跨進六十年代，這六十年中的中國社會變化得太厲害了，幾乎爲有史以來一個最紊亂的階段。「長江前浪接後浪，世上新人換舊人」，若干風流人物都在時代的洪爐中灰飛燼滅，但香港却在這時代中造成奇蹟。這個東方的民主櫥窗，毋寧說是近代中國歷史的櫥窗。這裏面陳列着新新舊舊各式各種的人型，不需要蠟製，蠟製的上品不外是栩栩若生而已，這裏面一個個都是活生生的，有血有肉的；從拖着白辮子，紅纓帽，綠花翎的勝清遺老，以至八角五星的打鳥帽，藍色短裝的布爾希維克。在大陸，是槍對槍，劍對劍，你砍我殺；在這裏，或許可以晤對一室，化乖戾爲慈祥，杯酒叙歡呢。你說這個櫥窗民主不？

記得去年在一位朋友家裏，讀過他剛完成的羅曼羅蘭的獅子星座的譯稿，在那個劇本的末一幕，寫法國於大革命後，王公貴族給革命這把大掃帚像垃圾般清除，紛紛逃亡向瑞士的××山上；而大流血的結果，却造成意大利人拿破崙做起法國皇帝，「昔之視今，亦猶今之視昔」，革命黨人又被拿破崙清除出來，保得首領的又紛紛逃亡到瑞士的××山上。於是，寃家路狹，舊時的王公貴族，和那帮革命黨人，老逃亡與新逃亡，在這個尷尬的塲合上相晤。我革你的命，人家又革我的命，革命的目的到底是爲什麼？大家都惘然。舊時的戰塲上的仇敵，今日都含着兩泡眼淚握手言歡。他們這堆革命中的「渣滓」，只可於無可奈何中遙望家鄉的親族故舊在被清算鬥爭，聽聽那毀滅前淒厲的聲音。「此身化作千萬億，飛上峯頭望故鄉」，悲哀喲！

羅曼羅蘭是以謳歌馬賽革命而有聲於世界文壇的，在這篇劇本裏却表現着他對革命的懷疑。認爲革命的結果，吾土如故，而生靈塗炭却已不堪了。今日在香港，在這個東方的民主橱窗裏陳列着的各式各種人型，薰蕕同器，蘭草一丘，所處的環境何殊於當年他們的同逃瑞士呢。我們日常耳目所接觸，舊時的漢奸，敵人，遺老，遺少，國民黨人，以至在大革命的陣營中被清除出來的人物，這幫互相砍殺的傢伙，今日同以「人渣」的資格同處於香港；「仇人見面」，本來是「分外眼紅」，而短刃相接，也不難於五步之內流血，但，他們有這般閒勁沒有呢？那敵愾不知消向那兒去了呢？歷史喲，讓時間與環境把你沉澱下來吧，我相信未來的時間與環境總會使歷史更澄清的。信不信由你，但你却不妨多欣賞這民主橱窗裏的各式各種的人物。

選自蕭遙天《東西談》，香港：南國出版社，一九五四年四月

燕歸來

無形

樹尖微微傾斜，搖擺，葉子像一羣牽着手的小孩，圍着樹尖跳活潑而無秩序的舞，不一會兒，樹停止擺動，只剩下尖上那幾片稀疏的小葉子，在輕巧地彈動，像一班交響樂隊，一切都暫時靜止下來了，只剩下十隻飛舞在琴鍵上的纖指。

從蒼翠的山峯後面昇起一小朵白雲，像是飽帆的遊艇，在藍色的海洋裏漂流。沒有看見大浪——也許是海離開我們太遠了？——但這小船却一再傾斜，顛幌，終於被浪花捲碎了船頭，漸漸的，整個船都被裹入洶湧的海水裏。

山脚像是人脚，也有它跳動着的筋脈：那條小溪。溪邊彎着一口塘，像結了冰似的，那麼平滑，那麼明潔。忽然，從一小處起，水皺了，漸漸播開，抖散了整塊池水。

樹在搖，雲在飄，水在動，你看見了，但使樹搖雲飄水動的是它們有形的自己？

溪邊生滿了小草，你看見了；橫在溪上的是座木橋，你看見了；散佈在山脚還有幾棟房舍，也映入你的眼簾。長在那裏的，是小草，但那使小草生長的却不是小草本身；支架在那裏的，是木頭，但使它橫跨溪水，不至斷塌的却不是木頭本身；搭建在那裏的東西，是磚瓦，但使它豎立在山脚，不至倒毀的，却不是磚瓦本身；你，你看見了很多東西，但是你常忘記了無形在控制、支持有形。

你忘了，你確實忘了無形，你說沒有忘？——記得嗎？你曾說過他們一句話。我先不提醒你是那句，而改談一些別的事，等我說到相當程度，你自己也許會驟然記起來的。

你也看見過像蜂蟻似的兵士湧上來，砲彈轟隆隆地過去，戰馬像瘋了似的狂奔，烟霧迷濛，血肉横飛，無數戰士倒在坡下，血與土和成泥漿，糊住了他們的臉，也認不清是甲的愛子還是乙的親夫了……你看見了人、砲、馬，你重視的是人砲馬，可是你會不會忘了使人馬砲動的無形因素？主要的也許是一套新的思想體系，也許是野心家們的慾望，也許，嗯，也許和那漂亮的女人的一顰一笑還有些關係。

同樣齊全的裝備，同樣龐大的人數，同樣精明的戰術，但甲軍可能士氣高漲，而乙軍萎靡消沉，節節敗退。你如果還不頂遲鈍，大概知道兩軍的差異只在他們無形的精神這一點上——雖然只一點，却比裝備或數量上差異要重要得多，承認嗎？

當一羣人已遲鈍到不重視無形的力量時，別看他們仍在得意吧，我們很可以稱他們爲腐舊的下坡路人了！取而代之的一定是一種新力量，它在開始時，被人們稱爲無形的——或根本否認了它的存在，因爲人們沒看見他們有軍隊、有倉庫、有如蜂蟻的人。當無形支持有形，將精神注入了許多現實東西的時候，才被人們發現，人們才目驚口呆，但已經遲了，但遲鈍的舊勢力已註定要向新力量低頭了！

說到這裏，你記得了？你自己說吧，你曾說過他們什麼？

你低着頭，彷彿仍有幾分固執：「嗯，我曾說過，他們不足重視，他們沒有軍隊，沒有金錢……只不過有點硬幹的精神罷了！新力量？我沒看見有什麼新力量！」

樹在搖，雲在飄，水在動，你說你看不見風，所以沒有風。

一羣人潰敗下去了，另一羣人勝利了，你不仔細研究雙方的無形支持，却在注視勝者手裏的槍械，藐視那無形的作用。

小草在長着，木橋在橫着，房舍在立着，無形在支持它們；小草衰了，木橋斷了，房舍倒了，無形在不支持它們。

如果你以爲我還年青，沒有和你平頭辯論的資格，那麼，請你去找那慈祥的老神父吧，他曾說過一句使我永遠不能忘却的話。

「上帝是什麼樣子？」我問。

「天主嗎？是全能的，全善的，至公義至仁慈的。」

「我是說，上帝長得什麼樣兒？」

神父微笑着說：「全能的，全善的，至公義至仁慈的——無形的。」

選自燕歸來《梅韻》，香港：中國學生周報社，
一九五四年七月；原刊一九五三年一月二十六日香港《祖國周刊》第一卷第四期

回頭

〔存目〕

選自燕歸來《梅韻》，香港：中國學生周報社，一九五四年七月

曹聚仁

蕭山先生單不庵

友人查猛濟兄稱單不庵師爲蕭山先生，與江山先生劉毓盤（詞學家）並稱；他是劉師的高弟弟子，也受業於單師之門。朋友說起了單師，總以爲我是他所最鍾愛的，所以他做了浙江省立圖書館館長，就把我拉去做夥計。這裏面，還有許多外人所不知道的界限。

單師浙江嘉興人，移家蕭山；他是正統派的理學家，規行矩步，目不邪視；他母親生了病，眞的割股奉母，雖云回天無力，這份孝思是了不得的。服膺他的理學，而能實踐躬行的，有俞壽崧，施存統，周伯棣諸兄，我雖是理學家的兒子，却是野狐禪，不像他們那麼拘謹，居誠存敬，做愼獨工夫。五四運動前夕，新青年風行一時，他們三位道學先生都變了，變得非常激進，後來都變成共產主義的信徒；施存統便是後來以寫「非孝」篇著名的叛徒，他是中國共產黨前期的要角，和陳獨秀先生最合得來。（施兄以施復亮之名爲世所知。）單師是篤行的人，對於五四運動也有他的看法，並不頑固守舊，他的弟子變了，也不覺得寂寞。

在治學方面，單師可以說是清代考証學的正統派，却又十分佩服胡適之先生；他考據之精審，一時無兩。（見胡適文存第三集）他接在李守常先生之後，担任了北京大學圖書館主任，以博學著稱。他教我的國文，單講邱遲與陳伯之書，就整整講了兩個多月，黑壓壓寫了幾十黑板的參攷註釋，不用片紙，都是信手寫出來的，或許對於考據之學，看得起我一點，當他進了浙江省立圖書館，才想起我來的。

師友之中，很多以爲我是他的乾兒子；他的乾兒子是邵仁，不是我，（邵兄夫婦，抗戰時以旅行講演著名）可是搞錯了十多年，直到我進了文瀾閣才弄清楚。我乃笑對單師說：「不要說考証古史，連眼前的事，活人活對面，都考証不明白呢」！他一生用力之處甚多，經史子三部，寢饋其間，用紅筆添註過十幾回的很多；那部後漢書補註的補註，依我看來，已經差不多了，他可還是愼重得很；直到他的晚年，還沒完稿。單師逝世以後，我們那位不識字的師母，把那些批註本都帶走了；他一生心血所灌注的工作，有如石沉大海，無影無踪了。

單師有乾嘉考證學的審愼，細密的作風，却缺少貫串成爲系列的組織能力；他是一個博學的人，並不是沒有見解，而是不敢有所主張。有一回，我推論清代考證學衰落的因由，說到太平軍戰役中的文化衰落，他再三和我辯論，以爲戰爭的因素並不十分重要。後來胡適先生的「最近五十年之中國文學」出來了，胡氏的主張幾乎完全和我的話完全相同，他又認爲不錯了。他是我一生所欽佩的老師，可是他還不是一個適當的引路人！

鶴見祐輔在「徒然的篤學」中，說到英國的大歷史家亞克敦卿的事：「他生在一八三四年，死在一九〇二年，所以也不能說是很短命。他生於名門，得到優遊於國內外的學窻的機會，那天稟的頭腦，就像琢磨了的璞玉一般地輝煌了。神往於南意大利和南法蘭西的他，大抵是避開了霧氣濃重的倫敦的冬天，而讀書於橄欖花盛開着的地中海一帶。他的書齋裡，整然排着大約七萬卷的圖書；據說每一部每一卷，又都遺有他的手迹。而且在餘白上，還有了鉛字的細字，記出各種的意見和校勘。他的無盡藏知識，相傳是沒有一個人不驚服的。便是對於英國學問，向來不甚重視的德法的學者們，獨於亞克敦卿的博學，却也表示敬意。雖然如此，但他之爲歷史家，到死爲止，並不留下什麼著作來。這螞蟻一般勤劬的碩學，有了那樣的教養，度着那麼具有餘裕的生活，却沒有留下一卷傳世的書，其中豈不是含着深的教訓，足使我們三省的嗎？」這段話，太足爲我們的單師作寫照了，就讓我來鑿他人之壁，偷他人之光吧！

學問家之中，有的如螞蟻般劬勤，終生勞勞於搬運的工作，如亞克敦卿的是一種類型的人；有如蜘蛛般地吐出絲佈出網來的，英國現代思想家斯賓塞，便是以憎書出名的，可是寫出了許多大著作；至於德國的康德，一面大量咬吃了別人的著作，一面在消化了以後，排除了糟粕；如蜜蜂釀蜜似的，在花汁中注入蟻酸，成爲蜂蜜了，又是一種類型。我的老師之中，單師是螞蟻，劉延陵先生是蜘蛛，章太炎先生那樣，才是蜜蜂呢？

因爲我是單師的弟子，所以知道在學問方面，必須絕對謙虛；學問無窮，有時自以爲了不得的見解，最偉大的發見，到了後來，才知道別人早已說過了的。單師時常提起顧亭林寫日知錄的事，顧氏每有新見，必書之於冊；假使這一新見，後來發見了有人已經說過了的，便一筆抹去，有一年，他抹來抹去，只留下了一條；眞知卓見，本來是不容易的。單師一生不敢輕易著作，也就是這個原故。

眞是「予生也晚」，不及見清代樸學大師的風格；但從單不庵先生的讀書治學做人上，約略還可以看到正統派攷證學的典型。「胡適文存」第三集中保存了幾篇單不庵先生的通信，胡先生在序文上及信尾上有這樣紀念他的話：「單不庵先生於十九年一月十三日死了。他的遺文散在各地，不易收集。我的日記內，留有這幾封信，故我收在文存裏，紀念我生平敬愛的一個朋友。」單師的遺文，我也曾發願想收集過一次，終於停止收集者，並非如胡先生所說「散在各地，不易收集。」單師一生，除了異文校勘訓詁考證以外，並沒有絲毫自己的主張；他所讀所看的書，數量多得驚人，所親手校點的書，夾有小紙條的也不知有多少，他給太多的知識壓住了，不敢自己再有主張了。我的私見，只要浙江省立圖書館把他所藏的書，取出他所用力的那一部份，把未校定的那部份補了上去，定爲單校本叢書，列入善本中去，就完事了，何用搜集遺文，成爲專著呢？

我從單師的校勘攷證中看出他治學的辛勤，他的一篇校勘文，比梁啓超寫十萬字的著作還用更多的力，他爲了一字的訓詁下斷語，比科學家下定義還周詳審愼；以舊學之淵博而論，胡適之是小巫，他是大巫，我幾乎連小巫都勾不上。

然而，我是永遠懷念着這位博學的老師的：是他引我上桐城派古文的正路，使我知道文章如何能寫得簡潔；他的批改，幾乎每一句每一字都有分寸，有的地方，眞是點鐵成金。是他引起我去進攷證學的大門，使我知道治學的基礎工夫是怎樣着手，從野狐禪式的讀古書轉到實證樸學方向去。是他以樸質的學者風度薰陶我，使我能在研究學問的小天地中安身立命下來。

選自曹聚仁《文壇三憶》，香港：創墾出版社，一九五四年十月

書的命運

水、火、蟲、和刀兵，爲書籍的四大厄運，董卓的兵進了長安，就把皇宮的卷軸，當腰帶纏，當墊子攤；蘇聯的兵，進了長春，也把清宮的書籍，當作引火的柴草。自古迄今，經過一次戰爭，書籍就碰上一次大刼，不在話下。六國典籍，到了秦宮，給項羽一把火燒得乾乾淨淨，也是一次最有名的火刼。明末清初，錢氏絳雲樓（錢謙益）藏書，天下知名，也是葬送在一把火之中的。寧波范氏天一閣藏書，就是担憂到火警的，所以那八十間房子，全係磚石砌成，沒有一根木頭的。却又怕水潮霉濕，磚下放了木炭，吸盡水氣。乾隆建閣藏書，就採用這一體制。范氏又怕後世子孫盜賣藏書，分二十四房管理，一房一鎖；那知後代敗類就勾通了匪徒，挖壁偷書，到了民國初年，好一點的版本都已失去了。

古人以書籍傳家，認爲比良田美產好得多；可是，子孫不賢，拖了宋本孟子換糖吃，也和賣屋換雀相差不遠。（絳雲樓有幾部宋本書，都是故紙店找來的。）清末有一位理學名師朱一新，（浙江義烏人，曾在廣州廣雅書院做過山長。）所有藏書，兩子分家，每一種書切成一半；有上無下，有下無上，大家看不成。到了孫子手裏，論担出賣，片葉不存。書家子弟，也不見得怎樣高明。

魯迅翻譯了果戈里的死魂靈，譯筆印刷與裝訂均精。相得益彰，孟十還居然在上海的舊書店中看到了那部有名的死魂靈一百圖。（據里斯珂夫說，死魂靈有名的插圖共有三種，而最正確和完備的是阿庚的百圖。）這插圖，就算是在蘇俄，也只能在圖書館中相遇，何況在中國？據魯迅推測，這大約是十月革命之際，俄國人帶了逃出國外來的；他該是一個愛好文藝的人，把守了十六年，終於只好拿它來換衣食之資了。

亂世談書，總是一把鼻涕，一把眼淚，可爲痛哭長嘆息也！

我在旅行時期，總是帶着幾本書走的；帶些什麼書呢？大概是一本詩集，杜甫的或是陸放翁的，一部老子或莊子，再加上一本史記或是聊齋之類。老實說，我的看書，看電影，有如別人抽香烟，只是消閒，教訓意味太重的，就受不了。

我們在都市住慣了的，老以爲印刷技術進了步，出版得很快，買書這件事，一定很容易的。那知，一離開大城市，就算在東南文物之邦打圈子，也還是什麼都買不到的。我上面說的這幾部頂簡單的書，第二級城市裏，已經覓不到了；只能自己帶着走的。那些城市中，頂容易買到的，還是昔時賢文，幼學瓊林，百家姓，千家詩之類。江西樂平，也算是交通便利的城市，百家姓，千家詩的銷數，僅次於小學教科書，難怪到了福建的浦城，莊子也變成了外國書了。有一天，一位憲兵問我：莊子是一部什麼書？我說：「有一首題壁詩，你看過沒有？那詩上說：『我有一首詩，天下無人知；有人來問我，連我也不知！』這就是莊子。」他想了老半天還是不懂。我說：「你不懂也罷！懂就是不懂，不懂就是懂。」

旅行中帶舊書，還有點便利處；在這個步步荊棘的世界，線裝書比較少些麻煩；（此時此地，當然又作別論。）一則，有前人替我們做了保鏢，不至於有革命的色彩，二則，他們腦子裏的反動派，都是近五十年間出來的，舊的總是正統派道理，想不到老子莊子也曾被前人看作是洪水猛獸的。

因爲這樣，有幾部書，就變成了我的血和肉了；心緒一不好，就抽出來看看讀讀，過過癮；古人所謂「不厭百回讀」，就是這一個意思吧！

從溫州的書店裏，買到了胡適的藏暉室劄記。（原由亞東出版，後來改由商務出版，稱胡適留學日記）眞是喜出望外。這部書，照理民國十二三年就該出版了，一直到二十八年才出版，姍姍來遲，大家望穿秋水了。這部書，早十五年前出版的話，至少可以銷幾萬部，到了抗戰第二年才出版，不僅一般人的情緒有了變化；運銷條件也受了限制。除了溫州，我走了那麼多的城市，沒見過第二次。

如著者自己所說的，這十七卷寫的是一個中國青年學生七年中的私人生活，內心生活，思想演變的赤裸裸的歷史。他自己記他打牌，記他吸紙烟，記他時時痛責自己吸紙烟，時時戒烟而終於不能戒，記他有一次忽然感情受衝動，幾乎變成了一個基督教徒；記他在一個時期裏常常發奮要替中國的家庭社會制度作有力的辯護；記他在一個男女同學的大學住了四年而不曾去女生宿舍訪過女友，記他愛管閒事，愛參加課外活動，愛觀察美國的社會政治制度，到處演說，到處同人辯論；記他的友朋之樂，記他主張文學革命的經過，記他的信仰思想的途徑和演變的痕跡。……作爲一個五四運動的文化導師，這部劄記，引人入勝之處甚多。其中選集了一些漫畫，顯得他的藝術修養之深。

這部書，就跟着我走了天南地北，許多朋友都看了愛不釋手。可是，過了七年，抗戰勝利了，商務本出來了，一般青年，由於社會環境的劇變；反應得非常淡漠，這種倒變成中年人愛看的書了。據商務中人告訴我：這種書，只銷了二千部；比我們所預想的，不及二十分之一了。胡適文存一集是權威的書，胡適文選是銷行的書，藏暉室日記，變成了落漠的書，那是始料所不及的。

選自曹聚仁《書林新語》，香港：香港遠東圖書公司，一九五四年十月

我的家

我好幾回說到魯迅的在酒樓上，這是我最愛看的一篇小說，這份淡淡的哀愁，正代表着我們中年遊子的心緒。他回到了自己的家鄉，「覺得北方固不是我的舊鄉，但南來又只算一個客子，無論那邊的乾雪怎樣紛飛，這裡的柔雪又怎樣的依戀，于我都沒有什麼關係了。」

這十年來的鄉思，添上了戰亂的氣氛，格外低沉些，無論「我的家在東北松花江上」，或是「你問我的家鄉嗎？」都是以極凄婉的調子開着頭；那位寫松花江上那首歌曲的無名氏，他就把亂離中悵惘凄迷百無聊賴的情緒表達出來了。不管家鄉是否值得留戀？懷鄉這種情緒是否落後或前進？這種情緒就在心靈底上生了根了。江文通恨賦，說：「或有孤臣危涕，孽子墜心，遷客海上，流戍隴陰，此人但聞悲風汩起，血下霑衿，亦復含酸茹嘆，銷落湮沉。」也就是「見故國之旗鼓，感生

平於疇昔」的情緒呢。

說到我自己的家，那是童年一切夢想與生活的溫床，雖說十五歲以後，一直在他鄉飄浮，可是滿天飛的鳶子，那條長線畢竟是牽在故鄉的泥土裡。「牛背陰晴入夢來」，在我是一句寫實的詩。到了夢中，總還是童年的我，跟三十多年前的好友，就在瀏源溪旁散步，望着水牛背的白雲，冉冉上升，幽幽降落，爲之神馳。我們家鄉有一句老話：「看到了掛鐘尖，快樂像神仙。」這句老話的範圍，一定很小，因爲要能夠看到掛鐘尖，就是那麼方圓二十里間的事；不過這二十里間的男男女女，遠道歸來，掛鐘尖是第一個親愛的故人，它就默默地站在那兒迎接我們了！

故鄉景物，就因爲連繫着我們的生命，不問多麼微小不足道的一竹一木，都讓我們永遠地懷念着。桓溫到了洛陽，看見了幼年時的庭樹，喟然嘆息道：「木猶如此，人何以堪！」這八個字，就那樣震顫着流寓江南人士的心弦！假使有一天，我們能夠回到幼年時代的故鄉去，掛鐘尖該多麼勾起我們的辛酸之感，梅溪長橋，竹葉潭影，連着橋塊的那幾株樟樹，一定讓我們低徊不能自已，愴然欲涕的！相傳張季鷹在洛，見秋風起，便想到吳中蓴菜美羹，鱸魚細膾，遂命駕便歸，這正是人情之常呢！

梁實秋先生記叙他的雅舍，說：「講到住房，我的經驗不算少，什麼『上支下摘』，『前廊後厦』，『一樓一底』，『三上三下』，『亭子間』，『茅草棚』，『瓊樓玉宇』和摩天大厦，各式各樣，我都嘗試過。我不論住在那裏，只要住得稍久，對那房子便發生感情，非不得已，我還捨不得搬。」這話就值得加圈；而他那「雅舍」，縱然不能蔽風雨，還是自有它的個性，有個性就可愛。這話更值得擊節贊賞！

我的家，要說第二個故鄉，不知從何處算起才是，也如梁先生所說的，處處有他的個性，有個性就可愛。算來住上海二十年，要算最久的了；可是那二十年中，有三分之一的歲月，住在眞如。（離上海七公里的一個小鎮。）而住眞如那七年中，開頭住在楊家橋一座樓房中，那樓房恰好臨河，垂柳成蔭，春日桃花盛開，麥浪起伏，田園之樂，自不可及。要不是恰好靠近了鐵道，不斷給火車震動了房屋，也算得十全十美了。門前恰好是一條鐵路的橋，人行跨枕木而行，下見流水，不免有些心震。我們走慣了，也毫不覺得什麼；可奈接連出了幾件慘案，有人中流起了彈震病，就給火車撞碎了屍體，有時想起，猶有餘悸呢！再遷到了一家姓楊的土房子裡，照形式上說，已經退回幾個世紀了；可是，住洋樓時期，我們和鄉民是分開兩個世界的，而今，倒彼此打成了一片，和鄉鄰相處得很好；這類溫情，就非洋樓所能享受的了。三遷，到了暨南新村的新房子裡，獨自成了院落，兩房兩舍，也可說是遂平生之願了。可是暨南內部，風波甚多，新村便是是非之場，精神上反而增加了許多莫名的苦痛。四遷到了小木橋頭，是一家姓梁的私寓，小橋流水人家，環境之秀美，得未曾有；只是房子舊了，每逢霪雨，到處漏水。房東時常也曾派工人來修理，修了一回，總是補了此角，漏了彼角，一直沒完整過；後來也就心安理得，聽其自然。直到一二八戰事，這一小橋流水人家，成爲理想的軍司令部。我的全部書籍衣物，就在那塲戰禍上蕩然以盡，我也就永遠放棄再住眞如的念頭了。而且，在那兒，又失落了我的一個心魂，成爲終身不能補償的損失，幾乎有十多年，不敢再看舊舍呢！

顯克微支的名作——燈台守，那位老人、思凱聞斯奇，「且或偶有感觸，輒懷故園，人亦爲之憔悴，如見歸燕及褐色小雀，山椒積雪，或聞哀歌，皆生是感。」後來讀波蘭大詩人的詩句，舊愛重生，重逾萬有，「老人之心，乃正乘此雲而歸故國。耳際聞松林搖動有聲，流水淙淙，如人私語，舊鄉風物，一一如前。」夢魂中未忘「我的家」也！這便是此日我們的心境！

在我的回憶中，杭州好似比所有到過的城市都親切些；「一半勾留是此湖」，在我却覺得還在「此湖」之上。我的學生時代生活，一半是在那兒過的；可是山水之美，原不是年青人所能體會；而今留在腦子裡的，貢院的牌坊，菜市橋的石級，里橫河橋的黑牆門，也都是和生活有關的多。到了民國十六年秋天，重住西湖，這才是大好湖山歸領管，這才懂得淡裝濃抹總相宜。大雪天，午夜月，清晨濃霧，這印象，一閉眼就闖入記憶中來。不問泉學園怎樣簡陋，文瀾閣怎樣陰森，回憶經營中，總是這麼甜美的；而且這味兒，也不是散文所能烘托，非有詩爲証不可的。第三回的西湖，跟戀愛穿插在一起，那更縈人懷念；勝利那年，我重到葛嶺飯店，便渾身發戰，更不必說西溪的蘆花，北高峯的白雲了。我的腦子裡，就有這麼一個個不同的西湖，也有種種濃淡不同的回味。好似整個西湖就是我的家，我的心魂，就浮沉在斂豔輕波之上呢！

梁實秋先生說到他的雅舍，（他在重慶流寓時的家。）說「雅舍非我所有，我僅是房客之一。但思『天地者萬物之逆旅』，人生本來如寄，我住『雅舍』一日，『雅舍』即一日爲我所有。即使此一日亦不能算是我有，至少此一日『雅舍』所能給予之苦辣酸甜，我實躬受親嘗。韋莊詞：『客裡似家家似寄』。我此時此刻卜居『雅舍』，『雅舍』即似我家。其實似家似寄，我亦辨不清。」此意蓋與王禹偁所說的「不知明年又在何處」的說法相近了！今後我們的家，究竟在什麼地方？目前也還無從說起，也許將來想到流寓香港這一段生活，格外覺得甜美呢！

選自曹聚仁《山水　思想　人物》，香港：開源書店，一九五六年九月

旅行

〔存目〕

選自曹聚仁《山水　思想　人物》，香港：開源書店，一九五六年九月

唐君毅

懷鄉記

王貫之先生出了此題目，要我寫。我的祖籍是廣東客家，我的家鄉是四川宜賓，但我半生都不在四川。在四川時，亦從小就住在成都。眞在我家鄉住的時間，合起來不過三四年。我現在只能一回想在四川的一些雜事。

成都是一有長遠文化歷史的城市，有不少的古蹟。這是人人都知道的。我數歲時的事，許多都忘記了。但是我總記得當時父母帶我游草堂寺，武侯祠，青羊宮的情形。無論是在諸葛武侯，杜工部，黃山谷，陸放翁，及老子的像前，我父親總是要我行禮。記得，一次在青羊宮八卦亭前，對穿黃袍的老子行禮。此事至今猶依依如在目前。我常想我到今日還能對中國古人，有一厚道的心情，去加以尊敬，亦許都由於在幼小時期，我父親對我這種教育。

成都住家，人都知道是一極舒服的地方。但是我並不喜歡成都人，與成都一般社會的風氣。四川地方太大。川西、川南、川北、川東，各是一風氣。川北人像北方人，比較堅苦篤實。陳子昂，陳壽，李白都是川北人。川東人更富於進取心，但商業氣息比較重。秦良玉，鮑超，鄒容，是川東人。成都屬川西，是司馬相如，揚子雲的故鄉。成都人以文采風流，聰明靈巧勝。川南人則比較敦厚富於人情。三蘇生於眉山，是上川南。嘉定以下是下川南。皆爲岷江流域。岷江流域，在宋代已出人才不少。清末如廖季平，宋芸子，趙堯生諸老先生，都生於下川南。我的家鄉宜賓，亦是下川南。宜賓位在岷江與長江金沙江之交。亦爲四川與雲南交通孔道之一城市。宜賓人作川滇間的生意，是有名的。宜賓有一條街名棧房街（即旅店街）。當一商人到雲南採辦貨物回來，便堆在棧房街之棧房，請棧房主人代其賣，他自己再到雲南去。棧房街之棧房主人，總是在高價時，才代其賣出。所以宜賓棧房街之棧房主人之忠厚有信義，亦是著名的。我想宜賓之名字，亦許即由此而來。

宜賓的古蹟，有弔黃樓流杯池。是蘇東坡與黃山谷同游之地。中國過去的古人，足跡無論到那裏，當地的人，都修建祠堂，加以紀念。如蘇東坡足跡遍天下，而紀念的祠堂，亦遍天下。我現在距我故鄉六七千里，然而想着蘇東坡曾作嶺南人。嶺南人至今仍紀念東坡，我亦便不覺距故鄉之遠了。何況內子亦是蘇東坡之小同鄉呢？

大概是我的七世祖，才由廣東五華到四川。據說他到四川後已成了孤兒。十五六歲，便爲製糖店傭工，因得主人信賴，借與本錢，後便獨立製糖，生意極好。糖由宜賓一直運出三峽。後來糖船翻了，乃在金沙江畔，購地業農。勤儉積蓄，在我四世祖，便有五六百畝田。我祖父一代才開始讀書。我父親十七歲，便入了學。民國以來，我家的佃戶的兒子，亦確確實實有兩個讀完了高中，其他亦都在讀書。中國過去的社會，是士農工商打成一片的社會，而不是階級壁壘森嚴的社會。我的家世，便是一最明顯的證明。本無階級壁壘的中國社會，偏要依馬列主義之公式，來製造階級壁壘，當然要弄得鬼哭神號了。

我的家在金沙江畔，與岷江長江相交處。長江的源，以前說是岷江。現在說是金沙江。蘇東坡說「我家江水初發源」。這話不對，他是住在岷江邊。我才可以說「我家江水初發源」。當然住在金沙江上流的人，更配說此話。不過我家距上流不遠，便是屏山漢夷雜處之區了。

宜賓大名戎州，又名僰道，初亦爲夷人所居。據說現在被迫入山之夷人，仍念念不忘宜賓。他們每日在天亮之前，都要教其小孩，以後要再回宜賓來。這事我幼時聽講，一方是怕，但一方亦非常同情。爲什麼不讓他們回來呢？後來長大，有機會碰見夷人，我總不勝其同情。一次，一有知識的夷人告我，夷人崇拜孔明，稱之爲孔明老子，直到而今。當基督教初到雲南向夷人傳教時，最初亦只好說耶穌是孔明老子之哥哥。這事當卽使我感動泣下，永不能忘。

我家距金沙江只數十丈，出門便可遙望江水。對江是綿亘的山。記得一次我父親在門上寫了一對聯是：「東去江聲流汩汩，南來山色莽蒼蒼」。這是寫實。金沙江最可愛的時候，是冬季，江水幾全涸了。江底露出，並無沙泥。只見一片黑白紅赭的石子，互相錯雜。遠望如一大圍棋盤。偶然聽見江上漁船歌聲。繞灣又不見了。我每當此景，便會想起錢起湘靈鼓瑟的最後二句：「曲終人不見，江上數峯青。」我在任何地方，都不能有更切合此詩之意境的情調了。

凡在中國農村生活過的人，都知道農村中一年最值得留戀的生活，是秋收時的嘗新，過年及清明時的上墳祭祀與到親戚家去玩。秋收時的嘗新，要先餵狗。因爲據說，穀子是狗帶來的。鄉中人是不殺狗不殺耕牛的。這一種對動物亦不忘恩的精神，眞是中國文化中最可貴的一面。記得幼年時吃飯，是不許掉一顆飯的。如掉了，必被祖母責備。而外祖父對此點尤爲嚴肅。當嘗新時，他更要對此事，諄諄誥誡。

我十六歲才回鄉，以前從未上墳，亦無祖宗之觀念。記得祖母在時，她從故鄉到成都，總是帶一本家譜。每見我無聊，便說你何不看看家譜。我覺非常好笑。家譜有什麼好看呢？而且我在十三四歲時，便看了新文化運動時反對跪拜的文章。故以後回鄉，亦不再在上墳祭祀時跪拜，若以此爲奇恥大辱。到我父親逝世，才知祭祀跪拜，乃情不容已。後來回鄉，便總要去上墳，晨昏亦親在天地君親師之神位及祖宗神位前敬香。我同時了解了人類之無盡的仁厚惻怛之情，皆可由此愼終追遠之一念而出。而我對共黨之清算父母祖宗，痛心疾首，亦由於此。

我十二歲半以前都在成都。十一歲時入高小，是成都省立第一師範附小。我記得每週星期一第一堂是修身，由省立第一師範校長祝屺懷先生親自教。國文是蕭中侖先生教。第一篇是莊子的逍遙游，第二篇莊子養生主。而且要我們背誦抄寫。對於高小學生，以莊子爲教材，現在人一定要以爲太不適合兒童心理。但是我對「北溟有魚」，「庖丁解牛」當時亦能感趣味。我後來學哲學，亦許正源於此。我在成都讀書時，我記得當時校長來與先父下聘書時，總是用一封紅封紙聘書，親自交與先父，同時還要作揖。據說再早一些時，校長還要向教員跪拜，表示代父兄鄭重將學生付託於先生之意。成都大成學校校長徐子休先生，躬行儒學，士林所宗。雖年逾七十，但對其校之先生歲數小三四十歲者，亦要親自跪拜。我於民國十八年第一次在成都教書時，校長較我長三十歲，送聘書時，亦向我三揖，使我當時大爲驚異。但到了民廿一年，我再回四川教學時，便莫有此風，只是校長親來一握手而已。到二十六年，我到華西大學教書，便根本未見過校長的面，而那校長，還本是我先父曾教過的學生呢。後來在許多學校教書，便是除了系主任見一面以外，每期由工友送聘書了。現在香港，便用郵政送聘書了。我不知道究竟是文化的進步呢，還是退步呢？

我與江水有緣。我生在金沙江岷江邊，讀小學，在成都之錦江邊，讀中學，在重慶之嘉陵江邊。金沙江水深，岷江岸濶，錦江溫柔，嘉陵江曲折多姿。我所讀重慶聯中在重慶兩路口駱家花園。在民國十一二三年的兩路口，不似抗戰時之兩路口之喧鬧，純是一片鄉村景象。石板路上的戴笠者，與路旁的涼棚賣茶，幾根甘蔗倚在案邊，處處顯得安閒，恬靜，而蕭疏。此校是川東書院舊址。禮堂上，尚有大成至聖先師孔子神位。學校之後有山名鵝項頸，其上可左瞰長江，右瞰嘉陵江，直上即浮圖關。當時之浮圖關，只有一座一座之牌坊與墳墓。夕陽古道，秋風禾黍。使人念墓下潛寐人，千載永不寤。當時正是新文化運動浪潮輸入四川之時，重慶首當其衝。共產黨之蕭楚女惲代英，都曾在該校演講。蕭楚女在重慶主編一報，口口聲聲要去掉五千年文化毒。當時國家主義國民黨，亦在重慶活動，但是我們學校的師生，都另有抱負。我所最難忘的是當時幾個十五六歲的朋友，都並不全隨潮流走，而要融貫今古中西。其中一個是和尚，後稱映佛法師。他當時亦在我們學校讀書。一個名宋繼武，他半年理一次髮，天天要改革社會。一個名游鴻儒，最爲特殊。他所穿的粗布長袍，只長到膝。他床上只有一硬被，堆滿了書，如二十二子之類。他眞以鴻儒自居。小小年紀，便看不起胡適之與陳獨秀諸人。他下筆千言，無事便靜坐，我眞自愧不如。他與我相約，每週讀宋元學案一學案，又以必爲聖人之志，與我相勉。但一次他回鄉再來。

他說路上看見人之啼飢號寒，心裏難過，覺宋明理學太莫有用，一定要從事實際社會政治事業。但一定要反對共產主義。於是他在校中組織了廿四人的團體，我亦在內。他另參加了國家主義組織。但我未參加。轉瞬中學畢業，在民十四年，我們同到北平讀書。但到北平，他的思想就逐漸的變左。先把名字由鴻儒改爲鴻如。後來他與宋君竟同參加了共產主義青年團，我亦不參加。因我當時雖贊成共產主義之社會理想，但已反對其唯物論。我提議先修正唯物論。他們對我大加譏笑。在北伐前，我亦算參加了國民黨。十六年到了南京，因左右派都在拉青年，我覺麻煩。遂成了討厭政治的不革命的青年。從此走到學術的路上去。直到而今，仍不喜現實政治。他們到了武漢。總寫信罵我不革命即反革命。我一時很傷心。曾寫信問：「難道不與你們同政治主張，便無友誼了嗎？」我記得清楚他們之回信，是「戰場上的人是不能相握手的。」我得此信，只有付之長嘆而已。但後來武漢清黨，宋君被捕槍斃。游君到了南京，仍躲在我處。他談到共黨內部鬥爭之情形，與他戀愛的挫折，再回想到他中學時之思想，於是矛盾苦惱，不能自拔，幾乎自殺。此時他十分感謝我對他之友誼，他說我使他再生。他後來亦對政治消極，回重慶去了。民廿一年我再回重慶後，再遇見他。又變成一談吐風生的人。我們曾重到一兒時舊游之地，茶館中談天。他忽然立在檯上，好似對我講演。他說「我當過青年黨，當過共產黨，當過國民黨，曾過儒家生活，曾過道家生活，亦曾讀佛書與西洋書，我現在要爲中國人建立一人生哲學，你可以帮我的忙」。當時我覺他態度有點好笑，但其志亦殊可嘉。後來分手了。隔三四年，忽然得他一信。說他爲了要建立人生哲學，必須對佛家之精神境界，求有一實證。故靜坐求證道，已入初禪定。但因一念矜持，着了魔，現已入肺病第三期，勢不能久。我記得他最後幾句是「帶孽以去，茫茫前路，不知何所底止。」並希望我在他死後爲他唸金剛經半月，因爲只有我了解他之一生。字跡一如平時，無一潦草之態。在他信後，有他夫人批了數字說鴻如已於某月日辭世，他死時不到三十歲，我得此信，眞是悲傷，感慨萬端，不知如何想起。我只有照他所說，爲他唸金剛經半月。我從他的事，既嘆息中國青年之死於政治鬥爭者不知凡幾，又了解中西新舊文化衝突的悲劇，與人心中之許多深微奧妙的問題。我在好多年總想到死友墓上一去，終未得果。回想在嘉陵江邊，同游的朋友多作古，或不知去向。現在只有那一和尚映佛法師，還在支那內學院（據說現在亦停辦了）。他隨歐陽無先生呂秋逸先生學佛學，二十年如一日。我後亦常遇見他，只有他能一直以一恬靜而悲憫的情懷，談論着當時的朋友們之死生憂患。但是他又何嘗知在此天涯海角，我在此作文紀念他們呢？

處此大難之世，人只要心平一下，皆有無盡難以爲懷之感，自心底湧出，人只有不斷的忙，忙，可以壓住一切的懷念。我到香港來，亦寫了不少文章。有時奮發激昂，有時亦能文理密察。其實一切著作與事業算什麼，這都是爲人而非爲己，亦都是人心之表皮的工作。我想人所眞要求的，還是從那裏來，再回到那裏去。爲了我自己，我常想只要現在我眞能到死友的坆上，先父的坟上，祖宗的坟上，與神位前，進進香，重得見我家門前南來山色，重聞我家門前之東去江聲，亦就可以滿足了。

人生半月刊　四十一*年一月一日元旦

選自唐君毅《人文精神之重建》，香港：新亞研究所，一九五五年三月初版；原刊一九五三年一月十六日香港《人生》第四卷第六期

*（編者案）「一」當作「二」。

梁羽生

看戲的和演戲的

卓別靈的「舞台春秋」的上演，在我的朋友中激起了一陣小波動，有趣的一點是：他們都依據着自己的思想感情來解釋這個「戲」。這裏有不少精采的談話，一位朋友說這是差利的「抒情詩」，是對人生美麗的頌讚；我同意他的話。另一位有更深刻的分析，他說：「雖然作品中的主角不一定是作者的本身，例如差利演過『大獨裁者』，而差利與希特勒或墨索里尼却絕無相同之處，但是在這個片子中，却像是差利的自白，差利對人生的看法與內心的精神多少是借卡華路而表現出來了。」他用了一個文藝理論上的名詞，說這是差利內心的「觀照」。

我想解釋一下什麼叫做「觀照」，順便要牽涉到文藝上所謂「看戲的和演戲的」理論。

「觀照」本是西方哲學家與宗教家的用語 Contemplation，後來移用到文藝理論上。它的起源是這樣的：希臘神話裏有一位日神叫做阿波羅，據説「他高踞奥林匹司山頂，一切事物藉他的光輝而得形相。他憑高靜觀，世界投影於他的眼簾如同投影於一面明鏡。」用在文藝理論上說，就是勸作者像日神一樣，明澈的「觀照」這個世界。

到叔本華就把這種「觀照」的態度，更爲闡發了，他說人生本來是痛苦的，怎樣「解除」這種痛苦呢？只有「由受苦的地位移到藝術觀照的地位。」這意思就是說：把人生種種的遭遇，當成是一場戲，自己則當成看戲的人。甚至例如你失戀了，你也可以從痛苦的失戀者的地位，退成爲旁觀者，來欣賞這一場「戀愛的悲劇」，雖然在這場悲劇中，你自己也是一個主角。根據叔本華這種説法，一些美學家便主張文藝作者應是「看戲的人」，而一切芸芸衆生，不論王侯卿相、販夫走卒，都是「演戲的人」，在大千世界的舞台上演出種種悲歡離合，苦惱恩仇。

「舞台春秋」中，差利的佯狂，把世界當成一個大舞台，好像「超脱」於芸芸衆生之上的態度，是有一點近於這種「內心觀照」的藝術觀的。（當然這只是「舞台春秋」的一面而不是全面，要不然我們就不能説差利基本上仍是熱愛世界了。但，雖然如此，我們還是要指出這一面的。）

這一種所謂「觀照」的情感，我相信年青的朋友們是不會有的，但舊知識份子却很容易受他的感染。這與中國的老莊思想，有若干是合拍的。莊子所謂的「心齋」，要人「無聽之以耳，而聽之以心。」這就與「觀照」的態度極接近了。中國的老莊思想，演變下來，接受了佛教的影響，更使得這種「超然物外」的思想擴大。「佛地經論」（一種佛教經典）説要到「禪定」的境界，才能夠「起智慧」。禪定的境界，就是像希臘神話中日神那樣「明澈觀照世界」的境界。中國的舊讀書人，受老莊、佛家的思想影響極大，我記得于潮有一本很流行的書「方生未死之間」，其中的主文就是批判這種思想對知識份子的影響的。

其實這樣的寫作的態度是要不得的。假如這些作家去寫工人的生活，他也可能像單純的映相一樣，把工人的苦痛描畫出來，但由於他完全站在旁觀者的地位，這作品就無法深入，止於現象的羅列，而接觸不到本質。正如差利的許多戲，提出了問題，却沒有解決問題。

一個作家要以愛去擁抱人類，擁抱世界。而不是站在看戲的地位來看這世界。事實上一個人也不可能純粹站在看戲的地位的，假如你明天就沒有米煮飯了，試問你還能自我「欣賞」沒有米吃這種悲劇嗎？

署名馮瑜寧，選自馮瑜寧《文藝雜談》，香港：自學出版社，一九五五年七月

一位記者的舊詩

在學校唸書的時候，我就讀過陳凡的詩，不過那不是舊詩，而是他用筆名周爲寫的新詩，印象並不深刻，讀過也就忘了。說實在話，當時對「周爲」的新詩和散文，我並不喜歡，文字是幽美的，但却有太多的憂鬱的情調。那時我還只是十多歲的毛頭小伙子，那種蒼茫的心境，我是無法理解的。後來我到了香港，和陳凡兄開始認識，知道了周爲就是他的筆名，我曾坦率的談過我的感覺，他說：你所讀過的周爲的作品，都是在解放之前，最黯淡的年月寫的，那只是一種苦難的記憶。是的，在舊中國苦難的日子裡，許多詩人都感到「寒冷」與「憂鬱」，像何其芳就寫過像「畫夢錄」那樣傷感的散文詩，又怎能單單怪「周爲」呢！

對「周爲」的憂鬱我是「諒解」了，但却還不知道陳凡兄會寫舊詩。直到有一天，在報上讀到

他悼費穆的兩首詩，感情眞摯，感慨遙深，才知道他在舊詩方面，也有頗深的造詣。那兩首詩都是七律，抄錄一首如下：

「識君鬱鬱小城春，才調風華世鮮倫。
交似忘年輸十齒，心傷小別未兼旬。
蒼茫肯信人間濶？寥落尤知故舊親。
流水高山殘譜在，鍾期去後更誰珍！」

費穆先生是一位極有才情的導演，他的電影有深厚的中國文化氣息，「小城之春」是他所導演的一部片名，這部電影只有五個人物和一隻小狗，然而經過費穆先生天才的導演手法，非但一點也不感到單調，而且整部電影就有如一個詩篇。「識君鬱鬱小城春」，所指的就是這部電影。

陳凡兄是位記者，對國民黨舊官場知道得頗多，對國民黨的消極抗戰特別憤懣和感慨，一九四四年湘桂疏散時，他有一首絕句道：

「湘灕嗚咽接黃河，長袖斜眉自舞歌；
後主風流傳遍日，江南隙地已無多！」

湘桂撤退在國民黨河南大敗之後，所以有「湘灕嗚咽接黃河」之句；那時蔣介石正和陳立夫的姪女熱戀，宋美齡因此一怒而去美國「醫病」，這段「內幕新聞」，作爲記者的陳凡是早就知道了的。「長袖斜眉自舞歌」，「後主風流傳遍日」兩句，所指的就是這一件事。

抗戰後期陳凡兄在重慶幹新聞工作，眼見國民黨讓日寇長驅直入，對着賸水殘山，他又作了一首七律道：

「雲暗高城雨滿樓，嘉陵東望淚盈眸。
近來不必窺明鏡，此去應知漸白頭。
兒女貧時如宿債，江山劫盡剩鄉愁。
年年歸夢隨春水，都未因風到廣州。」

抗戰勝利之後，解放之前，他在廣州。一九四七年曾一度被捕下獄，他有一首「出獄後題友人山水卷」的詩題：

「傍水依山絕俗塵，老松為伴竹為隣。
我願桃源作鷄犬，奈何無計避嬴秦；」

同年，他到西湖，又有一首絕句道：

「曾記當年別灞橋，離愁幽恨未全消；
可憐秋後身如燕，更羨誰來惜瘦腰！」

讀這首詩的後兩句，我聯想起一個故事。以前有個秀才上京考試，為了所戀的一個名妓給人奪去，大病一場，考試當然也失敗了。他的父親很生氣，但一見他的詩稿中有「自憐病後輕如燕，扶上雕鞍馬不知」兩句，便道：「唔，有這兩句好詩，還可以恕你！」我不知道陳凡兄那兩句是不是由這兩句觸發的，但其同為好詩則一。不過那位書生是為失戀「瘦腰」，而陳凡兄則是因家國而瘦腰，這其間却是不應拿來相提並論的。

引了陳凡兄幾首離亂之作，現在應該引他一首歡樂的近作了。今年夏天，中國民間藝術團來香港演出，他有一首「觀荷花舞」的律詩道：

「盈盈細步點螺紋，香鬢微涼辟俗氛；
羅袂飄飄疑有夢，胭脂淡淡似無痕；
最宜明月銀星夜，若怯清風玉露晨；
忽報淩波歸去也，宓妃曾否是前身？」

這首詩情調意境都很美，讀之眞是可「辟俗氛」！

選自百劍堂主、梁羽生、金庸《三劍樓隨筆》，香港：文宗出版社，一九五七年五月

阿甲（陳凡、百劍堂主）

鄰

新搬了一個家，住在三樓上。坐南向北，有一個大玻璃窗，西邊也有一個，不過不及向北的大。從向北的窗望出去，可以看見大海；從西邊的窗看出去，緊貼的就是鄰家。

望北，視野遼闊而遠；臨西，則迫接市聲。當我從鬧市中帶着疲倦回家，我愛打開面北的窗，看澄碧的海，看海岸邊的街道房舍，再遠就看在都市外圍的如屏如垣的青山。但當我感覺得過份靜寂的時候，我却喜歡打開西窗。所謂靜寂，不一定是萬籟無聲的時候，而是另一種時候，比方，萬一有機會一連放了兩三天假，生活的繁樂一時像是停奏了，就在這種時際，往往會對人世的喧鬧特別有好感。

因爲都市的房子是依山而築的，由山麓到山腰，一層一層。我家的背後，有高出我家之上的房子，同樣的，我住的房子也就比前面的房子高。好處是視野無礙。但居高瞰低，窗外二十尺就是前鄰的煙囪，早晚有裊裊炊煙，如果吹的是北風，我住的房間很容易便分享到它的「餘芬」，几席之間，每天總得拂拭幾次。起初很有點煩惱，後來想想，住在我背後的房子裏的人，何嘗不是又對着我們的煙囪呢！

廁身於數百萬人的城市中，以一室作自己的天地；但人究竟是不能自己過活的，所以終究還是覺得離不開你週圍的人羣的時候多。你既不能獨居於山巔，你就要有鄰人；你有鄰人，你就得設身處地地與鄰人好好地相處。

選自阿甲《抒情小品》，香港：晨風出版社，一九五五年十一月

質樸

這兩天乍晴乍雨，眞令人煩膩。出門時看天，本來是好好的，但是還等不到回家，却又使你埋怨自己忘記帶傘子了。不由得想起廣東人的兩句俗諺：「春天寡婦面，一日三時變。」說給朋友聽，他甚爲欣賞。

民間文藝的一個特點是質樸生動，綴詞造句，用的多是在日常生活中隨處可見的材料，故特別親切近人。比方在水上居民中流行的「鹹水歌」，有些就很有文學價值。我記得有這麼兩句：

「甕菜落塘唔在引，

兩家情願使乜媒人。」

「唔」，是「不」的意思；「乜」，是「甚麼」的意思；「使乜」，就是「用甚麼」的意思。「甕菜」

則是一種可在水田裏繁殖的菜，只要一得到水，便繁殖得很快，用這來形容男女感情的相向發展，是很適當的。

另兩句更爲具體生動，比喻貼切：

「苦瓜攀藤上蔗尾，
又甜又苦點願分離！」

「點願，」就是「怎願」的意思。用這兩句來形容戀愛的情味，則簡直可以說是情文並茂了。

選自阿甲《抒情小品》，香港：晨風出版社，一九五五年十一月

訪友

這幾天的天氣像一個脾氣頂壞的母親，你依她也不是，不依她也不是。她希望你一天蹲在家裏，可是她又說不出甚麼大道理。在這樣的時候，我覺得只有兩事可爲：其一是在家裏讀書，其二是去訪朋友。

在這樣的天氣中，你要訪便去訪那些不必預先去約的朋友。他可能是住在筲箕灣的小山上的，甚至可能是住在香港仔將要拆遷的舊樓裏的。你或者說，在風風雨雨的日子，到那些地方去找人，

未免太跋涉了。如果你眞有這種想法，可見你對於朋友的需要還不算迫切，出門的必要當然也就談不上了。

你不要以爲筲箕灣沒有値得一去的地方，那些建築在小山上的石頭小房子，也是蠻有風趣的。那些地方房租便宜，正適合於一些袋裏貧窮，腦中富有的朋友的選擇。那裏的惟一好處是居高臨下，從窗口望出去，大海就在眼底，風雨中蒼茫浩渺，氣象萬千。朋友見了你來，就把床上的東西整理整理，讓你坐下。他自己則把滿地的書疊在一起，作爲臨時的櫈子，和你對談。可能他還有一點新茶，就在房子裏燒起水來。你們隨便談談，就送去了一個下午。香港仔雖然不是一個乾淨的地方，牠的特點之一似乎只有那股撲鼻的魚腥味。如果你也已嗅到了這一股味道，那你也就可以想到那裏的海鮮。那麼你在到達朋友家裏之前，盡你的能力去買一兩尾，然後去敲朋友的門。其時你的朋友可能還在擁被看書，他或者會問你：「這樣的雨天你竟然來了？」你可以說：「忽然想到要來同你喝酒！」於是你們開始一面張羅，一面談話，可能就一直談到夜分。

去訪朋友固然是很有興味的一件事，朋友來訪也同樣是一件很有興味的事，有時碰着了「相訪」則更是有興味的事。比方，當你正要出門時，朋友忽然來個電話，他問你：

「爲甚麼你不來看我呢？」

「現在我正在想。」

「告訴我你想甚麼？」

「想香港有海底火車。」

「爲甚麼？」

「讓我到你家裏來煮咖啡，來陪你聽風聽雨。」

選自阿甲《抒情小品》，香港：晨風出版社，一九五五年十一月

乾亨行．楊衢雲

〔存目〕

署名百劍堂主，選自百劍堂主、梁羽生、金庸《三劍樓隨筆》，香港：文宗出版社，一九五七年五月

李　素

兩座塋墳的啓示

——壯美與崇高

在清明掃墓時節，很容易想起了生死問題，這是不祥麼？其實是警惕吧。看到墳墓，思潮便不能靜止，想到歐文寫的「西敏寺」，同時腦袋裡擠滿了許許多多墳塲的情景，但都是模糊的。

我在北平時去遊過十三陵（明陵），只記得有好些一對對的石人和石馬，一座座的大廟，獲得一個宏壯，舒徐，曠遠的印象。雖然我在南京也住過一年，却因身體上的不便，竟沒有拜謁過中山陵，只看過電影與圖片。沒有親自到那地方，究竟引不起什麼實感。現在山遙水遠，更不知什麼時候才能去瞻仰一番了。這難道不是一件憾事麼？

至於港九的墳塲雖然各有不同，但在記憶中也是不十分清楚的，只有跑馬地某墳塲那副不妙也妙的對聯：「今夕吾軀歸故土，他朝君體也相同」，却並沒有忘掉。

從前在捷京普拉格時，曾經參觀過總統府旁邊的大教堂裡的墓室，裏邊擺着許多不同欵式，不同花樣，或大或小的銅棺和石棺，棺裡鎖着的都是王族的遺體，其中也有忠臣和名將。

在維也納，我看過另一欵式的墓堂，那是在教堂底下陰暗的地窖裡的。購門票後，由一個教士引導參觀。地下室已够陰森悽慘，又由穿白長袍的人持燭引路，過了甬道在進口處一眼望見那些古舊的銅棺時，眞不禁毛骨悚然！到了裏邊才有亮光。這兒規模比較宏大，差不多整個哈斯堡王室的棺柩都在內，間有不在的，也代之以「心棺」或「衣冠塚」。被人行刺因而引起第一次世界大戰的斐廸南大公的血衣，也陳列在玻璃櫥內。哈斯堡曾是歐洲最大的王族，除奧國外，兼曾統治匈牙利、捷克、波蘭、羅馬尼亞、猶哥斯拉夫、西班牙、荷蘭、比利時及意大利等國，它的權力甚而伸展到美洲。而且瑪利亞．泰利莎女皇，又像維多利亞一樣，兒女衆多，歐洲許多帝王都是她的王親國戚，故這墓堂中擠着許多棺柩，分行密密地排列着，有些特出的帝皇則佔着顯著而寬濶的位置。

最引人注意的是泰利莎女皇與皇夫的雙人巨型銅棺，棺上有他倆的銅像，四角也有銅像，周圍都是極精美的雕刻。在另一位某王后的脚旁，放着一口很小的棺材，據説是因難產而母子都死亡了的。在我的記憶裡，情形彷彿如此。總之那墓堂裏埋藏着無限過去的名利權勢，富貴尊榮，而遺留給遊客的衹是國家興亡之感，和謎樣的人生意味，混在模糊的印象中吧了。

至於印象深刻地長留腦海永不磨滅的，恐怕是巴黎昂華烈中的拿破崙大帝墓，和普拉格附近的蘭尼村的馬薩力克總統的墳地了。

昂華烈（Les Invalides）這座內圓外方的建築物，高達三百四十五尺，四層樓上蓋着高高的圓頂，圓頂之上是個方亭，方亭上面是個尖塔，尖端又豎着一個十字架，聳立在雲天裡。若從鐵塔上眺望，這座房子顯得很近，與凱旋門一樣引人矚目。拿破崙墓就在這個圓頂之下的一間圓形大廳的中心。

想起了拿破崙的墓，誰能不想起他對於法國，並間接對於世界的影響？他以二十六歲的青年，因曾助卡爾諾驅逐英人出都浪，並曾平定巴黎最後一次羣衆暴動，便一躍而享盛名，十年內成了法國的獨裁者，漸漸的更進而充當歐洲的主人。他由將軍而執政而皇帝，東討西征，開疆拓土，看他縱橫馳騁，多麼威武！

他不僅是一個英雄，而且是經濟家，政治家，外交家。他改良了幣制，興設學校，對當時與後代都有重要的貢獻，尤其偉大的是，他編纂和改良了法典，這部拿破崙法典，至今仍具極高的價值。

現在我彷彿仍站在那寬廣的圓廳裡，地上是那彩石砌成的巨大花圈，內圈還砌着八塲勝利的戰役的名字。圓廳的周圍有十二個巨大的塑像，各靠在一座寬厚的石柱前面。石柱背後是走廊，廊壁上雕刻着一幅幅勝利戰役的塲景。石棺放置在地上花圈的中央，長十三呎，寬六呎半，連底下墊着的石台共高十四呎。棺材是由整塊的紅色花崗石鑿成的，石台却是綠色花崗石，紅綠相映，照在由圓頂上面射來的光綫之下，更顯得金碧生輝，不須花巧，自見莊嚴鞏固，穩重有力，正象徵着他的生命與威名。過了圓廳到右方，還有拿破崙二世和福熙元帥的銅棺，及其他等等，都一樣的會成爲珍貴的史蹟。

我總覺得祇憑成敗和功罪，實不足以衡量一個眞正的英雄，因爲用以評定功罪敗的標準，是可能跟着時代變遷的。我所景仰的却是他那凛凛英風，和堅毅的精神。換言之，便是那磅礴的氣概，亦即從或成或敗，或功或罪的言行事跡裡所表現的一貫的勇毅。他說過，「困難」這字眼祇存在於愚人的字典裡（大意如此）。所以他能飛渡高山，跋涉長途，斬釘截鐵，叱咤風雲，這沛然的魄力，這不屈的意志，是超乎成敗功罪以外的，也是永遠鼓舞人類前進的動力。滑鐵盧一役衹打垮了他的軍隊，俘獲了他的軀體，却無法毀滅他的雄心。我每逢憶起拿破崙的光澤瑩淨多彩的墓塚，心中便漲滿無限壯美之感。

同時我又不能不聯想到一個最尖銳的對照：

那是一個最平凡，簡單，質樸的墓墳，位於波希米亞的卡拉德奴小城附近的蘭尼村的鄉村公墓中。它衹是一座低矮平坦的四方土台，因爲是夫婦合葬的雙塚，所以較普通人的墳墓畧爲寬濶，台面和四周都長滿了青草，台的上端那一面是矮牆，整個都是許多鴿籠似的方格砌成的，格子裡藏着一副一副年久的屍骨。還有三面是用低矮的木柵圍着，木柵距離土台約四五尺。環台有一條小路，路與木柵之間種了些花木。

誰會料到在這塊寒傖的青草方台之下，埋藏着的竟是一代偉人，一國元首的忠骨！

這位馬薩力克是捷克斯拉夫國的開國元勳，是第一任總統，是學者，哲學家，政治家，是他本國的精神上與政治上的領袖。爲要使國人從哈斯堡權力壓制之下獲得自由，在第一次大戰時，他曾以六十四歲的高齡，離家別土，逃亡國外，努力奮鬥，從事民族運動，使協約國方面承認捷克與斯洛伐克自由的權利，並曾自俄國的戰俘營中，爲協約國建立了一支捷克軍隊。一九一八年十月二十三日在美國菲拉德菲亞開會時，他代表捷克人和斯洛伐克人爭取自由，終於達到了目的。

他說過：「民主政治不僅是一種政治制度，主要的却是一種道德制度。」他也曾再三向世界各國警告，他說不論在國內或國際間，都衹有徹底施行人道主義，纔能獲得進步。這眞是不朽的名言。他是著作家，思想家，又兼是實行者。他研究過許多國家的生活與政治，寫成的「一個國家的建立」，簡直可以說是民主政治的良好課本。他能以個人的思想去形成國家的各項政策，並且深刻地影響了國人，受人民愛戴，可見他的明達睿智和人格力量的偉大。他在總統任內，常獨自步行於普拉格城中，與平民無異。當他逝世時（一九三七年九月十四日）全國人民都像死了父親般悲痛地哀悼他。

雖然這位捷克國父的生平事跡與功業，也許遠不如拿破崙的顯赫動人，不足以震爍古今；但他畢竟仍是捷克的偉人，他對捷克的貢獻，將永遠受他的人民感戴。

雖然「偉大」衹是個形容詞，也是抽象名詞，並沒有標準的尺度，所以無從評定拿破崙與馬薩力克的高下；可是，在我心目中，後者却比前者純正而高貴得多，也使我們加倍地景仰。

據說是遵照馬薩力克本人的遺囑，把他葬在這幽靜偏僻的地方，不立墓碑，也不留姓名，衹墳頭有一方小石墩，上面放着一盞黑色的風燈。於是這個連碑石也沒有的無名氏之墓，就比普通的墳墓更平凡了。我猜想他因生前曾眞誠地以國民的公僕自任，太愛他的國家與人民了，故不願意他們勞力傷財去裝飾他死後的遺骸。他生前衹知爭取和謀求國家民族的自由與福利，衹知克盡職守，達成人生的使命，沒有個人的權力，榮譽，利祿的觀念，所以覺得生前既不居功，身後何必留名。他是抱着「淡泊明志，寧靜致遠」的人生態度的吧？

馬薩力克雖然無意於留名後世，也不希望後人去追憶憑弔，然而他的國家與人民却因此更加感念和崇敬他。在那墳塲的一角，離他的墓地不遠，建築了一座簡單小房子，專爲貯藏遊客留名簿，滿屋都是遊客致送的各國旗幟，花圈或花束上的飄帶及簽條，眞是五色繽紛，好看極了。據負責看守的人說，除了暴風狂雨的日子，幾乎每天都有人去瞻仰。遊客當然以他本國的人民居多，但來自遠方，來自世界各國的也不少，在晴和的春秋佳日，在週末，或是節日與假期，遊人便絡繹不絕，專爲來看這一方沒有墓碑的淺草平台。

我去瞻仰的時候，是一九四八年的秋大，那時馬薩力克總統陵墓貼近右旁的地方，已經添了一個同樣簡樸的新墳，那是他的兒子小馬薩力克的，他是當時的外交部長，因爲共黨執政後他仍爲外長，却發覺不能和共黨共存，左右爲難，無法立足，自知上當，只得跳樓自殺，回到這寂靜無愁的地方，永遠陪侍他的雙親。

我回想當我站在那最平凡的墓塚前邊的時候，我似乎覺得它四周發散着慈祥的氣氛，射出聖潔的光芒。我對眼前的一片單純與質樸，衷心地欽佩敬仰；因爲馬薩力克總統以開國元勳，功在民族的一代元首，竟能忘懷榮辱，超乎功利，生死不渝，爲做人而做人，這豈不是人類道德最崇高的境界嗎？儘管有人認爲他的功業與威名比不上其他偉人與帝主，我却覺得他那眞誠的謙遜，徹底的廉潔，來去清白，一塵不染的高風亮節，實在是近世所罕見的。就這一點渾然無我的至善之心，已是獨絕千古，永存於天地之間了。

是的，我每逢憶起拿破崙的光澤瑩淨多彩的石塚，心頭便漲滿了無限壯美之感；當我聯想起馬薩力克的質樸平凡的無名之墓時，却使最凡庸渺小的我，也似乎超出了塵俗，胸中湧起了一縷崇高的意念；這意念，縱然只發出一閃的光輝，也已經在這刹那間照亮了黯淡的靈魂。

選自李素《被剖》，香港：人生出版社，
一九五五年十二月；原刊一九五五年七月一日香港《人生》第十卷第四期

最初一課

〔存目〕

選自李素《被剖》，香港：人生出版社，
一九五五年十二月；原刊一九五五年九月一日香港《人生》第十卷第八期

思果

胃病

這麼多年來我患着胃病，無怪我怎麼樣想擴張我的胸圍，增長我的臂肌，全成了泡影。章質夫說送酒，書至而酒不至，東坡有句云：「豈意青州六從事，化爲烏有一先生」。我舉重，俯撐，單槓，啞鈴，全玩過，練來練去，還是清瘦，什麼工夫都化爲烏有，其失意正有些像東坡的。在雄赳赳的壯夫面前，我不免要記起佛家戒貪的話來，而且天主於人雖看似厚薄不同，實在想一想，也是這一方面欠缺，另一方面有補償的。當面精神上的壓迫當然比起眞正的受罪來並算不了一回事。胃病發作，多少次我無法安眠，闔上眼就做起噩夢來，醒來反更疲憊。我的夢神秘而離奇，永遠無休無止，因此白晝就會頭目沉重而昏昏欲睡，坐在辦公室內最爲難堪受窘。痕特（Leigh Hunt）有段妙文說一個人打盹的情景：「在貴婦一旁坐着顛頭簸腦打盹；或者有把頭擱在果盤裡或男主人的臉上的危險；或者一下醒來，對一隻叫着的狗說出『就是這樣子』；或者對胳臂肘旁立着的黑人說『夫人，不錯的』」。胃部的不和雖然不是致命的毛病，可是終身和我作伴，眞是够討厭的了。

可是我一查點胃之有病竟是最合算的，假使一個人被迫在許多種慢性疾病的當中揀一樣的話。在這些「終身伴侶」當中最普通最致命的要算癆病了。米爾騰有句云：——

我身爲我墳，運行無定所，

是盲目以後有感而作的，我可沒有此感。胃比起肺來組織要粗得多了，雖然胃也是最主要的器官之一。胃可以消化些食物，可是消耗體力遠不如肺的利害。患了胃病可能長壽，這也有原因的，原來胃一弱了，體力沒有平常人那樣旺，不免多攝生，便多活些日子。我只要享受些歲月，少吃些又要什麼緊？不是肺病，英國的柯以慈（John Keats）不知有多少好詩要留給後代呢。

至於心臟病，猝發能够立刻取了性命，比那算着日子要離開人間的肺病還要可怕。幸得現在醫藥發達，這些病可以治療，不用怕了。誰沒有那「不可免的一刻」？可是倘是變生不測甚至連準備都來不及可就受不了了。當然也有聖賢人物在死前沒有辦好手脚如天主教的人最後懺悔等，可是猝死只有在戰場才能相稱，那原是沒法防止的。否則誰不喜歡把遺囑寫好，甚至如何安葬，用什麼棺木衣裳都可以吩咐清楚，省得兒孫爲難；或者彌留之際還可以立下家訓，讓孝子賢孫深刻地記住，在守禮時含淚告訴遠道來奔喪的父執或至親去聽。布盧爾牧師（Rev. Brewer）的出名的字典中就記下所有名人臨終的遺言，看來眞是有意思，這些人當中多半遭受極刑可全不是中風或是突然身故。第一個照字母次序排下的人是美國第二任總統亞丹姆士，他的話是：「永遠獨立」。最末一人是波希米亞地方赫斯（Huss）一派人的領袖西司卡（Ziska），他的話是「把我的皮爲了波希米亞的原故拿去蒙在鼓上吧。」這人一生善戰，到臨終不忘軍旅。中間的人物有極出色的話：安波林，就是亨利八世的第二任皇后說：「我相信劊子手是個行家，而我的頸子又是很細的。」哲學家安納沙高拉斯（Anaxagoras）設有一個學校，臨終時別人問他想些什麼，他說：「放孩子們一天學吧。」不能顧全道義的貝肯（Francis Bacon）臨危時說：「後世外邦怎樣議論我，要看他們是不是慈悲爲懷了。」可憐的貝多芬臨死時說他在天上就復聽了。狄更司死時他的一個親戚立在一旁，叫他躺下。狄更司說：「不錯，躺在地下。」大將漢尼拔臨死時說：「讓我們用一個衰老的人的死亡，免羅馬人於憂懼吧。」多麼自豪！聖勞倫斯（St. Lawrence）是給烙死的，他死時說：「暴君，這一邊已經烤够了，把我翻個身吃吧，看看我的肉是生吃好還是熟吃好。」這景象眞够慘的，像這樣，也只有這樣，心臟病猝發才爲人所偏愛。

不去管這些，再看看哮喘症，這眞是苦不堪言的病症，人總在呼吸的，人工肺也沒有不用消化的食物那樣價廉易於備置。而且藥到胃裡比到肺裡容易些，有哮喘病的人只有到南方溫暖的地方來住好些，可是有些人終身只得住在北方。

一個人有了難以根治的症候就不知不覺常會想到不治的時候。這是件有益的事。慳比斯曾說一個人偶有災難並非無益。我認識很多胃有潰瘍的神父和主教。聖德肋撒（St. Theresa）年紀輕輕就病的很重，直到最後一刻都能忍受，一絲不怨。每次我的胃病發作，就等於聽神父講道，一切驕氣就下去了，妄想消除了。布拉摩（Richard Doddridge Blackmore）有詩云：

> 即使最純淨的歡愉也成無味，
> 權力到此無能，驕妄到此減退，
> 最親密的友愛全變成無所謂，
> 但主之光耀才是萬物的一切。

一到胃病發作，這些句子就到我的心頭了。我爲人很仔細，生怕傷了人家的感情，對人又極有同情，這是自己多病才有的。我往日飲酒逾量，可是患了胃病以後即使遇着最好的酒也不會飲得太多。節制不是對人很有益麼？胃病由飲食失調而起，是吃出來的。有一位名醫説過，「大家吃一樣的東西，何以你會有胃病？」問得有道理。因此藥石對之無靈，解鈴還倩繫鈴人，吃壞了或生活方式不合要從吃和生活方式上去矯正。我曾經試過許多醫生，什麼東西都依囑吞過——有一次吞下一枝皮管，包着銅的嘴子，是爲抽胃液用的。我還記得我完成此一壯舉的恐怖和憎惡，又嗆又嘔，喉頭的血都刺了出來。我起初急於求治，盲目問津；可是現在我敢下一個安全的結論，就是假使我注意飲食和其他生活法則，我的胃會自己照顧自己的。自然法則勝過一切治療。

當然有許多快樂我是享受不到的，如和人打架成爲英雄人物等等。不過他們那些赳赳武夫也有不利之處。有許多人很容易發胖。過重的人不敢多吃，好像稻草吞下都會變成脂肪似的。特別是女太太們，又白又胖，連花生米都不敢嘗。我因身子不結實，運動從不間斷，渾身雖瘦，肌肉堅實，年近四十，一日能走八九十里路。我和孩子們打籃球還能跑一兩小時，次日通身沒有一些酸痛。我經常每日伏案十二小時。倘不是因有胃病恐怕我做不到這樣。蒙丹納有句戲言：「我們既不能做大人物，且來嘲笑他們一番吧。」我並不是説人人要生胃病，不過既生了胃病，只有儘量想法補救而已。

美國明星葛非爾（John Garfield）三十九歲身亡，我讀到那條新聞非常驚異。看過「肉身與靈魂」一片的人總該記得他那結實的身材吧。雖然長壽和筋骨有力是兩件不相干的事，他總死得太早了。到永齡的一條路是迷路，造這條路的人是個莫名其妙而荒誕的傢伙。一想及人生如夢就會令人珍惜眼前的片刻而貪戀生命，延長生命。可是自殺、謀殺、改不了的胡作胡爲，還有製造出來的戰爭，正向人們對長生的努力嘲笑！努力保持健康吧，想過快樂日子吧，可是戰爭等等却漫無目標的施行集體摧毀。

藍穆說「我愛青綠的大地」，某詩人說「人生的酒我還沒有喝够」，讓我仿米爾騰的口氣說「胃病乎，汝苟致我天年，我生與汝俱」。

選自思果《私念》，香港：亞洲出版社有限公司，一九五六年

我拾到一把鑰匙

我拾到一把鑰匙。當然正當的手續是登報招尋失主，等他來交給他。但這事是很麻煩的，而我又很忙碌，無暇去辦。想了一下，我把這把鑰匙仍舊放在原來的地方，讓別人去辦吧。

這當然不能算是不對。雖然我想起別人也許拿起來作爲己有，並不設法交給失主。我的次一個念頭是這把鑰匙誰拾到了也沒有用，而失主呢，也不會再去找它，情願找個銅匠另配一把。

由這一個念頭我又想起世界上原有許多東西你也許是少不了的，而於我則絲毫無用。學例說，你是個近視眼，你的眼鏡是一刻少不了的，但我拿來就沒有用了。經濟學上「限界的效用」（marginal utility）的發見本該叫人們滿足，但近代文明似乎又否定了限界的效用，使人貪得而把

別人急需其實於己無用的奪取過來。

我現在假定我是個百萬富翁，試擬我的需要如下：

我絕不能每天吃十隻鷄蛋，兩隻鷄，五磅牛乳等等。我發見我經濟情形的好壞對我食物的影響並不太大。我賺三百元一月和一千四百元一月時所吃的東西相差很有限。我每天如果經濟許可，我要吃兩隻雞蛋，一隻橘子，一磅牛乳，還有就是米或者麵包以及佐飯的任何菜餚。計算起來大約要花三塊錢上下。超出這個數目就對我的腸胃無益對身體有害了。

我的衣服已經够穿，最多再添兩套西服以備赴宴就行。衣服本來是愈多愈好，但多了衣服也多了麻煩，要曬要刷要收藏要防蟑螂。最聰明的辦法是過些時做一套好的衣服以後穿壞就算了。這一項費用每年估計約三百元。

我想住得舒適一些，這一項在香港大約每月五百元就可以解決。當然我如果有了一百萬元我可以買一所房子。

至於行——我絕對不買汽車。有了汽車不勝其苦。不用說別的，停車就够辛苦的，而且交通警似乎整天跟踪你要抄你的牌。公共車輛本已不壞，必要時坐一輛計程汽車也行了。而且在香港有了車就要想游泳，游泳雖然好玩，不用説會淹死也够麻煩的。我每月的車錢有五十元足够了。英格蘭銀行總裁是沒有汽車的。

家中的僕役我一個也不要。不錯我也用過女僕，但那是太太生孩子萬不得已的時候才用的。僕役會使孩子們不會照應自己身邊的事，指使人而不肯自己動手。我沒有把握使我的孩子一輩子都有人侍候他們，我希望他們能夠自己招呼自己。我不是不知道僕人的方便，但是僕人的麻煩也不少。

現在要說到圖書了。世界上有兩樣東西不可買：一是圖書，二是酒。圖書你買不勝買，新書出個不停，舊書不斷增訂再版，其實一個人能讀的書有限得很，兩三本書足夠讀一生的。酒的種類雖然比較起來有限，但喝起來快得很，喝完又要買了。所我我暫時規定家中不藏酒，在外碰到就喝一些。至於書是我所好，我如果現在暴富起來，可能列出一張書單用一張五位數字的支票買也不能買齊。貝奈特（Arnold Bennett）在一九〇九年開了一張文學必讀書的單子共需八十八鎊四先令，合港幣才一千四百元左右。現在書貴了，也不過三千元多一點，普通的人尚可勉力辦到。不過事實上那些書大可不必買齊，也買不齊。我有一位朋友他抱定宗旨一書不讀完不買他書。我可沒有他那種堅忍。我只有絕不涉足書店，也不看出版家的廣告。進了書店那些書會像賽瑞恩（Siren）女妖用歌聲蠱惑航海者一樣來蠱惑我使我把它買下來心裡才舒服。我往往三番五次抵抗誘惑，終於俯首就縛。不過我現在改變了方法，平日只在舊書攤翻翻，買點缺了頁或殘了卷的舊書，所費無幾而常有意外收穫。英國有位大文豪麥雷（John Middleton Murry）他的一本狄更司的名著頭上十八頁缺了，他終身不知道那十幾頁寫的是些什麼。我若是每月有二三十元給我補充新書也很滿意了。當然閱讀力高的這個數目是不夠的。

我想，我的需要大致如此。當然我要喝茶葉，看幾場電影，不過我若是在這些享受方面能花二十元一月也很滿意了。電影是我所好，但看電影要佔去我許多時間，那是我心裡不願意的事情，而且看壞片子之痛苦也很難忍受的。

我的家庭的費用等我做了百萬富翁也不會超過一千五百元。上面的費用一古腦兒算來不超過二千五百元。不過事實上一千五百元已經可以使我們快活得什麼似的了。我們如果用到了五千元一個月一定有不幸的事要降落在我們的頭上，因爲用過其分身心兩受其害，遲早要發覺它的後果的。

現在假定我的一百萬元投資在股票上每月有一分利息，這樣每月可得一萬元的收入，那麼那多餘的七千五百元就對我全無用處。往回頭説我如果有十五萬元的財產就可以坐在家中讀書，研究學術，撰文，不用做別的事了。

傳説希臘哲學家笪壹沃堅聶斯（Diogenes）是住在一隻桶裡的。我們不能像他那樣生活。但照天主教的説法用不完的便拿給別人實在是很好的事。我最近看到赫克斯立（Aldous Huxley）的兩篇文章，一篇講化粧品，裡面説化粧品不能使女子更美，一篇説現代的種種發明並沒有替人增加一項新的快樂。我讀了認爲非常有道理的。我們取我們需要的，不要羡慕別人物質上的富足，把我們用不着的給其餘需要的人，然後世界上一定有新的快樂產生。

不過大家若是佈施起來，不一定社會上就能安樂。因爲這樣一來人人存心依賴別人，不肯做事，取之者的享用或竟超過施之者，其結果誰也不肯佈施了。我們需要對生活養成一種看法，獲得一種認識；一方面人與人之間培養出愛與同情來。不過分的堅忍總有益於人有益於已的。

有些人不到五十就把壽材做好，每年漆一次，準備不得已時好睡進去。又怕此物不祥，就稱曰壽材。又有人生一個孫子就在銀行裡開一個存款摺子，預計到那孩子大學畢業後出洋深造的時候，正够他用的。這種種遠見當然無可厚非。不過近二十年來變化太劇烈了，一切遠見都沒有了用處。「人無遠慮必有近憂」在某些事件上也不盡然。

我讀過一篇文章裡面談到哈迪（Thomas Hardy）死了以後遺書散佚，非常可惜。一個人苦心蒐集的東西如關於某一專題的文獻等，對別人毫無用處，人琴俱亡，最爲相宜。從這種角度來看，有幾件東西才是我們必需的呢？我想需要越少的人越有福是可以斷言的。盧克斯（E. V. Lucas）說他有個長輩到了相當的年紀的時候，每逢生日不收禮物，而把所有當作禮物分贈給客人。這人多聰明！托爾斯泰有一篇故事講一個買地的人，那買法是他可以從日出到日落騎馬走一圈，圈多少地都是他的。誰知他心太貪，圈得太大，結果萬分緊迫在日落一刻才趕到，却因過度辛勞氣絕身死。長眠處佔地不足一方丈。

相傳太倉王忬家傳玉盃，又有張擇端清明上河圖，皆希世之寶，嚴世蕃索取二物，忬拿贋品給他，不料有人點破。後來嚴氏父子陷忬坐法和這盃和圖有關。拾來的鑰匙未必有害於人如此吧。

失業保險雖在英、美已行之有素，但人總想多積些錢以防天雨。若要積穀防飢，問題就麻煩了，何況現在要防的還不止飢一項。難怪我沒有用的不能給你，我還要把你有用的拿過來呢。

選自思果《私念》，香港：亞洲出版社有限公司，一九五六年

告白

〔存目〕

選自思果《私念》，香港：亞洲出版社有限公司，一九五六年

藝術家肖像

我的朋友並不是一個很快樂的人——他是一個藝術家。史溫納吞（Frank Swinnerton）有一篇文章說起種花的園丁來，他說這種人總是憂鬱的。在我們簡單的想像中，種花是一種不平凡的樂趣，園丁的憂鬱，或者因爲種花在他是工作的原故吧。其實不是的。據他說，園丁對於花知道的事太多了，總發現他培植出來的花不是被蟲咬了，便是受了別種損害。明明一朵美麗的玫瑰，他偏找出許多毛病來。史溫納吞的結論是：幸福全靠無知。我知道大多數的人都能夠隨遇而安，世上一切都不太好也不太壞；他們沒有狂喜，也沒有不能忍受的事情。或者有些人根本無感，無所謂好，無所謂不好；他們格外有福氣些。但我的朋友和他們根本不同，他對每一種聲音，每一種

顏色，每一種形狀，每一種氣味，全頂眞到極處；有的可以叫他高興得手舞足蹈，有的却叫他怒不可遏。如果一個專家在他熟悉的那一門學識範圍以內，時刻要糾正別人很多的錯誤的話，我的朋友對人生的一切活動和態度的要求，其精細、苛求之處，就像他是一個專家。

他在生活和行動上追求盡善、盡美，和眞實；恨不得有一個特別的世界，單單爲滿足他藝術上的需要而設——雖然這樣一個至高的藝術境界未必是另外一個藝術家所完全滿意的。不過很不幸，我們的世界是千千萬萬人共有的世界，一切物件、制度、風俗、習慣，都是爲千萬大衆而有；藝術家是孤獨的。蕭伯納在一篇文章裏說起世界上的一切都不是爲百萬富翁而造，這種人有時是很可憐的；從這方面講起來，我的朋友倒又像是百萬富翁。

首先我要說起的是他的敏感。我不知道是不是每一個藝術家都需要有高度的敏感，不過我想是的。加萊爾說英雄能做詩人、預言家、國王、教士……，詩人之所以和預言家有連帶的關係，是因爲這兩種人都是敏感的。「詩是沒有被人承認的立法者」，雪萊這句話多少是指詩人天生知道好歹和是非，不用加以人爲的訓練說的。不僅是詩人，畫家、音樂家、散文家、史家、軍人……無一不是敏感的藝術家。我的朋友天生要受許多痛苦，就是由於敏感這一點；他不是詩人，不是畫家，也不是音樂家，不過他是各種藝術的綜合體，他本人就是（誠如俗人所云）一件藝術品，而塵世却使他受罪。

我好多次看到他讀起同時代的人的詩文，不免大罵「簡直胡說霸道！」「這眞是豈有此理！」「他根本不懂，儘管亂寫！」給他一指點，我眞的發現他所讀的那篇東西或者是文字上念不下去，結構上重複零亂，或者是前後矛盾，立意有不妥當等等的毛病。他很直率地說，「我是講究風格的。」他讀到好的詩文，那種奮激不下於他讀到劣作，「沒有話說！沒有話說！好極了！」然後他詳細說出那些妙處來。他假使是一個幽靈，整天和李白、杜甫、莎士比亞那些人在一塊兒過活，他一定很幸福；事實上他也是和他們活在一起，因爲他終年手不釋卷地讀他們的著作；可是他也得和現代人在一塊工作、在一塊生活，他得忍受他們在文字上所犯的「罪行」和「畸形」。「這簡直是謀殺！」他有時會喊出來。

社會上雖然也有許多出名的詩人，但很少有人知道他是個詩人。他讀了許多名詩，無形中把詩的標準定得太高，自己也就不肯污辱詩的神聖，去寫他認爲不够格的詩了。一個人即使是個了不起的天才，加上歷年的創作辛苦，也難與自古以來的名家抗衡；過分把古人的偉大的成就放在心裏，雖然教人不致胡作胡爲，但也阻止了一個人不斷地嘗試而漸漸達到完美的境界。有些人只能做批評家，而不能創作，就是受了這種心理的影響。我的朋友對詩人好像信徒對聖者似的，有一種虔敬。他輕易地引述着詩句，把他談的話點綴得非常美麗，但即使是專門研究詩詞的，也不一定能指出誰是那些詩句的作者來。他閱讀的範圍已經包括了不大出名但是有特異之處的作家的作品，當然別人不能奈何他。有人看過他的新舊詩詞，裏面有許多佳句，這是由於他對美麗的事物有一雙慧眼，觀察深密，而他對於語言的聲音、形狀和喚起的聯想又特別有一種感受，並且能恰切地運用意象的原故。（他研究出來，中國文字的形狀在詩詞中有重大的意義，這只有多寫條幅的書法家才能體會出來。）

他的畫很不平凡，有些筆墨已經把他的天才揭露，可是等他拿他所崇拜的作品和他自己的來作比較的時候，他就不想作了。他喜歡中國的山水畫，但對西洋的雕刻和人體畫却非常佩服，以爲向兩個不同的方向發展，這兩種藝術都已經登峯造極；一個在立意的方面，一個在形似的方面，各創出了藝術上的完美。在他的眼裏，每一件看得到的東西，每一處看得到的景色，都是一幅畫。這種思想使他痛苦，因爲世界上的事物並非由畫家一手佈置出來的。一個人一生能有幾次捉得住那些難得的一剎那：晚霞由淡紅變成深絳，月光由樹枝樹葉透過，照在湖上，微風捲起一陣輕塵，陣雨才過的明淨，霧中車馬的消失，朝陽照着小樓的一角。幾個人能像伍滋沃斯那樣長住在湖區，享盡自然的美景，像峨眉、黃山的高僧那樣終年看山、看雲、看花、看月？在人烟稠密的城市裏，門裏門外沒有可看的東西，買兩本印刷、裝釘精美的書回來也要承塵、發霉、蛀壞，不能維持美觀。

他的字蹟非常優美，他原來是一個名副其實的書法家。甚至英文的書法他都有講究，一直臨摹從文藝復興以來的意大利的書法名家。中國的碑帖，他在這上面下了很深的功夫。在他看來，每一個字都有它特殊的結構；他認爲古人的研究非常精深，那種研究不是一般的，而是個別的。每一個字裏的每一筆有每一筆的位置、肥瘦、尺寸，不能有絲毫的出入。「聖教序」是他最崇拜的一本字帖，他覺得那裏面的字就像芭蕾舞中的正在舞蹈的許多舞員。他寫一張便條，就會想起王羲之的「送梨帖」或「送橘帖」來，所以他從不苟且。這種對藝術認眞的態度，從小養成，就影響了他的一生。

從衣著上說，他的服裝說不上華貴，但在顏色和質料上可以看出他的顯著的選擇來。他喜歡深灰、深褐、和黑色，但從來不用沒有顏色的領帶。他認爲男子身上唯一可以容許彩色的就只有領帶，他不肯放棄這項權利。不過他也絕不喜歡新奇或刺目的顏色和款式。他的領帶用了很久也不會染污，因爲像他那樣清癯的人，他的下巴不會壓在領結上，他吃東西又總不把油汁濺上去。他從不穿橫條紋的衣服，因爲他認爲像他那種修長的身材，只有直條才能適宜。他著深橙色的皮鞋的時候，從不著藍色的襪子，這兩種顏色放在一起在他看起來，就是對眼睛的一種刑罰。他認爲顏色的配合和食物的配合同樣需要用很多的心思，在這方面，他能看出一個人的氣味來。他搭乘公共車輛，有時換個位置，原來爲了眼前有個人穿了一件式樣、顏色和褲子不相襯的上衣，別人可以當他是個瘋子，不過他對藝術的狂熱和認眞，確實是近乎瘋魔，而且他也確實是接近瘋魔的一個人。

倘使他在說話，有人會丟了聽歌的機會不走開的；他說話的喉嚨和唱歌的喉嚨同樣好聽。他的皮黃唱得極好，但是他怕羞了一些，這樣就沒有幾個知道他會唱的人了。他辨音極細，可以說是一個有資格的語音學家，任何人說錯了字音，別人頂多能說出那人的口音不純正，可是他已經暗中用國際音符或者國音字母把那人的錯誤的地方標舉出來了。國語的尖團音本來已經沒有像保定那些地方的話裏的分得清楚，但南方人能弄清楚國語的尖團音的更少得可以。他有時聽到南方人打起京腔來（不管他說得多流利，或者多合得上那腔調），犯了語音上的毛病，他就渾身難受，恨不得掩耳逃走才好。他說一口的英國話，但如果全心學起美國的口音來，會叫新英格蘭的人聽來瞪眼的，不用說不列顚的土生了。他從不在英國話裏夾一個美國音，也不願用一個美國的俗字，除非爲了詼諧的原故。因此只有那些牛津、劍橋等等學府中出來的人所說的英文，才能使他聽了滿意。他明知道英語語音是沒有標準的，也明知道英國人那樣破壞了元音，有人深惡痛絕，可是他偏心就偏定了。

因此他是一個愛好戲劇和電影的人。在這方面他的享受比別人要充分些：那種一流戲子在咬字上用的心血全給他注意到了，遇到精彩的台詞他心裏會有回響，暗暗叫絕。但討他的好並不是輕易的事，即使名伶，也要受他許多譴責，他如果長得畧爲豐滿一些，可能他會走出他的書房，跑進片塲去拍戲的。

談起吃來，中國人本是講究吃的民族，但他的味覺似乎比平常的中國人還要敏銳些。不但味覺，甚至於食物的觸覺他都注意到了，以爲觸覺的重要，僅僅次於味覺，而色和香所給人的快感，一屬於視官，一屬於嗅官，其實和口腔無關。鮑魚的韌性使他感到不耐，糯米食品對牙齒所產生的黏性抵抗，他却非常喜歡，而草菰鍋巴是一種他認爲在觸覺上成功的食品，還加了聽覺的愉快進去。他在鄱陽湖裏和太湖邊上吃過魚蝦，因此覺得只有江湖的船戶和水濱人家才享受得着這種食物的鮮美；挑到城裏或者藏過冰箱的全都是死肉了。因此他種了蔬菜，不但看到青綠和生意，也嘗到了甘味。他認爲餐館裏的菜都有缺點：調味品的濫用，掩蓋了眞正的菜味；在時間上有先天的困難，不能吃到適口的火候，因爲餐館的厨子不知道客人吃什麼，有許多菜不得不事先煑好或者煑成半熟。他並不是頂講究吃的，他的哲學是少吃，多做體力的勞動，這樣胃口好，吃起東西來就有滋味了。這種哲學，與其說是智慧，不如說是藝術。他有時在外吃飯，就覺得受罪，因爲沒有一個人知道他的要求有那麼細。

他對學問的愛好也是藝術的。他讀書爲了快樂，而不是爲實用。他不適宜（也不願意）參加政治的活動，這一點他知道得很明白。有人說他逃避現實，他覺得一件事與其做不好，不如不做，好在世界上有各種各樣的人，各種各樣的事自然會有人喜歡去做的。他爲了生活不得不做一分平常而繁重的工作（我的朋友不是一個富有的人），但只要一有機會，他就要過自己喜歡的生活，追求他心目中盡善盡美和眞實。現實的生活有時冷酷無情，有時醜惡不堪，這是他最痛苦的一件事。他在許多事情上吃虧，就是因爲他根深蒂固的藝術氣質在做他的主，不許他採取對於自己有利而有輕微傷害別人的感情的行動。

他的敏感如果只在不斷地要求感官上的滿足，似乎引不起我對他的興趣來。我發見他的心靈對于善惡的感應和他的視聽對于美醜的感應同樣敏銳。舉一個例來說，在對于異性的愛悅這件事上，我的朋友的敏感不比任何人差，但這種愛悅往往造成許多牽連別人受苦的事進去，他因此就非常謹慎小心了。宿娼這件事在他看來是不合藝術的，他重視愛情的關係而又鄙視金錢的媒介。他一走進舞廳就想起了伴舞女子的飯碗，和靠她們爲生的一班人，酗酒的丈夫，疾病中的兒女，勒索她們的一些無恥的寄生蟲……。他是篤信天主教的（天主教的儀節在他看來頗富有詩意），但除了教義的束縛，另外還有許多因素使他要做一個純潔的人；他對賣笑者的同情早已叫他的心像一個聖徒，而濃粧後面的貧血和時裝表現出來的粗獷早已把他的美感掃淨。再者他注意的是美，少女的嬌艷在他眼裏和春花、朝曦一樣無邪，和孩童的嬌艷更是沒有差異。他知道他的愛悅會引起別人的許多誤會，這種事情本沒有置辯的餘地。他可能爲了一肢體而着迷，但這種迷惑也可能爲了另一肢一體而冰消。實在說，即使教條、習俗、道德全不制裁，他也不會輕易和許多女子談戀愛的。我不知道有幾個人的聲音笑貌能够經得起他精細的審查，不過他却時時能找到完美的心靈，感到快意；因爲形體雖然天生，無法改造，心靈却可以進修，臻于完全。

他那種生活也許覺得毫無意義，因爲他雖然以講究風格自命，却沒有著作留下來。他應該是一個散文名家，但從來沒有人讀過他的散文。他寫了不少極有價值的日記，當然是不肯發表的。他的書簡，精妙得叫人想起蘇、黃，從他的一張便條裏，就可以看出他對文字的講究來。他對文字的重視，就像時髦女子對裝飾的重視一樣，是不惜盡全力以赴的，其實朋友收到了他一張信，可能隨手一搓就扔到字紙簍裏去。有一天如果有人能把他的書簡編印出來，就算是文壇上的幸事，但將來他也許什麼也不會留傳下來，甚至一本著作也沒有。不過我覺得他的生活倒很有價值，因爲爲他自己，他是忠實的；爲別人，他給人很好的印象，就像一幅名畫給人很好的印象一樣。若是沒有這種人，我們的感覺可能會鈍些，也許我們要卑鄙些。我認識他以後，自己覺得很受他的影響，我寫文章的時候，就時時有他的癖性映上心頭，不敢太草率了事。每當我修改自己的文字厭倦了要擱下了筆的時候，我想起了他，就又修改下去。我覺得他那種人屬于悲劇的一型，而現在這個時代却並不歡迎他。

選自思果《藝術家肖像》，香港：亞洲出版社有限公司，一九五九年

失火

一六六六年九月二日，倫敦起了一場大火，一直燒了七日才熄滅，焚去四百條街巷，一萬三千二百所房屋，聖保羅教堂和另外八十九座教堂，許多出名的建築物、監獄、市場、都被殃及，二十萬人無家可歸。我手頭碰巧有一本貝爾（Walter George Bell）寫的一本「倫敦大火紀事」，考據詳博，可以看看。從前我寫過一文，談起英國斐丕士（Samuel Pepys, 1633–1703）和伊福林（John Evlyn, 1620 – 1706）的日記，他們正生在那個時代，對於這場火都有記載。後世史家都懷着無限的歡喜來細讀這兩部日記，在裏面尋找史實。項羽燒秦宮室，火三月不滅，那景象比倫敦的要可惜得多，可惜那時沒有私人的日記留下來，否則我們也可以知道一些詳情了。

不過現在提起倫敦的人，都認爲倫敦之能重建，要歸功於這場火。這是眞的。那位寫日記的伊福林，不但奉詔處理救火的事，而且後來還草擬重建倫敦的計劃。

前些時我家的附近有了一場火，鄉間沒有自來水，救火車來了幾輛，竟束手無策，那一天幸而無風，否則寒舍就要不免遭殃了。後來到了飛機場的滅火車，那麼小小的一輛，噴出不知名的烟霧，頃刻間居然把火撲滅。

這樣一燒，就有許多人無家可歸，當然是很倒楣的。可是第二天我那受災的鞋匠朋友，竟然穿了漂亮的西服，從我家門口走過，看樣子他正在度他難得的假期。

過了大約十幾天，新的房屋就在火場原址上蓋了起來，而且鞋匠又率領着他的徒弟工作了。

表面上我看不出這場火有什麼應該惋惜的地方，倒是那一排新蓋的房屋，反比從前的更齊整、更漂亮了許多。這場火燒去了些什麼呢？也許有許多應該扔掉而不捨得扔掉的破舊用具，却乘此機會給清除了；也許祖傳的一件賣也賣不出、留着也無用的寶貝燒燬了；也許有許多從來不讀却佔好大地方的書籍變成了灰燼。……當然也會有幾套常穿的衣服燒掉了，不過沒有那幾套衣服，人還是可以活下去的。在香港，可貴的是空間，一場火把沒有大用的東西燒光，騰出一大塊地方來，倒也不錯。

斐丕士說起他舉家倉皇出走的情形，他攜帶了價值二千三百五十鎊的藏金（在現在要值很多錢），並且設法把佳釀埋在地下，這使我想起抗戰時期許多富有的人家逃難的情形來。那是很辛苦的一件事，也是很難不設法去做成的。一個人有很多產業要用很多的人去管理，用的人多了，又要僱一些管理用的人的人，非常麻煩。若是有一把火把這些產業燒光，省的事就多了。英國有一個人得到一處房屋的遺產，因爲管理費太大，出不起，情願不要。渥德豪烏斯（P. G. Wodehouse 1881-）有一篇詼諧的小說，說有一個窮貴族，存心要把他很大的邸宅燒掉，好領一筆保險費，去住一所舒適、便宜的小房子。可見火燭的功用之大了。香港木屋區的大火，就有人懷疑是窮人放的，因爲這一燒，有許多人一無損失，反可受政府「徙置」，從此吃住可就解決了。但是，這是什麼話！在烟火中，斷垣殘壁下，有無辜的、燒枯了的、老弱幼小的屍體，難道也是故意放在那裏的麼？

我們現在提起秦始皇的焚書來，都十分痛惜，這當然是有理由的。不過這批書如果傳下來，對我們又有什麼影響？毫無疑問的是，那些分給我們的負擔一定很大。瑙倭（Gilbert Norwood 1880 - ）寫過一篇「書太多了」的文章，一開頭他就說，凱撒當年竟讓亞力山大里亞的圖書館燒燬，世人無不惋惜；懷古幽情，中外一律。但是瑙倭却以爲現代印刷進步，人類受盡它的痛苦，他說：「我們受它（書）壓迫，窒息，被它埋葬。」這是對人類的諷刺；人似乎在作兩種性質相反的努力：製造（或蒐集）與毀滅。我們是不是應該把每一個城市夷爲平地，赤身到沙漠去重建地上的天堂，還是完全抱殘守缺呢？幸而這兩件都是辦不到的。世界上新的書，新的用具不斷出產，而我們又都喜歡買一些東西回來，並且除了食物，別的東西都要存留下來。

但是近代兩次大戰的破壞實在太可怕，世界的元氣因此大傷，恐怕人類永遠不需要這種戰火了。也許十七、十八世紀，加上十九世紀的建築、器具、圖書等等已經足够使人類幸福、舒適了；也許二十世紀的進步給人帶來的災禍多於幸福。英人保守的精神眞可佩，唐寧街十號首相的官邸到現在不肯再重建，要保存那建築的古風。爲了保存湖區的風景，他們當年有人不許鐵路通過那裏。進步，也可以説是遑遽不寧；舊的未必不好，新的未必好。難道我們一定要靠火燭戰禍來得幸福？最理想的辦法是讓喜歡進步的人到月球去開發，一切照新的理想去發展。

我最近讀到美國林白夫人的一本散文，「海的禮物」，裏面説到戰時有人在納粹集中營裏，因爲物質的缺乏而過簡單的生活，精神上有無比的安寧。這實在是不錯的。我想我們如果要幸福，並不一定要有什麼什麼才行。也許我們的需要愈簡單，我們就愈幸福。不過簡單的生活並不容易過，我們的天性趨向過名目繁多，窮極奢侈的日子；我們又有追求新奇的本性。這樣説來，要想享受眞正的幸福，不但弄許多東西到手不容易，把許多東西脱手也一樣困難。我有一個朋友常常把用不着的東西送進當鋪去，被他的夫人責備，但在精神上，他得到了另一種享受。

我想不出有什麼方法可以把不用的東西脱手，因爲除了衣服、鐘錶、水筆、相機等物件以外，有很多的東西是當不出去的。也許明天我們眞地到月球去，行李限定只能帶十公斤。那麼我們帶些什麼去呢？無疑地，我們留下不預備帶去的都可以丟掉，不過現在我們不一定捨得丟掉罷了。

選自思果《藝術家肖像》，香港：亞洲出版社有限公司，一九五九年

唐舟

寄去舊日世界的信

他臉上有着一條淺淺的疤痕；天陰的時候，週身骨頭痛。如今窗外下着夜闌的雨，他週身又隱隱發痛了。

雨打在窗上，儘淅瀝沙喇作響。這是個多雨的地方，……如今也聽慣了。祇是隨着雨而來的潮濕，使他身體怪不自在。雖然擦藥酒，貼膏藥，也還是驅不了那種骨節裡的隱痛。

像臉上的疤痕一樣，永遠留在身上。雖然他已經開始了一個新的生活，雖然他想把以往的一切都忘記。

但是從古國的大地，常常有信寄來，寄到這異族統治的地方，寄到這他獨個兒寄居的小島。都是厚厚的，一封一封，他從來不拆閱，只是往抽屜裡一塞。

今天，爲了換取永遠的寧靜，當又是一封新的信寄來的時候，他把它拆開來了。但是，反而使他今夜不能安眠。

於是，他又把其他的信，以往寄來的信，一封封拆開——這是他和舊日的世界唯一的聯繫，那他一直把它擱在一邊的聯繫。

多年來埋葬的往事，都重新展開。……

不願想，他在燈下寫一封回信。很久沒有寫東西了，不知道還能寫得流利嗎？

「××：」寫下這個名字以後，他停筆沉思了一會。最後，決定寫下去。一下筆，就這樣寫：

「爲什麼你要把古井的水，重新再激起微波？爲什麼你要引我再想起往事？

請你別向我再提任何一樁舊事，何苦再勾起我的心事？

你不是不知道我的傷心史：——

理想，幻滅了。青春，浪費了。精力，糟蹋了。

知己，星散了。愛情，粉碎了。摯友，陣亡了。……

往事，讓它就這樣烟消雲散罷。回憶，卽使是最甜蜜的回憶，也徒然增加我現在的痛苦。那麼，你爲什麼要喚起我的回憶？

死裡逃生的鬥爭，驚險的地下工作，拿生命來做賭博。還提它幹什麼？一塲夢罷了。驚險和刺激，光榮和屈辱，功與罪，……一切都已成過去，一切都已漸從我的記憶裡平淡褪消。

我已經以另一個身份，生活在另一個地方。

靜靜的，一個人，在這裡。沒有人認識我，沒有人知道我的過去。

新的地方，新的朋友，新的環境。我的生活裡沒有過去，我的腦海裡沒有回憶，我的朋友裡沒有故舊。」

寫到這裡，他停了一會，唸着「生活裡沒有過去，腦海裡沒有回憶，朋友裡沒有故舊」，是的，於是他繼續這樣寫下去：

「有時我會想，一切是多麼奇怪和悲傷：

我一個人，來到一個新的地方，爲了適應環境，不得不硬着頭皮重新學習過，以一個生手的資格，去摸索自己不熟悉的行業，重頭開創新的天地。雖然一向是那麼自傲，在孤寂和冷落中我也禁不住有點兒悲傷。我失去了我一切的朋友，我失去了我過往的一切日子，我失去了這些日子中奮鬥的果實，我失去了一切的歷史關係，我變了一個沒有過去的人！以往的日子就像沒有活過一樣！

以往的日子就像沒有活過一樣！然而日子却過去了，拿什麼來塡補？青春却逝去了，一切都須從頭來過！——我比沒有活過更糟！因爲我已失去了我的青春！

但是我決不回頭，決不悔改。——不管你們說我是懦弱還是倔强。永遠的告別便是永遠的告別，以往的一切我永遠把它埋葬。是硬漢還是弱者？隨便你們怎樣說我。

也許你們說這會使我痛苦一生，然而我想起了「北菲諜影」Casablanca 裡英格烈褒曼所喜愛的主題歌：**A kiss is just a kiss, a sigh is just a sigh** …，個人的痛苦只是個人的痛苦，尤其在這個時代。

沒有人知道，也不必求人知道；個人的一切埋葬在自己的心頭。讓熱的心，藏在冷的面孔下；以往的事蹟，只有個人知道。我就是這樣地在一個新的地方，生活下去。——以往就像沒有活過一樣。

這幾天這裡的××戲院正在重演Casablanca，有朋友送我一張贈券，然而我不願意再重看這齣戲。

我不想看，因爲它會惹起我太多不想有的回憶，何況我對其中的人物和故事，都已太熟悉。這裡面的英雄堪富烈保加，正是一個脫離羣衆，脫離組織的「英雄」，他要求個人無拘無束的生活，看不慣舊社會，有熱血幫助革命，卻又不願加入一定的組織，接受革命所給予的拘束，來嚴格服從一定的命令，——去做一個眞正的鬥士。所以他終於不是保羅軒利，他終於只是一個一時仗義的自由主義者，一個游離於革命外面的人物，只能夠共鳴於革命，只能一時熱血，做統一戰線裡的一個戰友，卻不能永久堅持，做革命陣營裡的一名幹部，更不能眞正担當起革命的旗幟。——雖然他的名字也一度上了黑名單，雖然他的一生也遭遇過許多驚險，雖然他也不得不流亡國外。然而一切不都已過去了嗎？他曾經仗義作過戰，現在卻只願隱姓埋名，冷面寡言，在北菲的一角做一個無人知道他底細的人。

然而他終於按捺不住自己的正義感，當危急春秋的時候，忍不住又拔劍相助。……

我清楚地記得：在片子結束的時候，他一個人留下來，留在霧中的卡薩布郎卡，送走了遠走高飛，負有一定任務和責任的保羅軒利，與他所愛的英格烈褒曼，他們兩個人，才是眞正一生從事革命的。他不能和他們一樣，卻又要幫助他們！

當隆隆的機聲漸行漸遠的時候，他的心情是怎樣的呢？他，一個人，留下在霧中的卡薩布郎卡。（他的一段傷心史永遠不會完。他又將開始另一次亡命，他又將隱居在世界上另一角落。因爲這裡由於他又一次仗義勇爲，他已不能再居住。）

在一個新的地方，大概又將是他一個人，沒有人知道他，沒有人瞭解他；他的一切，埋葬在自己的心頭。然而我知道他還將怕聽那首曲子：A kiss is just a kiss, a sigh is just a sigh。如果真的眼淚不過是眼淚，歡樂不過是歡樂，個人的悲歡離合不過是個人的悲歡離合，無足輕重，那麼他爲什麼怕聽這曲子呢？這曲子又如何能勾起他的創痛呢？

可見得他還不是鐵石心腸的人，——他雖然做出鐵石心腸的事。可見得他既是個硬漢，却又是個弱者。硬的是行爲，軟的是心腸。遊戲人間是外表，藏有深情是內心。不過他不願意人家知道得他那麼清楚罷了。他願意人家把他看作一個平凡的人。他願意自己的一切，只有自己知道。

忝爲多年戰友的你們：這究竟是誰的寫照？現實終於是逃避不了的，何況個性也難更改，那麼，我知道我的悲劇還沒有演完，在另一個地方，我將逃不了又上演另一齣戲的命運。因爲我冷的只是外表。我怨恨我內心的熱情始終不會熄滅！

朋友，請爲我祝福罷。雖然我將再不會和你們見面！雖然我已是一個逃走了的兵士，雖然我已背棄了以往的歷史，生活在一個新的地方！儘管這裡沒有人瞭解我，儘管我的內心仍是那麼孤寂，但是我將在這裡生活下去。我不會再回來，你不必再來信勸我，也不要再拿舊情來動我。我不會再回來，我們不會再相見。請薇也把我忘了罷。好馬不吃回頭草，好漢不走回頭路。好兒女做事斬釘截鐵，永遠的告別便是永遠的告別。下了的棋，不管是對還是錯，既已下了，就不再反悔。以往的事，不管是甜還是酸，既已過去了，何必再留戀？

往事讓它隨風而逝罷！不留一點痕跡。

爲了我心靈的安寧，請你別向我再提任何一樁舊事。

如果你還懷念一個以前的戰友，請你在默默中爲他祝福罷。雖然他已是一個逃走了的兵士，雖然他已背棄了以往的歷史！雖然他已再不會回來！」

寫到這裡，他週身骨頭，又隱隱痛了。抬起頭，望望窗外，天還沒有亮，但雨已停了，天邊有幾顆疏星，彷彿很遠，又彷彿很近。

把信封了，推開門，他向黑夜走去。

天明的時候才回來，沒有人知道他曾經寫過這麼一封信；更沒有人知道，他究竟有沒有把這封信寄出去。

選自一九五六年二月十八日香港《文藝新潮》第一卷第一期

徐速

雪

在風砂裏長大的北方人，一到南方來，看到這樣山明水秀的地方，覺得樣樣都舒適、新鮮，唯一引以為憾的，就是看不到雪。於是，雪——成為思鄉病的媒介。每當想起家，就連接的想起了雪，想起了雪，也自自然然的想起家來。

有一次，我與幾位從沒有離開過廣東的廣東朋友聊天，不知怎樣的，忽然聊到雪的題目。他們雖沒有看過雪，但總不肯服輸——恐怕別人譏笑他見識不廣。有的說常常在電影上看過，想實情也不過如是而已。有的引用謝道蘊的名句——「未若柳絮因風起」，以及她哥哥的「撒鹽空中差可擬」的落榜詩來大吹法螺。其實，這兩兄妹形容（或是比喻）的詞句和實際的雪是大有問題的，而且使人越揣摩越胡塗。誰看過那麼多的鹽撒在空中，即使看過，那還是撒鹽，絕不同於下雪（飄雪更勿論）。至於三月春闌，飛絮漫天的情景，不用說南方的柳樹這樣稀少，就是跟五柳先生同鄉的人，也感覺並不親切。紅樓夢裏林黛玉的柳絮詞：「一團團，逐隊成球」，妙在「團團」和「成球」等寫實字眼，若要以柳絮來形容雪可就不妙了；雪的美，在勻，在靜，在天空中既不成團，落地後也不成球。就是那麼不緊不慢的，既勻且靜，給人一種「渾然無一物」的奇妙感覺。

寫到這裏，我對雪的欣賞重點找到了。雪的印象所以使人懷念，還是與雪俱來的生活情調有着深切的關聯吧？

在北方鄉下，每逢下雪的時候，首先就給人精神上一種輕鬆之感，好像蠻有理由的停止了一切戶外活動。雪小時還掃他一掃，等到越掃越多的時候，衹好索性不顧的丟了掃帚，但它並不給你失敗的沮喪情緒，說不定你還看着被雪征服了的工作成績而高興半天哩。

如果你是單身獨處的，你自然會在熱炕上擁被獨坐，很少人在雪天蒙頭大睡的，因爲冬天夜長，除去患失眠症的儘夠過足睡癮了。這時候，就是不喜歡讀書的人，也會自自然然地挑出一兩本愛讀的書，頂好是詩詞一類的東西，好像這樣才夠味。讀累了，你會隔着窗向外面看看，這一看意趣便來了，早一個鐘頭和晚一個鐘頭的景色顯然是不同的，也許第一次你看山還像座山，河還像條河。第二次你便看到一個個巨大無比的白饅頭，一條鋪上白沙的公路。再等一會你連這些都分不清了，衹覺得置身於一片琉璃世界之中，大可領畧「混沌初開，乾坤始奠」前的滋味。

你害怕寂寞嗎！那可不必担心，因爲下雪天的雀鳥兒，也會像你一樣的躲在簷前巢裏，向你唧唧喳喳的叫個不停，頑皮的孩子們，他們興高采烈的在粮場上堆雪人，打雪仗，小臉蛋兒都凍得像一隻隻紅蘋果，美麗極了！這是獨個兒在雪天消遣的一種方式，如果有幾個朋友住在一起，那可更有意思啦。一壺熱酒，幾碟臘味或野味，鹹花生和豆腐乾該是鄉下最普通的下酒菜了。那麼你們可以舒適的坐在爐旁，上下古今五百年，邊喝邊談，從狐狸精談到原子能，從拿破崙，諸葛亮談到潘金蓮和隔壁的豆腐西施。儘管毫不拘束的暢談一陣，絕沒有時間的觀念。不像我們現在開研究會，赴約會，或者聽名人演講，一面談，一面舉手，又一面看錶。也用不着担心罵聲禿驢，就有假和尚在那裏吃醋。反正雪能給每個人安定情緒的力量，我從來沒有看過下雪天打起架來的。

二三知己，圍爐賞雪，這是健談人的好機會。如果你感覺不合胃口，那也能給你一點閒靜的享受，你可以鬧中取靜，偷偷的去欣賞一個個映着爐火的酡紅的臉。當然，頂好有一兩個女朋友在座，你會覺得青春的美被酒與火蒸發出來的快感。如果院內有幾株香氣氤氳的臘梅花更好了。人多，溫度也高了，在這時候你頂好再看看屋外的雪，吸一口冷空氣，這滋味就好像吃一杯梅子雪糕那樣的新鮮。

這些是鄉下雪天的享受。要是住在城裏，那麼花樣更多了，也用不着鎮日價守在家裏。在北方，冬天是溜冰的季節，下雪天溜冰的情調更美，紅裙白雪，相映成趣。北方都市的溜冰場分天然的和人工的兩種，北京北海公園的溜冰場兼收二者之效。記得在北京居留的那幾年，在雪天我總愛到漪瀾堂的人工溜冰場去，隔着竹簾，還可以欣賞天然冰場的風光，眞是簾外「雪」潺潺，春意闌珊。

除了溜冰外，在雪夜跟幾個朋友在街頭露天小食攤上吃吃宵夜，倒也蠻有意思。老遠看去，白茫茫的宇宙中，閃爍着數點鮮紅的螢火，這當然也是北京特有的情調。一碗熱餛飩，幾個芝蔴燒餅，再加上一碟羊爆肚，你可以看到一個個縮頭縮腦的而本來是斯斯文文的食客，搓着手，呵着氣，邊吃邊談，偶然一兩片雪粒落在你的眼睛裏，揉一揉，什麼也沒有，你倒樂的流出眼淚來了。

時髦的青年人玩法，總不外乎開派對這一套玩意，如果選擇在雪夜，那可別有風味了。這大概是雪花飛舞和翩然起舞是有美學上的「移情作用」吧！你會跳得更起勁，更和諧。也許是天氣冷，大家都需要温暖，也就因時制宜的抱得緊一些，這一來靈魂的擁抱距離也接近了。記得十年前在西安空軍俱樂部裏，我參加一次舞會，在舞會中認識一位小姐，她是從城固西北大學回家渡假來的，在舞會中我們談得很投機。她爲了避免那些彪形大漢貪婪的眼光，向我提議到外面月地散散步。一出門，雪花就撲了一臉。她一時大意丟了一隻手套，也就毫不覥靦的將她的手伸在我的大衣口袋裏，恰好我的手早在口袋等着，大家爲了取暖，心照不宣，也就自然要求的握在一起。在路上，我們很少談話。沒一會，手熱了，心也熱了，雪花一片片飛在發熱的臉上，涼蔭蔭的，還覺得特別舒服。

在我的生命中，這也算是一段值得紀念的戀情。可惜這機緣沒有像小說似的發展下去。春暖花開的時候，她回城固，我去江南，大家各奔前程，彼此都沒有想到通信。大概是天氣暖和了，美麗的感情，印象，記憶，也像雪一般的溶化了。

在江南，我很少機會碰到冬天，更很少碰到下雪的冬季，雖然有好幾房親戚住在蘇州，杭州，但是去玩時總是選擇明媚的春天，誰願意大冷天迢迢千里投親拜友呢！不過小時候看到魯迅的散文中描寫江南雪景的文句，大意說有許多蜜蜂在雪地花叢中嗡嗡亂叫，這一段文字寫得很美麗，當時嚮望得不得了，可是我總沒有親臨目睹的機會。

憑想像中，江南的雪衹是秀麗可愛，但沒有北國的奇偉壯觀。雪——在我的感情中所以如是之深，大概就是那些壯觀滲透我的腦子裏，像香港的孩子，對海的感情一樣。

十年戰亂，萬里飄零，我在雪地上也留下了成千成萬的脚印，我永遠忘不了塞外摩天嶺的雪夜營幕，漫天風雪中渡過的冰封黃河，以及騎着馬奔馳在韓愈詩中的「雪擁藍關」……多麼慘痛淒涼的歲月啊！都消逝在那冰天雪影中。

由於雪的生活體驗，連帶着對於舊詩詞中關於雪的描寫部分也覺得很親切，不過，我總不喜歡引些名句來裝飾文章，倒是小時候跟母親學做詩，表姐的一首平俗的吟雪七言詩，每到想起雪時便記起了它：「茫茫大地盡成銀，舉目無親獨自親，一點關心故園事，門前掃雪尚無人！」

這樣淺顯的抒情詩，自然比不上古人瑰麗的名句，當時母親還批評她不該寫這樣頹唐語，但在此時此地，對於我已成讖語了。舉目北望，故鄉仍是冰封雪飛的景象吧！然而，老母，弱妹，有誰替我掃掃門前的積雪呢？

選自一九五六年五月香港《文學世界》復刊號

海

〔存目〕

選自一九五八年十一月二十八日香港《中國學生周報》第三三二期

岳　心（徐東濱）

給我的孩子們

親愛的孩子們：

請原諒我這作父親的竟不能叫出你們的名字來。在我給你們寫這封信的時候，不但你們還不曾出世，而且我還沒有結婚。一個單身漢給未來的孩子們寫信，說得客氣點，是稍嫌過早；說得難聽點，是發神經病。不過我可以向你們鄭重保證：我的神經很健全，我對事情的先後緩急也頗能判斷。那麼，爲甚麼我要慌慌張張地來給你們寫這封信呢？

我要這樣作，因爲我有些話，想對你們說，覺得應該對你們說；而我怕到將來我作不到這一點。

我今年三十歲。假定我明天就結婚，你們從明年就開始一個一個降生到這世上來；那樣的話，到你們能夠了解我所要說的話的時候，至少也是二十年以後。那時我將是五十多歲了，誰知道我那時會有些甚麼想法？也許我那時已經是一個糟老頭子，把現在想說的話都忘光了；也許我還記得，然而爲了某種原因決定不說了；而且，誰知道我能不能活到那個時候來和你們談話呢？

我們從哪兒談起呢，親愛的孩子們？我想說的話很多，也很亂；我只有請你們耐心一些，讓我慢慢摸索出一個頭緒來。

不久前，我到郊外一個幽靜的旅館中住了兩天，算是一個短期的休假。那旅館建築在一個小小的半島上——不如說在突出海邊的一塊大岩石上。輕微的海波在幾十尺下的山脚懶洋洋地徘徊。海面上常有小漁船慢慢地駛過——每次我看到它們時，就想起你們燕姨的那兩句詩：「漁舟像灰翅的小飛蛾，爬行在明鏡上。」漁船上的人划着槳，遠遠看去，只是小飛蛾的纖細的脚。

我去的那天是一個星期一；天下着雨。旅館裏只有我一個客人；本來就很清靜的地方，顯得非常冷寂。我被領到一間明淨的小房，窗子對着青翠的山，看不見海；我起初有些失望，可是看一看以後，覺得也很不錯。把茶房打發走，我燃起烟斗，默默站在窗前。

迷濛的雨使遠山看來很模糊；可是近處的事物却分外清新。窗口外不過幾尺遠，是一排我不知道名字的樹，開滿了猩紅的花朶；它們在微風裏輕輕搖擺，在雨點的飛吻下嬌弱地顫動。雨水把它們洗得纖塵不染；我可以清晰地看見猩紅色花瓣上的筋脈，看見雨珠從金色的花心跌落。

我不知道我在那兒站了多久。整個世界是那麼安靜；看不見人影，聽不到車輛，雨點給花朶的飛吻是唯一的聲音。時間似乎停住了；似乎整個宇宙就只包括我一個人和那些在雨中顫動的猩紅色的花朶。漸漸我有種奇怪的感覺，覺得我所凝視的那些不知名的花朶，也是和我一樣的東西；我彷彿在凝視着我自己。

請別誤會以爲你們的父親竟會糊塗到自以爲「如花似玉」；我當然知道我和一朶鮮花有很大的差別。可是「知道」和「感覺到」是兩回事情；我早就知道花朶也是有生命的，可是那天我第一次眞正感覺到它們是活生生的東西；正如我一樣，它們來自一個神秘的地方，在這世界上存在一段短暫的時間，然後又在神秘中消逝。如果在前些時有一個遊人不經心地把這樹枝攀折，那麼現在在我眼前搖曳生姿的這精美的花朵將不會存在；但這世界這宇宙仍將毫無所覺地照樣流轉下去。同樣地，如果我不存在，對這世界這宇宙又會有甚麼影响呢？宇宙不爲這朵渺小的花而存在，也不爲渺小的我而存在。

這顯然是一個平凡無奇的結論；可是在那一瞬間我像是發現了一個驚人的眞理，它給我一種說不出的感覺。這大概有些像電影裏臨時演員的感覺：在一個羣衆場面，你站在幾千人之間，到規定的時間發出一聲歡呼或是揮舞一下你的手臂；可是，如果沒有你，這戲還是照樣拍下去，根本無所謂。

當然，我很自然地想到：臨時演員與明星是有差別的，事實上我不是一個偉大的人，對人類不能有很大的貢獻；可是假定我是一個偉人呢？假定我是孔子，或是華盛頓，或是邱吉爾呢？那樣的話，我對人類就有很大的影响了，不是嗎？假定我是戲裏的主角，沒有我，戲就不能拍下去了，不是嗎？但是轉而一想，并不見得！可以作主角的演員很多，戲是好歹總能拍下去的。而且，即使戲拍壞了，或是根本不能拍了，從更高一層的觀點來看又有甚麼關係呢？

我抬起頭來看看遠方。雨已經住了，天邊還有烏雲在奔馳，手忙脚亂地想竭力遮掩它身後的藍天，不讓人們看見；可是我已能看見那美麗的神秘的藍天，一片片地展露出來。究竟我看到多麼遠呢？我不知道。我記得前些時我讀過一本通俗科學小書，討論是否別的星球上可能有生物；結論是肯定的：在這浩瀚無邊的宇宙裏有億萬個星球，地球上既能產生生物，類似的條件一定也會使無數個其他星球產生生物，只是相距太遠，也許永不能互通音訊而已。我們的祖先把地球當作唯一有生物的地方、宇宙的中心，顯然是愚昧的妄自尊大；我們把人類當作「萬物之靈」，似乎進化程序到此就登峯造極，也很難説得通。地球的歷史有二十萬萬年，人類的出現還不到一百萬年，開始有文化才只幾千年；誰能預料百萬年、千萬年後地球上的生物是甚麼樣子？

任何偉人對人類和世界的影响，充其量不過延續一萬年或十萬年罷；這僅僅像是在一條綿長的河流上游注入一勺糖漿，轉瞬間就稀薄得無處尋覓了；而這樣的河流還不知有多少條呢！

眼前的紅花還在微風裏輕輕搖動。多可憐呵，你這精美的小紅花——我心裏想——你莫名其妙地來到這世界，在風雨中作着一個淒冷的夢，直到那神秘的力量使你莫名其妙地消失；既是乍生乍滅，你爲甚麼要長得這樣精美呢？有些人相信死後靈魂可以永生；如果眞的能有永生，這朵精美的紅花，山畔哺乳的小羊，掠波疾飛的紫燕，及無數其他的生物，都應該有一個可以永生的靈魂。我很難接受那種把「人」看作唯一靈智動物的看法。人雖異於禽獸，但禽獸也彼此相異，人也彼此相異。就天賦的秉性來看，人——正常的人——和一切物體共有物性，和一切生物共有本能，和一切動物共有慾性，和一切高級動物共有情性、感性、理性和靈魂；人只是在這幾方面比其他動物有更高的境界，更厚的天賦，但這只是程度的差別；而且在特殊情形下，一個白痴或一個異常暴戾的人，其靈性和理性可能還不及最優秀的馬或猩猩。用莊子的話來說，自其同者而觀之，萬物畢同；自其異者而觀之，萬物畢異。

我不知道在你們看這封信時，宗教已發展成甚麼樣子，想必對社會的影响還是很大的罷？我曾嘗試想接受一種宗教信仰，可是沒有成功；宗教的教條不能通過我的理性思考。我甚至不能接受「全能全善的神」這基本概念；我認爲：如果神是全能的，那麼世上一切罪惡都是他所安排所縱容的，因此他不是全善；如果神是全善的，但却不能消滅世上的罪惡，那麼他便不是全能。如果說，神縱容罪惡存在，爲的使人們可以運用自由意志克服罪惡，皈依神前，以顯出神的榮耀，那麼這個爲自己光榮使無數人受苦的神，也不能算是全善的。宗教，作爲一種有良善效果的社會制度，我是擁護的；但要把神話性的教條作爲眞理，則非我所能接受。我之所以在這裏提到宗教問題，并不是要你們反對宗教，而是告訴你們我的看法，希望你們各自運用理智來考慮這問題，不要人云亦云，閉着眼亂跑。

前面所說的差不多全是否定性的看法：我否定有意志的人格化的神，否定永生，否定人在宇宙中的獨特地位，否定人與其他生物的絕對分別；可是，我并不是否定一切的一個虛無主義者；我仍肯定人生的意義，肯定眞、善、美的價值。

如果你們看過你們燕姨的散文，「眞善美」這名詞對你們大概是不陌生的。這三個字的確很好；它們能括盡一切的價值。不過我要請你們特別注意，眞善美這三種價值是各自獨立的；眞者未必善，未必美；善者未必美，未必眞；美者未必眞，未必善。「眞」是客觀存在的，要我們去發現認識；「美」是主觀取決的，要我們去欣賞創造；「善」是既客觀又主觀的，即是說由行爲的主觀動機以及行爲的客觀效果取決的，要我們去判斷實踐。

我之所以肯定眞善美的價值，不是出於哲學的推理，而是出於天性。如果你們除了玩玩鬧鬧，還會分出一點注意力給你們父親的話，你想應已知道，我是一個情理調融、平衡發展的人。我有常人的好奇心與求知慾，因此我肯定「眞」；我有常人的惻隱心與羞惡心，因此我肯定「善」；我有常人的欣賞力與創造力，因此我肯定「美」。

在這三種價值之中，我最重視「善」，其次是「美」，再其次是「眞」。因爲我認爲現階段人類最缺乏的、最需要的是「善」，其次需要「美」；至於客觀眞理，人類所認識的已經不少了，所不認識的有些是不可認識的；求眞似乎不如求善、求美來得重要。我常常想，世界上最「實在」的無過於人們和其他生物們的痛苦感覺。皮鞭抽擊時的哀號，家破人亡的淚珠，飢寒交迫時的呻吟，鋒刃加頸時的絕嘆——這是人類應該集中力量加以解決的問題。這些現象不消滅，則「美」將黯然失色，成爲不調和的奢侈品，而「眞」更將浮離人間，成爲對人類的諷刺。

我雖然看不出人生有甚麼長遠的永存的價值或意義，但我肯定它現世的意義。生命的意義，以我看來，就在於生命之流更舒暢更不痛苦的發展；更進一步的意義，我不知道，也不願强不知以爲知，去接受一種不能通過我理智思考的解釋。如果我能使人們少流一些眼淚，如果我能使人們多展開幾次笑容，我就心滿意足，死而無憾——正如我窗前那朵猩紅的花，只要它曾使遊人怡神片刻，或是使一隻彩蝶欣悅地飛臨，它的生命意義就已完成，乍生乍滅又有何妨？

也許我前面所寫的這些話，已經使你們看得厭倦了；可是我還是要求你們耐心地細細玩味它。在前一代，作父親的常常給兒女灌輸長篇大論的「庭訓」，要兒女接受；我并不要求你們接受我的看法，我只希望你們嚴肅地把它作爲參考。

你們的父親

選自一九五六年六月十五日、一九五六年六月二十二日香港《中國學生周報》第二〇四、二〇五期

司明

一項德政

日前市政局一致通過決議：闢高士打道海旁作遊憩納涼地區，種植樹木，設放公共座椅，晚間有足夠的燈色。

筆者曾在灣仔海旁兩個酒店住過一陣，夏夜在那一帶留了不少屐痕，但遺憾於看海都不便，以有貨車阻隔。要是德政實施後，貨車當然不再存在，椅上坐着欣賞維多利亞港的夜色，此乃免費的消遣，灣仔區民即將有福了。

在香港市區看海，我更喜北角，那一帶空曠、遼闊的九龍灣能開拓你的胸襟。這些日子裏的晚上，成為情侶的「拍拖」勝地，如也種植樹木設放公共座椅，再加上足夠的燈色，已有大公園一角的情調了。

我住在北角的日子裏，溽暑的午夜常往海旁，坐在大石頭上沉思是種享受。在都市裏，沉思的環境與時間不多，但正如亞里斯多德說：「人是必須沉思的。」我有時擺好了羅丹創造的「思想者」那種姿勢看海，心頭即使平靜得恰似眼前那片無波浪的海，亦感到一種莫名的安慰。那些日子裏也遇到過單身的女郎遠處蹲着，我又曾存過發生傳奇的希望，卻沒達到目的，但我的筆下寫過若干發生在那時那地的短篇「流行小說」。

香港在地理上的好處是海，海旁苟非碼頭，每處都該種植樹木，設放公共座椅再加上足夠的燈色，讓普通人遊憩納涼，再讓情侶製造羅曼史。燈色尤其重要，不能亮到讓情侶太容易給人辨清面目，也不能黯到使情侶有胆子發生過於熱烈的行為。

筆者祇在上海法租界住過，今世將無福氣到巴黎，曾在花都躭過的朋友說：

「巴黎的森納河邊，街燈最有情調，它用愛人的眼波掃着你，你單身的躑躅在橋堍，會與街燈相戀。」

與街燈相戀多幸福！願香港的海旁也有這種溫柔的街燈。

選自一九五六年七月二日香港《新生晚報·新趣》

綠窗

我們夫婦住在九龍尖沙咀一條短短的橫街上，像蘇州這古城裏深巷般幽穆的橫街上。一個朋友來看我，他說好處在乎窗外幾枝樹。我對草木蟲魚的認識非常淺薄，對這幾枝樹是陌生的，即問朋友何名，他道：

「影樹，樹影的影。」

綠除了與帽子發生關係使中國男人討厭以外，這顏色是任何中國人歡喜的。香港人戴綠帽的很少，西人的呢帽中亦（ ）綠色，澳洲的狹邊呢帽很好看，綠色的亦很多，碧眼兒對此自無忌諱。我把我們的窗稱作「綠窗」，因為有幾枝樹相映。別人是「綠窗貧女」，我是「綠窗貧男」，每天在窗下爬格子，筆尖下不大流利時，望望窗外幾枝樹，腦筋的疲勞會消失了些。綠實在是可愛的，不僅悅目，且有營養呢！以前，獨身時住在酒店裏，偶爾窗下寫稿，搜索枯腸而不可得，未免望望窗外，對面的後窗有褪了色的女人的三角褲晾着，抬頭有漆黑的煙囱在冒煙，除了往咖啡館避，沒有其他辦法。咖啡館裏的花瓶中，花往往已憔悴了。葉的綠色還濃，對着這點綠色，我的稿子還能寫下去。

此刻有了綠窗，業已看作福氣，我這人實在容易滿足，連「小搖彩」票都不想買了。

街上對面有家更幸福，影樹的枝貼在他們窗口，窗開樹進房裏了，現在影樹開着黃花，像我們江南三月習見的菜花般可愛，在黃花上常有白的蝴蝶飛着。也許是我過去不注意，似乎江南在秋天是找不到蝴蝶的。白蝴蝶常在美麗的菜花上飛季候是暮春。

坐在窗下的機會多，不免要注意街的對面的窗口，家家有花瓶插着鮮花，祇有窗口給影樹的枝貼着的那家沒有。那位胖胖的英國主婦是聰明的，街上住宅裏的西人都是英國軍人與其眷屬，因此我敢如此斷定她的國籍。

以前，總希望我的窗口能看到海，今無藍的海，綠的樹也代替了海的功用，自然海能使人遐想，胸襟會為之寬大，但想得太遠往往也會勾起悲哀，目前我窗外的世界甚小，小有時會使人覺得溫暖，我亦以同樣的理由在太太前誇耀我們的斗室，「綠窗貧男」懂得知足常樂呢！

選自一九五七年十一月三十日香港《新生晚報・新趣》

忠貞的女工

家裏的前任女工另有高就，因此需易女工。有天我進門，看到房東太太在與一位女士閒談於廳內，女士說着香港電台上「粵語新聞報告」般上流的粵語，房東太太見我來便為雙方作曹邱，我始知該女士即舍間的新女工，那時候太太去九龍醫院探她朋友的病了。

新女工十分斯文，在我所認識的廣東女士裏算她第一，使我對她在肅然起敬之餘還有些抱歉，直覺到她來舍下服務是「降尊紆貴」。

太太回來了，她告訴我新女工是她的另一女朋友介紹來的，頭次做，丈夫是廣州的大地主，此刻甚麼都沒有了，她與一個十七歲的兒子到香港來謀生，兒子作了一家店舖的學徒，母親自知只能試一下幫傭。太太又說：

「年底找工人難，不管她的工作好不好，至少幫了我們。你的廣東話如此之糟，還可以向她學習廣東話，上次那個女工說的廣東話，房東太太都不大懂呢！」

第一天晚上吃罷飯，新女工來向我訴說共產黨的虐待地主階級，我一邊寫稿，一邊敷衍。她再問我台灣何日反攻大陸？我說很難答覆這個問題，請她去買張某報看看。

第二天晚上我們吃飯時，新女工又在桌邊反共，太太告訴她，我們夫婦對政治是不懂的。新女工說我懂，我忙否認。飯罷，我們去看電影，買了票候上場散時，在附近的地攤上，我花了一毫子買下四張最反共的報紙。回去當新女工來應門時，我站在紅粉贈與佳人，寶劍贈與「烈士」的立場交到她手裏道：

「何日反攻大陸？我相信這些報紙上會給你圓滿的答覆，以後我們晚上出去，會帶這些報紙來給你，不過，你與我們口頭討論，實在我們無法應付。」

新女工向我們致謝，從明天起，她不與我們談政治了。

她的辦事能力實在糟，在我眼裏，這幾天太太比她忙得多，因此我想到她確是不配在廣州耽下去，但太太認為不能辭掉她，除非她另有高就，辭掉她對她的打擊太大，由於她是「處女作」。太太如此愛護忠貞人士，我說他日反攻大陸成功，也該受到獎勵呢！

選自一九五八年二月七日香港《新生晚報·新趣》

家庭店

新居的對面有家規模甚小的「士多」，一夜朋友來訪，我留飯蒙允後打個電話往「士多」命送三瓶啤酒來，對方的男人問我付甚麼鈔票找，我感到其言陌生，他用生硬的國語慢慢地說：「譬如你付十塊或者一百塊，我們要把找的錢帶來。」

我告訴他「十塊」。收線後僅隔五分鐘，門鈴響，我去開門看到一個八九歲的小姑娘，一手提隻盛了三瓶啤酒的籃，她進來取出啤酒，我付以一張十元鈔，她從衣袋裏取出五元五角放到桌上說聲「多謝」離去，還順手把門帶上。

後來我知道這家「士多」裏不雇職工，夫婦與三個孩子担任全部工作，電話裏他們要問明付甚麼鈔票找是怕多走一次路，為經濟時間而已！

一天經過這家「士多」，看到一家五口都在吃午飯，電話鈴響，二十歲左右的大小開立刻放下飯碗用英語與對方通電話，接着他搬了許多罐頭放入一個手提的紙包裹用我聽不懂的話向他家屬嘰嘰咕咕，大概是客家話吧！十三四歲的二小開立刻擱箸而起，提了紙包飛步而奔。曾送啤酒到舍間小妹妹見了我馬上離座而問「買乜」，我被感動，買了一包香煙回去。

這類「家庭店」，在香港頗多，元朗幾家鄉下飯店裏亦有屬於這類的。寓所附近金馬倫道上有家以旅客為主要營業對象的舖子開在一座房子的梯口，父女兩人相依為命，據說母親已去世了。這個年青的姑娘，可算明眸皓齒，她在晚間讀書，白天幫父親工作，沒有主顧上門時手裏永遠拿着一本英文書。有天我看到兩個美國人替她拍了許多照片，其一要求與她拍在一起，她說必須父親加入，結果也加入了。我喜歡她必須父親加入，這位英語流利的小姐是地道的中國人呢！

家庭店在外省較少，我記得約二十年前上海白克路上有家「龍雲家庭飯店」，姊妹花招待主顧，被文人稱作「當爐艷」，有些傢伙吃了「紅豆冰」之餘酸溜溜的「張之以詩」，這「龍雲」也是廣東人開的。姊妹花好在骨頭不輕，對付那些騷人墨客也像對住普通主顧，並不另眼相看，這是可取之處，否則俗矣。

選自一九五八年五月二十六日香港《新生晚報·新趣》

葉靈鳳

法國文學的印象

從高克多說起

一九二八年左右，魯迅先生在「朝花週刊」上根據日譯本介紹了若望・高克多的警句集「雄鷄和雜饌」，魯迅先生所賞識的是其中的一句：「青年人莫買穩當的股票」。當時還是二十幾歲的我，自然就被這樣俏皮的見解所吸引了，我那時一面學寫文章，一面又在學畫，所買的可說正是兩種最不穩當的股票。當我知道高克多也是畫家以後，我自然更對這位法國作家嚮往起來了。

爲了學畫，雖然老早就在美術學校裡選讀了法文，但是每星期兩小時的課程，使我的程度距離看書還很遠（我一向羨慕亡友望舒的好法文，但是據他自己說，這是在震旦大學挨法國神父打手心苦學出來的），倒是從小就在教會學校裡學的英文，還够我勉强應付看看英文書。可是在那時的上海，買新一點好一點的英文文學書實在不容易，一直到很遲才有機會讀到他的「癮君子日記」，這是描寫一個人用鴉片烟爲自己所創造的人工樂園的，裡面還附有他自己所作的有趣的插畫。我不知高克多自己是否眞的有過吸鴉片烟上癮的經驗，但他至少顯然是見過中國吸鴉片烟的工具的，因此他所畫的那些癮君子發烟癮時的苦況，沉醉後的惝恍樂趣，從眼睛和手指上都鑽出烟槍來的那種狂樂神情，使我爲他的畫面上的這個濃厚的外國情調所深深的迷惑了。我後來曾將其中的一部份選譯出來，附了插圖，刊在一個雜誌上。

我對於高克多的印象，僅此而已。直到最近，由於他被選入法蘭西學士院，才又引起我的注意，使我想起當年時候對於他的憧憬。但是歲月磨人，狂放不羈的高克多終於也被人牽着鼻子，披上花衣進入了學士院，我不知道是他從前所買的「不穩當的股票」，使他獲得了意外的溢利，還是老年的高克多竟將他的當年時代出賣了？

也許，他實行了自己的格言，年輕的時候不買穩當的股票，可是，到了老年，他便加入「穩當的」法蘭西學士院爲股東了。

誠如他自己所最喜歡的那本作品的題名所表示的一樣：高克多到底也是 Enfants Terribles 之一。

我所欽佩的紀德

在現代法國作家之中，毫無疑問，我所最喜歡，同時也令我最欽佩的，乃是安得烈·紀德。遠在一九三零年前後，我就讀過了他的傑作之一「贋幣犯」。除了內容之外，僅是這部小說所採用的形式，當時就深深的使我感到了興趣。他不僅將第一人稱和第三人稱混合在一起，而且還插入了書中人物的書信和日記片斷。這種類似電影「蒙太奇」的手法，在美國的帕索士等人用來，是務求新奇動人，流入純粹的形式主義的歧途上去了，但是在「贋幣犯」裡，却像讀着學者的考證文字，他將許多文獻、旁證，彙集在一起，不加証明或註解的使讀者自己獲得了一個整個連貫的印象，這樣的小說手法，在紀德以前是很少有人嘗試過的。

很少小說曾使得我有重讀的興趣，但是紀德的「贋幣犯」却是其中之一，二十年來我已經讀了三遍，就爲了這樣，前年我還向倫敦買了一部「贋幣犯寫作日記」的英譯本，這是限定版，薄薄的六十幾頁，花了我三十多仙令，然而却使我理解了他寫作這部小說的心理過程不少。

他的自傳「如果一粒麥子不死」，也是我的愛讀書之一，還有那一本短短的關於王爾德的回憶，可說是對於一位天才少見的崇敬和不阿諛的指摘，從那短小的篇幅裡，使他們對於王爾德的理解，比任何一本傳記還更多。

紀德就是這麼一位令人欽佩可愛的作家，他倔强、自尊、不肯隨聲附和，雖然有時不免褊狹，但是却不肯泯滅善惡的界限，所以像「地上的食糧」裡所含蓄的那樣機智，始終是積極的。人雖然有時在青年時代就已經糊塗，但愈老愈糊塗的人更多。作家也是如此。只有紀德到老還不曾背叛他青年時代的信仰，正是令我對他欽佩的原因之一。

淵博愛書的法郎士

阿拉托爾．法郎士死了已經三十多年了，除了紀德以外，法國文壇至今還沒有一個作家能與他匹敵，更不用說承繼他的衣缽，塡補由於他的死所遺留下來的空虛了。

他的小說，充滿了青春氣，機智而且淵博，從任何一方面來看，都不愧是大作家的手筆。「黛絲」裡的異國情調，「紅百合」裡的華麗，都是早年曾經深深的被它們吸引過的。但是最使我讀了不能忘懷的，還是「龐拉德之罪」。

法郎士的父親是經營舊書店的，從小沉浸在斷簡殘篇裡的他，後來在作品裡到處充滿了書香，正不是無因的。「龐拉德之罪」，將舊書店做了背景，使他能夠暢快的運用自幼就熟悉了的那種氣氛，寫一個老年人的寂寞的愛，那種情調衹有在雨果的「哀史」裡才可以約畧感到，他自己也認爲是得意之作，可見作家對於自己的作品，無論世人的愛憎如何，他自己是如魚在水，冷暖自知的。我特別愛好他的這部小說，不敢自居是他的知己，大約由於充滿在這本小說裡的濃厚愛書氣氛，特別吸引了我吧。

他的隨筆書評集「文學與生活」，雖是早年煮字療飢之作，但是最能夠看出他的淵博。晚年的字字珠璣，流傳在文壇上的那些妙語如珠的機智逸話，正是從這些隨筆書評上面打下基礎的。

談得最多讀得最少的一位小說家

在近代英國文壇上，談得最多讀得少的一位作家，毫無疑問該是詹姆斯．喬伊斯。僅是一本「優力栖士」，在英美文壇已經掀起驚天動地的風波：爭論、辯駁、詮釋，甚至控訴，鬧得沒有人再注意這部作品的自身。雖然有些批評家說，現在小說家幾乎沒有一個不直接或間接受過喬伊斯的影响的，這話也許説得很有根據，但是我想同樣也可以說，現代文藝愛好者雖然無人不知喬伊斯的名字，可是見過（注意，我特地不用「讀」字）他的「優力栖士」的人恐怕少之又少，更不用說讀過這書的人了。因爲知道他的名字和這本書的文藝愛好者，是一種光榮和幸福，可是要讀完這本書，却有點近於是苦難了。因爲這是一本近千葉的巨著，其中有一處地方有一句句子長至數頁，使得將近十頁的篇幅沒有一個逗點。

然而喬伊斯對於現代文學的影响却是不能抹煞的，因爲他在取材、結構和描寫手法上，給現代小說開拓了新的領域。

談法國文學印象談到了喬伊斯，也許有點扯得太遠了，其實却也是大有淵源的，因爲喬伊斯是在巴黎消磨他的文學生涯的。他的這部「優力栖士」，也是在巴黎排印，由巴黎當年那家有名的小書店「沙士比亞公司」出版的。一直有許多年，這本書在英美都被禁止進口和出售。

至於眞正法國近代作家，被人談論得最多而又讀得最少的，自然祇有馬塞·普洛斯特才有資格承受得起這種盛譽了。我曾經兩次買過他的那部大著「過去事情的回憶」，我坦白的承認，除了隨手翻閱以外，至今還不曾正經的讀過這部大著。然而我却讀了不少研究他的作品的論文，甚至還執筆介紹過他的逸事。被人談論得最多而讀得最少的現象，我想大約就是這樣造成的。

然而，也像喬伊斯一樣，由於他首先精緻深刻的發抉了人類心理變化的一切過程，普洛斯特也給現代文學描寫開拓了一條新的途徑。

尊敬，羡慕和愛憎

有的作家使我尊敬，有的作家使我欽佩和羡慕，有的作家却使我喜歡。在現代法國作家中，羅曼蘭羅和巴比塞，是最受我尊敬的兩位。最初讀着「約翰．克利斯朶夫」的時候，我是懷着一種宗教情緒展開第一頁的，小約翰在牀上遺尿的情形，使我至今仍不曾忘記。讀着巴比塞的「鎖鍊」和「火線下」的心情也是如此。我曾着手繙譯過「火線下」，由於抗日戰爭，繙譯工作受到妨礙，一部份的譯稿也失散了。

法郎士和紀德，以及更上一輩的巴爾札克，左拉，雨果和梅里美，都是使我欽佩和羨慕的作家。我知道自己永不會獲得他們成就的一粟，所以除了羨慕和欽佩之外，是不敢作任何僭越的妄想的。

保爾．穆杭和安得烈．馬爾洛，則是屬於使我喜歡的現代法國作家之列了。我曾經再三讀過穆杭的「不夜天」，以及可能到手的他的一切作品，甚至曾予以模倣。馬爾洛的幾部以中國革命爲題材的小說，簡直是我自己創作理想的實現。可是自從他背叛了自己早年的信仰，一年比一年更甚的說了許多編狹固執的話以後，我不再喜歡他的小說了。

選自一九五六年八月一日香港《文藝新潮》第一卷第四期

望舒和災難的歲月

「今天是亡魂的祭日，

我想起了我的死去了六年的友人。
或許他已老一點了，悵惜他愛嬌的妻，
他哭泣着的女兒，他剪斷了的青春。

他一定是瘦了，過着飄泊的生涯，在幽冥中，
但他的忠誠的目光是永遠保留着的，
而我還聽到他往昔的熟稔有勁的聲音，
『快樂嗎，老戴？』」

這是望舒著作「祭日」中的兩節。在夏夜的燈下讀到這樣的詩句，我眞忍不住抬起眼來，茫然向空中問道：「快樂嗎，老戴？」

我知道望舒的生，是不快樂的：婚姻和家庭生活的挫折，詩才未能好好的發展，在香港淪陷期間那幾年苦難的日子；他雖然始終興緻很好，強顏歡笑，但我知道他的內心是凄苦的。這是由於他的個性很强，輕易不肯將感情上的弱點暴露在別人的面前。但他的死，我想他一定是可以死得瞑目的，雖然有點依依不捨。因爲他終於能够埋骨在新生的祖國土地上；若是客死在這孤寂的島上，我想作爲詩人的他，一定死得不能瞑目了。

望舒是在一九四九年冬天離開香港北上的。在他未決定北上以前那一段期間，他是住在我家裏的。這時的哮喘病已經很深，同時家庭間又在一再發生糾紛，私生活苦痛已極，這時他的大女

兒又從上海來了。爲了病，爲了這些不如意的事，他的肉體和精神上的担負實在很大。素來樂觀强倔的他，這時也一再在人前搖頭說：「死了，這一次一定死了」！因爲這時他是住在我的客廳裏的，同我的臥房僅隔了一層屏門，夜靜聽到他發病時的那種氣喘如牛的聲音，我也實在替他的病體担心。

然而就在這樣的時候，誠如他的詩所歌詠的那樣，古舊的凝冰都嘩嘩的解凍了，春天已經重臨到祖國的土地上，詩人的心也覺得「生命的春天重到了」，他向我表示要離港北上，說是北國乾燥的空氣至少對於他的病體會有幫助。我當然極力鼓勵他去，因爲這不僅能使他在文學上獲得新的生命，而且也可以將當時那種痛苦的生活環境擺脫乾淨。就這樣，忙着帮他找關係，等候回信，打聽船期，一直忙碌了一個多月，才能夠成行。這時他的病況雖然沒有減輕，但見精神却愉快多了。我當時怎樣也不曾料到，在他北上以後，僅僅收到過他的一封來信，接着獲得的便是那令人心痛的噩耗了。

望舒是一九五零年二月在北京因哮喘症突發逝世的，到今天已經整整七個年頭有多了。最近人民文學出版社出版了他的「詩選」，這是從他的兩本詩集，「望舒詩稿」和「災難的歲月」裏選輯成的。在這以前，他本來在水沫書店出版過一本「我的記憶」，這是他的第一本詩集；後來又增加了一些新作，在現代書局出版了一本「望舒草」。這本詩集出版時，他已經到法國去了。一九三七年出版的「望舒詩稿」，不過是將上列兩本詩集刪除了若干首「少作」合併成的，作者謙遜的稱爲詩稿，可見仍認爲不能算是定本。至於「災難的歲月」，則是他一九三四年以後的作品。誠如這本詩集的題名所示，從那時期以後，不僅整個中國，就是詩人的私生活，也開始了「災難的歲月」，因此這本小小集子裏的作品，在風格上同詩人以前的作品有了很大的不同。

從「望舒詩稿」和「災難的歲月」裏選出來的「戴望舒選集」，共收了他的詩四十三首，這是從望舒自己刪存的八十八首詩裏再選出來的。這比起同時代的別的詩人作品數量，望舒的詩可說寫得眞是太少了，然而他至少已經有了二十年寫詩的過程，所以我說他的詩才未能獲得好好的發展。尤其是到了香港以後，他忙於編輯工作，忙於譯述工作，爲衣食辛勞；有一時期又對中國舊文學發生了興趣，研究中國舊小説史料和元曲裏的俗語詞彙；再加上香港淪陷期間那幾年辛酸蒙垢的生活，家庭風波和病魔的侵擾，我們的詩人至少有十年的生命是這樣被消耗掉了，這眞是他的「災難的歲月」！

在一九四四年所寫的那首「過舊居」裏，有這樣的幾句：

「這條路！我曾經走了多少回！
多少回？……過去都壓縮成一堆，
叫人不能分辨，日子是那麼相類，」
「而我的脚步爲什麼又這樣累？
是否我肩上壓着苦難的年歲，
壓着沉哀，滲透到骨髓，
使我眼睛矇矓，心頭消失了光輝？」

詩人爲什麽經過自己的舊居，會挑動這樣沉重凄涼的感情呢？這並非因爲：

「有人開了窗，
有人開了門，
走到露台上——
一個陌生人」。

詩人的心裏，實在是另有不願示人的創痛的。這並非因爲他離開了舊居搬到別處去住，偶然見到他的舊居已經有別人住了的原故。這祇要讀一下他的另一首詩就可以明白了，這是在同年六月寫的那首「示長女」：

「記得那些幸福的日子！
女兒，記在你幼小的心靈：
你童年點綴着海鳥的彩翎，
貝殼的珠色，潮汐的清音，
山嵐的蒼翠，繁花的繡錦，
和愛你的父母的溫存」
「可是，女兒，這幸福是短暫的，
一霎時都被雲鎖烟埋；
你記得我們的小園臨大海，

從那裏你們一去就不再回來，
從此我對着那迢遙的天涯，
松樹下常常徘徊到暮靄」

詩人這裏所懷念的舊居，就是他在香港所住的薄扶林道上被稱爲「木屋」的那座房屋的二樓：背山面海，四週被樹木環繞，從路邊到他的家裏，要經過一座橫跨小溪的石橋，再走很多的石級才可以到。所以地方十分幽靜，眞是理想的詩人之家。望舒住在這裏的幾年生活，可說是他一生中最愉快最滿足的：有固定的工作和收入，有安定的生活，經常有朋友來找他談天喝茶。再加上：

「我沒有忘記：這是家，
妻如玉，女兒如花，
清晨的呼喚和燈下的閑話，
想一想，會叫人發傻；
單聽她們親暱地叫，
就够人整天地驕傲，
出門時挺起胸，伸直腰，
工作時也抬頭微笑」。

然而曾幾何時，他的家庭生活起了意外的激變，使他再走過「木屋」的那間舊居時，詩人不得不寫出了這樣沉痛的短句：

「靜掩的窗子隔住塵封的幸福，
寂寞的溫暖飽和着遼遠的炊烟——
陌生的聲音還是解凍的呼喚？……
挹淚的過客在往者生活了一瞬間」。

我同望舒相識逾二十年，在上海曾有兩次同住在一起，到香港後又在一起工作，有許多時候差不多整天的在一起，但我從不曾見他有過爲了要解決家庭問題，忽忽又離開香港到上海去的那幾天那麼沉靜。這大約是一九四零年夏天的事情。他忽忽任我替他料理遺下來的那份職務，也不向我解釋他爲什麼要走得那麼忽忙的原因，就趕回上海去了。我當然也不向他詢問什麼，因爲他也知道我一定早已明白他爲什麼要趕回上海去一次，所以一切說明都是多餘的。不久他又回來了，然而整個人也就從此變了。我想正是在這時候，他寫下了「白蝴蝶」那首短詩：

「給什麼智慧給我，
小小的白蝴蝶，
翻開了空白之頁，
合上了空白之頁。
翻開的書頁：
寂寞；

合上的書頁：

寂寞」。

「木屋」前的那個山坳，在香港是以產蝴蝶著名的，階前的小灌木叢上整年都有蝴蝶飛翔，我想詩人那時卽景生情，就寫下了這樣的絕句。

望舒除了法文之外，又通西班牙文。他生平有一個大願望，就是要從西班牙原文將塞凡提斯的「吉訶德傳」譯出。這個願望，本來是可以順利完成的，因爲在抗戰以前，他已經從庚欵文化委員會訂好了翻譯這書的合約，而且已經動手翻譯了。但是不久抗戰發生了，他自己也離開上海到了香港，這工作就無形中停頓。在香港的這十多年，我知道他並不曾完全放棄這個計劃，有空就繼續譯一點，或是將舊稿整理一下。但是能夠放在這件工作上的時間並不多，所以進展得一定很慢。直到他去世時爲止，他仍在繼續這個工作。但我不知道他究竟已經將這書翻譯成怎樣了，可能已經完成了第一部初稿。但他不曾將這部大著譯完，這是我國文壇的一大損失，同時也是望舒一生的憾事。他曾經從西班牙文譯了阿索林的「西班牙一小時」，「西班牙抗戰謠曲選」，革命詩人洛爾伽詩鈔，這不過是這個偉大計劃的副產品而已。

選自一九五七年八月香港《文藝世紀》第三期

新蟬第一聲

「微月初三夜，新蟬第一聲。」這是大詩人白居易聞新蟬詩中的兩句。他這首詩大約是在北方什麼地方寫的，因爲詩題是「六月初三夜聞蟬」，一定那地方氣候比較冷，所以六月始聞新蟬。但在香港，則一到四月初，你就可以聽到蟬聲了。

前幾天天氣比較暖，我已經聽過窗外樹上第一聲的新蟬，那聲音斷斷續續的，叫了幾聲就停住了，好像很生澀。這幾天天又轉冷，便不再聽見牠叫了。遙想牠一定在枝上竭力抑捺自己的興奮，靜候這寒流的尾潮一過，從此就可以放懷唱個痛快了。

蟬聲一來，就表示夏天已到。香港叫得最早的蟬，並不是我們通常所見稱爲「知了」的那種大蟬，而是一種黑色的小蟬，翅上有兩點黃色的斑點。牠的叫聲也不像普通的蟬那樣，而是「滋——滋」。聲音叫得非常響亮。這種小蟬，中國舊時稱爲蠑，又名蟪蛄。有青色的，香港更有一種紅色的，牠們的鳴聲却與那種褐黑色的大蟬不同。

雌蟬不會叫，所有會叫的蟬都是雄的。因此古希臘詩人薩拉朱斯曾有兩句非常幽默的詠蟬小詩：

「蟬的生活多麼幸福呀，因爲牠們有不會開口的太太。」

據著名的昆蟲學家法布耳說，雌蟬不僅不會叫，牠們似乎連聽覺也沒有。因爲他曾在有蟬的樹下放了一槍，牠們似乎一點不受驚擾。

人類對於蟬素來有好感，尤其注意牠的鳴聲，所以希臘古詩人詠蟬的很多，中國舊詩以蟬爲題材的更多，而且有許多關於蟬的有趣的傳說和故事。但是對於蟬的生活一向不大清楚，並且有些可笑的誤解。差不多中外都是如此。直到近年法布耳等人耐心作了多年實地精密的觀察後，才能弄清楚牠們生活的眞相。

一隻蟬從幼蟲一直到爬到樹上來叫，先後至少要經過七八年之久，有的甚至要相隔十餘年。雌蟬的卵是產在樹幹上的，牠們孵化後會從樹上落到樹根下，然後掘土向地底下鑽去，有時要深入土中十餘尺，遇到有樹根的適宜地方便停住，以樹根的汁液爲營養，這樣一直要在土中生活七八年（有一種蟬的幼蛹要在土中隱居十七年），幼蟲才生長成熟，然後本能的在一個雨夜掘鬆了泥土往上爬，爬到樹幹上休息一下，開始褪殼，從裂開的殼背上就爬出了一隻完整的新蟬。那隻空殼，就是中國藥材舖裏所賣的蟬蛻。新蟬繼續爬上樹梢，不久就開始試牠蘊蓄了七八年之久的新聲了。

署名葉林豐，選自葉林豐《香港方物志》，香港：中華書局，一九五八年十一月

三月的樹

〔存目〕

署名葉林豐，選自葉林豐《香港方物志》，香港：中華書局，一九五八年十一月

香港的蝴蝶

〔存目〕

署名葉林豐，選自葉林豐《香港方物志》，香港：中華書局，一九五八年十一月

高伯雨

倒霉狀元龍汝言

人們以為舊日的讀書人一中了狀元，以後就飛黃騰達，一帆風順，做到大官，享盡人間富貴的了，其實並不盡然，狀元不是個個都順利的。遠的不說，就拿張謇來說吧。他中狀元後，並沒有得過什麼差使，應散館試不久，就給西太后驅逐回籍，從此一蹶不振。這麼一來，他反而從事實業，奠下了後半生南通土皇帝的基礎。可見他中狀元後，功名是頗不順利的。

清朝最倒霉的狀元，要算嘉慶十九年甲戌科的龍汝言了。他中了狀元後，本來是可以「發達」的，然而竟給他的太太誤了他一生，這件事的經過很有趣。

龍汝言是安徽桐城人，字子嘉，號錦珊，他入京應順天鄉試，下第後，在某都統家裡教書。恰值嘉慶帝生日，中外大員照例要有祝詞以備小貢的。某都統當然請西席老夫子執筆。這也是龍汝言官運快要作動，他盡半月之力，集康熙乾隆兩朝的御製詩一百韻以進。嘉慶帝讀後龍心大悅，立即召見某都統，着實灌了一輪米湯。某都統本是武人，倒弔都沒有一滴墨水的，不敢欺君，便說是龍汝言所集的。嘉慶帝說，江南的士子，向來不屑讀先皇的詩章，現在此人肯熟讀，可見他具有愛君之熱誠，甚可取，就馬上欽賜舉人，准他一體會試。可惜龍汝言不掙氣，嘉慶十六年的會試名落孫山。主考覆命時，嘉慶帝大發脾氣，說這一科沒有一篇好文章。主考胡長齡、董誥、曹振鏞、文寧四人離開後，暗中向太監打聽，這科的文章好的很多，爲什麼皇帝說沒有一篇值得上眼的？太監因告以龍汝言落選之故。到甲戌年會試，主考知道龍心所屬，把汝言取中，皇帝見到題名錄，果然龍心大悦。到殿試之日，讀卷大臣以一甲一名進，皇帝當然點頭，龍汝言遂大魁天下矣。事後嘉慶帝對近臣說：「我所賞識的人還會錯嗎！」

還未應散館試，龍汝言即派南書房行走，實錄館纂修等差使，不時有上方珍物賞賜，（他的詩文集叫做「賜硯齋集」就是紀念皇帝賜他端硯之榮。）同僚歆羨不已。

龍汝言一生最怕老婆，和老婆吵架後，就不敢回家，以免被打。有一次，他和太太吵後，避居朋友家中，好幾天不敢回去。剛剛他避出門那天，實錄館職員送來高宗實錄請他校對。龍太太照例收下了，放在書房裡。第三天，職員來取回去，她就拿出來交還。龍汝言回家後，太太也沒有對他說到此事。過了不久，然忽有上諭，責龍汝言精神恍忽，辦事不周，著革職永不叙用，但並沒有宣佈他的罪狀。上諭一出，舉朝震驚，以龍汝言素爲皇帝賞識，何以忽有此處分。後來才知道，原來「高宗純皇帝實錄」的「純」字，繕寫員誤書「絕」字，變成「絕皇帝」，這是封建帝王最忌的，如果他不是寵臣，早就正法了。此書龍汝言雖無過目，但恭校的黃簽則大書龍汝言之名也。嘉慶帝死後，龍汝言以內廷舊員，又是受過大行皇帝非常知遇的，例准哭臨梓宮。龍汝言感懷身世，伏地痛哭，見者流淚。道光帝知道了，說此人有良心，就賞給他內閣中書，道光末年逝世。

選自高伯雨《聽雨樓雜筆》，香港：創墾出版社，一九五六年八月十六日

煉煤油的笑話

一九五五年六月八日的某報登載了一段消息，說中國科學院石油研究所，現在掌握了一種新的煉製合成人造石油的方法，成功之後，可增產量五十倍。這是一個令人興奮而又有趣味的消息。說明我國的科學大有進步了。

關於人造石油這個理想，在六十年前，清朝科學不發達時，在無意中鬧過一個笑話，給一個外國領事嘲笑了一番，其事見於「二十年目睹之怪現狀」。這件事的經過很有趣，可拿來談一下。

該書的第八十一回回目的下聯，是「假聰明貽譏外族」，說的是一個留心時務的道臺，在他的故鄉四川興辦實業。他在重慶忽然大買煤斤，把重慶的煤都買貴了，小民叫苦連天。這不打緊，却驚動了外國人了。「駐劄重慶的外國領事，看得一天天的煤價貴了，便出來查考，知道有這麼一個觀察在那裏收煤，不覺暗暗納罕。便去拜會重慶道。」這個外國領事，未免太留心中國「民隱」了。重慶道便去拜會那個觀察（觀察是道臺之別稱）問他收買煤斤爲的啥事。那位觀察說，外國的煤油到四川要賣到七十多文一斤，他到外國辦了機器來，在煤裏面提取煤油，每一百斤煤至少提到五十斤油。重慶道把這番話告訴外國領事，那個領事聽了呵呵大笑，說道：「外國的煤油是從煤礦採出來的，並不是從煤塊提出來的東西。」這個領事便當面冷嘲了一下，很得意就走了。吳沃堯在書中沒有說明是哪一國的領事，他寫這一段故事，無非是想從外國人口中，描畫出一個滿清的昏庸官員。因爲在光緒二十年以後，一些「開通」的官員，都講時務，興實業，但有成績的却是很少很少。他們無非借這個名堂，來飽私囊罷了。這個觀察想從煤斤裏提取石油，我們不能說他不聰明。很多大發明家都是從幻想一件事物，從而下死功夫去研究而成功的。可惜這個觀察只會作這幻想，並不用科學頭腦去研究怎樣才可以從煤塊裏面提煉煤油，他只是以意爲之，徒被外人譏笑而已。

這個道臺是王湘綺的得意門生四川人宋育仁，他比齊白石拜在王門只不過早十年，在三十年前逝世了。他是翰林出身，到過外國考察實業的。他想出這個從煤斤提煤油的方法，還比外國人早幾十年。

關於宋育仁這件事，從前在北京辦報的汪康年（一九一一年死去），曾把它寫在「莊諧選錄」裏，據說是引自四川李明智所作的，文云：

鹿芝帥任川督，開辦商務局，以川紳宋芸子（按：育仁之字）喬茂萱總其事。二君於商務不甚了了……與無數公司之名……在重慶開煤油公司局，集股數萬金，辦法、告示、章程散布一省，皆指言以煤取油，用機器化之。各國煤油皆出於煤，故外洋以煤礦爲要政等語。公司局則收買煤炭，堆積如山，渝城煤價日漲，民衆怨之，幾釀巨變。後英駐渝領事照會渝關道，詢中國得何法能用煤取油。外洋煤油係開井數百丈而油自出，然必有煤油礦地始可用。今中國謂煤油出於煤，而招股開辦，或亦有所驗歟？關道以詢公司，方知公司亦不知煤油之另有礦也。渝民聞之，群指煤山笑罵之。宋愧，始另作章程，然已費萬餘金。

宋育仁只是會羞愧，不會自己下死勁去研究來爭回這口氣，却在二十年前給外國人研究出來了。一九三二年，翁文灝在「獨立評論」第廿四期發表「中國的燃料問題」一文，證明了從煤炭提油一事，已由研究而成爲事實，他說：

「汽油不但能從石油礦內提出，而且也能從煤炭內提煉。近年來以……山西大同煤炭，用這個方法，每一噸能提出九十公斤原油。這原油內含有約百分之二十的汽油。如此計算，則每噸煤只能煉十八公斤即約四加侖的汽油。就是要得一千萬加侖的汽油，須用二百五十萬噸煤。但同時還可以得到許多如煤汽扁陳油、煤油、柏油、及半焦炭等其他產物。……雖然各種方法發明未久，一半尚未脱試驗時期，但離成功的日子已不甚遠，只要努力研究推廣，即使不能完全解決中國燃料問題，至少可以得到一大半的解決。」

一九三二年，日本也研究從石炭提煉煤油的方法，得到成功，一九三二年十月廿三日，天津「大公報」就登有這段新聞：

「日本新聞聯合社廿二日東京電：前經滿鐵委託海軍之石炭液化一事，在鋭意研究中，現依工業的實驗裝置，已將石炭化爲液體，其二分之一以上完全爲良質之燃料液體，而精製品變爲汽油，是石炭之液體化事業，已由日本工業實驗而成功，可稱爲燃料界一大革命，在國防上有重要意義者也。」

煤炭液體化這一件事，各國研究到今二十多年，但還未有什麽偉大成績，但我國今日對這種研究更推進了一步，在人造石油這方面能用新法子來增產了。

選自高伯雨《讀小説劄記——「水滸」和「二十年目覩之怪現狀」索隱》，香港：上海書局，一九五七年八月

沙千夢

故鄉和外鄉

大概因爲我的性格裏有若干不羈的成份，所以對於過去的一切，我是極少有着留戀的。像別人所常有的那種思故鄉的感情，我除了只偶然發生外，它絕不會常常盤踞在我的心裏。大凡我所住過的地方，有優點，同時也都有缺點，正如我現在所居住着的香港一樣。所以我不會爲了別的地方而嫌棄香港。

香港地方實在太小，如果我可以任意選擇另一居住的地方，那決不是我過去所住過的那些去處。我要選擇新的目標，試探新的環境。

一個人有着固執的鄉土觀念，在我是很不可理解的。而絕大多數的武漢人，大概都會在十分地懷戀着他們的武漢。其實武漢有什麼大不了呢？我在武漢住着的時候把我厭煩死了。

見到鄉土觀念更重的四川人，我也只會對他說：

「四川的溫泉很好，牛肉也好吃得很。」緊接着，重慶夏夜的煩熱使便在我的記憶裏山現了。這個石頭城，在炎陽落下以後居然還要蒸發一天所吸收的熱氣，讓人更受罪，我能說那地方百分之百的可愛嗎？整天整天盖在頭上的雲霧，又那裡會使人不厭倦呢。

至於我自己的故鄉，我是更不敢恭維了。它是一個齷齪的小鎮，一條十字形的街，狹窄得使每一個行人都逃不開兩旁小店裏閒坐着的人的批評。疾病一家挨一家地傳染着，沒有門戶的公共厠所每隔三五步就有一個，蹲在河阜上淘米洗菜的人們經常可以看到上游另一河阜上正有人在倒刷着便桶。當我睡在床上的晚上，我不是被成群的犬吠聲所騷擾，就是被大模大樣在屋上找尋對象的貓的脚踏屋瓦聲所驚心，有時牠從屋上縱身跳下，我常常不能辨出是不是一個壞人跳入我家的的院子呢。卽使我是一夜好睡吧，每到天末灰白的時候就被隔得似乎很遠的屠夫家的殺猪聲所吵醒，一隻一隻待殺以前的猪，都拼命地慘叫着，我保證這慘叫聲是全鎮住戶都在恭聽着的。這就是我的故鄉了，雖然魚蝦滿市，走出街半里路就是美麗的太湖之濱，我曾赤着脚在那長滿蘆葦的湖濱逐水游嬉，有時也爬上小山，坐在大石塊上看面積龐大的湖水在太陽下面泛着各種顏色，和隨風起舞的一排一排魚紋的波浪。山脚下有許多貝殼，有許多有顏色的光滑的小石卵，小山上有一隻荒涼的廟，楊梅熟了時候有堆街塞市的大楊梅，我家花園裏也經常有熟了的果子和開了的花……但這樣的故鄉又是否值得人忘記了地球的大而專心去留戀着它呢！

自從我離開它居住到蘇州去以後，我就覺得蘇州的深弄小巷不知比我故鄉的環境寧靜到多少倍，每天準時經過門前的小販個個都手挽着或肩負着美味的食物，你如果不在你房子的最前面一層的廳房裏靜候着他們，你將會完全聽不到他們的叫賣聲：

「金花菜，黃蓮頭！」

「向日葵！」

「紅心脱核桃！」

這些差不多都是女人在叫賣着的，她們的聲音是那麼纖細，清脆，她們的樸素的鄉村打扮更那麼出色，一身乾淨的布襖布袴，頭上梳着一個光滑的髮髻，一塊印着花邊的藍布鬆鬆地包在她們的頭上，她們中有十八九歲和二十三十餘歲的少婦，都是眉清目秀地，長得非常美麗。

就是蘇州的黃包車，也繫着一個特殊的小鈴，使行人在一面得以避開車子的撞碰，還欣賞着一種悦耳的音樂。

至於蘇州的茶食和點心，更是精緻而又美味，每天清早，每一家的女工都攜着紅漆的籃子出外購買早餐，紅漆籃子上面有盖，香氣和熱氣都不會走散。六月天，蘇州有一種素饅頭極普遍的出賣，價錢非常便宜，取料也很平凡，但是那青菜餡子的碧綠顏色和孕育在饅頭裏的黃澄澄的菜油，以及它們所發出的清香鮮甜的滋味却叫每一個吃過的人不能忘懷。跟隨着天氣，蘇州有層出不窮的好吃的東西在應市，而特製的瓜子，松子糖，醬猪肉，鷄鴨時件，燻魚……更經常廉價供應在市面上，瓜菓魚蝦，也更比我故鄉的爲多。在這樣的一比較之下，叫我怎能不喜愛蘇州而厭惡故鄉呢。何況蘇州的井，更給我們多少生活的情趣，夏天，它冷了，冬天，它溫了，下雨時候，它漲水到井口近處來了，蹲在井邊，我們用杓子舀水，我的雙手經常浸到剛吊出的井水裏去，因爲它是冬暖夏涼的，它是乾淨的，它還是自己家裏的出品。蘇州人幾乎每家都有一隻以上的私井，夏天，我們把西瓜吊入井裏去冰，晚上，又把剩餘的小菜放在籃子裏吊入井中。它代替了冰箱，却比冰箱有生命。有時，一隻吊桶跌落井裏了，家中更爲這事熱鬧起來，小孩子們甩着繩子練習吊水的技巧，女孩子們更可以跪在井邊對着井水照見自己的面影，蘇州的生活環境就是那麼文雅而不呆滯的。

我在蘇州住了七年，因爲戰事的關係而離開它旅行到了別處，經過好多地方，我走遍了長江流域各省，又到過西南，到過北方，到過海防河內……

那時因爲生活波動得太利害，自己年紀又青，倒是有過思鄉的感情，但那種思鄉的感情嚴格地分析起來只是爲了想望生活的安定，想望感情的依靠，是思念家人的成份多，思念鄉土的成份只極少極少。

每到一地，每每都有新的風土人情在吸引着我，新的風景，新的食物，新的屋宇……我愛這些新的事物。過舊曆新年時，我正路過雲南鄉間。雲南鄉人以綠色的新鮮松針厚厚的鋪滿在廳房的地上，做成了天下最藝術最舒適的地毯，再配上中國新年特有的大紅色，更顯出一種美麗的過年景象，這景象給我的感覺好極了，好過每一年我故鄉的過年景象，在這種種地方，我一點都不固執於「一切都是故鄉的好。」

昆明的氣候是我們全國最好的，四季如春，比起我故鄉的酷暑和嚴冬，眞不知要可愛多少倍，如果我可以爲自己特製一個理想的居住的地方，它一定是包括了有昆明的氣候的。同時，像安徽鄉下那種冬天的取暖法，我也要把它取法過來，成爲那新的故鄉的一種風物。那是一隻隻稻草紮成的囤，它正好能套在一隻櫈子外面，而比較櫈子更高更大些，上面口小，下面一路大下去，使一個人坐在那草囤裏，只露出上半截身體。在那草囤裏面，安放着一隻火盆或脚爐，它就使人從脚心一直熱到上身，因爲囤口小，囤身厚，它的熱力可以保證一點都不會洩露到外面來，坐在那樣溫暖的草囿裏，寫字，或者看書，或者坐着做什麼工作，那是太美妙了。

其他像重慶茶室裏的躺椅，成都家家戶戶的門燈，北京的人情，廣西的山水……還有處處我沒有到過地方的種種好處，如果它們能湊合在一起，那將是使我也生懷鄉病的地方了。

我沒有思鄉，沒有生懷鄉病，正因爲各地的優點並不能湊合在一起，而我又早已消失了對某地某人的依賴之情，所以我只願意生活多有新的花樣，生活要向前開創，我一點都不想到舊的殼子裏去。當我還有希望的時候，我是不希望回到舊路去的。

一切停滯在我現在還是那樣感覺不耐煩，舊日蘇州的生活也絕對再引不起我的興趣了，更何況是污穢嘈雜的故鄉。大概一直要到我年老後，我才會想望有一個安定缺少變化的生活。但假如到那時我還一事無成，我相信我將選擇一個最冷僻的地方去居住着，那裏的人最好一個都不認識我，免得他們在背後批評我一生的虛度和顛倒。我將在樹林中，在溪水邊，遠遠逃避着故鄉居民最勢利最冷酷的眼光。假如可能的話，我更願意終生都向陌生的地方走去……

選自沙千夢《有情世界》，香港：亞洲出版社有限公司，一九五六年九月

婚姻與我

我先天的不是一個好妻子，我體弱，驕橫，自私，懶惰。所以我的婚姻一度失敗了。當我和我第一個孩子的父親分開時，我請他宣佈我的罪狀，我就一條條的記了下來。一共有十二條。我把它帶在身邊，作爲我和他同居十年的最寶貴的收獲。

我和我現在的丈夫辰雨結婚時，我牢牢的緊記着我自己的十二條罪狀。我想，它們講得一點不錯，我必須不能再犯。從前所犯，我還有自己原諒自己的地方，因爲那個婚姻的開始是有些勉强的，而如今却是出於自願，從前我潛意識希望那婚姻毀滅，現在，我希望這個婚姻圓滿。如果一個人想要婚姻圓滿而不想改正自己的缺點，不是太愚蠢了嗎。

我和辰雨結婚第一天以後，我便天天都先他起床，洗臉，穿衣，到樓下士多去買早餐來煑，因爲我們沒有用工人。我又掃地，抹桌，洗衣，煑飯，一應家事，都勉力對付。

事實上，我却有了久遠的懶床的習慣。我經常睡到十二點起身，起身便吃別人早已預備好了的東西；我懶於梳頭，更終日穿着睡衣，想出去玩也往往因爲怕整妝的麻煩而作罷。沒有工人的時候，我不是叫來吃，便是情願捱餓不吃。卽使偶然燒一頓，那善後問題便嚴重了，油膩的碗筷，鍋中的賸飯，碟中的殘菜，燒黑了的鑊，黏着醬油的罉，滿枱的骨屑飯粒，污穢不堪的抹布……我不會收拾，也不想收拾，因爲我已累極了不能收拾。我的力氣有限，不要說行路，買菜，洗切，燒煑，已經用盡了我的精力，就是有一個朋友來聊一小時天，我都要躺着休息半天才能恢復過來。

所以我的懶惰是名正言順的，情有可原的，但是我還是要和它奮鬥！

好在辰雨對我的勤力非常贊賞。他說我煮的東西好吃，他說我很會買東西，他說我掃地的姿態不錯。

我得到這樣的讚美，才沒有老脾氣發作，一股牛勁的幹下去。幸虧辰雨不願我把精力消耗在這上面，他說他看見他太太這樣工作心裏並不舒服，他說他寧可看我整天躺在床上，因爲那樣的我才像是我，否則便不像是我了。

在這一點上，我和辰雨已成爲好拍擋，他不願我做家事，我也的確不願做家事，所以我們以後就沒有斷過工人。這不做家事是我前夫給我的十二條罪狀之一，輕而易舉就被辰雨取消掉了。

我和辰雨結婚的第三天，天下雨，他要過海有事，還要寫報館的社論，他估計他將回來得很晚，同時他似乎在懷念他報館裡面的小房和帆布床，那是他數年來所居住而仍舊保留在那裡的。不等他要求，我先說了他可以住在那裡明天再回來，免得深夜跋涉。

他問我：「那你一個人晚上不會怕吧？」

我搖搖頭。

「不會失眠吧？」

我又搖搖頭。

他問得眞好，我就是怕孤獨，會失眠。他離開的那晚上，我先是關燈就寢，一回兒又開燈，一回兒又關燈，忽然想到什麼可怕的念頭又開燈，這樣便使我醒了一夜。我眞不行，我有史以來幾乎就沒有獨自一個人睡過，小時是母親，後來是婢僕，後來是同學，……我怕黑，專愛在黑夜幻想鬼怪來恐嚇自己，神經緊張。

第二天辰雨從對海回來，告訴我朋友中有人守舊以爲新婚不能分開睡，而我們却不沿舊俗，他表示很高興，他這高興鼓勵了我每星期兩次叫他睡回報館，硬不把自己的苦況說出。幸而他有時也突擊回來，不久更說他已不習慣那帆布床了。

從這一件事情上，我學會了不勉强別人的意願的習慣，即使自己受小小的苦，終會得到報償的；如果我不讓辰雨回報館睡，或者他永遠都會懷念他那張帆布床和獨身生活的舒適也未可知。

我和辰雨結婚以前，就有些朋友預料到我們會相處得很好，但也有些朋友預言我在兩年中必跳海自殺。因爲我和辰雨都屬於有些怪癖一類的人，這類的人相處在一起他們以爲必定不會弄得好。誰知我和辰雨結婚後，出乎我意外的，我們互相適應得很自然，很輕鬆。我感覺到他簡直就是另外一個我，我們的脾氣，趣味，見解，理想，幾乎無不相同，不過他比我堅定，風趣，博學，頭腦清楚……我有一切女性的弱點，他都沒有。我自然的服了他，由於尊敬，摯愛，毫不勉强地，我做了一個柔順的妻子。而從前，我不知道多麼驕橫。因爲我對我的前夫缺少敬意，雖然我也愛他，但那幾乎等於師生之愛，他一切好像都沒有成熟，而且他這人又需要別人對他嚴厲，所以作成了我在那個小家庭裡，像個專制的女王。其實，女人在生理方面、心理方面都較男人爲弱，需要有一個强者幫助她，如果嫁了一個比她還弱的男人，是非常不幸福的，誰願意做那倒霉的女王，而致心力交瘁呢。

從前我做女王的時候，體重只得九十磅左右，但現在我做了柔順的妻子，我的體重已經增加到一百十多磅了。十年頑固的失眠，到今天早不藥而愈。所以我現在看到婚姻不和諧的夫妻，我總是以爲他們能愈早脱離愈好，夫妻不和諧完全因爲配合的不得當；並不是那一方面的不是，而可以有改好的希望的。像我和前夫的婚姻，我也不歸咎他或我，他生來弱一點，需要更弱一點的女人去配他，我生來强一點，需要更强一點的男人來配我。現在我們都已各得其所了，他現在的妻子，在他們戀愛時期我便認識，據她告訴我，全世界只有他才能使她從自己的倔强的個性裡脱穎而出，這如果是永遠的現象，他們的婚姻會永遠幸福是無疑的。

過去，我曾以爲男子無一不是歡喜見異思遷，所以我們女人一定要好好控制男人。其實這是錯了，控制男人只有使男子更見異思遷，如果是有妻子和諧相處的男子，却並不那樣見異思遷的。因爲人總是最懂得選擇的，有了好的對象以後就不會求次好的對象，這一點男人和女人完全一樣，並無不同。從前，我緊緊控制一個男人，却終日預料有一天會失去他，現在，我沒有一點控制辰雨，我却沒有這樣的憂慮，除非有一個女人，對他比我對他更合適。那麼我就退讓賢路，自己閉門思過。我但願那樣的事情不會發生。

眞有趣，有時一個人的短處，在這個人面前得不到諒解，在那個人面前却會得到同情。我相信沒有一個人別人會找不出他十二條罪狀，就看他對這十二條能不能容忍。所謂知己，往往就是在別人的缺點下面加讚美的註脚的。例如我愛打牌，連我自己往往都不能原諒自己，但是辰雨竟鼓勵我，認爲我生活趣味愈多愈好，我有過一兩次打牌打到半夜一兩點鐘才回家，他在床上看書等門，並不因爲我影響到他的睡眠而生氣，他總是笑臉相迎，我總是抱歉得發誓下次再不如此了，但他再鼓勵我兩句，感情反而顯得融洽得非常，原來一個人有小小的缺點時是可能被別人容忍的。辰雨在別人提到我愛打牌時還總稱讚我「牌品很好」，其實這只是我自己吹的牛，我想想都覺得好笑。

我有些迷信，不歡喜在新年講「我今年要死了」等等的話，這也算是我十二條罪狀之一，但是幾乎無一條被辰雨以爲是罪過，我儘管發展我的個性，辰雨沒有一樣加以罪名，他以爲我是一個好妻子，原來好妻子是這麼容易做的。

我在朋友之間好像眞有一點「好妻子」的名，如果我眞是還「好」的話，應該是辰雨對我的好感動了我，鼓勵了我，天下沒有單方面的好或壞，一切都是受於對方的反應。而辰雨的所以對我好，我知道那是因爲我的品德方面還沒有使他輕視的地方，這是我有生以來就努力的目標，才使我得到他的愛護。我知道，要維持辰雨對我的好感，我仍要繼續不斷地努力，否則，上帝也不會特別照顧我。

選自沙千夢《有情世界》，香港：亞洲出版社有限公司，一九五六年九月

費　立

閒散

我有時很喜歡夏天。夏天炎熱，容易使人疲倦，在這時工作效率很低。但是我常會把心一橫，乘機不做事了，到牀上一躺，閒看窗外白雲在天空飄過，讓皮膚上滲出的汗水慢慢蒸發；當汗水黏住身體貼床的部份時，就翻過身來睡在另一側，而偶爾的微風會使這汗水淋漓的部份非常涼快。這時，神經隨着肌肉漸漸鬆弛，心中是一種懶散閒逸的感覺，覺得可以休息，可以拋開一切，什麼都不管了。到神志漸漸不清，知覺隨着聯想和回憶亂跑，這時我最常見到的地方，就是從前到過的封川縣；尤其是當窗外有蟬鳴的時候。

是抗戰時柳州緊急期間，我家坐船沿着粵江到粵北封川縣屬的江口鎮，去投靠在當地當一份稅務局辦事處主任的叔父。從柳州到江口，我們覺得到了窮鄉僻壤裏。它只有一條大街，是石板舖砌的；臨江的一側是一排用碗口粗的大竹子架搭的屋，另一側是些土磚牆的瓦面平房。

我們最初注意到的，是這裏的物價很低；魚啦、雞子啦、柴和米等等，都只是重慶柳州等城市的五或十份一價錢。墟期的日子，這石板街兩旁擠滿了趕集的鄉下人，其中以穿藍土布衣服的婦女爲多，都是把籃子放在地上，自己坐在籃子後方。籃子裏多是些水菓，如荔枝、龍眼、黃皮、石榴、柚子、菠蘿等等。封川的土地，雖然出產粮食不多，遠比不上粵江下游三角洲地帶；但水菓出產却很豐富，而且品質很好，價錢又平。記得媽媽給我們的零用錢，在柳州是只够買一團炸包穀或幾個鹹欖的，在封川居然能論斤地買起黃皮，或論隻地買起柚子來。曾有一次，我的兩個小弟到市集去，看見一籃黃澄澄的油柑子，活像他們玩的珠子，他們把口袋裏僅有的一塊錢給了那賣油柑子的鄉下姑娘，心裏希望每人能够得到一兩顆。但是出乎他們意料之外，那姑娘給了他們一整竹筒子的油柑子。

等到這種買到便宜東西的高興過去了之後，我們漸漸發見這個地方有一點特色，就是所有的人都很閒散。眞的，那條石板大街在不是墟期的日子裏，是冷清清的。街上也有幾家店舖，如賣油鹽雜貨的，賣土布和日用品的，還有一家賣粉麵粥給那些賣了土產之後高興而又嘴饞的鄉下佬吃的；但它們都只是還算繼續做生意而已。店主們都好像從未想到競爭和擴充，從未想到廣告之類招徠之術；客人進了店他們也不像別處商人那樣像渾身有虫子咬似的動起來，他們連討價還價也懶得多做。大街上從未見過叫賣的魚販，連有事在身走得很急的人也不多見；如果是在夏日當頭的下午，往往幾小時之久都聽不到一點足音。其實，就在墟期，人們也不忙碌。村裏人是循例把土產用竹籃挽着到市集來，希望賣掉可以換點針線或梳子之類用品，但從他們悠閒的神色看，賣不掉東西他們也不會很難過的。鎮上的人呢，墟期也循例在石板街上走走，看看有沒有便宜而又合意的水菓或藥材，而要是沒有，大抵也就算了。

甚至乞丐，這總是個極其普遍的現象，在這兒也不大覺到他們的存在。起初，我們的解釋是說，這地頭太窮了，人們無力施捨，於是乞丐都沒有了。但叔父曾很滑稽地說，這兒的人都太懶了，懶得伸手到口袋裡掏錢佈施，於是乞丐們都遷居他處，或另謀高就了。但是後來我們也遇見過一個乞丐，倚牆站在簷下陰影裏向我們伸出手來。看來，一個更淺顯而合理的解釋是，不是施主們太吝嗇或太懶惰，而是討錢的太養尊處優地閒逸；他們不像大城市的乞丐那樣裝出一副苦臉，作着哭聲跟人跑，於是人們就不大覺到他們的存在了。

據説這兒的船戶，遇到江水把浮屍沖到他們泊在岸邊的船旁時，他們會用竹篙把浮屍推開，一邊喊道：「起身啦！」叔父辦公處裏的幾個廣府職員常常揣測這話是什麼意思，是不是有些傳説或典故。我們始終沒有向當地人問清楚這究竟是怎麼回事。但是想來，也可能沒有什麼別的意義，只是當地那些愛睡覺的船戶，以爲那漂流過來的毫無動靜的形體，也是睡得胡裏胡塗所以灣過來了吧。

那時，我們住在叔父的辦公處的樓上。房子是用大毛竹竿做樑柱、竹篾片做椿和杉樹皮做屋頂的。早晨，空氣比較清涼，吃了早粥後還能讀點書和做些功課。但吃了中飯後，氣溫漸漸使汗水不停地沁出來，而且因爲太陽當頭晒在杉樹皮鋪的屋頂上，屋裏有一股木材和竹子的味道（不是山林裏的味兒，而是好像在木廠裡），這時，就是我們小孩子也不想遊戲了，只是把床上的蓆子拖到臨江的前樓來睡覺。面前浩瀚的西江，在太陽下閃着光，那些有篷的小木船兒都安靜地繫在岸邊，船裏的人大抵也都睡了。帶着水氣的溫熱江風，緩緩吹來，把人都吹懶了。屋前的榕樹上有幾隻蟬在無休止地鳴着，好像不知道疲倦，好容易這一隻停下來，不久又有另一隻加入合奏了。抬頭向樹上找牠們是找不到的，只看見婆娑的大榕樹，枝幹上有一條條脉絡似的氣根，在濃密的部份是一堆堆顏色深淺的綠葉，在稀疏之處就可以看到晴空和枝葉夾雜的光影。晴空是明朗的，但不鼓動人去努力活動。就是蟬鳴，照理說牠們是相當吃力的，但這鳴聲給人的感覺不是吃力，而是悠長和無休止。漸漸地，漸漸地，聽者會把心一放，唉，休息了吧。

住久了，我們也到鎮外山林間走走。這兒附近的樹林都很繁茂，遠看是葱綠一片，夾着些蒼黑的大石頭，似乎很不錯。但走到那兒去就不行了，因爲這些山林都太自然了，地上密密長着如人高的莽草、葛藤和荊棘，把脚伸進去，就讓邊沿鋒利如刀的草片割傷，或被那些多毛的植物弄得紅紅癢癢的，更不多說荊棘抓破衣服之類了。很多詩人在詩興大發之時都愛咒罵文明，說希望能到無人跡的大自然中去，但如果眞把他們送到大自然中，他們發覺不是躺在如茵的草地上，而是站在使人渾身不自然的莽草和刺薊叢中，嗅到的不是玫瑰花香，而是經年積在地上的落葉在雨水中腐敗而生的味道；在他面前走過的不是夜鶯或小白兔子，而是紅肚皮的蜥蜴或烏肉蛇，他就會願意回到文明世界，回到士敏土樓房的陽台上吟哦了。

眞的，西南各省的山野我走過不少了，但從未見過畫圖裏那些小溪和草地。尤其是廣東，雲南這些多雨省份，山上除了人們開闢的小徑外，都是灌木和叢莽。我們小孩子還有點興趣，因爲常可以採到一種紅黑色的小漿果。年紀大的人就毫無好感了，說這些荒蠻山野沒有什麼意思。

那位熟識本地，帶領我們遊山玩水的職員，有點抱歉地告訴我們說，這地方的人太懶惰了，沒有什麼開發，所以郊野都不能玩賞。這兒又沒有古蹟，沒有大人物到過這裏。問到這兒有些什麼官宦門第之時，他說這附近數十里只出過一個小官，這小官家還發生過一件很有點這地方情調的事件。

這家的老太爺是有點錢的。他大概是從別處地方遷來的吧，他的想法和當地人民的不大一樣。他要自己的兒子能有功名爵祿，能光宗耀祖，特地到外縣請了一位老師來教他們讀書。

大兒子是很聽話勤謹的，每天在書房裏跟老師讀書寫字。小兒子呢，也許是因爲在本地出生，長大時深受本地山川風氣影响之故，他是不愛讀書的。老師教他孔孟的學問，讓他讀朱夫子批註的大書，教他努力走修齊治平的道路，要內聖外王，頂天立地；但他總覺得何必下這麼大的功力呢。父親又告訴他，讀書成功後可以升官發財，他也不大動心。小孩子要是不愛唸書，總有很多方法躲懶的，諸如早上不起床，早點吃半天還未完，上課就想睡，纔唸了幾句書又說要大解或小解，等等。據說他最愛跑到溪邊一塊大平石上睡覺。

在第三次發現他在石上睡覺時，憤怒的老太爺下令把他逐出門外，不要他了。這小兒子於是淪爲乞丐。

但老太爺也不致完全失望，因爲他還有另一個兒子。這大兒子讀完書後，到縣裏攷試，果然中了；再到府裏去攷，又中了。於是，扛着大牌匾回來，把府第粉飾和加建一番，又到別縣的士紳家裏討了個女兒回來做老婆，成爲這附近最光輝的一家了。

在享了很多光榮滿足之後，老太爺死了。死前他對大兒子說，覺得小兒子這樣下去還是很可憐的，希望大兒子能幫助他，給他捐個官兒做做。

讀聖賢書的大兒子，父親的遺命是自當遵從的。但是，捐官是要花錢的，比較大的官兒要花掉不少身家纔行，他又不知道弟弟要多大的官纔滿足，又怕弟弟來囉嗦，要分家產。在計算了很久，又和縣裏的幕僚師爺等朋友商量過之後，他叫管家去把弟弟找來。

弟弟還是在村子附近要飯，晚上在土地祠裏睡覺，白天吃飽飯後就在從前惹出禍事的那塊溪邊大石板上睡覺。所以管家很容易就找着他，把這位從前的二少爺領到逐出了十多年的家裡。

哥哥在書房裏等着。到鶉衣百結的弟弟坐定之後，中過舉當過官的哥哥開始訓話。他先責備弟弟從前的荒唐，說他怎樣敗壞家聲和使父親失望，然後說到現在顧念手足之情，打算給他捐一個官兒做做。在又重新責備了弟弟一番，並加重說父親的遺產很少，要弟弟知足不要奢望之後，哥哥說出一個八品官的名銜。

那一直沒有作聲的弟弟搖搖頭。

哥哥立刻生氣起來。他氣憤弟弟的貪婪，竟然還要嫌官位低。他大聲喝罵道：「你記得本來的身份嗎？你是個要飯的吧了！」

但弟弟的答話使他愕然，同時也使他安心了。弟弟說：「是的，要飯的不須要辦事呀！」

我們後來也到過發生這故事的鄉村去。那位哥哥的府第並不算怎麼大，只有兩進，三四間屋子而已。門前的柱子，本來是朱紅色的，現在也剝落得很斑駁。門頭掛着的牌匾都朽腐了，大燈籠也讓村中的野孩子用石子打破了。他們還用石灰和炭塊在牆上畫了很多東西，其中最多的是烏龜，背上都寫着人的名字，也許那煊赫的哥哥和荒唐的弟弟都不免被辱了。

我們順路走到溪邊，在溪水滾流着的亂石之間，那位導遊的職員指着一塊相當大的、平頂的巨石，告訴我們説，這就是那位弟弟常常睡覺的地方了。我們走近前時，看見石上正有個人在睡覺；他被我們驚動了，支起身來看看我們，又倒頭下去睡起來。這當然不是故事中的弟弟，因爲這人很年青，看來不過三十歲左右。

我們在溪邊一株大榕樹下坐了一會兒，偶爾的微風吹得樹葉子輕輕地發出沙沙聲。天上是無雲的碧空，火球似的太陽把一切都照得很明亮耀眼。溪水不停地流着，沖擊着亂石，發出潺潺聲；蟬也不息地鳴着。那時我只想在樹下睡覺，而且心裡覺得那位弟弟的做法比哥哥更自然。尤其是在歸途上，回頭看見那哥哥的衰敗中的府第，寂寞地在西斜的太陽下晒着，我更覺得弟弟也不怎麼可笑了。

選自一九五六年十月一日香港《海瀾》第十二期

黃　崖

靜寂的夜

夜已深，大地一片靜寂。蒼白的街燈照着我孤單的身影。

推開住宅的門扉，裏面靜悄悄地；同住的朋友都已熟睡了。

茜，你可別呶着嘴生氣啦！我這麼晚回來，可不是去夜總會，更不是去舞廳；我一直緊記着你的叮嚀：「晚上沒有事，別上街！早點兒休息！」

但，今晚可算是例外啦！不知爲什麼我忽然想到外面去。我不知道是幾時離開我住的地方，我只記得當我坐在「巴士」裏時，星星已經出來了，鑽石似地點綴着黑黑的夜空。我一直搭到了總站才下車，但，我並沒有過海去，而是向天星碼頭旁的公共碼頭走去。

這是個燠熱的夜，不少人在碼頭上乘涼，顯得一片吵鬧。好容易才找到了一個較清靜的角落，倚着欄杆，我可以清楚地望見寄碇在海面的巨鯨似的郵輪，我忽然感到一陣悽愴。茜，你記得嗎？今天是八月二十八日；四年前的今天，你正搭着郵輪離開香港。那一天下午我送你上船，安頓好了你的行李，我們便一塊兒到船尾的甲板去。我們倚着欄杆，兩雙眼睛儘是俯望着深綠色的海水，好像是怕眼睛對望着會滾下熱淚來；我們只是把肩緊靠着，讓海風把我們的情感融和在一起。待輪船敲鐘催促送客的人離船的時候，我們才不得不告別。那時，在弔梯的梯口，我們還緊緊地拉着手；我看得很清楚，你的眼睛突然潤濕了，可是，你却安慰我：

「兩年後我高中畢了業就回香港來看你，放心吧！」

「嗯。」我緊咬着牙齒，深怕讓你聽到我的嗚咽。

「新加坡離香港並不遠！」

「兩年的時間不太長，我會忍耐。」

於是，你走了。「加太基」號郵輪把你載到了馬來亞半島的尖端，而我却在這孤島上忍受着兩年寂寞的煎熬。

可是，捱過了兩年，你却沒有回香港。你來了一封信，告訴我，你決定去雪梨唸大學。

「雪梨？那是在地球的下面。」我楞住了，差一點兒失去了知覺。

你在信上寫着：「難道只有你一個人感到痛苦嗎？……四年，你再等待四年吧！到了那個時候，你在事業上會有些成就的，而我也有能力來帮助你。……」

現在，總算又捱過了兩年，可是，擺在我面前的還有漫長的兩年呀！

「唉！」我長嘆了一口氣。我不是在咒詛誰，只是在怨恨這個地球太廣大了，假如它能變得小些，那不是很好的嗎？

「嗚！嗚！」

輪船的汽笛聲長長地劃過天空。我抬起頭來，一艘郵輪正徐徐地駛進了維多利亞灣；白色的船身，黃色的烟囱，那不就是把你帶走的加太基號郵輪嗎？我凝望着船上每一扇明亮的窗子，我想尋找你那一雙又圓又大的眼睛。可是，我馬上搖搖頭，因爲今天早上我還從郵差手裏接過一封你從雪梨寄來的信；你告訴我，你們學校已經開學了，你又開始了忙碌的生活。

我黯然地離開了公共碼頭，跳上了正要開行的一號「巴士」。到了太子道的第二個站，我跳下車，推開路旁的愛丁堡餐廳的玻璃門。

走進了餐廳，我向僕歐要了一杯又濃又香的希士頓紅茶。哦，我應該告訴你，我經常到這間餐廳來飲茶是最近三個月的事。那一間以前我們天天都去坐上大半天的新加坡餐廳，在三個月前，無情的鐵錘已經把它搗平了，不久那裏將蓋起新的高樓大厦。你聽了一定會掉下一兩顆傷感的眼淚，因爲那一間餐廳藏滿了我們多少甜蜜的記憶。可是，茜，除了我們的愛情，世間那有永久不變的東西？哦，我該跟你說說這一間愛丁堡餐廳，這間餐廳不算小，佈置得很幽雅，座位也頂舒適。尤其是晚間顯得特別清靜，燈光也很幽美，還有一架電唱機不停地播送一些古典曲。你回來後，我們可以常到這裏來，在那架大唱機的後面有一個很好的卡座，那兒是一片獨立的天地，我們可以盡情地談，什麼人都不能騷擾我們。

走出了愛丁堡餐廳，整條馬路顯得十分冷清，見不到行人的身影，只有間間斷斷馳過的車輛，在維持這條馬路的脈搏。我沿着太子道向前彳亍；這條路，你是熟悉的，經過火車路的鐵橋就是加多利道。近來，香港的地皮比以前更値錢了，一小塊的空地都給建築商蓋上了大厦，幸好他們還沒有伸手到這座小山來，不然，這裏將不再有往日的寧靜了。這裏的每一塊石頭，每一株樹木，我們都覺得非常親切。在那兒，有兩塊石頭，一塊大的，一塊小的；你一定會記得的。我們每一次到山上來，總要坐在那兒歇歇脚，今晚，我又照例坐在那塊較大的石頭上，追想往日的情景。那回憶是美麗的，但却給我帶來無限的感慨。茜，你記得那路旁的一株小松樹嗎？當你和離別的前一夜，它還不及二尺高，你說要是它長到像我這麼高時，你一定會回來的，可是，現在那株松樹已經長得比我還要高了，你呢？你却還沒有回來。……

我不願再在這裏坐下去了，我的心靈負荷不了更多悲傷……

現在，我回到了我的寢室，我的心雖已疲倦，但是，我却一絲睡意也沒有。

我向窗前走過去，深深地吸了一口清新的空氣。

夜更深了，這靜寂的夜快要過去了吧！我這麼祈望着。

選自一九五六年十月十五日香港《祖國周刊》第十六卷第三期

咖啡的戀念

喝咖啡是一種享受，有人這麼說。也有人說：喝咖啡是一種生活的藝術。但是，我之喝咖啡並不是爲了享受，更不是表明我對生活的藝術有什麼素養；只不過是一個習慣。

我第一次聞到咖啡香郁的氣味，那時我還是個小孩子。記得有一個早上，餐枱上擺了一個我從未見過的古怪的玻璃器，一隻鋼架上面口對口地夾着兩個圓形的玻璃瓶，下面是一個酒精燈。

「那是什麼？」我驚訝地問。

母親回答：「燒咖啡用的。」接着，她告訴我，咖啡是怎麼樣的東西，怎麼樣炒，怎麼樣磨，怎麼樣燒法。

「我要，」我要求着。

父親馬上狠狠地橫了我一眼，厲聲說：「什麼，喝咖啡？不行！」他似乎覺得話說得太粗暴了，便轉變了語氣，溫和地說：「孩子是不可以喝咖啡的，等你長大成人了，爸就讓你喝，這一套喝咖啡的用具也送給你。」

我望着父親面前擺的那一套擦得發亮的銀器和那一具燒瓶，我欣喜地問道：「什麼時候我才成人？」

「二十歲。」父親說。

從那一天開始，每天聞到咖啡那種香郁的氣味，我總是恨不得早日成長，好佔有父親那一套精美的銀具，也像父親那樣津津有味地咀嚼着香郁的咖啡。

年齡稍長，我被送到一間離家較遠的學校去唸書。這時，我自己有零用的錢，同時，也有權利來安排自己的時間。這時，我所想做的第一件事就是到咖啡室去喝一杯咖啡。

學校的附近有一間咖啡室，當然，那是設備十分簡陋的一間；可是，我還是進去了，大模大樣地喊夥計要一杯咖啡。當夥計送上了那香味撲鼻的褐色液體，我沒有加糖，也沒有加乳水，拿起了杯子就喝，先是一股苦辣勁兒，慢慢地，我體味到那苦後的回甘。「這就是咖啡！」我心裏想。那天晚上，我失眠了；但以後的日子我常常去那一間簡陋的咖啡室，並且我再也不失眠了。

十八歲的那一年，匪徒的血手伸進了我可愛的故鄉，父親不明不白地死去。第二年，我遠離了破碎的家，開始了逃亡的生活。除了簡陋的行囊，伴着我到處流浪的便是喝咖啡的習慣。

在澳門，我第一次嘗到了那純正的帝汶咖啡，也第一次領悟到咖啡室的情調。

澳門的咖啡室不少，中國人和西洋人經營的都有，我最喜歡上新馬路那一間「紅寶石」。「紅寶石」是一間新開的咖啡室，但是它有一種獨特的情調，令人嚮往。中國宮殿式的裝置：龍柱、雀屏、宮燈、粉紅色的牆壁，坐在這樣的環境裏，慢悠悠地喝着咖啡，我彷彿回到了古老的年代，遨遊於華麗的帝王之宮。後來，「紅寶石」的生意一天比一天好，原有的情調被顧客的吵嘈聲粉碎了；我只好轉到「雲雀」去。「雲雀」具有濃厚的藝術氣氛，一走進去就看到櫃枱上的貝多汶銅像，就聽到電唱機在柔聲地播送着古典樂曲。「雲雀」的牆壁是青綠色的，還適當地裝飾着一些假藤蘿，給人的內心一種明朗、清快的感覺。我常在這裏坐上三四個鐘頭，每次，當我離開的時候，腦子裏便有了靈感。

在澳門的最後一個時期，那正是夏天，天氣酷熱，咖啡室又全沒有冷氣設備，我忽然靈機一動，跑到西環半山的峯景酒店去。到過澳門的人都知道西環是風景區，也是高尚住宅區。峯景酒店的咖啡廳除了一個大廳，還有一個寬敞的走廊，夾着鹽味的清新海風徐徐吹來，俯首可看下面海灣的粼粼海水，揚帆的漁舟，白色的海鷗，再看過去是離島路環，離島上的綠色樹木隨風幌動，歷歷可見；抬起頭來，極目可見外海的滔滔白浪，星星漁帆，輪船的煙靄和點點小嶼。坐在那裏，好像置身於大自然的懷抱裏。其樂無窮。

來到這裏，我伴着喝咖啡的習慣與俱來。第一天，我便打聽喝咖啡的好去處；朋友介紹一間最高貴的咖啡廳；下午，叫了一輛街車到那裏去。地方夠寬敞，門飾也堂皇；可是，一走了進去，就令我蹙起雙眉；整個大廳好像蜂巢，「嗡嗡」之聲響個不停。我在枱子間團團打轉，好容易才找到一個空位，而且是和其他陌生的人合坐一枱。一坐下來，就有好幾位找座位的顧客在我身邊擦過，使我神經緊張萬分，恨不得馬上一口喝完，把座位讓給後來的咖啡癮者。在這種咖啡廳喝咖啡，一點滋味也沒有。

第二天，朋友又介紹我去另外一間。是個大地窖，那兒和市區的喧囂隔絕，好像是另一個世界。我尤其喜愛那廳角的幾盆小棕櫚樹，把咖啡廳點綴得十分清雅，同時，也給愛好大自然的顧客一個莫大的誘惑。可是，心裏又蒙上另一層的顧忌，假如你想慢悠悠地咀嚼，跑堂的會用不愉快的目光老盯住你；好像他們只負責供給良好的咖啡，那管顧客喝咖啡的心情！

最近在我居所的附近新開了一間咖啡室。雖然不大，是由客廳改裝的，但是粉紅色的牆壁配着淡金色的枱椅，淡弱迷離的燈光下盪漾着低沉的、醉人的音樂。最令人喜悅的，是咖啡室的老板慇勤地親自招呼顧客，給人以特別溫暖親切的感覺，每次走了進去，都好像是回到了自己的家。

泛起了「家」的感覺，我便想起家。每當我慢慢咀嚼咖啡，腦海裏便湧起了父親的影子，當然，我也想起了他答應送給我的那一套咖啡飲具。我現在已經是二十多歲了，照父親的承諾，他的那一套咖啡飲具該是屬於我的了。假如我也能像父親那樣的在自己溫暖的家裏，悠閒地和家人共飲自己燒製的咖啡，那該多幸福！想到這裏，內心一陣辛酸，兩眼潤濕了。家，那離我太遙遠了，什麼時候我能夠回去？

選自一九五六年十二月二十四日香港《祖國周刊》第十六卷第十三期

于肇怡

貓語

左拉寫過一篇「貓的天堂」，說的是野貓與家貓的故事。我記得那一篇文章的大意是說野貓雖然餓得骨瘦如柴，却爲愛好自由，情願忍受飢寒流亡在露天底下，不肯受人們的豢養。那一匹家貓呢？爲了不肯放棄一個溫暖的「家」，就不能堅守自己的「立場」了。牠似乎只跟野貓過了短時期的生活，便連呼吃不消，又縮回老家去了。因爲在牠想來，「最大的幸福，還是睡在煖爐旁邊受那位老姑母的呵叱。」只要做了家貓，牠以爲總可以得到美食與溫暖的。

從前讀這篇小品，覺得雖有深意，却也沒有什麼深刻的感動。後來並沒有重讀這篇小品的機會；但自來香港以後，眼前的一些事實，却使我連想到左拉這篇名作。

眼前有些什麼事呢？如大家所見，正是野貓與家貓分道揚鑣的時候了。一方面是野貓極度瞧不起家貓，甘願背井離鄉，忍受一切痛苦，丢了這些沒出息的同伴而過牠的「索居離羣」的生活去了。另一方面，家貓們早已受不了考驗，自作聰明地正在背地裏冷笑野貓的傻勁，要永遠靠攏在老姑母的撫摩呵叱之下討乞一碗飯去了。爲了要討得嚴厲的老姑母的歡心，牠不得不對曾經共同生活過的野貓表示着先知先覺的身份，要牠們也放棄自由生活，學牠那樣靠攏的行爲，因爲牠們認爲這是唯一的「生路」。雖然牠們心裏也明明知道這些廢話必受骨瘦嶙峋的野貓所唾棄，認爲不值一駁的。總之，用人類之間的關係來譬喻牠們，那也許就叫做「漢人學得胡兒語，翻向城頭罵漢人」吧！

就我們做人的眼光來看：野貓是叛徒，家貓是奴才，野貓是鬥士，家貓是順民，野貓的目的是求自由與解放，家貓不過是爲了苟全生命，其意義與價値實在不可同日而語。就貓的立場來看，其是非與得失那就很難說了。我只能說假如做貓也有「貓生觀」的話，而其「貓生觀」只在乎美食與溫暖，而並不以老姑母的呵叱爲有損貓的尊嚴，則家貓的打算是不錯的。

每天，我從「老姑母」辦的報紙上，看到那些靠攏者的面目，微笑地和善地向海外招手，不知怎樣我便要想起上面的一類家貓。又當我聽見鄰居畜養的家貓，咪咪微笑的時候，我也總懷疑牠的笑聲是否眞心在感謝牠的老姑母，也就是他們的「人民」。

選自一九五六年十月二十九日香港《祖國周刊》第十六卷第五期，署名肇怡

流亡文人王韜

〔存目〕

選自一九五七年五月六日香港《論語》第一卷第三期

施也可（陸離）

海

對於海，在五種感覺官能方面來説，除了視覺之外，我是很難欣賞和享受到海底美的；而且就是視覺也只限於遠視而已；不過雖然我和海的關係只是這麼的一點點，這一點點的關係就已經使我深深地愛上它了。每當我從一個很遠很遠的距離——通常是由半山到海面那麼遠——用我那一雙大概有二百度近視而又不戴眼鏡的眼睛去觀看那遠隔重屋底海時，那一種感覺是非常微妙的；這種感覺固無法爲外人道，就是我自己，也像是不明白也不能解釋似的；我只能説的，是：從這感覺，我獲得了一種也是無法表之於語文的快樂和滿足。我愛那感覺，也需要那一種快樂和滿足，於是我也就對海發生了愛，而染上了常常對它作痴視底習慣了。

一位作家曾經説過：他生於海，居於海，無時無刻不置身於海，於是他就本能地熱烈地愛上了海，而自覺他是屬於海的。——我呢，生於陸，居於陸，無時無刻不置身於陸（當然，到海中的時間不是沒有，不過少之又少而已。）却也熱烈地愛上了海（但是不是本能的，我却很難説）；不過，有一點我是和他相反的，就是我絲毫沒有感到自己是屬於海的，反而當我那麼對着海凝視痴想的時候，我就直覺到海是屬於我的，彷彿終有一天我將會超然立於其上，征服了它，控制了它，而它，却要俯伏於我脚下，聽命於我，永爲不貳之臣似的。

其實呢，我不會游泳，不會划艇，不會駕船，甚至連浮在水面都不會，泅水更不用説了；這樣的一個無能的我！如何可以征服海，更怎能如此大胆的私存一個這樣的念頭呢？

但我確實是有那古怪的念頭的。有就是有，那是不容否認不容掩飾的；而我也不打算爲了不合理就説自己沒有。因爲這就像愛，根本是無法解釋的：你從來不曾想過什麼時候和如何開始愛上了某一個人，當你發覺了時，早已深墮愛河而不能自拔了。同樣的，當我偶然發覺了自己竟然有着一個這樣狂妄的思想時，這思想早已根深蒂固地植於我腦中，想剷除固不能，連想找到它本來的種子究竟是什麼樣子的也辦不到了。

但這是否也可以用愛來解釋呢？也許那只是爲了我已深深地愛上了它，因此就本能地要佔有它，而它，既然是不懂得接受或拒絕別人的愛，也不懂得反抗或降服於別人的，就使我這狂妄而愛做夢的孩子以爲它底沉默就是軟弱，於是就產生了那思想，認爲它是屬於我的——會不會是這樣呢？

又或者是由於海實在是太偉大太深奧以致沒有人能够征服它了，因此我就任性而叛逆地（我用這兩個字，因爲據説有一種人是生來就有一種叛逆性格的，而我懷疑自己就是這一種人。）希望自己終有一天會征服它呢？——一個作家説：越是得不到的東西就越是愛，也越想把它佔有。也許正是如此吧。

當然，如果海是一個不值得一愛，平凡而又不美的東西，我是不會那樣想的，就算我是實在永遠得不到它也好。然而事實上却并不。——

當我自山上向下痴視着它，看着它那有着微波底平靜而帶藍的海面時，我給迷着了；當我偶然站在海傍從一個較近的距離觀看它，看着那帶綠而顏色較深波浪較大的表面時，我給迷着了；當我乘船由香港這邊到九龍那邊，或由別人划着舢板把我載到海中，以致我可以從視覺方面更清楚地看到了海，嗅覺方面感到了海底特有的氣味，聽覺方面讓海浪底聲音傳進神經中時，我更身在船上而心在海中的給迷着了；最後，當我更進一步地置身海中，跟海水接觸了，讓海水跑進眼裏，耳裏，鼻裏，心裏——而嘗到了它底味時，我就更給迷着了。那時，我就會感到自己彷佛已跟海結合在一起，分不出何者爲我，何者爲海，更像是自己已把海整個抱在懷裏，握在掌中，沒有人可以從我手中奪去了似的，而我對它的愛也越深。——可惜，當我終於要離開它而回到陸上時，那感覺就不能不立刻消失了：因爲那時我就會見到不單是我，而是許許多多人都可以那樣的擁抱着海的，而且他們比我更有本領，他們可以隨意載沉載浮，或在海面游着，或在水底泅着，他們看到了海的一切，洞悉了它底秘密。——而我呢，雖然也想在海面由這兒跑到那兒去，但一伸手一動足就沉下去了，雖然也想看清楚海底是什麼樣子的，但頭固然俯不下，就是眼在水中也是睜不開來，而且呼吸底需要更使我不得不挺腰站着，讓自己的身子一半屬空一半屬海。唉！這時的我該是多麼的傷心？我和海竟是這樣的合不來嗎？我生於陸的就要屬於陸，無法跟海在一起了嗎？如果我對海的感情就像愛，那麼就不妨說也有妬意了：是的，我應該說，我實在妬忌那些能常常跟海在一起的人，或者那些已經洞悉了海底秘密的人；雖然海并沒有拒絕我對它底痴視，也沒有拒絕我跟它接觸，但本來它對任何人就都如此的啊。而我，却如此的笨，不會游泳，不會泅水，不會划艇，甚至浪大的時候在船中也會感到微眩，又有什麼理由要海屬於我呢？這不就像是醜陋的一個非洲黑人竟想獲得一位公主底愛嗎？海是那末的大、美、深、秘、——我配得上征服它佔有它嗎？

答案自然是不的，所以我也就漸漸的遠離它了；因我接近了它或躺在它懷中時，就不能不感到自己底渺小和它的偉大，這樣是使我很難過的；尤其是我想游不能，想泅不能，連坐舢板也要人代划時，我眞想哭出來，因爲那是會被海瞧不起自己的……。就爲了自卑，便產生了自尊了。對了！這也許就是爲什麼我竟會想着自己終有一天會征服它的原因了吧？我配不起它，而又是活在兩個世界裏（水、陸）無法合得來的，可是我又愛它，因此我就只好遠遠地崇拜着，愛戀着它了。

而幻想呢，却是超現實的；而且不管合理不合理都可以存在，因此就讓我那樣狂妄地想又有什麼要緊呢？那只是爲了我太愛它太崇拜它了呵。

也許會有人笑我底傻氣了吧？因爲海是決不會曉得我對它底愛的。它太偉大了，根本不可能看見我，更無法知道我的存在——我的存在與否對它是毫無關係的——那麼……

但這有什麼關係呢？反正海對任何人也是如此的，不是嗎？這就是爲了它太可愛了，太迷人了，因此也就不屑一顧任何一個愛它的人了。而你，訕笑我的人呀！你放心好了：我決不會像有些人一樣，爲了太愛它而爲它捨身，好讓自己得永遠跟它在一起的；我只要遠遠地看到它，或者偶然嗅到了它底氣味，聽到了它底聲音，就够了。只要我實在是愛它就成啦！而且我還決定了一定不學游泳的，因爲假如我有太多機會跟它接觸，或者我也會不能自制地想用行動去征服它，不自量力的想找尋它更深的秘密，那就很可能會爲它而喪失了生命了；而這是不值得的。人都死了，想繼續愛它也不能了。

那麼就讓我那麼想吧：是的，終有一天，海是會俯伏在我脚下，聽命於我，永遠永遠地屬於我的。但這什麼時候實現也不要緊，我只要那麼想，并常常見到海就够了。

因爲海太美了，太好了；我配不起它的……

選自一九五六年十二月一日香港《海瀾》第十四期

少女的祈禱

〔存目〕

選自一九五七年一月一日香港《海瀾》第十五期

陳君葆

「這裏是南邊」

那天茶話，霜崖談起「喬木」，一開口就說「這裏是南邊」。參加茶話的自然心裏明白，可是「隔座送鉤」的，很多恐怕仍不了解那是因爲霜崖是個「外江佬」的緣故。一下筆就先點題，這是「喬木之什」那篇文章的妙處。

既然「這裏是南邊」，所以有時候我們又不容自已地問道：「這裏有沒有文化？」而如果有的話，那又是甚麼文化？霜崖先生當然用不着和我爭辯，說他那句話完全沒有暗示着這樣的涵義，也不可能引申作這樣的解釋。我的意思也不過以爲一聽到他那句話，就不免聯想到「這裏」的文化這樣的問題，也正如詩人說起「南有喬木」，就不免有「漢之廣矣，不可泳思，江之永矣，不可方思」那樣的感想，如此而已。

這裏有的是甚麼文化呢？要回答問題，我們還得先解答這裏「南邊」究竟有沒有文化這一點。

大約是一九四七年左右，人們在這裏熱烈地討論着香港的史跡一問題。有一位馬先生公開地講，說當一百多年前英國人初到這裏來的時候，他們所發現的只是一個一無所有的「荒島」。這一說人們不但覺得很不容易接受，而且就提出問題的時候來講，也覺得十分詫異和莫名其妙。有一天，我在扶輪會碰到了周壽臣爵士，我問他對於「香港一百年前是個荒島」這一說的看法；他很激動地說：「那是甚麼話！當英國人義律初次踏上這個島來的時候，還不是我的先祖朝衣朝冠親自去接受他的第一道佈告嗎？」「朝衣朝冠」，這指的是清代戴頂拖翎的禮服，如果那時香港僅是幾個漁夫樵子之所止舍，或者甚至是海盜出沒的地方，那麼，難道那些「皇皇翎頂」，都是從百里之外租借得來的麼？

自李鄭屋村古墓發見了以後，人們對於這「南邊」的一個小角落很早就有了文化這一點，大概不再多去嘵嘵置辯了。不過，近幾年來卻有不少人曾經在「香港本位文化」這個小寶貝身上打過若干主意。事情也並不怎樣怪特。像二十年代的日本人，不也視爲奇貨可居地在從北京被逐出來的溥儀身上打過類似的主意了麼？問題不在這一點。問題在甚麼叫做「香港本位文化」？

早些時曾聽見有人說過甚麼「香港現在已經成爲中國文化唯一的堡壘」這樣的話。從這句話推想下去，大概「大陸中國」已經變了一片文化荒漠了，而香港則已從一百多年前還不過一個「荒島」，一躍而成爲東方的古亞歷山特利亞城，那豈不「猗歟盛哉」嗎？這是問題的一個看法。問題的另一個看法是：香港既是香港，它應該保持它的獨特的性格，它要和與它相連的地方絕緣，尤其是要與「文化荒蕪」的「大陸」絕緣，這樣才能符合它的「本位」所需要的標準。香港處在「衛生地帶」的最極邊緣，它一定要建立起一個獨特的性格，才能夠發生它的作爲一個「堡壘」的作用。這是多麼如意的邏輯！

香港這個「南邊」的地方，要和「大陸」絕緣，要「潔身」自外，要不受也不沾染中國文化的影響，這是可以做得到的嗎？飄了一百多年的「歐風美雨」，讓我們看看這裏開出了甚麼文化的花朵。說來已是二十多年的事了：有一次我從新加坡回到這裏來，朋友們假座南唐酒家設宴爲我洗塵。一位老同學指着壁上的一副對聯對我說：「您現在是文化人了，請您先講講聯語給我們知道，然後大家好就座。」我當時想：這一頓飯好不容易喫也！望聯語，上聯是「建偉業於此」，下聯是「適些事乎盧」。這幾乎把我難倒。我想「偉業」大概不會指吳梅村，難道那「適」字出典於「天演論」！好在誦上口之後，靈機一動，想通了。原來這是標準的兩種文化的合璧，下聯就是英文Successful（成功）那一個字的讀音。

這也不過僅得「全盤西化」的一半。自然，如果合理的話，作爲一個「中國文化的堡壘」，我們仍舊希望香港會「適些事乎盧」的。

選自一九五六年十二月十四日香港《新晚報．下午茶座》

「木棉花開山雨積」的時候

二十年前，我不大喜歡盆栽這類的玩藝兒，以爲有點近於玩物喪志。把大好時光，浪費在一些小枝小節上，感覺到不值得，是一個理由，而凡讀過「病梅館記」的，又總不免詛咒對自然發展的束縛。並且那些年頭，正是國難當前，敵寇日深的時候，自然也容易促成「玩物喪志」這樣的看法。不過，當時我正有一套理論來為我的看法張目。

事情經過是這樣。那已經是「何梅協定」簽訂後的時候了。愛國志士們正為着敵人已踏到堂奧裏邊來而揚臂激發，奔走呼號。我的朋友李君又一次在下課後約我到利園山上去看盆景。那時候利舞台迤東一帶地方，還沒有完全削平像現在這樣建成了許多摩天大廈，而夾在市廛當中，利園山又的確是一個具有「城市山林」的趣味的去處，因此每當週末，李君和我總喜歡到那裏去消磨一個下午，倒是很尋常的事了。

這一次，我們照例用過茶點後，李君又引我到那陳列盆景的一個角落去看老潘的新傑作。他指點着向我介紹那一棵松樹怎樣地古勁，那一盆竹石怎樣地蒼雅，或者那一盆叠石的盆景的確有丘壑氣，可以入畫，滔滔絮絮，說個不休。他一半是在自我陶醉。

李先生！你說的都很對，把這樣的一些盆栽放置在案頭，的確像置身於一個小天地裏邊，實不只徒供清玩。可是如果為了欣賞自然的美，為什麼不直接到大自然界裏邊去，那「江上之清風，與山間之明月」，眞是「取之無禁，用之不竭」呀，為什麼反叫我們自己局促在這樣的小製作呢？

——有一次我不禁這樣反詰老李。

李先生，他是不肯也不會接受我的見解的。不但如此，他還繼續申明他的一套這樣說：「就拿香港這個地方來談吧！的確，也正如你所說的，它有它的自然之美。可是在這像亂瓦磚堆般的高樓大厦掩蓋之下，它的本來之美早給戕賊淨盡了，你還覺得剩下了什麼可作欣賞的呢？在這樣的情況底下，你不覺得那為你的空虛，找來一些填補是需要的嗎？

我一時默然。

太平洋戰爭爆發，香港淪陷於日本人手中那幾年，我開始感覺到對盆栽的興趣。「野草幽花慰寂寥」的滋味，也開始體會到。回憶戰事結束而後，在開過不少次的各種性質的展覽會當中，我以爲唯一使我感到特殊興趣而歷久不能忘記的，是一次盆栽的展覽。展覽的地點記得是在九龍塘小學。在當時的確是別開生面，可惜的是，自從那一次的展覽以後，就再不聽見有繼起者，因此那一次便成了孤桐逸響也似的了。

對於盆栽的藝術，我仍完全是個門外漢，只是深深愛好而已。這也有點像陶淵明所說的「不求甚解，每有會意，便欣然忘食」那樣。去年楊章甫送我一盆「榆石」，是兩株榆樹，一株直幹沖天，一株畧斜而稍矮，旁邊佐以一拳英德石。這所謂「榆」樹，只是依照當地園圃裏花匠們的稱謂，並不是白樂天「隔墻榆葉撒青錢」的榆。它是一種小樹，葉圓而很小，比小指的指甲形還要小，葉緣邊作齒形。這種小樹是這裏很普通常見的植物，山中所在多有，不過一旦移植到白石盆中來，畧加修剪，便覺得體態不同，的確別饒豐致。楊先生送我的這一盆，直幹橫枝，頗具上衝霄漢的姿勢。去年初入我手中時，已綠葉成陰，亭亭如蓋，放在窗口當風處，襯托着遠山作背景，一時倒使你疑惑那是兩棵古老蒼健的木棉，那畧爲傾斜的一株更使我不時想起廣州市長堤馬路邊，那現在已經用石欄圍起來的一棵，它的頂已枯禿了但仍然傲岸不屈的英雄樹。

我住宅的所在，附近沒有一棵木棉，除了遠遠在半山上的兩株。我每每感覺到這不免是一種缺憾，尤其是當你想起陳恭尹「木棉花歌」那幾句詩句的時候。他說：

「粵江二月三月來，千樹萬樹朱華開。有如堯時十日出滄海，又似魏宮萬炬環高臺。

覆之如鈴仰如爵，赤瓣熊熊星有角。濃鬚大面好英雄，壯氣高冠何落落。……」

詩的美這裏且不去說它了。就自己當下的心情來說，看不到眞實的木棉，却從一種具有木棉姿態的縮影的植物，去想像它的英雄氣概，這倒有點近於慰情聊勝於無，不過這豈不又說明了盆栽之所以特別惹人喜愛。

寒冬漸漸地過去的時候，白石盆上小榆樹的葉子也漸漸地落個淨盡了。這幾天，下了幾場春雨，樹梢又漸漸地抽出綠芽而且也發葉了。一眼望去，古幹的姿態更加像那花初開或花已開過的木棉，越發教你對它肅然起敬。清明已過，杜鵑正在林間啼着。記得朱竹垞有句詩寫道：「木棉花開山雨積」，他寫的正是這樣的時節。

說起木棉花，我總不能忘記我的朋友劉草衣的一首「詠木棉花」七律，那是他在抗日戰爭期間寫的。說道：

「賴與支春破暮陰，燭天吐火照行吟。高花絕世多矜式，故國思喬此託心。揭赤幟來知必勝，抗東風起獨能任。待分餘絮衣天下，消盡幽寒展纊襟。」

這首詩他曾否發表過，我不知道，不過姑且錄在這裏作結語罷。那覩喬木而起故國之思的，又寧獨於此時爲然！

選自一九五九年五月十六日香港《鄉土》第三卷第十期

香港最高的一棵樹

〔存目〕

選自一九五九年六月一日香港《鄉土》第三卷第十一期

黃蒙田

在年畫市場

〔存目〕

署名蒙田，選自一九五七年二月九日香港《文匯報·文藝》

白蘭花及其他

忽然聞到一陣芳香

晚上，我從朋友的住處出來，沿着林蔭路散步回家。有些人家還沒有睡，他們坐到門前來，在街燈光下聊天，這情景使人感覺到一種初夏的氣氛。白天嘈雜的吵音已經消失，街車只偶然有一部駛過，這是它最清靜的一刻，在這裏走着，你會呼吸到一種來自植物的清新的氣息。爲了貪圖這種在白天沒有的新鮮氣息，我故意把脚步放慢下來。

忽然我聞到了一陣芳香。這種芳香對於我是太熟悉了，那就是在黑夜裏更顯得它芳香的白蘭花。在黑暗中我無法知道那一棵或幾棵白蘭花在那裏，可能是在路邊，也可能是在人家的院子裏，只是有一點可以肯定：點點白色的花朵掛滿了那一棵或幾棵白蘭花樹上密茂的大葉子裏，它在發散着清香。

引起一些難忘的回憶

多少年來，只要一聞到白蘭花的芳香就會引起我一些難以忘却的回憶，它在我過去了的生活當中佔據着一個小小的位置，像一切和人們的少年時代接近的生物發生了一種難以理解的感情一樣，一直到今天，我心裏還想起伴隨我長大的三棵白蘭花樹。在另外一個城市裏，我家有一座庭園在那裏，裏面種了三棵白蘭花樹，起先它只有一丈多高，我每天給它澆水，經過了十幾個寒暑，後來它已經達到四、五丈高了，比庭園裏的一座房子還要高。這三棵高大的白蘭花每年都要供應我們許多花朵——其中一棵的花朵還是黃色的呢。夏夜，我們在白蘭花樹下鋪了蓆子乘涼，你可想像在一個花香籠罩着的環境裏乘涼是多麼富於詩意，如果不是身歷其境恐怕不容易了解這許多個夏夜過得多麼美好。早上是摘白蘭花的時刻，有一棵白蘭花是靠着房子旁邊生長的，我們到二樓的窗子伸手便可摘到，這個位置摘光了又到天台去。葉子上的露水濺了一臉，讓我們呼吸到一種新鮮的水氣。我們很快便摘滿了一筲箕白蘭花，那些小小的花像白玉一樣高潔，上面佈滿了點點晶瑩的露珠。那時把花摘下來就算了，而要花的照例是家裏的女孩子。幾乎全國都是一樣，女孩子們特別的喜愛白蘭花，她們把它一排別在鬢髮上，別在襟頭上，這樣便可以時刻聞到那香味，甚至睡覺也放在枕頭底下，莫非是要做一個芳香的夢麼？你可以想像得到，這事情的本身是多麼的美麗。

三棵白蘭花樹的悲劇

每天面對着那三棵高大的白蘭花並不覺得它寶貴。後來戰爭降臨在那個城市，從我倉惶出走的第一夜開始，這些白蘭花樹便成了我記憶中懷念着的若干事物之一。我走的路很多，也很遠，可是這樣壯觀的白蘭花樹便越來越少看到，甚至根本沒有了。戰爭完結了，經過了千辛萬苦回到了故園去，我所能看到的只是一堆瓦礫，那三棵白蘭花樹早就被連根拔起作柴燒了。我對着殘破的故園思索得很多，這一場戰爭毀滅了多少生靈，比較起來我家那三棵白蘭花樹就不算得什麼了，然而因了它曾經把我的生活環境點綴得如此美好，沒有什麼比對戰爭憎惡得更深刻的了。我不能忘記它，一直到今天偶然聽見有人喊着賣白蘭花我就不能不回憶起那三棵白蘭花樹。

白蘭花的花小得不到二寸長，直徑彷彿一根鉛筆，又因了它的葉子特別的大，那樣的花朵在密密的葉子裏而且又是幾丈高的樹上，你即使聞到陣陣芳香，却不一定看見花朵的踪跡。因此，白蘭花是從來沒有折下來插花瓶的，不論南北，除了作爲茶葉裏的香料，都是摘下花來出售的。廣東賣白蘭花的大都用一個竹編的平底淺籃子，裏面鋪了一塊碧綠的芭蕉葉，白蘭花排列在上面，不時的噴着水花，叫着「有白蘭花賣」。白蘭花盛開的日子，此地街市也有出售，一毫子可以買到五朵到十朵。

南方賣白蘭花是沒有什麽情趣的，在江南——特別是蘇州街上喚賣白蘭花，那才是一種很美的情調，園藝家周瘦鵑先生曾有浣紗溪一首詠蘇州賣花女：「生小吳娃臉似霞，鶯聲嘹嚦破喧譁，長街喚賣白蘭花。借問兒家何處是？虎邱山脚水之涯，四眸一笑髻鬟斜。」原來種白蘭的花圃集中在虎邱一帶，每年初夏，白蘭花大量收成，女兒家便把每兩朵花用極幼細的銅絲穿在一起，挽着一竹籃的花沿街叫賣，因而構成了那曾經使詩人們爲之神往的情調。的確，賣花聲是動聽的，君不見從前的詞人塡的詞牌就有「賣花聲」調麽，可以了解，人們是把長街喚賣白蘭花的市聲作爲一種生活和詩意結合着來看待的。

家在喜馬拉雅山頭

白蘭花是常綠喬木。在北方，通常它只是作爲盆植，種在盆上的花自然不會高到那裏去，而且它怕冷，到了冬天就要放到溫室裏去避寒。原來白蘭的祖家在喜馬拉雅山和馬來半島，長期適應那些地方的氣候，它之害怕嚴寒是很自然的。到了江南，天氣對它是比較有利了，雖然不必入溫室過冬，但那裏的白蘭花也長不太高，蘇州種的通常只有三四尺高而已。要是看到南方的白蘭動輒五六丈以至十丈高，不禁要大吃一驚的吧。可能是南方溫暖、濕潤的環境對於它的脾性更其適宜，加上土壤的排水良好和具有微酸性砂質，它便長得像一棵高大的大葉榕了，在香港堅道和植物公園邊門之間有一棵白蘭，樹幹一個人合抱圍不攏，高度在十丈以上，恐怕已經是七八十年的老樹了。毫無疑問，它是此地最老、最大的一棵白蘭了。遠望去，如果你不是先聞到它的芳香，就很難想像那就是女孩子們喜愛的嬌小玲瓏的白蘭花了。就是爲了這原因，找遍了中國的花卉畫家的作品也不會發現一幅白蘭花圖，原因不難想像，葉子那麼大張又那麼密茂，那瘦小十二瓣作線狀披針形的白蘭花就簡直不容易發現它的存在。因此，對於白蘭花我是這樣來看待它的，它的花朵不能滿足人們的欣賞欲望，却用它濃郁的芳香來補救自己的不足而給人們以相當程度的滿足，特別是夏天的夜晚，人們在白蘭樹下乘涼，清風徐徐而來也帶着了陣陣芳香，彷彿這一帶的空氣原來就是充滿了香氣似的，使人感覺到這個夏夜多麼寧靜、涼快。對於人類來説，白蘭眞是勤勞的生產能手，它在我們生活着的環境裏面散佈芳香的氣息，讓我們的生活起了調劑的作用，初夏的時候它開一次花，到了七月，它又第二次開花了，這樣到了秋天它還要讓我們再一次沐浴在它的香氣裏面，這以後它才休息得比較久，度過了一個冬眠時期和春天。不過有一點值得注意的是，它那表面有着光澤的葉子長年都是那樣的青綠，在太陽下面，樹下永遠是一團濃蔭，下雨天在那裏簡直可以避雨呢。

別有黃蘭與含笑

在中國，白蘭花主要是分佈在華南各省，已經發現的同屬品種有十七種之多。這些品種有些是不常看見的，最易看到的是黃蘭和含笑。上面説過我家裏的三棵白蘭有一棵的花是黃色的，那就是黃蘭。表面看來，樹幹和葉子甚至花的香味是完全一樣的，唯一的分別是葉柄上的托葉痕比白蘭要長些。一般來説，黃蘭比白蘭少，廣東賣白蘭花的小販在那一堆白蘭花當中總是混雜了若干黃蘭，黃白相間，顯得格外奪目；也許是物以稀爲貴吧，雖然價錢相同却不允許你買的朵數和白蘭花相等，大約是買八朵白色的才搭兩朵黃色的，只有黃蘭來源多的時候才會例外。

含笑也是這時候開花。這是一種常綠灌木，通常都是盆植的，也有種在地上的，根據我從前的經驗，種在地上的可以長至八九尺高。含笑的花單生於葉腋之間，像白蘭花但要短些肥些，就像一顆飽滿的花生米；花是乳黃色的，香氣沒白蘭清，濃郁有點像熟透了的香蕉，因此在江南它又被叫做香蕉花。含笑有一種古怪的脾氣是晚上香氣特別的濃，假如你家的園子有一棵含笑，在開花的日子的晚上，它的香氣簡直可以完全遮蓋了整個空間。到了白天，花朵只半開着，而氣味也遠沒有夜間的香，要是遇到落雨就更奇怪了，它的香氣彷彿全收斂起來似的一點也聞不到。

如同白蘭花一樣，花販把含笑花摘下來到街上去叫賣，光顧的幾乎全是家庭婦女。記得舊時看見有些女孩子把一排含笑別在頭髮上，她們在操作家務時偶然不斷地傳來陣陣花香，頭上這一排含笑有時甚至戴着它到睡鄉去，而含笑花到了有輕微的焦黃時那一股香蕉味就越加濃郁。又有些女孩子把兩朵含笑夾在葵扇上，搧涼的時候一陣清風同時也帶來了一陣香味，這是小事情也是很自然的事情，但這事情的本身却是很美的。

因爲含笑喜歡在夜間開放和特別的香，有人說夜合花就是它的別名。據我所知，夜合恐怕不等於含笑，至少是有一種本名叫夜合的花存在，舊時我在故園是種過這種花的。夜合花是盆植的，花作小圓球形，大概有乒乓球的三份之二大小，花蕾的外皮綠色，花開了，綠色的外表變成了最外層的花瓣，而裏面的花瓣却全是白色的。夜合的特點一如它的名字那樣是在夜間開花和發散着芳香，到了白天，已經開了的就不再收回，但花蕾却不在這時候開放，而氣味却等於沒有一樣。

提起夜間開花，我還想起一種在夏天的夜晚才發散着異香的鷹爪花。顧名思義，那鷹爪形的花朵既不好插花瓶也不適宜配戴在身上，唯一的方法就讓它掛在鷹爪樹上，到了晚上才去享受它的香味。晚上，你一家在院子裏閒話家常，一陣晚風帶來了一陣鷹爪花香，這種香氣是難以形容的，它和白蘭、含笑的風格完全不同，那分別只能親自去體會，文字是不容易表達出來的。順便在這裏一提，廣州河南海幢寺有一株鷹爪花是很有名的，它已經有一大把年紀，算起來恐怕比我們這一輩的人都要老呢。

一九五九年，四月，廿九日。

選自一九五九年五月十六日香港《鄉土》第三卷第十期

馬　朗

談亂世感覺

據説，一二八滬戰的時候，母親抱着幼小的我，倉皇乘人力車從虹口逃出去，車近蘇州河橋埰，一顆流彈颼的飛過，斜裏掠過面門，離我只有四五分，母親嚇得魂不附體，而我却熟睡在毡被裏。我不知道那時我有否感覺，只是從那一次開始，亂世感覺就隨戰亂一同接踵而來，一直追隨左右了。

後來父親在江灣造了一座房子，日本兵也在我家旁邊造了一座堡壘似的司令部，於是從小學生時代起，晚晚都是兵車轆轆。幾次日本兵釀事，我們沒有一次不是逃之夭夭。七七事變，六月卅日我們還在北平，父親預備帶我們去長城，不是馮自忠對父親的勸阻，我們幾乎正巧要碰上了南下出關的關東軍。本來那次是旅行，回去南京，因爲得了消息，匆忙得就和逃難一樣。抵京後二天不知是第三天*，我跟家人去南京新都戲院看電影，忽然幻燈字幕上顯出白字，宣佈日軍攻襲宛平，首都進入緊張狀態，至今我還記得那一份意外，以及院中騷然的混淆，人聲哄哄，戲也不看了，半信半疑的散出來。次日，母親就帶了我們，還有梁伯母家的伏龍鳳雛，一同坐京滬車往上

*（編者案）原稿「二天不知是第三天」，意思大概是「不知是第二天還是第三天」。

海疏散，或者，說得貼切一點，是「站」京滬線夜車到了上海，車裏的擁擠，各站上的風聲鶴唳，便在我幼小的心靈上留下很深的烙印。

接着，八一三炮響了，日軍進迫南京了，我唸着教科書上都德的「最後一課」，看着天上的飛機，關閉了百葉窗，晚上却夢着父親在南京被日軍俘虜了。一天到夜，總是那樣坐立不安，怔怔忡忡的。

回到香港，過了不久，又幾乎碰到了蹂躪南京的磯谷師團。結果在上海逢到了太平洋戰爭，初中學生的我，先還不知道日軍的坦克已駛入英租界的南京路，看見了七零八落只有寥寥數人的學校，記得彷彿校中走廊的燈光全黯淡下來，我就那樣懷着黯淡的心趕上一架無軌電車回家。我在無軌電車裏的感覺，第一是胸口作悶，第二是沉默，第三是暈眩，末了是緊張；在校裏我們素來是抗日份子，這時就儼如遇到了天崩地裂。我想，那是第一次明瞭亂世感覺了。

太平洋戰爭末期，關東軍入駐，我恰巧探朋友路過，看見那一支猙獰的隊伍，也和一般路人，惶惑如處世界末日，好像有滿天的黃砂，身子老往下沉。

再往後就是國共和談破裂的時節了。

我又到了南京，投考外交官考試。共軍已直撲徐州，我從新街口閒步返去，燈亮了，南京城忽然回復了南唐時代的樣子。街上行人匆促稀少，青石板街上漾着淡黃的路燈，一股寒氣，夜正降臨。我想找一家飯店，連闖了幾家，發現排門都拴上了，門板上貼着一方佈告，說是門售只限白飯五十碗，茲已售罄，今日停業等等字樣，我不禁慌了，再朝前衝，店都關門了，空空蕩蕩的街，遠處的山，俯伏如巨獸。我單獨一個人在行人道的樹下亂轉，想叫一輛馬車，誰想馬車也都趕回去了，我沒有料到危城的情況來得那麼快，只覺得四周冷冷清清的，門窗後面似乎現着無數監視的眼睛。好容易叫到一部破敝的馬車，襤褸的馬夫和羸瘦的病馬，落寞的街心，骨碌骨碌的輪聲，輾碎了甚麼，而車子慢吞吞地如拖曳到古墳裏去。過了鼓樓，我才找到一家還亮着燈的羅宋菜館，獨個兒在白木桌上白木椅上吃了晚飯，我出門口，白俄女店主也就關門，把我留在空洞裏了。

等到徐州陷落，南京完全是兵荒馬亂了。當時的和平日報新聞版有兩行標題，眞是觸目驚心，令我過目不忘，牠說的大概是「秣兵厲馬，都門情緒悲壯」，後來又有「倉皇辭廟，三軍揮淚落征袍」等句，倒是相當把握當時的景象的。我就在這時，再趕了一次夜車離開南京，下關火車站上人山人海，我的一張火車票是出盡法子弄來的，擠進站裏，只見人頭滾滾，鐵軌上空空如也，並沒有客車，車站的播音筒不停的報告，也逐漸顯得聲嘶力竭一般，轟轟然的，像在一個嘈雜的空谷裏吹來吹去的暴風。人羣，立足於一根大彈簧上，彈來彈去。

上海緊張，恰巧是聖誕佳節，一班老朋友已經預備好脱胎換骨，摒棄過去，剛巧來到這新舊交替的邊緣，撫今思昔，不免依依，借那次機會聚集一起，索性來一個「小資產階級智識份子」告別「包袱」的舞會，以爲從此要轉入做人的另一階段——一個史無前例的大改變。桃麗絲黛的一張Again，正唱着「再一回，這一回不再有了」，忽然，電燈壞了，是同孚路一個大府第的大廳，黑暗中有人點起蠟燭，在中世紀的氣氛下，座上一班朋友蜷縮在紅絲絨貴族化大沙發裏，都染上了一股無名的憂傷，本來都説好要最後狂歡的一次的，記得當時座上有特地從香港趕回去觀變的一位獨幕劇聖手，兩位如今譯了不少法斯脫小說的才子，一位排球國手和一位曾經大鬧滇貴的風流軍官，大半是「約翰系」的傑出人物，還有幾位風華絕代的小姐，曾經令我心折過，照原意不外要「羅曼蒂克」一番的，結果我們都在最黑暗的一刻間，彷彿碰到了冰冷的命運，一個個都黯然了。坐在我右首的一位少女，穿的是一件鵝黃色的羊毛質旗袍的，柔和的風韻和苗條的身段，正聽着我說笑的，這時瞪着眼看見了我臉上凝結的笑容，亂世感覺突然襲擊到我們心上，大家都說不出話來，疲倦、沉悶、寒冷，燈再亮時，這大府第竟儼同古堡，狂歡的興趣也沒有了，這時人們才覺到這集會的無聊和無益，懶洋洋地站起來散了。現在，其中不少人已分道揚鑣，所謂脫胎換骨不外是一套自欺欺人的把戲，領教了的人敬謝不迭，甚麼告別「包袱」之類不外是多此一舉，但是大變動到底是捲過來了。到蕩然無存的今日，我們才領略到當時的情調是甚麼，同時也是如何可以回味，不過在當初我們却完全是百無聊賴的枯坐一隅，蕭然而散的。

再後，我還經過了一次强烈的亂世感覺的事。那是離開大陸重返海島的時候，在深圳河畔，下了火車，因爲橋閘已經關閉，我們在深圳度了一夜。深圳當時眞是一番怪現象，一座座小孩子積木似的匆匆搭起的簡陋木棚，住一晚的討價比上海國際飯店還貴，掌櫃的對我們「討價還價」只輕描淡寫說了兩句：「我們這樣賺你錢不是還有一定的數嗎？如果不是，你們全部送上也不出奇。」我們立刻噤聲了，這一晚我們做男的和衣坐待天明，背對背的坐在門檻上，地板只是跳蹦蹦的三夾板，下面流水淙淙。子夜時分，同來的旅客當中一位穿玄衣白臉子的少女，忽然起來約我出去散步一次，戶外下着如絲細雨，我們走到野地，濕濕的鐵軌上橫躺着一堆堆住不起那些臨時「客棧」的人羣，有老有少，蒙着雨露天睡了，木棚邊儘是油燈，像一片燈市，那不知名的少女拿住了我的手，莫明其妙的說了許多纏綿的話，而且說了她不少過去的隱私，甚至靠在我肩上感慨地哭了。後來，我才知道她以爲第二天會逃不出「黑店」之魔手，但是當時我毫無一點浪漫印象，也沒有笑她，由她那樣做了，事後才發覺到她是那麼風緻娟然。她那時爲甚麼强烈地要委身相向，而我又爲甚麼要那樣冷靜和悽愴呢？想來也是亂世感覺的關係，因爲我也是以爲「黑店」必然會將我們消滅了的。結果，一宿無話，第二天早晨，她緊靠着我過了橋，大概是走到羅湖車站月台上，她就掉頭而去了，從此她就消失在茫茫人海裏。上車之後，從乘客口中，我才知道昨晚土匪眞「光顧」了深圳幾次，刧掠姦殺，而且擄去了幾個人。不過，她留給我的印象，却也是只到上水爲止。我想，其中道理，無論如何不僅是萍水相逢的。

我不知道亂世感覺以後會否脱輻而去，有時惶惶惑惑，好比「先天下而憂」的担心，也許，這種情緒，根本上也就是亂世感覺的一種吧。

選自一九五七年四月二十一日香港《論語》第一卷第二期

烟火

〔存目〕

選自一九五七年八月一日香港《文藝新潮》第一卷第十二期，發表時署名趙覽星

金　庸

快樂和莊嚴
——法國影人談中國人

前天中午一位朋友請吃飯，座上有法國的電影製片人亞力山大．慕努舒金（A. Mouchkine）先生、法國電影協會的代表加勞（P. Caurou）先生等人。他們剛從北京參加了法國電影週，要經過香港回國去。

慕努舒金身材高高的，很有藝術家風度。加勞給人的印象則是十分的幹練與誠懇。他們首先談到的就是這裡許多右派報紙歪曲報道了他們的談話，慕努舒金說：「中國給我的招待好極了，眞是說不出的感謝。」接連不斷的宴會與參觀不必說了，他特別舉了一個特有的例子：他申請到中國去，爲了簡化手續，我國外交機關通知他，只要把姓名和護照號碼打個電報去就是了，用不到護照簽證、用不到照片、更用不到打指模（像美國移民局所規定的那樣），這種對外國客人的絕對信任與尊重，使他們非常滿意。

慕努舒金說：「中國很美，但中國人尤其動人。」他印象最深刻的是中國人的快樂與內心感到的尊嚴，使人不自禁的分享到這份愉快和穩定的感覺。他覺得，中國人對自己的國家、文化和將來的生活，充滿了强烈的信心，然而一點沒有囂張和浮誇。他說來香港之前的一天，曾有一次印象極深刻的經驗：他到廣州中山公園去散步，見到每一個人都是那麼寧靜和安詳，這在歐美任何大都市中都是見不到的。他到過四五個其他的新民主主義國家，他覺得最快樂的似乎是中國人，他說這決不是對中國人客氣的恭維，他在捷克、民主德國等國家也曾直率地說過。加勞說，這大概因爲在捷克、德國這些國家，人民從前的生活程度就很高，與英法差不多，革命後的改進不像中國那麼驚人地顯著。慕努舒金說得不錯，他一九二一年到中國時，看到的情形與今日中國眞是不可同日而語。

加勞今年二月間到過北京，這次是第二次去。他說，他今年春天見到的印象太好，只怕自己個人有偏見而看錯了，但這次有兩位朋友在一起，大家意見一致，他才相信事實的確是這樣。

慕努舒金先生是「勇士的奇遇」（港譯「肉陣飛龍」）、「傾國傾城慾海花」、「四海一心」等片的製片人，他談到中國電影時說，他剛到香港時發表的意見，被某些記者先生們作了錯誤的引述，不過他們不瞭解電影的專門技術，誤解也是難怪。接着他在技術上作了分析，他說得很坦白，很誠懇，他認爲中國電影在技術上有兩個缺點。第一是錄音，只做到清晰而沒有氣氛。在「四海一心」中，共有九百五十種聲音，用以表示環境的氣息，但在一般中國電影中，主要只聽到演員們在麥克風前講話。

這一點我想他說得不錯，他說的第二個缺點是關於蒙太奇的，他認爲中國電影對剪接不够注意。「勇士的奇遇」一共有一千二百五十個鏡頭，有些鏡頭只有五十公分長，但中國電影的鏡頭一般拖得很長。我們對他說，在藝術上，鏡頭的短促的確容易造成蒙太奇的效果，但中國電影的主要觀衆是農民，他們極大多數是以前從來沒有看過電影的，電影手法的過份花巧和複雜會使他們感到困難。他想了一下，認爲在社會意義上，這點確是也應當考慮到的。

這是一次很愉快的談話，大家交換了意見，還談到將來合作的計劃。有人向石慧開玩笑說：「怎麼他老是說夏夢，不說石慧？」大家都笑了，因爲在法文中表示「動人、可愛」等意思的Charmant，聲音就像在叫「夏夢」，幾位法國先生在談話中大讚中國與中國人，所以不斷聽到「夏夢、夏夢」之聲。

選自百劍堂主、梁羽生、金庸《三劍樓隨筆》，香港：文宗出版社，一九五七年五月

聖誕節雜感

是聖誕夜，聖約翰教堂的鐘聲和風琴聲在寂靜的夜裡遠遠傳來，望着紅紅的燭光，想起了許多十分親切的人，在東北的弟弟，在印尼的朋友……。這對蠟燭眞美，是在一個花紋刻得非常精緻的模子中澆出來的，一位遠在北方的朋友巴巴地託人帶來給我，眞是捨不得點，每年聖誕夜點它一寸，就珍重地收起來吧。

我不是基督教徒，但對這個節日從小就有好感，有糖果蛋糕吃，又能得到禮物，那總是一件美事。在中學讀書時，爸爸曾在聖誕節給了一本迪更斯「聖誕述異」(A Christmas Carol)給我。這是一本極平常的小書，任何西書店中都能買到，但一直到現在，每當聖誕節到來的時候，我總去

翻來讀幾段。我一年比一年更能了解，這是一個偉大溫厚的心靈所寫的一本偉大的書。

故事的主角是一個倫敦的守財奴史克魯奇，他對任何人都沒有好感，對所用的僱員異常刻薄。一年聖誕節晚上，一個已死合夥人的鬼魂來拜訪他，說將有三個聖誕節的精靈來帶他出去遊歷。到了約定的時間，精靈們果然來了。第一個是「過去的聖誕精靈」，帶着史克魯奇回到他出生的地方，讓他看到他小時是怎樣的孤獨，看到他親愛的妹妹，看到他自己怎樣愛錢勝於愛他的未婚妻而使愛情破裂。第二個是「現在的聖誕精靈」，帶他看到人們怎樣互相親愛，怎樣在貧窮之中開開心心的歡渡聖誕。第三個是「將來的聖誕精靈」，帶他看到在將來的一個聖誕節中，他孤零零地死了，沒有一個朋友一個親人來關心他。這些事情融化了史克魯奇那僵硬的冰冷的心，使他變成爲一個親切溫暖的人。

廸更斯每一段短短的描寫，都强烈地令人激動，使你不自禁的會眼眶中充滿了眼淚。英國人曾根據這小說拍過一部影片，但拍成乾巴巴的沒有什麼感情。其實，這本薄薄的小說中充滿了多少矛盾和戲劇，多少歡笑和淚水呀！兄妹之愛、男女之愛、父子之愛、朋友之愛，在這個佳節中特別深厚地表現出來。

但奧亨利那個短篇「聖誕禮物」，在美國片「錦繡人生」中却由花利格蘭加和珍妮奇蓮演得相當動人。丈夫賣了他寶愛的錶來買一個送給妻子的髮釵，妻子賣了她最感到驕傲的秀髮來買一個送給丈夫的錶鍊。一對貧窮夫妻的愛情，眞難寫得更好了。

我曾譯過美國短篇小說家丹蒙．倫揚的那篇「聖誕老人」。故事是說一個善心的强盜劫了一批珠寶，去放在他愛人老祖母的聖誕襪子裡。這位老太太快要死了，她一生相信聖誕老人會在她的襪子裡袋進些禮物，在臨終之前，這願望終於達到了。這個强盜由於穿了聖誕老人的服裝，埋伏着要打死他的敵黨竟然沒有認出他來，因而逃得了性命。這是一篇驚險而滑稽的故事，但在人物的內心，蘊藏着善良和溫柔。

我們生活在這個十分重視金錢和物質的社會裡，友情和善意常常被利害關係和鈔票的數字所破壞。許許多多人一早起床就陪着算盤、計算機、收銀機、紅色綠色的鈔票；許許多多人覺得世界上最重要的是馬票頭獎。新年是很好的節日，但人們總是愛把「恭喜發財」和它聯繫在一起，紅封包裡包着的是「利」是，買花來插是圖吉利，是爲了卜占發財的兆頭。發財當然不壞，金錢和物質也決不能輕視，但總得有一個日子，讓個個人多想到一些親誼和友情，少計算一些利害和金錢吧！中國人的「中秋節」是這樣一個可愛的節日，這是「團圓」和「月餅」；「清明」和「重陽」也是可愛的節日，大家想看那些已經逝去了的親友，這是「旅行」和「紀念」。外國人的聖誕節也是這樣的節日，大家互相贈送美麗的卡片和禮物，整個社會浸沉在一種溫暖喜悅的氣氛之中。

聖誕節這天在古羅馬時本是慶祝豐收的節日，後來才由基督教徒加上了宗教的意義，其實它並不是耶穌誕生的日子。如果大家當它是象徵和平的日子，我想，即使是伊斯蘭教徒、佛教徒以及無神論者，都可以在這天快快樂樂地過一個佳節。

選自百劍堂主、梁羽生、金庸《三劍樓隨筆》，香港：文宗出版社，一九五七年五月

衛 林（李維陵）

小品數題

靜

當一切戛然定止的時候，這世界會怎樣恐怖呢？飛着的禽鳥和落葉凝停在半空，演奏中的音樂停頓在某一個音符上，行走的人和車輛止步，像古代傳説中受了巫術催眠的王國一樣，一切都保留其某一頃瞬的狀貌，并經歷很長遠很長遠的時間。與其這樣，我是甯願讓一切都永遠運動的，最少可以見到花會落會開，歡樂會散會聚，人也有不斷的追求和希望。

音樂

你有沒有聽過神的聲音，當你靜對着黑的夜，沉默的自然，光與影交替的時候，那一瞬，似乎有那麼一陣幽幽的聲響昇起了，如此細碎，如此肅穆，如此和諧。你如浮沐於金色的海中，一幅夢樣的輕綃散開。於是你跪下，感恩的淚流下了，你讚美生命；你再聽，那一片莊嚴而虔聖的歌聲，彌賽亞，站起來，擎着你手中明亮的銀燭，參入進香者的行例，向永生去！

夏

夏天炎熱的指爪已把我們所稱爲冷靜的和平的夢幻趕去了，焦灼代替了閒散，戶外猛烈的陽光障礙了沉思。我又沒有午睡的習慣，有一點點微風吹過來已是莫大的歡喜。時候還早得很哩，我必須忍待過那遙長的夏季。頭腦昏沉得像洗過了蒸汽浴，一點思想的影迹也沒有遺留，甚至那些欣賞的情緒都淡薄了。泰戈爾說：「使生如夏花的絢爛，死如秋葉的靜美。」我對於夏天的花是并不怎樣鍾愛的，除了那些紅色黃色濃得耀眼的美人蕉。谷訶那幅陽光下的向日葵曾經使我有熱暈的感象，我又記起那個海濱的清涼的夏天了，那細軟得像粉末的砂礫，那銀白的三角帆，那浮泛於藍天綠海之間的，年青爽朗的划手們的歌唱，如果能回復到那些愉快的記憶，未嘗不是一件好的消遣哪。

自畫像

亟待填充的欠缺，過多的熱望如惡性通貨膨脹，心性的追求融織於物體之間，於點線或抽象的存之間。影與形的投射，豐富而又單調，平凡而又超卓的浮沉於神與魔的兩極，爲人類負担過重的悲喜而時又轉入淡漠。思維的網脈籠罩感性，難於捕捉，易爲新鮮的瞬間而廢棄既往，尋逐靈的突現不惜抗拒實在。矛盾同時顯現於諧協，難爲同代人所理解，他，生活於一個透明的世界，厭惡渾濁。

綠色的彩繪

綠得使人散開，身體的析擴，肺臟的塡滿，行步於青葱的崗阜。兩個穿工裝長褲的小孩在捕捉蝴蝶，我爲遠處田隴的農漢所吸引。勞動的莊稼，詩與繪畫的素質，飄逐於心與物間。淡泊跡近於空靈，寫也成爲笨拙，要感覺，要溶解。分化於小徑旁的蒲公英與發香的野草中，我像第一次嗅吸到生命的氣息。愛與美的諧和與陶醉，以舉世稀有的財富來替換位置我會鄙夷不屑一顧，祇有這一瞬那的熱誠才名爲永好。寶愛的翠綠的年代，這會使存在成爲永恆，使凡人接近神聖。

選自一九五七年五月二十五日香港《文藝新潮》第一卷第十一期

左舜生

我所見晚年的章炳麟

余於中國近代發起改革運動之名賢長德，嘗以未得一見康南海與孫中山，引爲生平憾事。二次大戰巴黎和會結束後，梁任公歸自歐洲，余曾偕友人王光祈君得一度晋謁梁先生於上海中國公學，並承先生期許甚至，勉勵有加，至今感念不忘。民國二十年「九一八」事變爆發，余以友人之介，始得識章太炎先生，自是每週必一次或兩次，造先生同孚路同福里寓廬，就國事向先生有所請益，歷時凡兩年有餘，迄先生移家蘇州講學，始告中斷。此實余生平親受前輩教益最多之一時期。先生以二十五年病逝蘇州，得年六十有九，其遺著「章氏叢書」，及晚年之「太炎文錄」，已非今日青年所能句讀。茲記其逸事數則於後，以寄個人思慕之忱，亦或可資崇拜先生者之談助也。

余對章先生之第一印象，覺其爲一慈祥和藹之老人，但仍步履康强，精神飽滿，吾人平日想像中之「老師宿儒」，先生正其典型人物也。先生籍浙江餘杭，談話多雜土音，初聽時，每苦不盡明晰，既久，則亦了無不懂之處。先生雖爲一純粹之學者，然喜談政治，其於當代諸賢之身世及其與革命之關係，往往能詳其始末，其褒貶亦頗異時流，惜余當時未存筆記，否則可供治現代史者之參考資料當不少也。

先生所居爲一雙開間之衖堂樓房，書房兼會客室，爲樓上右手之一統廂房，開間頗大，但光線不佳，室內陳設，亦了無現代色彩，不失學者與初期革命家之本色也。

余每至先生處，恆在午後四五時左右，以其時余正在中華書局編輯所供職，每日必在午後四時始得下班也。時先生雖已屆六十五歲之高齡，然能縱談二三小時不倦。章夫人湯國黎女士，偶出點心餉客，爲一種糯米所製之小餅，蒸食，黏性頗大，失之太甜，余見先生食之津津，亦不能不食之津津也。先生述一故事，往往枝葉扶疏，能使聽者如親接故事中之人物，躬履當時之境地，不願聽其中斷，章夫人恐先生過勞，每一再催用晚膳，但先生不顧，余不待其辭畢，亦決不敢興辭也。

先生嗜紙烟，往往一枝尚餘寸許，又燃一枝，曾見其歷三四小時不斷。所吸以當時上海流行之美麗牌爲常，偶得白金龍，即爲珍品，蓋先生爲人書字初無潤格，有欲得其翰墨者，大率即以紙烟若干聽爲酬，故能取之不盡，用之不竭。余初不嗜此，後在上海編日報半載，往往社論，短評及第一版新聞，均出余一人之手，且非看過大樣以後，不敢離去編輯所，不吸烟實無以振刷精神，於是乃嗜之成癖。及爲先生座上客，爲時近三年，每至，先生必縱談不斷，吸烟不斷；余則靜聽，亦吸之不斷；余至今仍非每日四十枝至五十枝不能盡興，蓋與先生之一段因緣，不無關係也。

先生爲人書字，以鐘鼎爲常，喜以一人牽紙，振筆疾書，一日，章夫人立先生後，指點某字不佳，先生回頭笑謂夫人曰：「你不懂得寫字囉！」其實夫人雅擅詩文，字亦端秀，先生之爲此語，足證其伉儷間雅興不淺也。

民元，先生與夫人結婚上海，羣弟子請先生與夫人即席賦詩，先生口占兩絕，其一云：「我身雖稊米，亦知天地寬，攝衣登高岡，招君雲之端。」夫人以無此捷才辭，僅錄舊作七律一首，亦娓娓可誦。此事載當時上海「民立報」，一時佳話也。

民二二次革命後，先生被袁世凱幽於北京之龍泉寺，憂憤欲死，曾有致其夫人家書兩通，區處後事，中有涉及其身世及所學之處，辭旨嚴正而凄惋，令人不堪卒讀。夫人亦有一書致袁，為先生請命，措辭不亢不卑，深得立言之體，其涉及與先生結合一層，有「結褵一年，誓共百歲」之語，殊足激動讀者之同情，宜乎項城卒不敢冒天下之大不韙也。

余見先生有一七八齡之少子，為湯夫人所出，韶秀活潑，不類常兒。見先生常為人寫字，亦自訂一潤格，張於樓下之壁間，有七言聯一幅，皮球一個；單條一幅，火車頭一個云云。一日，余在先生處晚餐，此聰慧之稚子，忽問先生曰：「商務印書館的百衲本二十四史還沒有出齊嗎？」先生笑頷之，余則殊訝其早熟。今此君殆三十許人矣，惜余不能舉其名字，亦不知其近作何狀也。

張敬堯在北京東交民巷為人所暗殺，先生作小詩一首以詠其事，詩曰：「金丸一夜起交民，射殺湘東舊領軍，為問長陵雙石馬，可知傳法有沙門？」一日，余至先生處，先生作此詩正屬稿甫就，並將第三句「試問」之「試」字塗去，改一「為」字。余問先生「沙門」何指，先生笑謂余曰：「古人作詩亦往往有在可解不可解之間者，何必深問？」余亦一笑而罷。

「一二八」之役，翁照垣以守吳淞得大名，當戰事正酣之際，余往謁先生，請書數字贈翁以資鼓勵，先生頷之。次日余往索，先生則出文一首，長約千餘言，且親筆以宣紙楷書，譽照垣甚至。

余大喜過望，卽持至中華印刷所，託余友袁聚英君製成珂羅版，印三百份，分寄全國各報館。時天津大公報，卽據余所贈，複製鋅版，刊諸報端，於是照垣之名更大噪於南北。余友常燕生兄，讀先生此文，乃繼黃公度「聶將軍歌」後作「翁將軍歌」一首，長達數十韻，亦爲時人所傳誦。時余與照垣，初無一面之雅，後晤於上海，乃覺其人爲一純粹軍人。近年聞其鬱居港澳間，飽歷世變，其修養或當有進境也。

宋哲元以大刀隊在長城抗日，殺敵過當，國人頗壯其所爲。一日薄暮，余走謁先生，先生正憑窗檢閱地圖。見余入，乃謂余曰：「長城竟有這許多的口子？」余笑應之。私心自忖，先生於學所涉甚廣，且生平崇拜著有「天下郡國利病書」之顧炎武，又曾一度任籌邊，何獨於長城諸關隘不甚了了耶？

先生曾以「江左夷吾」許宋遯初（教仁），及宋被狙擊，梁任公亦於當時在上海出版之「大中華」雜誌爲文弔之，謂宋有政治家風度。蓋梁宋間在民國元年固曾有互相維繫之要約，支持袁世凱以求得和平統一者也。惜宋能容袁，而袁不容宋，卒至造成民國二年之悲劇，而袁氏之敗，亦以此一役發其端，趙秉鈞輩妬賢害能之小人，誠不足齒也。

中山先生以十四年三月十二日在北平逝世，先生曾以一聯挽之，風調實爲當時挽孫諸聯之冠，聯曰：「孫郎使天下三分，當魏德初萌，江表豈曾忘襲許？南國是吾家舊物，怨靈修浩蕩，武關無故入盟秦！」聯意僅在反對當時之孫段張三角聯盟，於中山初無貶辭，聞孫先生治喪處諸人，得此聯未敢懸掛，不解何意。

文人相輕，自古已然，雖碩學通人，亦往往不免。先生一代大師，文宗漢魏，持論能言人所不能言，其精到處每發前人所未發。嚴又陵（復）林琴南（紓）與先生同時，均雅擅古文，並各以譯述自顯於當世，顧先生於嚴林之文，乃深致不滿，其言曰：

「……下流所仰，乃在嚴復林紓之徒，復辭雖飭，氣體比於制舉，若將所謂曳行作姿者也。紓視復又彌下，……浸潤唐人小說之風，……與蒲松齡相次，……若然者，既不能雅，又不能俗，則復不得比於吳蜀六士矣。……」

嚴先生持論矜慎，不聞於先生有所詆諆，林則反唇相稽，於先生之文亦抨擊不遺餘力，其言曰：

「……庸妄鉅子，剽襲漢人餘唾，以撏撦爲能，以餖飣爲富，補綴以古子之斷句，塗堊以說文之奇字，意境義法，概置不講，侈言於衆，吾漢代之文也！傖人入城，購搢紳舊敝之冠服，襲之以耀其鄉里，人即以搢紳目之，吾不敢信也。……」

自吾人視之，章先生既非庸妄鉅子；畏廬譯西洋小說百餘種，使國人畧知異國情調，實亦未可下儕於談狐說鬼之蒲松齡；嚴又陵功在介紹一時期之西洋思想於中國，初非以文字與人爭短長，凡章林之所云云，以批評之旨趣衡之，均非持平之論也。

余平日在先生處所聞，以明末遺民故事及清末革命故事爲多，蓋前者爲先生革命思想之所自出，後者則先生曾躬與其役者也。一日，先生問余近讀何書，余告以正看陳壽三國志。先生曰：「此書簡練謹嚴，如能同時細看裴注，則可悟古人運用史料之法。」余於此書曾翻閱三四過，得先生指示之力爲多也。

先生原名絳，後改炳麟，字太炎，生清同治七年戊辰（一八六八），卒民國二十五年丙子（一九三六），得年六十九。

選自左舜生《萬竹樓隨筆》，香港：自由出版社，一九五七年七月新版

假定魯迅還活着

魯迅已死去十五年了，他的逝世之年是五十六，假定他現在還在，也還不過七十二，比起沈鈞儒黃炎培這班靠攏份子，他並不算是太老。

在中國，一個有名的人物，他在生前往往隨時都有挨罵的可能，可是一經死了，却又最容易走運。最近中共爲了魯迅逝世的十五週年紀念，特別大吹大擂了一番，甚至爲他發行了紀念郵票，魯迅的死運總算很過得去了。

可是魯迅對於中國的舊文學，根柢頗深；他的趣味又是多方面的；他晚年雖然也歡喜談談蘇聯的文藝，但只能作爲他趣味的一方面，我們實在看不出他有什麼「一面倒」的傾向；他愛好自由，他反對暴力，他對從前國民黨特務那種濫捕濫殺，尤其深惡痛絕，「一道同風」的觀念，在他

是完全沒有的。他死了，中共要把他如何捧，他自然沒辦法；假定他還在的話，他會不會向毛澤東去學習，總還是問題吧。

「藝術的價值，是在破壞因襲這一點。」這句話是日本的文學者森鷗外說的。假如這句話含有一部分眞理，我想魯迅在中國文壇之所以能獨步一時，即在他死後的十五個年頭，而他所寫的小說和雜文，也還爲一般的青年所樂於閱讀，便可看出不是一件偶然的事了。

魯迅這一部二十冊的全集所代表的精神，假如要用一句概括扼要的話來表示，便是「破壞因襲」。

魯迅對於「破壞因襲」這一點的用力之勤，在中國這半個世紀的時間，所有一切受過近代西洋科學和文藝洗禮的人們中間，大概是更沒有一個可以比得他上的。

魯迅對於中國舊社會因襲下來的許多病象，眞可說是暴露得毫髮畢現，同時也可以說是破壞得體無完膚，再加上他那一種倔强的個性，和他那一枝鋒利無比的健筆，也實在能使他的這一工作做得分外的出色。中共對他生前之所以打了又捧，和對他死後之所以大捧特捧，其原因大概也就是因爲他的這一工作，確實是爲中共鋪下了一條平坦的道路吧。

魯迅自民國十五年出版了「彷徨」以後，就很少繼續發表像樣子的創作，只是咻咻不已的寫了許多短文，關於這一點，似乎曾有不少的人表示過惋惜。其實魯迅所賴以不朽的，也許就正在他的這些短文。假定三五十年後，有人願意知道中國在抗戰前十年左右，政治上，社會上，以及當時的教育界和文壇方面的種種怪狀和醜態，我想他們一定可以從魯迅的這些短文中，得到不少的參考。

假定魯迅今天還活着，他會不會去向中共靠攏，誠不可知，然則我現在也來紀念紀念他，大概總也無所謂不可吧。

選自左舜生《萬竹樓隨筆》，香港：自由出版社，一九五七年七月新版

夏果

蟄居雜記

一

從樓頭朝鄰近我們的窄巷望下去，每天早晨，他們母子倆就打窄巷口蹲下來了。孩子是個十歲左右的小童，他拿着一根竹枝作手杖，這顯然告訴我這個憑樓的人他是瞎眼的啊。可是他有着一對聰敏的耳朵，聞到革履橐橐的敲着水門汀路面時，他馬上便會向這橐橐革履的響處行乞了。至於那些穿着薄底布履的女人們，他是難得聞到她們曾經打從他身邊經過的。

替他着急的還是我這個亮着眼睛憑樓去「冷眼旁觀」的人，我眞的想喊他一聲，「那個穿着華麗的女人快跟上她吧。」而她，這個裝點入時的女人，爲了避開那個蓬頭污面的小人兒，她曉得他是瞎着眼睛的，便放輕脚步從他底身傍溜過了，而他還以爲跟上了她，我眞的忍耐不住了，心裏彷彿在喊着：「她溜了，這個薄倖的人，你幹麼還想跟着她呢？」

用我亮着的眼睛去給你指引吧，那一個穿着畢挺的呢絨的，是個吝嗇的傢伙，他看到別人給了而他礙於面子而輕輕溜了你的，你也無需乎跟蹤了，你沒有聽到他的履聲倏然而逝麼？

我憑樓所生的冥想如此，當每一個被生活所迫而去叫化的人，他們底心是最爲原始的，沒曉得這是一種生活的對比，如同那些男女們每天早上經過窄巷上寫字間去幹他們的事一樣。

二

我住的這座樓子，隔房也住着兄弟倆，我們雖則說是同居了，但我們是難得在一個月裏碰上一回面的，這兩個神秘的小人物，他們幹什麼生呢？最初我只知道他們一早跑了出去，下午跑回來便蒙着被一覺睡到隔天天還未亮便又跑出去了。

後來我費了一個貪睡的早晨，躺在床上去靜候他們的舉動。哥哥帶着沙啞聲音說：「堅道的×號你前天漏派了，你知道，要看報的沒報看，會像窄巷裏那個瞎眼的叫化子瞎上了一整天的，多難受啊。」弟弟聽到哥哥說的沒有答話。跟着哥兒倆便草草的漱洗完畢，爲了爭取時間，他們便匆匆的跑下樓去。

可是貪睡的眼睛却未能把我重復帶入夢境，當我眼睜睜的躺在床上的時候，街上已經喊遍了「××報，××日報」的叫賣聲了，在這些喊聲中，有一個人的聲音頗爲熟稔，他一樣帶着沙啞的聲調喊着「××報，××日報」的跑過了。

我曉得這是在早上聽到的那個尚未謀面的同居哥哥的聲音。在我們的這個城市裏，和同居整年整月未曾謀面的這種遭遇正多，我是「適逢其會」的和他們哥兒倆同居一室而始終緣慳一面的人。當每一個人躺在床上就能够看到當天的世界大事的時候，有否知道像他們哥兒倆這樣的報童曾把編輯先生們和排字工友們夜來的心血與勞力引導到你的枕畔或則你的辦公室裏來呢？像我們的好同居，他爲了要把當天的報紙送到那些生活得不忙不廹的人之前，他們就忙的實在令人難以置信。這是忙與不忙的生活的對比，當我不廹不忙的躺在床上讀着當天的報紙的時候，他們哥兒倆也許跑遍了所有的街道了。

三

一個人如果一天不出門不讀報呆在家裏他會發瘋嗎？我是曾經這樣問過自己的。達摩面壁十年不早就發瘋了嗎？當然，這也未必是一件盡然的事。

住在我們二樓樓腳的有這樣一個老婦人，當我每一次回家的時候，我是要經過她的床沿才能夠跑上樓去的，總見她默默的坐在床上，這所謂床，只是在一個陰陰暗暗的角落裏放着一條草蓆吧了。她幹麼天天一早起來便呆到天黑呢？她不會發瘋嗎？不的，她不會發瘋的。

老婦人的整天呆坐着不會發瘋，在她靜如死水的心田裏，我想總會有着一點幻想，這一點幻想，就是她所以呆坐一整天而不致發瘋的緣故，有一些人，幻想多反正會因此而發瘋，但有一些人，幻想是適足以醫治他的寂寞的。不過，我奇怪的是在我們這個熱鬧的城市裏，竟然有人能夠忍耐着而生活於靜如死水中吧了。

當我憑樓看到那些經由窄巷而過的疲於奔命的人羣，當我看到那個窄巷裏的小乞丐和我的好同居那哥兒倆正忙於生活的時候，跟二樓那個現在已經開始呆坐的老婦人，從生活上看，他們之間顯然是有着對比的。不過，當我想到生活在我們這個城市的任何一個人都是有着一點對比的時候，而他們，倒能在生活的對比中多樣的統一起來。

四

我的住處是半山區裏的拉丁區，這兒是打半山區通到市街的斜坡，一切穿着入時的男女所必經的道路，在這條出入於半山區的孔道上，有三種不同的行業每天却聚頭在一起，這是我要說的三個小攤子。

這三個攤販，第一個是補鞋匠，第二個是織補衣服的，新近來的第三個是修理器皿的錫銲匠。補鞋匠在這兒蹲着工作已經有十多年了，他每天都比織補的和錫銲匠來的早，因爲他的攤子比他們大，而且器械也比他們多，他是撑着一塊布篷的。在一天裏，他是不停的打釘子，抽鞋線，他看準了，從市街到半山區的斜坡，不正對於他這種行業很爲有利嗎？男女們日日夜夜不停的向斜坡跑來跑去，補鞋匠的釘子和線也不停的穿打着他們的破鞋子。

通常，我這個貪婪的觀察家，對於補鞋匠有着一種特別的偏愛，因爲他的攤子每天總坐着主顧，這些人當她或他坐在攤子前一塊平滑的石頭上，跟着便先把一隻鞋子解下來，補匠鞋照例給他一塊墊脚的皮子，便輪番的把鞋子叮叮噹噹的打了一陣，之後，這個人便又向斜坡而下。補鞋匠的這一行業，在這裏，他是彌縫了斜坡對鞋子的不利的，他忙於他底工作，跟別的兩種行業也沒多餘的時間交談了。

織補衣服的攤子也不時的來了一些女人，她們大都是拿着給蟲蛀的旗袍和走了線的絲襪，他的這一行業擺在這兒，也是適宜不過的。在這年頭，誰不想把有着一丁點兒缺陷的衣物修補起來？織補的攤子比別的兩種行業簡單得多了，他每天拿着一塊摺叠起來的櫃檯，他只是輕輕的把牠張開，便是一張現成的工作桌子了，即使沒有桌子，他不也一樣可以工作嗎？他的工具是很簡單的，他只需帶着幾根針線，便可以蹲下來開業的了，因爲他幹的是一種精細的行業，拱着背低垂着頭去幹活，我担心他將來會染上肺病和患上深度的近視，因爲他是難得在工作中分心一刻的。

穿上都麗的衣服而忙於酬酢的人們，當你們以你們的衣服去驕傲或則因此而藉之爲進身之階的時候，有否記取織補匠曾替你們塡補了那些對你們不利的衣服的缺陷呢？織補匠是憑了跟補鞋匠相異的行業，不謀而合的爲男女們塡補着衣履的缺陷的。

第三個錫銲匠我該談到他了，他難得比補鞋匠與織補匠有更多的顧客，他可以說在這兒是「生不逢時」，當他沒有什麼主顧而不耐於呆坐的時候，他就唱唱流行曲，他會把自己從苦悶中帶入歡樂的境界，但這是不能一而再的，那就只有抽抽煙，補鞋匠跟織補匠是難得有多餘的時間跟他談談了，雖則他「無孔不入」的想跟他們攀談。幹麼他這樣不識時務呢。在這條行人來往繁密的走廊，是難得高貴的仕女們拿家裏的爨具給他修銲了。可是，這一個跟補鞋匠與織補匠相異於行業的人，他沒有曉得這點嗎？他是曉得的，但他怎樣可以改行呢？與其要他改行，無寧要他改換過別一區域爲愈。

從這三個相異於行業的人看來，在我們這個城市裏，不正存在着千百種別的相異的行業嗎，但每一種行業，自有牠本身存在的本能。在城中別一塊被有心人稱做「地獄」的地方，那兒不是有着塗上了厚厚脂粉的姐兒，跟「地獄」一起可哀地生存嗎！

從樓頭，我對着對鄰的三個相異的行業的攤子發呆。

——於香港

選自一九五七年七月香港《文藝世紀》第二期

端木青

浮世繪

——嗚呼，我愛浮世繪，苦海十年爲親賣身的遊女的繪姿使我泣；憑倚竹窗茫然看着流水的藝妓的姿態使我喜；賣宵夜麵的紙燈寂寞地停留着的河邊夜景使我醉，雨夜啼月的杜鵑，陣雨中散落的秋葉，落花飄風的鐘聲，途中日暮的山路的雪，凡是無常無告無望的，使人無端嗟嘆此世只是一夢的，這樣的一切東西，於我都是可親，於我都是可懷的。

——永井荷風。（註一）

我不知爲什麼，這異國文人的情感使我特別喜愛，也特別使我傷感，讀後，我默然望着窗外的遠山近海，心裏有一種説不出的茫然若有所失的感覺。

十幾年前，我正在那裏，寄居在郊外不忍池畔的一個人家，方廣不過兩丈的小屋，雅潔得很使我十分喜好，尤其那白木製的紙糊方格窗子，那種淡泊自然的情調，襯着窗外的幾棵長青的針葉松，使人感覺到是那樣的寧靜而安閒。我時常憑着窗子，靜靜的遙望那永遠是寂寞的池畔的景色。

（註一）載永井氏著江戶藝術論中，題爲浮世繪的鑑賞，知堂氏曾筆譯，本文即根據周氏所譯。

夜裏，拉上了窗子，但是從那窗紙中間的小玻璃望出去，也可以看到別人家的紙窗上透出來的微光。燈火家家，這時我不禁想起萬里作客，離開家園已經多年了。

屋外是小小的山徑，因此，在靜寂的夜晚，我默默的坐在燈下翻看着書頁的時候，總是聽到清脆的木屐聲從山徑間響來，這時我常常放下書本，靜聽這聲音從窗下走過，一直到遠去，我才又拿起書來。不知因爲什麼，這夜晚的靜寂山徑的清脆木屐聲，我很愛好，是不是這聲音不使我寂寞，是不是這聲音使我知道這郊居還有其他的住客？我（　）無法回答的。

其實，樓下的房主人，不是母女三人嗎？但是她們那種靜寂的生活，是時常使我忘懷她們的。

一天夜裏，外邊正落着淅瀝的春雨，島國三月的天氣已經暖和了，我拉開窗子，讓雨打山徑的聲音透過我的屋子裏來，可是我意外的聽見哭泣的聲音，那聲音又是十分的凄涼。是不是夜歸的人爲山雨滑倒在路上了呢？或是孤獨孩子想念遠去的母親？但是，當我走下樓去時，想不到却是房東太太在那裏低泣着。

「是不是病了？」

她抬頭看看我，搖了搖頭。我不知用什麼言語來安慰她才好，我默然的坐在她的身傍，心裏也十分凄涼。好久，她才止住了哭泣。

「請你去休息吧！」

「孩子們呢？」我關心的問。

「都出去了。」

「就剩你一個人？」

她點一點頭，眼淚又一滴一滴的流下來了。我這時才看出她是懷着一片寂寞的心情而傷感的。以後，我才知道她二十年前正當青春的時候，便失去了丈夫，孤獨的伴着兩個女孩生活着。如今孩子長大了，而她却更孤獨了。

因此，每逢雨夜，我拉開那紙糊的白木窗子的時候，我總要想起那老婦人的淒涼的身世，使島國的夜雨，對我添多了一層憂鬱之感。

不久，我就離開那裏到更南的一個島上北端的博多。小小的都市，充滿了鄉土的氣味，尤其那濱海的青松白沙，靜靜的流在街傍的小河，以及河上的小橋，都非常使我歡喜。但是，這裏多雨，每逢聽到清澈的答滴，不禁要想起寄居在東京郊外時一片寂聊的心情，而尤其那房主人的淒涼生活，更使我無法忘懷。

這一次我是賃居在公園旁的一家樓上的小屋。開始了我到這島國來的第二個春天的旅途生活。我的房前是一片松海，永年長青，倚在窗前欄杆，或者拉開窗子坐在屋裏的席上，便可聽到松聲，尤其在靜寂的夜裏，那聲音是那樣淒蒼，使我多添不少旅愁，但是我又不捨得離去，靜寂中的松濤，不正是寂寞的燈下傾談的對象嗎？而尤其那松海裏古刹的午夜鐘聲，更使我夢迴。

有時，寂寞得使我難挨，便常常穿上了木屐走出去。也就常常的走到兩條小河中間的中洲一帶，在那掛着紙糊燈籠飄着布簾的小亭裏，買一瓶酒兩盤炸蝦，或者一碗「支那麵」，一個人默默的消磨着長夜，也消磨着寂寞。

就在這裏，也就在我寂寞的拿着小小酒杯的時候，我常常看到從附近遊廊（註二）中走來的「遊女」（註三）她們三三兩兩的跑進來坐在我的身旁，靜靜的吃着夜宵麵。偶爾，她們發現我這孤獨的客人，也時常輕輕的說一聲晚安，然後才靜靜的坐下去。

我這時總有一種凄然的感覺湧上心頭。她們都很年青，都是那樣的嫺靜而大方，那種姿態是動人憐愛的，但是，她們都是賣身爲活的。因此，午夜歸來，我心裏總是有一片說不出的凄涼滋味。

一天，在一個夜宴中，我看到了那靜靜的坐在一旁，手彈着三弦琴，嘴裏低低歌唱的藝妓，那種淡淡的風情，像一朵雨後朝輝中的山櫻。一直到宴後我走出了酒樓的大門，我還無法忘懷她那茫然若有所思的風情。

從那時以後，不知爲什麼，我對那河邊掛着紙燈籠飄着布簾的小亭，靜靜吃着夜宵麵的遊女，以及那茫然若有所思的彈着三弦琴的藝妓，都有一種凄涼的感懷。因此，當我歸後路過我的小屋，順手拉開窗子，那松濤的聲音更使我凄涼寂寞。

記得那麼一天的夜裏，微雨更增加了我的旅愁，我就撐着一把雨傘走出去，不久，又默然的掀開了那小亭的布簾。裏面是寂寞的，燈光照着簾外的雨絲，更增添了不少冷清。我照舊的要了酒和炸蝦，但是當我拿起酒杯的時候，我却發現一個人伏在我身旁的長椅上。我從那長長的古式的髮髻上，從她的衣服上，知道她是我時常遇到過吃夜宵麵的遊女。

（註二）即妓院。

（註三）即妓女。

「她今夜吃了酒！」亭主人指着那個人告訴我說。

「醉了？」

「大概是吧！」亭主人嘆息了一聲。

「不，我沒有醉。」突然，她抬起頭來，輕輕的聲音說。

這時，我看見她的臉上掛着淚水。

「這麼樣的雨天還出來？」我不知道是安慰她，或者是責難她，我也不知道我爲什麼要這樣說，我也不知道我是不是在問我自己。

她怔怔的望着我，那含着的淚水，却一滴一滴的流下來。好久，她才說：

「不出來不是更寂寞嗎？」聲音是非常哀怨的。

我默然許久，我不知如何去回答她。一直我看着她懶懶的站起來，跟亭主人和我說一句再見，她的背影消失在布簾外的雨絲中，我才輕輕的嘆息了一聲。

「她到這裏來三年了。」亭主人也嘆息了一聲，「三年來她可夠苦的了。」

「噢！」我茫然的看着外面，我想那雨絲落在她的身上，不是會濕透她的衣服嗎？

「她是三十里外山村裏的孩子，爲了替她父親還一筆債，押在這裏的一家遊廊五年。」

「那麼還有二年！」

「二年後也就衰老了。」

我立刻想起來，她方才的輕輕嘆息，她方才哀怨聲中所傾吐的寂寞印象，二年後衰老了時不是更要寂寞嗎？

而我，走出了小亭子，午夜的街道上，已經冷清清一個人也沒有了。雨水敲打在傘上，那刷刷的聲音，更無法排出深鎖在心頭上的寂寞。

昨夜，我偶然翻弄架上的書，我看到鈴木春信（註四）筆下的遊女，那踏雪歸去的寂寞的情懷，那對鏡輕理雲髮的慵懶姿態，那茫然面對雨中芭蕉若有所思的風韻，立刻使我想起十幾年前，在那島國旅居中的淒涼偶遇和自己的傷感心情。

如今，屈指算來，歲月已不算短，但是我依然在過着流浪的生活，且淒苦的情況，甚於往昔，依然有着難以排除的旅愁和寂寞，浮世之中，永是這樣的失去了歡樂嗎？

我想念那白木窗外的夜雨山徑；我想念那掛着紙燈籠飄着布簾賣夜宵麵的小亭子，我想念那亭傍兩岸柳枝低垂的月夜的小河；我想念雨中寂寞歸去的遊女的風情；我想念彈着三弦琴的藝妓的茫然所思的神韻；我想念我的窗外松濤；我想念那午夜鐘聲，以及我踏着木屐撒在小街上的那一片片寂寞的心情。這些，也都成了此世一夢了。

一九五三年十月廿日

選自端木青《畫與家》，香港：高原出版社，一九五八年一月；原刊一九五三年十一月一日香港《熱風》第四期

（註四）德川時代的有名浮世繪版畫家。

十三妹

我也向戴高樂歡呼

這幾天來吸引了世界注意的人物，無疑地是戴高樂將軍了。這位這幾年來已「冇晒聲氣」的將軍，忽然以其特有的風度，斜刺里殺將出來，搶盡了赫魯曉夫的鏡頭。香港的國際版編輯們，大概覺得法國人這些年來，儘管在世界文壇與藝壇上出盡風頭，但政治舞台上卻庸庸碌碌，於是雖然在社評與新聞說明中彈他，無保留地表示不喜歡他，可是却又都不約而同，差不多十天以來，都把頭條讓與戴高樂了！

香港寫社評與新聞說明的專家們都是男人，男人們眼光遠大，「先天下之憂而憂」，雖然老遠隔着大洋，可是他們一聽見擁戴高樂出山的呼聲，就瞥見了「其人頎頎」的戴高樂投在「法蘭西共和國」上的陰影，嗅到了戴高樂的「獨裁」氣味；進而憂慮到北大西洋公約之行將不穩與解體，對美國之宿仇舊恨與可能之報復，以及對蘇聯之可能買賬……總之一句話，戴高樂簡直是自由民主世界的混世魔王！

可是凡此種種的憂慮，都是屬於男人們的。男人們既「以天下為己任」，所以他們的喜惡取捨，也就純由大處着眼了！

而女人的我，對於這位威風凜凜，儀表堂堂，有美男子之稱的將軍，却是歡呼之不暇呢！

是為了他人物神氣與漂亮？

當然不！因為女人心目中的男人的漂亮，不在儀表，而在風度。

戴高樂之平生事蹟，他在法國與在法國人心目中的地位，不必贅言了，每家通訊社與報館的資料室都可找出一大堆來。而那些資料，也大多出諸男編輯與男記者們之手筆。

且說這幾天來我心目中的這位將軍。

首先，他在宣佈東山再起時不但未發表過甚麼牙擦的演說，並未彈他的政敵們些甚麼，更未如競選中的美國總統或「火拼」與「逼宮」時的克里姆林宮頭子們之所為。他只乾乾脆脆，漂漂亮亮，要求更多的「權力」！

「權力」，這種被輿論斥為獨裁姿態的「權力慾」，不是普遍地存在於每一個男性的慾望嗎？那些打着「人民」的幌子，打着「公僕」的大纛的別的國家的領袖與元首們，那一個不是懷着強烈的「權力」的慾望？美國前任總統杜魯門，已經身為四十八州的第一號人物了。可是對於那位頗有「君命有所不受」的麥克阿瑟元帥，也要炒他一炒，充份滿足一下自己的「權力慾」呢！

不過只有戴高樂，不忸忸怩怩作狀，直截了當地痛快道出與要求吧了！這較之那些「掛羊頭賣狗肉」的他的同儕與同性們，不更漂亮？

其次，迄至他就任總理之日，他仍住在巴黎郊外的別墅之中。深居簡出，但「戴高樂萬歲」的呼聲，已自北非響徹至凱旋門了！而法國自高蒂總統以至元老重臣，却都在一效當年劉備之三顧「臥龍崗」呢！

這般架勢，如此威風，較之那些發表競選演說或「清算」演說的他的儕輩，實在更富情調與氣氛，使女人們崇拜的情調與氣氛呢！

男人們說女人是盲目地崇拜英雄的，ＯＫ！我就自認盲目，在今朝「數英雄人物」，我就數戴高樂將軍了！

選自一九五八年六月五日香港《新生晚報．新窗》

中共第一功：提高了認識！

〔存目〕

選自一九五八年七月二十五日香港《新生晚報．新窗》

雜談中國近代幾個女文化人

想找幾本躺在床上看的輕巧的書，於是自己到中國書店選去。其中買了一本唐弢寫的短文，名「繁弦集」。

我之所以買這本書，是因為這個作者，在魯迅生前，據說他寫的雜文可以跟魯迅寫的魚目混珠。於是便想看看此君近幾年出產些甚麼貨色。

殊料使我大失所望之餘，還不勝鄙夷之感。原來其中文章，竟無一篇不是以正統姿態，清算同業，打擊同業的。自胡風以至馮雪峰，無不罵到狗血淋頭，全非當年面目了！

但他也算知恥，總算沒清算到丁玲！理由是「丁玲我不熟悉」。其實讀者心裏有數，此君份量，差丁玲可是老遠一排的也！

於是我又想起丁玲來。

丁玲是我心目中第一把交椅的中國女作家。並不因為她得過甚麼「史太林文學獎」，也跟着人家瞎起鬨，而是覺得她實在夠份量！她的作品中，洋溢着一股湧動的熱情，一股豪邁蓬勃之氣。她是經歷過大風浪，參加到時代的洪爐中去親自體驗過中國命運的人，所以她的作品中，處處令人感覺得到近數十年的中國脈搏的跳動。

與她成鮮明對比的是冰心，也是我對之估價最低的近代中國女作者。母親，大海，弟弟，繁星，就是她整個兒的作品內容。她一直在「象牙之塔」成長，既出身於貴族氣味的教會大學，更曾到美國去留學。按理說她見過的世面比丁玲多，可是她的人生幅度與深度，都差丁玲遠了！

冰心似乎在詞藻上很下功夫，所以讀來令人有輕飄飄之感。丁玲的作品，令人覺其才華，有滾滾長江之勢，而冰心呢，却似位在北京的「昆明湖」似的，連「滇池」也不是，因為她的文筆太多堆砌的痕跡了。丁玲的樸質流暢，我覺得與美國近代女作家「飄」的作者米契爾以及賽珍珠頗相似。

我甚至覺得，今到美國去了的張愛玲，或許也遠在冰心之上。張愛玲雖沒經過甚麼大風雨，該歸入冰心那一類，可是她的近作如「秧歌」與「赤地之戀」，到底反映了一些大陸變色後的知識分子的苦悶，視野比冰心廣闊得多，雖然她也頗考究詞藻的修飾。

此外，張愛玲在今之香港，還是第一流的劇作家。她好似要比丁玲與冰心的時代晚一些，大概是在抗戰期中開始寫作的吧？

還該一提的是子岡與楊剛。雖然認真起來，這兩位該算作新聞記者。

變色前的上海，「大公報」上常有她們兩人的通訊出現。子岡在北平，楊剛則在美國，兩人的風格我都喜歡，尤以子岡的乾淨明麗。我認識楊剛的妹妹楊緋，所以也才知道楊剛並不是男人。也才知道她出身燕大，還在學生時代就譯過英國奧斯丁女士的「傲慢與偏見」了。

楊剛與子岡都是十分前進的記者，去年子岡被清算，也才知道子岡還是共產黨員。楊剛寫的美國通訊，我記得一例都是攻擊資本主義的。她在大陸未變色前就回國了。可是前些時却見「新華社」電訊中提到她已死去。以她在左派文化界的地位，好像該有更詳盡一點的報導的不知何故？

令我不解的是，那位最落後的冰心，而今反而在大陸的反這反那聲中站得住，還好幾次代表出國訪問。到底是她不夠同業們打擊的資格呢，還是她深通明哲保身之道？這一點實在令我迷惑！

同時我更深深地懷念丁玲！

選自一九五八年十一月二十五日香港《新生晚報・新趣》

泛談報紙副刊之性質

——兼覆希望我談文學藝術的讀者們

在淡棕色的中國式的信箋上，用中國毛筆書寫既清爽又復富藝術性的方塊文字的黃先生，在聖誕節前的第二封來信中，頗奇怪何以我要在此寫電影娛樂甚至涉及明星之類的文字。因為他自己希望我單談藝術與文學。

他還告訴我說，我之所以會引起他的注意，是因為讀過我在此談美國的漫畫，英國的毛姆，以及法國的薩崗和修女們這一類的文字。而此類之文字，他認為：在時下的香港報刊，實在是被忽略了。因為他自己就是很注意西洋文學藝術動態的人。

黃先生的信寫得很謙虛誠懇，由於他對周作人的理解之深，由他寫信的謹嚴態度，我相信他在各方面比我懂得太多了。但也許對於今日之新聞事業，尤其是香港的報紙這一行，黃先生因為工作性質不同之故，所以比我還要陌生的吧？

因為報紙的讀者，是以所有的社會階層為對象的。那就是說，每一份報紙，在積極的立場與實義上，皆以爭取社會各階層之讀者為目的。雖然在事實上，即以今日香港的報紙而論，每一份報紙的讀者，都大概可分得出階層的（　）目來。可是切實言之，要說那一份報紙專供那一類的人閱讀，這即使稱得最成功的報紙，也無法來下這個範圍的。

因此，報紙副刊的文字，雖然每家各有風格與特色，但在總的趨向說，都是在努力配合這一需要的。也就是說，每個副刊，都在盡力包括各種性質之文字，以適應讀者們的不同胃口。

再縮小範圍以「新生晚報」而論，雖然是已被行家與讀者們認為，比較高級的水準了（指性質而非指文字）。而讀者們也大多是知識分子。可是為了爭取更廣大的階層，所以在許多方面仍是在遷就與配合各種之胃口的。

基於此，一個副刊的作者，也就猶如一個副刊的編輯一般，在寫作原則上是應該以廣大的讀者為對象的。

更因為新聞事業，其本身性質就是與時間競賽的東西。所以副刊文字，除了純文學的小說之外（即以譯作而論，小說亦是盡量譯最新出版的甚至有新聞價值的。例如每年的獲「諾貝爾文學獎」的作品，多為副刊搶譯之對象），像我寫的這一欄，雖然編者也未給我以任何限制與範圍，可是據我個人的理解，也是應該配合一點大小時事動態的。

此所以我在此談的東西很雜，例如對於一些有影響的報導與輿論（尤其是關於中國人和中國社會的）的反應，例如對香港小姐的觀感，甚至有時還涉及電影範圍，雖然我所談的也大多是電影原著與原作者。

於是也曾惹得有些小心眼兒的男行家們，以己度人，好似十三妹有心在此賣弄，冒充博學似的。其實在我看來，一個人要賣弄，也應該去更廣闊的天地中去，要到國際市場上去搶地盤去別瞄頭，也才有勁兒呢！而今之香港的所謂文壇上的作品，即使最叫座的，深圳既進不得，台灣海峽也過不得，也就只能在這小小太平山下搵老襯而已！

話說回來，因此，報紙副刊是不能跟雜誌並論的。雜誌可將範圍縮小甚至專門化，所以它的內容也可專門化，但報紙却做不到。尤其是今之香港報紙，好像連有學術性的專刊增頁的都沒有。而這在變色前的上海，有幾家大報也還能做到。

所以，我怎能在此專談文學藝術呢？而再說得徹底一點，這也是要專家才夠這個資格的。我三腳貓似的為了緊急應變（應環境之變與健康之變）來此售稿，怎敢大膽若此？將置先進諸位行家與專家們於何地？

本來，「聲聞過情」是「君子」才會「恥之」。十三妹雖然多讀番書少讀唐書，更不知甚麼叫做「儒家」，甚麼叫做「君子」。可是臉皮骨格却是要的。所以，愈來愈多的讀者對我的誤估高估，實實在在只會使我臉紅，使我不得不一再於此聲明。這真是對其他讀者甚為抱歉的事。

以手邊還未答覆的好幾封讀者來信，我甚至於覺得，我似乎以後更該注意一些更現實的問題。

例如其中一位二十一歲的青年讀者告訴我，他時時在希望，能投身於一個甚麼革命的洪爐中去，貢獻自己的力量，因為他不信共產黨了。可是他的力量又非常薄弱，每月只賺八十塊的薪金。所以不知該遵循甚麼方向去努力才好！

像這樣的信使我很感動，也促我反省深思，因為比我年青的讀者我對他們寄望更大，我自己雖然也正在亂撞亂摸，而且已撞得鼻青眼腫，可是比我年青的竟然還希望跟着我摸跟着我撞呢！

所以，十三妹在此向讀者們告罪，我今後仍然只能想到甚麼就胡扯甚麼了。

選自一九五九年十二月二十九日香港《新生晚報．新趣》

辛文芷（羅孚）

也寄小讀者

似曾相識的小朋友們：

今天，我也試學冰心先生的口吻，給你們寫這封信了。你們大概知道，冰心先生是我國著名的女作家，給大家寫過不少清麗如詩的散文，其中流傳得最廣的就是「寄小讀者」。三十多年前，她離開北京，到美國波士頓留學，在告別北京的前夕，就開始給她的「似曾相識的小朋友們」寫信，發表在報紙的副刊上，送到每一個小讀者面前，深深爲小朋友們所喜愛。那時光的小朋友，當然不是今天的你們，甚至一開始的時候也不是我們，只有我們的父兄才有足够的年齡去做她的第一批的「小讀者」啊！

三十多年了，時間過得多快！屈指算來，至少有二十幾年，冰心先生是中斷了和她的「小讀者」們的通訊了。這中間，抗日戰爭後她曾經又到外國去，去的是日本，住了好幾年，直到我們的國家換了一個新的面貌，她才又回來，回到她多年寄居之地的北京，而且還提起了她多年擱下的筆，重新寫她的「再寄小讀者」了。

小朋友，如今的「再寄小讀者」是爲你們而寫的啊，不是爲我們，雖然我們這些大讀者也一樣要看，歡喜看。

你看，她寫得多麼親切：「在這不平常的春天裏，我又極其眞切，極其熾熱地想起你們來了，我似乎看見了你們漆黑發光的大眼睛，笑嘻嘻的通紅而畧帶腼腆的小臉。」這也是當年我們的情景，不過這一切都已經變了。

變得最大的還是我們的國家。冰心先生說：「這三十多年之中，我們親愛的祖國經過了多大的變遷！這變遷是翻天覆地的，從地獄翻上了天堂，而且一步步地更要光明燦爛。我們都是幸福的！我總算趕上了這個時代，而最幸福的還是你們，有多少美好的日子等着你們來過，更有多少偉大的事業等着你們去做啊！」

是呀，最幸福的眞是你們這些小朋友。我們雖然也是幸福的，日子也會越來越美好，但是，不像你們，有着幸福的童年。我們在孩提時代過的盡是兵荒馬亂的生活，不是內戰，就有侵畧，內戰其實也是侵畧的結果，沒有某些外國人牽線，軍閥們是打不起內戰來的。戰爭總是帶着貧窮和疾病，它不會孤單前來，如果一天能吃兩頓安樂的茶飯，那就算不錯了，一般人誰還能希望其他的東西啊！大人都要受苦，小孩當然更苦。儘管大人先生們口頭上常常要說，「兒童是國家未來的主人翁」，實際上，大人如果都做不了自己國家的主人，小孩又那裏有這個候補的資格？這樣好聽的話只不過說說而已。

如今可不同了，沒有兵荒馬亂的生活，沒有一般人窮得飯也沒有吃、衣也沒有穿的日子，雖然大家還是苦一點，這苦却是爲了「勤儉建國」，有苦大家吃。說苦，比起從前的苦日子來，已經是甜，還不知甜了許多。而且這日子越到後來越要甜，像我們咬甘蔗一樣。

就舉一件事情來談。「桂林山水甲天下」，這句話大概聽說過吧，桂林在廣西，廣西從前是出了名的窮苦的省份，談起來，人們總會覺得那裏彷彿是遍地荒山，不值一文似的，誰知道那邊居然還蘊藏着非常豐富、非常值錢的電力，是世界規模、全國第二的呢。世界規模，一個發電站總得發電一百萬瓩；全國第一，那是計劃中長江三峽的水電站，可以發電六百多萬瓩。廣西這個全國第二究竟在那裏呢？西江上游，離桂平二十多公里的大籐峽，那個地方幾年之內就要開始修建一個水電站，發電量是一百五十萬瓩，建成之後，不但整個廣西不愁無電可用，無水利可興，就是廣東，電力也可以沾它的光，珠江三角洲的防洪工作也要得到那大水庫的幫助。這雖然還只是設計，不出五年，却就要開始動工了，這日子是不是越過越甜？

中國之大，可興之利之多，這只不過是一個例子而已。小朋友，你們身居海外，當然更加明白英國這個國家和英國工業出品在世界市場上的力量吧，如今，我們的國家就要在工業上「十五年超過英國」，想想看，我們要興多少利，進行多大的建設？

「勤儉建國」，不是一句空話啊！以前我們也聽說過，什麼「建國必成」，是從前那些不負責的人隨便說出來的，根本就沒有什麼建國，國家也不成其爲一個國家，如今才是眞眞正正，勤勤儉儉在建國，不是建設別的，是建設一個具有現代工業，現代農業、現代科學文化的社會主義强國。

社會主義，說來話長，簡單解釋，那就是一個人人平等，人人有工做，人人要做工，人人有飯吃，處處無剝削的新社會。在這個新社會裏，是要各盡所能，按勞取酬的。越勞動得多，勞動得越好，就越受大家的尊敬，國家的愛護。

要建設這樣一個社會，要建這樣一個强國，不是幾年，而是幾十年的事。幾十年，小孩也要變成老頭了，時間眞長啊！但是，人家要這樣，只是建成其中的一部份工業，就要花一兩百年時間，我們幾十年其實是快的。幾十年，這就不是老一輩的人都能有機會參加的了，我們還有，我們的老一輩人就未必都有。這樣偉大的事業，絕對是要後輩的人來接替，來一起努力，繼續努力的。

因此，如今在我們的國家，一個切切實實的稱呼代替了以前那個空銜頭，人們不大說「兒童是國家未來的主人翁」了，雖然這個說法並沒有什麼不對，大人總是把兒童稱爲「我們建設社會主義的接班人」。

「建設社會主義的接班人」，這是多麼新鮮，又多麼切實的稱呼啊！祖國的小朋友已經光榮地得到這樣的稱呼了。他們許多人結上了紅領巾，襯着緋紅的小臉，分外顯得漂亮。紅領巾是好孩子的記號，是好孩子，才結上紅領巾。

我們的國家今天有許多好孩子，每年還要不斷增加許多好孩子，從課本上也許你們還讀不到，但是實實在在，每年大約總有一千二百萬個「社會主義接班人」從母親們的身體上呱地一聲，誕生下來。小朋友，想想看，我們的國家眞是多麼偉大啊！一年就是一千二百萬個新的同胞，加入了祖國的大家庭，成爲「社會主義的接班人」！全世界還沒有那一個國家在這樣的事情上，比得上我們的。

我們社會主義的祖國出現快有九年了，單是這九年，新的同胞就多了不止一億，一億以上新的小朋友！

我們的祖國今天有許多小朋友，他們都像花的蓓蕾一樣，有非常鮮艷的明天。而在今天，又是受到無微不至的保護。國家撲滅了許多討厭的傳染病，不叫「天花」等等傷害我們的小朋友。國家又設立了許多學校，叫小朋友有比從前多得不知多少的機會，上學念書，如今是村村都辦小學，甚至街街都辦小學；還有不少托兒所、幼兒園照顧那些年紀更小的小朋友。當然，多是多得多了，還是不够的，不過，很快就要更多起來，就要不愁每個小朋友都有書讀。

和大人一樣，小朋友們悽慘的日子也過去了，不再有了。你們看過「三毛流浪記」這部漫畫，這部電影吧？三毛多可憐，沒有人照料，沒吃沒穿的，成年挨餓挨凍挨人家欺侮。祖國如今已經沒有這樣的三毛，却不是沒有三毛，三毛那樣可愛的小朋友還是多得很的，不過，他們一點也不可憐了，穿得乾淨吃得飽，有書讀又有得玩，絕不是你們從前看見他的那副可憐相了。他的那三根頭髮不再像從前那麼扯眼，引人注意的是新的東西，那條紅領巾，他已經成了新的三毛了。正像小朋友們的大姊姊冰心說的，「從地獄翻上了天堂」。

天堂究竟在那裏呢？你們看書本，聽故事之後，也許會一個人睜着兩隻大眼睛，向着天邊出神，七想八想，想不出一個所以然吧。告訴你，天堂就在我們的祖國，就是我們的祖國。它比書裏面、故事上頭的更好，更美麗。慢慢的，你們就會看得更加清楚。

外國有一句老話：「羅馬不是一天造成的。」羅馬都不是一天造成的，天堂當然更不是一天造得成的。我們的祖國還需要許多年才建設得更好，更像個天堂，或者說，比天堂更加天堂的天堂。

小朋友們，冰心先生第一次「寄小讀者」時，她前後說的話是：「我心中莫可名狀，我覺得非常榮幸！」今天，寫這封信的時候，我也是這樣的想，也是有這樣的感情啊！

今天，不少國家的小朋友們在慶祝「國際兒童節」，祖國的小朋友們今天也有熱烈的慶祝，我就在這裏向你們大家道喜吧。

大家都好！

你們的大朋友辛文芷　一九五八、六、一

選自辛文芷《今日之歌》，香港：新地出版社，一九五八年七月；原刊香港《鄉土》第二卷第十一期（一九五八年六月一日）

衣　其（倪　匡）

蒙古與馬

塞外原野莽莽，天與地盡情在眼前舒展，一穹蒼天，在頭頂飛瀉，直與那越來越高的大地吻合，人處其中，一定會反璞歸眞，將自己認作是自然的產物而不是碌碌爲名利的動物，這就是爲什麼塞外民族多戇直、多胸襟寬闊的道理。

但是怪就怪在這裡，蒙古人自出生以來，就受熏陶於莽原，可是有時其固執與不通情理處，也可以說胸襟狹隘處，也絕不是我們關內人所可思議的，有幾件事，在我的記憶中頗不易消失，願轉述一下，以使大家或有機會去那邊時可以心裡有個底。如果大伙兒捧個場，也可以算作一篇小小的塞外人士風情畫（書至此，四外張望，幸而無人，得免臉紅）呢。

有一次，有急事我從扎賚特旗趕往泰來，再轉搭火車經齊齊哈爾。時間差不多也在十一月中旬，已下了好幾場大雪了，那一帶（北緯四十九度）從十月初開始下雪起，直到來年四月間才開始化，所以兩場大雪之後，天地間已只見白色了，那時的雪還是軟軟的，因爲下面還沒有冰，縱馬飛奔，倒也不見得有什麼大阻碍，反而因爲眼前一片平坦，而更易放胆飛馳，好的馬兒，四蹄洒開之後，自然知道地上哪兒有窟窿，哪兒有窪地，騎馬的人是不用担心的。

我那次騎的那匹就是那樣的好馬，青灰色，聽說曾與疾馳的吉普車在公路上並馳七分鐘之久，又曾追火車從白城子追到泰來，但性子也烈透了。南方人初學騎馬，像我這樣要在平時是無論如何不敢去招惹牠的，防被其所顛也。據說好馬最不願意碰上騎術不精的人，這大概就是騎術不精的人總容易給烈馬顛下來的原因吧。懂得馬的人說，馬兒越烈，越不願人騎，就越好。當然，這好字是僅以跑得快而言的。一到塞外，馬的重要，就等於香港的巴士電車，出門要是沒有馬，是不可想像的事情，初到塞北時，暫住於科爾沁右翼前旗的巴達爾湖，第二天就開始學騎馬。

附近蒙古人很多，且有不少是那慕達上的賽馬好手，又耳聞蒙古人是極好勝傲物的，大有乃祖成吉思汗之遺風，移樽就教，不可避免，就牽了一匹好馬去請教，誰知就出了岔子。

那時是秋天，草肥馬壯，正是騎馳的大好季節，我牽着馬走了一家蒙古包又走了一家蒙古包，在草叢中跌跌撞撞，可是我一開口問他們就教他們不是置之不理就是設詞推托。本來，騎馬是不須要怎麼學的，先騎無鞍馬，就是跌下來也不怕，地上盡是草，也跌不痛哪兒，可是因爲蒙古民族自古以馬爲伴，必有其一套騎術心得，所以才辛辛苦苦地去找他們，誰知碰了十七八鼻子的灰！

我找了一個土阜休息一下，也不願欣賞眼前雄渾的景色，埋頭檢查自己是否有什麼失儀或觸犯人家大忌的地方，但百思不得其解，因爲自己彬彬有理的見老年人就招呼老爺子，見年輕的小伙子就招呼大哥，而且特別記得對婦女大姑娘等不應叫大嫂而應叫大姐，講起話來要帶有「兒兒」的捲舌音，以表示你雖不是蒙人但至少是關外老鄉，並且還要在每三四句話中夾上一句「他媽的」，這幾點我全都做到了啊！

於是在小憩之後，繼續去挨「包」兒拜訪，這次碰到了一個老頭子，後來才知道他的名字叫圖們巴雅爾，翻譯成漢文就是無窮的快樂的意思。圖們聽完了我那一番話之後，上上下下不住地打量我，又用馬鞭狠狠地抽自己的馬靴子，然後開口說：「老鄉，你太不把我們蒙古人放在眼裡了！」

我不禁大吃一驚，忙問：「怎麼啦，老爺子？」

「哼！」他又抽了抽馬靴了：「你牽了個馬，又不騎，又要教我們教你騎馬，你這不是明擺着說我們連匹配你騎的馬都沒有嗎？」

一切都明白了，原來壞就壞在我自己牽了一匹馬，大家試想，這又是何等不通情理之事，所以我一賭氣，自己楞騎，倒也無師自通地不至於從馬背上掉下來了，但始終是三脚貓，有時候馬兒要跑起來再勒韁也勒不住，馬兒要不走起來楞夾腿還是一動不動，歸根究源，不能不怪蒙古老鄉的胸隘太窄！

閒話少說，言歸正傳，却說我那天一清早從馬房牽出那匹小青馬一路飛奔而去，因爲事情太急，而那匹馬又是勒不住韁的烈馬，所以從出發點一口氣跑了四十多里，直到塔城時才息下來。

塔子城據傳說是金兀朮當年起事時在那裡祭海的地方，當年，陸地到塔子城爲止，塔子城以西就是海。這門傳說可信與否不敢肯定，但四太子在祭海以後所下令建築的一座塔却還有遺跡可尋，塔子城也因此而得名。

塔子城有幾十家人家，漢蒙混居，早上既然一起床就跑，肚子早就餓了，正好趁機息下來喝碗熱奶就果子（當地人稱油條爲果子），當時太陽剛出，行人尚稀，氣候又極冷，小青馬在跑得混身大汗之後下來慢步一行，出的汗全都成了冰渣子，混身的毛凍成東一撮西一撮，樣子難看極了。塔子城我在這以前到過一次，知道街東第四家有一對蒙古老人所開的奶舖，奶燒得極好，所以這次也就直往他家。

這個蒙古老頭我疑其有俄羅斯人血液，因爲他的一部鬍子實在太像俄羅斯族了。走到門口，把馬拴好，掀起棉門簾走進去，一股暖氣迎面撲來，混身説不出來舒服，彷彿恨不得自己卽刻酥成一堆，就變成一個只知享受溫暖而不知有其它的動物，因爲那一股暖氣實在太可愛了！

我喘了口氣，深深地吸起幾口溫暖，招呼那老頭子説：「老爺子，來一碗熱奶，外面還有一頭牲口，勞你駕照料照料。」

老頭子出去了，老太婆忙着張羅。

正當我啜了第一口熱奶之後，老頭子突然像旋風似地捲了進來，把棉門簾也扯歪了半邊，一股冷風隨之竄入，已解開了衣領的我不禁機伶伶地打了一個寒顫，剛想質問，老頭子已經先開口了，那付樣子眞是吹鬍子瞪眼像要把我吞了下去。

他進來之後一跺脚：「老鄉，你別喝奶了！你去看看你整了些啥玩意兒！」

我愕然。老太婆也慌慌張張地跑了出去，一會兒又張嘴咂舌地跑進來，像是在唸佛。

我依然愕然。

老頭子又一跺脚：「你把牲口整成這個樣子，就算公家能依我也不能依！」

原來又是爲了馬兒的事。蒙人愛馬猶如讀書人之愛文房四寶，猶如考古家之愛古董，小青馬雖然給凍成這樣一付糟相，但仍舊不減神駿，所以難怪老頭子看着心疼了。

「你還得趕路吧？」老太婆幾乎要抹眼淚了。

「嗯。」我像犯了死罪。

「把這匹牲口給我留下！」老頭子下了命令。

試試不服從他的命令？休想！我乖乖地喝完奶，換上一匹走三步拐一拐的跛馬，當然，火車是脫班了，第二天才到齊齊哈爾。

這一種對馬的感情是蒙古民族所特有的，我始終不能理解。當然，以後我留心了，碰見蒙古老鄉牽着一匹馬的，就不管三七二十一地引經據典地讚他那匹馬是天下無雙，是赤兔馬與黃驃馬合生的後裔，靠了這個，居然也交得不少蒙古朋友呢！

選自一九五八年十月二十一日香港《論語》第三卷第六期

吳其敏

武漢鱗爪

東湖看柳

武漢的東湖，可以玩賞的景色很多，南面多山，山勢雄奇秀麗；環湖依自然的形勢組成三角洲，整個水域寬廣曲折，正所謂山外有山，湖外有湖，很饒山水之勝。如果說古蹟，較遠的有五百年前的寶通寺，有紀念太平天國抗清犧牲女烈士的「九女墩」，還有新建的屈原「行吟閣」。如果談花卉樹木，那末，東湖的樹木蓊蔚蒼鬱，一入黃鸝村的牌門，便覺一路丹桂飄香，花畦上的雞冠紅酣紫醉，大塘小塘裏的蓮葉田田，荷香隨風飛颺，尤其沁入肺腑……。但，我到東湖來，大大地吸引住我的，却不是這些，而是遍地皆是、忽疏忽密的楊柳。我愛蕭騷的驕楊，亦愛嬌慵的垂柳，從前讀詞，覺得「翠拂行人首」的境界很是迷人，在東湖，如果沿着堤岸走它一兩個小時，那末和你耳鬢厮磨的楊柳，就會使你越來越深地起了親炙之情。在好些茂密的柳林中，柳枝委地，你甚至好像置身千重萬層的翠幔中，不頻頻掀簾揭幕，便走不出這個玲瓏剔透的綠海。

這天在東湖，風力頗壯，楊柳曳倦了舞腰，在比較疏落的地方，一株兩株，遠遠望來，猶如美女的霧鬢雲鬟，別饒一番佳致。

除了看柳，到東湖又一賞心樂事是吃了湖中的名產桂魚。「才飲長沙水，又食武昌魚」，眞是一經品題，聲價十倍，武漢東湖的桂魚，爽滑香酥，名不虛傳，如果和往後在西湖所吃的醋溜魚相比，那末，同是名湖佳品，我則寧取東湖的桂魚了。

談東湖，人們喜歡拿來和西湖相比，說是「西湖像城市裏的美女，東湖像鄉下姑娘」。比得好不好且不細論，事實上西湖得靜境中的幽趣，東湖得溫境中的生趣，如果西湖給你的感覺是雋永，東湖給你的感覺就應該是纏綿了。

在東湖的屈原紀館中，讀到朱德元帥在一九五四年給東湖寫的一幅題詞，文云：「東湖暫讓西湖好，今後將比西湖强。東湖有很好的自然條件，配合工業建設，一定可以建成爲勞動人民十分愛好和優美的文化區和風景區。」風景區和文化區相結合，將是全國各地共同的目標，他日在東湖，尤可以格外顯著地看到這一個特點。

在紀念館中，又看到雕鐫岳飛手書一首題爲登黃鶴樓的滿江紅詞的碑刻，句云：「遙望中原，荒烟外，許多城郭。想當年，花遮柳護，鳳樓龍閣，萬歲山前珠翠繞，蓬壺殿裏笙歌作，到而今，鐵騎滿城畿，風塵惡。兵安在？膏鋒鍔；民安在？塡溝壑！歎江山如故，千村寥落，何日請纓提銳旅，一鞭直渡清河洛。却歸來，再續漢陽遊，騎黃鶴。」詞采豐沛，意氣軒昂，依然是「怒髮衝冠」情緒的繼續。很顯然，「再續漢陽遊」的心願岳飛是終於無法酬償了。但岳飛地下有知，看到今天名山勝水的光大發展，人民生活的美滿幸福，他的滿腔悲憤，該可以眞正地平復了。

八過長江大橋

長江大橋雖然只不過是一座大橋，但它的出現，却是象徵着一種偉大的力量，象徵着一個瑰麗雄奇、沒有困難不可以克服，沒有險阻不可以戰勝的時代。

它的意義，不祇在於國民黨喊了幾十年沒有建成，我們在短短的時間內就把它建成；不祇在於建成它所創造、所採取的管柱鑽孔法，在世界橋樑史上起了先導的作用，使一般壓氣沉箱法望而却步；也不祇在於它鎮伏長江怒潮，緊縮武漢三鎮，爲配合國家工業化和日益頻繁的交通運輸作出了其大無窮的貢獻……。它的意義，主要是在於我們說做就做，做得快，做得好，完全符合於六億人民的總體——一個曠古未有的巨人的性格。

人人愛長江大橋，港澳同胞和海外僑胞更其愛說長江大橋。紀錄長江大橋的電影因此受到狂熱的歡迎，從廣州駛向武漢的火車，又有無數次載上了專爲遊覽長江大橋的港澳同胞和海外僑胞而開出去。

在我們這一次西南行旅中，我有機會和旅伴們八過長江大橋。爲什麼要「八過」呢？是長江大橋使我們百看不厭，因此貪婪地一次又一次去觀賞嗎？是，但也不完全是。八次之中，頭一次是我們乘坐火車到漢口，必然要經過的，那是在夜間，我們欣賞到了長江大橋的燈色。也是這一次使我們情感最爲激動，雖然偶或忘形歡呼，心裏却異常莊肅，如果用「屏息」「動容」這類字眼來說明，恐怕並不爲過。第二次是我們特爲上橋觀覽的，乘電梯去底層，又跑上來，從火車橋上漫步行過，這一次看的比較細緻，也對這座橋知道和了解得較多。還有最後一次是我們離開武漢，坐着長江輪啓程前往重慶的時候，大清早，血紅的朝日剛剛從水平線下爬上來，衝破了江面微茫的薄霧，「夔門」號蠕蠕然橫越長江大橋之下，我們跑出艙房，憑欄仰望，從橋腹到橋墩，又一次較爲全面地把長江大橋觀覽了。除此之外，尚有五次過橋，這五次是爲了往來武昌漢口之間，乘着公共汽車向頂層馳過的。它的好處在於更清楚地望向左右遼濶的江面，望的更遠，也就覺得天地更大。同時我們還多次地看到沿着橋欄所嵌飾計算不盡的精美活潑的圖案雕刻。

在橋頭次層一間接待室裏，我們受到招待。就在這裏，他們過去曾經接待過七十幾個國家的外賓，其中包括美、英、德、法的記者或客人。許多民主國家的領袖都坐過這兒的沙發，毛主席也到過這兒三次之多，底層有一座相當巨型的銅像，一共三個人——不，是三個英雄的形象，智慧的結晶，它代表着創造發明管柱鑽孔法的工程師和工人們以及更多的施工者，使人們永遠紀念着他們那不朽的事業。和此一意義相同的紀念標誌還有橋的頂層所塑造一座管柱鑽孔法施工的情況特大模型，它們都將隨伴着橋的存在，而爲千秋百世來遊是橋者所讚歎瞻仰。

這座全長一千六百七十公尺的大橋，我們的勞動英雄們僅僅以二年零一個月的時間就建築起來，所費一億四千五百四十萬元，實際上，比原來規定的預算一億七千二百萬元，還替國家節省二千六百餘萬元之鉅。據主人說，建橋時，全部工程中，以水底工作佔百分之八十五，這就等於說，八個橋墩造成了，也就是完成全橋工程的百分之八十五了。橋墩的建造，我們既已創造了突破世界水平的先進方法，在改善軌道接口，減少行車的聲浪和震動，以及從全橋若干接駁口上保證應付適當的伸縮作用，這許多方面，在世界鐵道史、和橋樑史上也是已經新翻一頁的。

看到這樣一座橋，而且身經八次之多，有什麼理由不叫心頭興奮呢？

訪漢陽歸元禪寺

武漢是華中有悠久歷史的名城，也是現代很著名光榮傳統的革命聖地。所以古代和近今所遺留的佳蹟和文物，多至不可勝數。我們這次旅行到此，只因盤旋日子無多，有太多應去看看的地方到底沒有看成。如武昌的卓刀泉、漢陽的古琴台、洪山的寶通寺，以及武昌首義公園、首義烈士墓等等，有的根本不曾接觸到，有的雖經其地，也祇是遙遙一瞥，車子卽絕塵而馳。

但在漢陽已有三百餘年歷史的歸元禪寺，我們却有機會作了半日的暢遊，這一遊又無形中啓發和鼓舞了我們歷覽一切古代寺觀的願望與興趣。

在我們故鄉中，卽使是很大的寺觀，從來也祇能看到十八羅漢的雕塑，五百羅漢，恐怕是我到歸元禪寺才是頭一回的見識，雖然往後我們遍歷半個中國的名城，所見比歸元禪寺規模更大、雕塑更精的五百羅漢還有的是，但無論如何，在歸元禪寺應是啓蒙第一課了。

這裏不但五百體裁如一，而神態各各不同的羅漢引人注意，使人嚮往於古代民間雕刻藝人的精湛藝術造詣，就是一些大佛，甚至連正門左右的四大金剛，也是經過精雕細鏤，面目傳神，衣褶如眞，爲我們故鄉寺觀所不可幾及的。據説這裏的菩薩金剛，在解放前受過長期的破壞，積累下無數新舊創痕，解放以後才由有關當局給以修繕、保護。怪不得我們看見門口的四大金剛，還一一被用大扇的玻璃門鑲罩着。

歸元禪寺和我們往後在西北、華北、華東各地所見別的許多寺觀一樣，它有個特點，就是園林化。

剛剛走進大門，向右轉折，迎面而來的是一個廣大的庭園，沿着牆隅，栽植着向外窺人的高柳，園中和左右分置三座彩亭，園心則有池塘一方，繞塘繫以綠欄，其餘隙地就是大大小小的花畦，畦中飯碗粗大的芍藥，眞所謂萬紫千紅，正在爭妍吐艷的時候。我們循着蜿蜒曲折的草徑安詳地走着，覺得當前那幽雅的景物，衹有古典小説裏才子佳人們出沒居停之處才有這樣的情調，殊不料這情調却出現在一向被説成「僧舍蕭條」的寺院裏。

我們於是又來到正座佛堂了。佛堂前方，依然是荷塘花圃，亭台處處。登上數級石階，又有廣廊一道，分左右垂長數十步。這裏橫陳數十竹製躺椅，專供遊客休憩之需。我們剛剛在竹椅上躺下，香氣噴溢的一盅盅岩茶便由寺僧們供奉出來了。

原來這裏現在尚有百餘和尚留寺，他們依靠種植瓜菓菜園、經營火葬墳場、售販茶水、徵收香油等等爲生，遇有不足，則由政府斟酌補助。和尚們依然是光頂法服，日常誦經念佛，鐘磬木魚之聲如昔。但也有多少和解放前不同的，除了生活得更安定，不用再受壓迫騷擾等等之外，就是他們都獲得受教育、求學問的機會。現在他們集體參加學習，經常讀報、讀刊物、讀文件、組織文娛節目，學習態度認眞，因此人人都大有心得。

寺中置有藏經閣，在佛堂樓上。那裏有大藏經一萬冊，分一千函，每函十冊，是同治翻刻的雍正本。

藏經樓還存儲了許多來自印度及其他友邦佛教團體或個別國際友人與我國僑胞致贈的佛典、法物，有不少還是極其珍貴難得的。

選自吳其敏《走馬十二城》，香港：新地出版社，一九五九年四月

秋貞理（司馬長風）

夜聲

我不知道別人是不是也和我一樣，對夜靜時的聲音有濃厚的興趣。我自從能記事的年齡起，對夜靜時的聲音，就特別的敏感。廿多年來，對於我居住過的每一個地方的夜聲，現在我幾乎還都一一記得清楚。回憶和玩味這些夜聲，成爲我內心生活中有趣的部份。

我全部的童年都是在北國的農村度過的，因此我早年所記憶的夜聲，都沾滿着鄉土的氣味。

中國北方的鄉村，在夏秋兩季與南方差不多一樣，夜裏最常聽見的聲音是蟲吟與蛙鳴；再有不分四季，不分南北，也可以說不分中西，凡是鄉村遍有兩種夜聲，那就是鷄鳴與狗吠了。

我的家鄉在冬、春兩季是要飛雪結冰的。大部份的小動物都避寒蟄藏了。因此不能像在南方一樣，一年四季在晚上都可以欣賞那清越嘹亮的蛙歌和蟲兒們的草叢交響樂。但是在那遍地凝霜的夜晚，在冷森森的氛圍裏，你可以聽到幾種特有的聲音。

噹！噹！噹！那是巡更者擊柝的聲音。擊柝的聲音給人一種安全感。每次的柝聲都驚起一陣狗吠。隨着巡更人的脚步，狗吠聲由遠而近，接着又由近而遠了。

在南方的鄉村，耕地和拉車普通是用牛的，而在我的家鄉則用馬、騾和驢、牛在晚間是躺着反芻或休息的，而馬和騾是要竟夜站着吃東西的。每夜必須有人起來幾次替牠們添草料。沒有到過北方鄉下的人，很難想像在冬天夜裏從被窩爬出來是什麼滋味，在隆冬的時候，夜裏戶內的氣温要降到零下五度到十度。那種風雪盈門，滴水成冰的苦寒景象，現在一想起來，不由得還要打冷噤。鄉下一般睡的是用火燒熱的土炕，身上至少要蓋兩張厚棉被。全身都斂縮在被窩裏，僅露出嘴和鼻子呼吸。被窩裏和被窩外的氣温起碼要相差三十度，因此從被窩裏出來，就等於從炎夏進入嚴冬，有如從赤道底下走進北極圈。我還記得年幼時，每逢冬天的早晨，母親喊我起來，都先把衣服用火烤熱才替我穿上，否則直接穿上那冰凍的衣裳，就要不住的打冷戰。試想在寒氣凝斂的深夜，要從被窩裏爬出來好幾次，到戶外去餵牲口，該是多麼難受的滋味。因此，在冬夜裏，每當我聽見父執們起來給牲口添草料，我就感到一種同情和不安。我猶清楚的記得，他們爬出被窩穿衣時，那種嘶嘶哈哈爲冷氣所迫的噓聲，吱吱嘎嘎的開門聲（因爲門已被雪所封凍），脚步踏着雪地的沙沙聲，狗兒從窩裏跑出來，向主人打招呼，從鼻子裏哼出來表示親切的嗚嗚聲，盛草料的筐子倒向馬糟時，騾馬們歡動的聲音；然後那沙沙的足音，又一步一步走回來。還有那一連串咳嗽的聲音。每一想起這些聲音，我不禁就念起故鄉農夫的辛苦和稼穡的艱難，同時心頭浮起一幅北國鄉村冬夜的苦寒圖。

眞正使我對夜聲感到興趣的，還是北平夜裏那些富於詩意，悠揚悅耳的叫賣聲。那些叫賣聲，不純是販賣的呼號，而是有深遠傳統的，經過訓練的，有音調，有節拍的歌唱。可以說每一個夜賣人都是優秀的夜歌手。從晚飯一直到深夜三點鐘，你可以坐在家裏或躺在牀，欣賞那一陣起伏不斷的夜歌。

晚飯才罷，人們已吃得膨悶脹飽，該是吃水果的時候，因此最先出現的夜聲是賣蘿蔔的（在北方當做水果的一種甜脆多水份的蘿蔔）及其他果品的，如柿子、香果、糖葫蘆（用糖蘸過的穿串的山楂）等。不過以蘿蔔爲最出名。接着出現的是賣半空兒（被揀出來的長得不夠熟的花生，仁瘦小，味乾香而不飽人）的及賣糖果的聲音。此時晚飯已過相當時候，正是人們吃茶談天的時候，故多賣些半空兒、糖果之類不膩人不飽人的小食塡嘴，既不礙消化，又可以助談興。臨近十二點鐘的時候，則有賣餛飩的、賣炸豆腐的、賣鹵鷄的、賣羊頭肉的、賣驢肉的、賣燻魚的，賣硬麵餑餑的、賣元宵的……。在這些叫賣聲裏，我最欣賞賣元宵的、賣硬麵餑餑的及賣蘿蔔的。此中賣硬麵餑餑的叫賣聲，被曹禺採用在「日出」劇本中。「日出」第三幕結尾，小東西在妓院裏哀泣自殺時，幕後就連着叫出：「硬麵、餑——餑——」的賣聲，就是北平夜裏賣硬麵餑餑的原詞原調。凡看「日出」一劇的人，都會聽到這一賣聲的。其聲調低沉、淒婉而悠長，一聽到這個叫賣聲，北平夜晚胡同裏的景象風味，就悠然如夢一般浮上心頭。要算賣蘿蔔的叫聲最清爽嘹亮。原詞爲「蘿蔔賽梨呀——辣了換！」而以賣元宵的叫賣聲最悠揚婉轉，蒼涼悲壯。原詞爲「桂花、（空一拍）元——宵——哎——」大凡賣元宵的叫聲出現時，夜已經很深了。北平春冬兩季多風，風吹起沙塵敲在紙窗上沙沙的發出輕響。如在月夜，窗上會出現婆娑搖曳的樹影。（北平幾乎無一家無院，無一院無樹。）此時此際，聽見賣元宵的叫聲，你會不由得感到一種遙遠的思念，朦朧的夢境和淡淡的悲惘。

塞外的夜色是荒涼的，那裏的夜聲充滿着原始的野性。記得一九四九年春天，我離開北平，繞行西北逃亡的時候，途經蒙古大草原的那些夜晚，聽見的那些神秘的夜聲。那引人心遼意遠的馬群的嘶鳴；那繞人魂夢的駝鈴，那淒厲而悲長，聽着使人心悸的狼嗥；還有那把枯枝衰草吹得嗚嗚響的風沙。睡在蒙古包裏，嗅着牛糞（塞外寒天普通以牛糞爲燃料）的氣味，傾聽這些野獷的夜聲，不期然會想到兩千多年來蒙古民族的興亡史；想起從漠北崛起的元人，那種不可抵擋的强悍和勇猛；當年以暴風式騎兵橫掃歐亞的雄威。

在我所能記得起的夜聲之中，比較有意趣的還有火車的行聲和那些孤懷獨奏的樂聲。每當中夜不寐，思緒煩亂的時候，聽到一聲「嗚——」淒長的火車笛響，接着你聽到列車壓過鐵軌，急促而有節奏的隆隆聲，這使人推想到列車裏那些遠行旅人的睡夢；同時不禁感懷有如旅程一般的人生。

靜夜裏傾聽他人獨奏的樂聲，那眞是一件最富有詩意的賞心樂事了。在我半生中不知多少次，爲傾聽這些樂聲而忘我神馳；多半卻一直聽到樂聲休止，我才能暢然入睡。

我所聽過的樂聲中，記得起來的有大正琴、月琴、胡琴、秦胡、笛子、簫、鋼琴、琵琶、口琴、三味線（日本的三絃琴）、吉打……一時也不能盡數。但是我對於秦胡、笛子、三味線三種樂聲記憶最深。秦胡是西北甘陝各省的地方音樂，其聲調悲涼淒婉饒有古風。笛聲如流水行雲，清利而暢運，最能引入遐思。三味線則錚錚鏗鏗，斷斷續續，最能表達人的愁情和悲懷。

試想在清風撲懷之夜，月照孤樓，簾櫳搖漾，有一人浴罷獨坐，抱琴獨奏，那是多麼美妙動人的圖畫。傾聽着琴聲，你可以隨着樂曲的高低悲歡而悠思冥想；可以從琴曲的神韻之中，揣摩奏者的情思；當然也感懷到自己的苦樂悲歡。當你傾整個生命悉心靜聽的時候，那些流蕩的旋律，有如玄秘的纖秀手指，在按摩着你的心靈；使你對人生的疲勞和厭倦一時頓消。

靜夜的獨奏，雖然是美妙的樂事，然而是可遇而不可求的，所以是不可多得的。即使你自己會奏某種樂器，但是自拉自奏，和在一旁偷聽別人獨奏，其意義和滋味都是迥然不同的。

在我記憶當中，還有兩種使人懷想的夜聲，那就是山林之夜或海濱之夜的聲音。

我在高中讀書的時候，一年暑假曾經到北平西郊的香山住過一個星期。那七天的山居，使我熟悉了山林的夜聲。

山林的夜聲最美的要算流水和松濤了。在白晝因爲注意力被視覺所攝，流水的聲音就不爲人所注意。可是一到夜靜的時候，那汩汩的歌唱就分外的清晰、暢快、動人起來。那是最佳的伴睡奏鳴曲了。每夜當要入睡的時候，我就集中注意力聽那淙淙的流水聲，然後我就會逸然睡去。至於松濤，那嗖嗖的蕭索的聲響，有一種孤清的氣氛，使人感到意閒心幽。山林是鳥類的家鄉，因此山林之夜，有平原之夜聽不到的鳥聲。大多數的鳥兒，在夜間都要視覺失靈，躺在巢中睡了。可是貓頭鷹在夜裏卻大肆活躍。貓頭鷹的叫，其淒厲聲難聽僅次於狼嗥，它聽起來陰森森的帶有鬼氣，使人有點毛骨悚然。除了貓頭鷹的叫聲，還有幾種不知名的鳥兒，也常發出相當大的叫聲。但這些聲音，都不引起人的美感。最動人的聲音是那些睡在巢中或棲在枝上的鳥兒，當受了風聲或貓頭鷹的叫聲的驚動，它們全家從夢中醒來，咿咿喃喃的互相慰問，那聲音輕微而細弱，充滿着柔情愛意，有如夢囈一般，特別使人愛憐。最使人不快的聲音是當夜貓子捕獵鳥兒的時候，那淒厲的哀鳴，使你心驚肉跳，就像已嗅到血腥一般。

海濱的夜聲是單調的，唯有風聲和潮聲。但是我卻特別愛聽那怒潮擊岸的聲音，轟轟的像千軍萬馬在奔騰似的。那聲音象徵着意志和勇氣，象徵着不可阻擋的力量。

無論是山林的夜聲或海濱的夜聲，都不是遠離山海的人所能聽到的，也不是遠離山海的人所能領會的。

七年來困居在香港，住在鬧市之中，欣賞夜聲的興趣和習慣，早已被城市中的喧鬧所淹沒所麻痺了。現在是夜裏十一點三刻，附近的一家三流戲院剛剛散場。吵雜的人流正從街心湧過，數百條木屐踏在水門汀上的聲音和人們互相談笑的聲音織成煩躁的音網。在喧鬧中，仍可聽見樓下一個與父母鬧氣的孩子似豬叫一般的哭聲，對面樓上傳來打麻雀的聲音；幾輛汽車在踏油門發火，嗚——一陣響，車子開走了。等這一陣子大吵過去之後，我預料還能聽到賣雲吞麵的敲竹板的聲音，賣白糖糕的叫賣聲，還有那聽了使人心裏發惱的貓兒叫春的聲音；香港的夜聲是這般的醜陋。

選自秋貞理《北國的春天》，香港：友聯出版社，一九五九年四月；原刊一九五七年八月香港《文學世界》夏季號

獨醒的況味

有好幾個月沒有過海了。今天爲趕赴一個約會，慌慌張張擠上渡輪。我揀了一個臨窗的位置坐下來，燃起一支煙；腦海中比艙底旋轉的機輪還要紛忙，世局、工作、家事……像一張網緊緊的困繞着我。厭倦和疲憊吮吸着我每個細胞，我深深的吸了一口煙，然後合着長長的唏噓吐出去。這時候渡輪轉定了方向，開足馬力向前駛進了。初冬的海風帶着寒意撲撲吹在身上，使我打了一個冷噤；船頭擊水發出有節拍的清響；我舉目眺看窗外，但見朵朵的白雲在蔚藍的晴空裏舒卷飄飛；精神爲之一爽，刹那間我感到山海天光，一切都鮮明起來，生動起來，好像進入一個夢境，又好像從一個夢境裏醒過來。現實的網揭去了，在悠悠的天海之間，我重新發現了自我。

我開始貪婪的吮嘗着獨醒的價值和滋味。假使我能在一個僻靜的山村孤獨過幾個月，那該是多麼美妙的事情！因爲人唯有孤獨的時候才能保有完整的自我。擠在人群裏生活，你就必須分嘗別人的苦樂，應對別人的是非，承擔共同的責任，從事相關的工作；爲此，時時刻刻，你要接觸你不感興趣的人，說言不由衷的話，裝扮勉强的微笑，做不得不做的事。你的情感、意見、思想都是與人群攪在一起的，你成了海浪裏的一泡沫，沙灘裏的一粒沙，草坪裏的一根草；自我被撕碎，被淹沒了。從早到晚，忙忙碌碌，你在人群的聯鎖中扎掙轉動，你無暇看看和想想自我，現實成了一張網、一個夢，唯有當你獨醒的時候，你才能發現這張網、這個夢，你才發現自我消失的哀痛，才知嚮往孤獨的情趣和滋味。

人在獨醒的時候，心靈才是完全屬於自己的，才能夠脱出現實自由飛翔。許多美妙的想像和創意一齊湧上心頭。你恍若發現了一大堆璀璨陸離的珠寶；圓大的珍珠、晶瑩的寶石、碧綠的翡翠，五光十彩互相耀射，使人目眩心迷，不知揀那一個好。詩人在這裏找到詩篇，宗教家在這裏找到信仰，科學家在這裏找到眞理，哲學家在這裏找到智慧，政治家在這裏找到正義。

人在獨醒的時候，心靈才能脱出軀殼，回過頭來客觀的省察和觀賞自己。省察自己的行爲，可以得到道德的批評；省察自己的情感，可以得到美的啓示；省察自己的思想，可以使思想更精鍊；省察自己的生活，可以提高生活的境界。把自我客觀化加以省察的結果，可以使自我淨化和深化。

在人群裏生活，人的大部份精力消耗在人與人的應對中。匆忙繁雜的應對，壓縮了內心生活的範圍。唯有人在孤獨的時候，才能充分享受內心生活。內心生活是人生最有深度的部分，它不但是一種修養，並且是一種享受。

自從人類有了商業文明，過城市生活，就不斷有人提出回到自然的呼聲。這種呼聲一天比一天高亢，一天比一天淒厲。

近代工業的發展使社會趨向工廠化。在社會這個大工廠裏，個人每天廿四小時都在社會聯鎖作用的支配之下，不由自主的隨着社會的機軸緊張旋轉。以香港一個白領階級來説，他必須每天早晨七點鐘起牀，八點鐘早餐，八點半去擠巴士搶渡海輪，九點鐘坐在寫字間裏；工作到中午休息吃午飯，下午兩點再進寫字間；一直到五六點鐘放工回家，更衣、沖涼、晚飯、看看晚報、聽聽無線電播音，然後上牀睡覺。這一秩序周而復台的旋轉，個人的志趣、情感、性格等等都被這機械過程所磨損而逐漸消失。在自由社會中，你還可以控制從晚飯後到就寢前的那一段疲乏的時間以及假日的空暇，來保持和發展個人的興趣，你縱然感到「自我」沉沒的悲哀，但你仍有掙扎的餘地，還能不時脫出現實的枷鎖，享受孤獨的自由，可是在極權社會中，隨着財產的公有，你的生活和時間也公有化了，個體不但被碾碎並且被埋葬了。

我們常聽人説：「人是好群的動物。」這句話只説明了一半的眞理。以我看，人是既好群又愛獨的動物。好群而不知獨，那只是蜜蜂螞蟻罷了。人類如果還想保持「萬物靈長」的尊嚴，還不甘於做蜜蜂螞蟻，那麼就應該多品嘗獨醒的況味，由這來發現和肯定自我的存在和個體的價值。

選自秋貞理《北國的春天》，香港：友聯出版社，一九五九年四月；原刊一九五九年三月香港《文學世界》第二十二期

康年（吳羊璧）

路的閒話

從報上讀來的消息：廣汕公路已經全部穿上了綠色的衣裳，公路兩旁都種上了樹木。坐過長途汽車的人都會知道，這對旅客們是如何巨大的貢獻！樹蔭不但使旅客身心舒適、而且增添了風景美，使旅客們在車上的時間過得愉快些，容易打發些。

消息還說：這條長四百多公里的公路，現在已經擴展了許多。不少原來狹窄的路段，擴寬到七八公尺；汕尾到流沙一段，擴展到十九公尺，中間十一公尺爲行車道，兩邊各四公尺爲行人道和牛馬車道，種上六行樹。這樣的公路，簡直就是畫家精心繪下來的風景畫了。

從報紙和雜誌上，很少讀到關於西方國家的公路的描寫，不知道他們有沒有這樣美麗的長途公路？記得看過一部叫「巴士站」的影片，裏面的美國公路，路面鋪得好，風景可就說不上了。

十九公尺寬，即等於中國舊制的六丈左右。走在這樣雄偉的公路上，的確是令人心曠神怡的。我們國家的建設，很有計劃。像這樣的公路設計，相信是有一套標準的，汕尾到流沙這一段建起來了，其他的路段，或者其他的公路，可能也會跟着建起來。若干年以後，在公路上旅行將會有另一番迷人風味。條條大路，風光無限。

十九公尺寬的路，還算不得是最寬的。我國最寬的馬路，可能是北京的東長安街。北京近年大事建設，路也在修整。東長安街最近改建完工了，路面的寬度，是四十四公尺至五十公尺。你看過運動會中的百米賽跑嗎？一百米（公尺）是很長的，運動員們有一雙飛毛腿，也得跑十秒十幾秒，東長安街就有那跑道長度一半那麼寬。香港的彌敦道比較起來，就變成小巷了。

從最寬的路，想到最曲折的路。

從梅縣梅城鎮到松口去，要經過一段曲折的公路，好像有個名堂，叫做「九曲十八彎」吧。車子在山坡間轉來轉去，頗爲驚險。但是，那還不算是最曲折的公路。在廣東，據說蕉嶺等地，就有更加曲折盤旋的山路。過去常常出事，現在則不再有了。

但是不管梅縣也好，蕉嶺也好，最曲折的路，應該推川黔公路上的「七十二彎」。這是一條著名的山道，抗戰時，很多人走過這條路，談起來都有難忘的印象。這條路，轉來轉去，都在高山巨嶺之中，就像小孩子畫迷宮圖那樣，走向左，又向右；走向前，又向後；汽車到此，只好慢慢的爬。盤旋終日，從早上到黃昏，好像還是穩在老地方。大自然給人的難題，有時候可就這麼的嚴酷，像那樣連綿不絕的山嶺，要闢一條公路可眞是不容易的，然而人們終於闢出來了。那怕是如此曲折，人們也要闢出路來向前走。

去年有幾位法國電影工作者，到過我國拍了一部彩色紀錄片，叫做「長城內望」（原名的意思是「長城之內」。香港放映時用了這個譯名，很富詩意），裏面就有這「七十二彎」的鏡頭。雖則短短一瞥，却也令人吃了一驚；世界上竟有這個樣子的公路？最近，這條公路上不知道出現了什麼新面貌，不過有一點是可以肯定的：安全運動一定開展得很好。這個運動是全國性的。

至於最筆直的路——直而且長的路，在哪裏呢？這個答案却很不易找。長春的馬路，也許可以是這個問題的答案之一。

最高的公路又在哪裏呢？

這個問題却容易答得上了：「青藏公路」！這不僅是我國最高的一條公路，還是世界最高的一條公路。整條路長二千多公里，平均在海拔四千公尺之上。西藏高原有「世界屋脊」之稱，這條公路便是屋脊上的公路。

青藏公路是解放後才修建的，一九五五年通車，現在才不過幾年的光景。西藏這地方，交通極其不便，有諺語說：「正二三，雪封山；四五六，泥沒足；七八九，正好走；十冬臘，皮開拆」。過去在這樣惡劣的條件之下，只能用犛牛、騾驢和羊馱運，或者用人力背。現在在交通那樣困難的地方，有了一條公路，可以想像，當地的居民是如何的高興！記得通車的時候，報上刊載了通訊稿，描寫藏族老百姓狂喜的情形。他們把這條路叫做幸福路，他們爭着去撫摸那第一批到達的汽車，詢問這力大無比的巨獸吃的是什麼東西。

修成了這條路，對於西藏的經濟發展，有很難估量的影響。過去從拉薩到日喀則，得走十天以上，現在坐上汽車，兩天就到了。最近，青藏公路上的汽車司機們，爲了要更好地支援西藏的建設，想出了許多辦法來提高運輸效率，有一位藝高人胆大的司機，嘗試在汽車後面再加上一輛拖車，多載些貨物。拖了拖車在海拔四千公尺的公路上跑，這件事情令人咋舌，但是，這位勇敢的司機成功了。

這條路，雖說高山峻嶺、人烟少到，却也有着可紀念的古蹟。公路經過崑崙山，山中有個「赤納台」，這是藏語，意思是「佛像台」。原來説起來有段古，傳説唐代文成公主出嫁西藏的時候，經過這裏，因爲人馬太難通過了，只好把佛像的座台棄置在這裏。文成公主沒料想到：千百年後，却有一條平坦的公路通過這裏呢！隨着公路，這裏現在也升起了工廠的黑烟，鋼鐵廠、煤廠、水泥廠等等工業，在這裏興建起來了。

在祖國土地上，條條大路都有許多可以談得津津有味的話題呢！

選自康年《鄉情小品》，香港：新地出版社，

一九五九年九月；原刊一九五九年五月十六日香港《鄉土》第三卷第十期

高旅

聽猿記

〔存目〕

選自霜崖等《紅豆集》，香港：香港新綠出版社，一九六二年三月〔案：文末署「一九五一年十一月十二日」〕

聶紺弩

論悲哀將不可想像

〔存目〕

選自聶紺弩《聶紺弩雜文集》，北京：生活．讀書．新知三聯書店，一九八一年三月〔案：文末署「一九五〇，七，三，九龍」〕

天地鬼神及其他

〔存目〕

選自聶紺弩《聶紺弩雜文集》，北京：生活．讀書．新知三聯書店，一九八一年三月〔案：文末署「一九五一，三，二四，香港。」〕

黃繩

有趣味的人

〔存目〕

選自黃繩《香江抒情》，廣州：花城出版社，一九八四年八月初版〔案：本文收於《香港抒情》第三輯「園丁隨想」，據作者〈前言〉，該輯「是五十年代初期的作品」。（頁二）〕

作者簡介

黎明起（黃　魯）（一九一九—一九五二）

本名黃漢燊。另有筆名黃魯、孔武。一九三〇年代中在廣州參加廣州藝術工作者協會詩歌組及廣州詩壇社的活動，稍後與陳殘雲、黃寧嬰、鷗外鷗等合辦《詩場》。抗戰期間從廣州來香港。一九四二年一度遭日軍拘禁。同年與戴望舒等合股在中環開設「懷舊齋」舊書店。一九五二年因心臟病發在香港去世。一九五〇年代在香港發表的散文見於《星島日報》、《華僑日報》等報刊。

易　金（一九一三—一九九二）

本名陳錫楨。另有筆名祝子、圓慧等。浙江寧波人。抗戰期間在上饒從事新聞工作。一九四九年來香港。曾任《上海日報》、《香港時報》、《快報》編輯。退休前為《香港時報》總編輯。作品以連載小說及散文為主，一九五〇年代在香港發表的散文見於《香港時報》、《人人文學》、《熱風》、《文藝新地》等報刊。

三　蘇（一九一八—一九八一）

本名高德雄，又名高雄或高德熊。筆名眾多，為人熟知的有經紀拉、小生姓高、許德、史得、旦仃、石狗公等。浙江紹興人。生於廣州。廣州中山大學肄業，主修政濟經濟。曾任教小學，抗戰時期學習營商。一九四四年由廣州來香港。經營生意虧損後，以在報紙上寫作為業。

一九四五年底《新生晚報》創刊，擔任副刊「新趣」編輯，翌年任總編輯，仍兼編「新趣」。一九六〇年初離開《新生晚報》。在編輯工作以外，用不同筆名撰寫不同類型的作品，如怪論（三蘇）、日記體小説《經紀日記》（經紀拉）、文言艷情小説（小生姓高）、偵探小説（許德、史德）等，大受歡迎。一九八一年在香港病逝。一九五〇年代除《新生晚報》，也獲邀在《大公報》、《新晚報》等不同政治背景的報紙寫作。

皇甫光（一九一五—一九九七）

本名黃六平。另有筆名向夏、夏平、虞羽等。江西宜黃人。畢業於東吳大學。一九四九年來香港。初期以寫作為業，在報刊上發表散文、小説。一九五四年在易君左主持的《新希望》任編輯。一九五七年赴馬來西亞，任教於鍾靈中學，仍有作品在香港發表。一九五八年在新加坡《南洋商報》、檳城《光華日報》發表小説、散文。一九五九年回香港。其後又應聘往新加坡南洋大學中國語言文學系任教。一九六〇年代中期受聘於香港大學中文系，講授語言文字學。一九七七年退休。一九八五年移居美國。一九五〇年代在香港發表小説、散文甚多，見於《星島日報》、《香港時報》、《幽默》、《人人文學》、《中國學生周報》、《熱風》、《祖國周刊》等報刊。

侶倫（一九一一—一九八八）

本名李林風，又名李霖。另有筆名貝茜、林下風、林風等。廣東惠陽人。生於香港。一九二〇年代中、後期在香港《大光報》、《伴侶》雜誌等報刊發表作品。一九二九年與謝晨光、張吻冰（望雲）、岑卓雲（平可）、黃谷柳、陳靈谷等組織香港第一個新文學團體「島上社」，在《大同日報》上設「島上」文藝副刊，又先後出版《鐵馬》、《島上》兩本文藝雜誌。一九三〇年上海《北新》半月刊舉辦「新近作家特號」徵文，憑小說〈伏爾加船夫曲〉入選。一九三一至一九三七年編輯《南華日報》文藝副刊「新地」（與杜格靈合編）、「勁草」。一九三五年與易椿年、李育中、張任濤等合辦《時代風景》雜誌，同年出版個人散文集。一九三六年與王少陵、杜格靈、李育中、劉火子、羅雁子等組織「香港文藝協會」。一九三七年加入「香港文化界座談會」。一九三八年任香港合眾影片公司編劇。一九三八年在香港南洋影片公司任編劇及宣傳工作。香港淪陷後往內地。一九四五年冬回香港。一九四六年主編《華僑日報．文藝周刊》。一九五五年在北京中國新聞社香港分支機構「中國通訊社」社長張建南（張任濤、張千帆）建議下，參與創辦采風通訊社，向海外僑報供應通訊、小品文、文藝作品。一九八八年在香港逝世。一九五〇年代在《星島日報》、《大公報》、《文匯報》、《新青年》、《文藝新地》、《知識》、《青年樂園》、《鄉土》、《茶點》、《文藝世紀》等報刊發表新詩、散文、小說、文藝評論。期間結集出版的散文集有《無名草》（香港：虹運出版社，一九五〇年十二月）、《侶倫隨筆》（香港：太平洋圖書公司，一九五二年三月）、《侶倫小說散文集》（香港：香港星榮出版社，一九五三年三月；由《永久之歌》、《無盡之愛》、《無名草》三本舊作合為一書）、《落花》（香港：星榮出版社，一九五三年六月）。各集中有若干一九五〇年之前的舊作或舊作重寫。

李輝英（一九一一—一九九一）

本名李連萃，另有筆名松泰、夏商周、林山、葉知秋、季林等。吉林永吉人。一九二七年初中畢業後，到上海考入立達學園高中部。一九二九年考入中國公學。一九三二年在「中國左翼作家聯盟」的《北斗》雜誌首次發表短篇小說，翌年出版第一部長篇小說《萬寶山》，皆以抗日為題材。一九三三年加入「左聯」，被分配到上海泉漳中學任教。稍後轉為專業創作，發表於《申報》、《立報》、《時事新報》、《光明》、《文學界》等報刊。一九三七年抗戰開始後，投入救亡宣傳工作，曾任編劇及演員。一九三九年參加「中華全國文藝界抗敵協會」的「作家戰地訪問團」。一九四一年起任職於雜牌部隊第三集團軍總司令部，負責摘編報刊新聞，兼任《陣中日報》副刊編輯。抗戰勝利後返回家鄉，先後出任長春大學、東北大學中文系教授。一九五〇年來香港，主要以寫作為業，另曾任《星島周報》編輯委員、《熱風》執行編輯，並參與《文藝新地》編務。一九五二年隨香港文化界訪問臺灣。一九五七年遊歷新加坡、馬來亞等地。一九六三年起任香港大學東方語言學院國文教師，一九六六年任香港中文大學聯合書院中文系講師，至一九七六年退休。另曾任「香港中國筆會」理事。一九八〇年代到北京出席中國作家第四次代表大會，獲推選為大會主席團成員。一九九一年在香港逝世。一九五〇年代發表大量長短篇小說，以及記述各地風物、介紹文學作家及指導青年寫作的散文，見於香港的《星島日報》、《星島晚報》、《香港時報》、《自由陣線》、《星島周報》、《熱風》、《文藝新地》、《西風》、《大學生活》、《論語》，及新加坡的《南洋商報》等報刊。期間出版的散文集包括《中國遊蹤》（署名林山，香港：世界出版社，一九五四年）、《我們的東北》（署名葉知秋，香港：世界出版社，一九五五年）、《中國遊蹤續集》（署名林山，香港：世界出版社，一九五四年）、《作家的生活》（署名季林，香港：文學出版社，一九五八年）、《中國作家剪影》（署名季林，香港：文學出版社，一九五八年）、《新加坡紀行》（香港：國光圖書公司印行，一九五八〔？〕年）等。

劉以鬯（一九一八—二〇一八）

本名劉同繹，字昌年。另有筆名葛里哥、令狐冷等。浙江鎮海人。生於上海。一九四一年畢業於上海聖約翰大學。抗戰期間在重慶任《國民公報》、《掃蕩報》副刊及《幸福》雜誌編輯，一九四五年在上海編《和平日報》副刊。翌年創辦「懷正文化社」，出版「懷正文藝叢書」。一九四八年底來香港。最初任《香港時報》副刊編輯。一九五一年起同時任《西點》主編及《星島周報》編輯。一九五二年赴新加坡任《益世報》主筆兼副刊編輯，後轉任吉隆坡《聯邦日報》

總編輯。在新馬五年間，共編過六、七份報紙的副刊。一九五七年重回香港，再任《香港時報》編輯。一九六〇年把副刊「淺水灣」改為文學副刊，引介世界現代文學作品，提倡現代主義，栽培新進作者，影響深遠。此後三十年先後編輯《快報》、《星島晚報》、《香港文學》等報刊，貢獻良多，至二〇〇〇年正式退休。二〇一五年獲香港藝術發展局頒發「二〇一四香港藝術發展獎」的「終身成就獎」。二〇一八年在香港逝世。一九五〇年代發表的散文見於《星島晚報》及《南國電影》。

成愛倫（約一九二五—？）

本名不詳。浙江寧波人。家在上海。高中畢業。一九四五年投稿杭州某報副刊，為編輯兼通俗小說作家汪棼稻（藍白黑、上官譽、過海小卒）所注意，給予發表機會。約在一九五〇年孤身到香港。後與南來的上海小報報人周天籟相識，應邀在所編副刊寫作，開始以筆名成愛倫發表。一九五一年重遇汪棼稻，應邀在小報《羅賓漢》上撰寫《心聲散記》專欄。翌年自費結集出版《成愛倫小品》（香港：愛倫出版社，一九五二年四月），書中並有另一本小品《閨房記趣》快將出版的廣告。寫作之外，以在舞廳伴舞為業。一九五〇年代在香港發表的作品，除《羅賓漢》上的散文，另有《小說世界》、《新青年》上的小說。

衛聚賢（一八九九—一九八九）

本名安雙考，生於甘肅慶陽。幼年喪父，母親再嫁山西萬泉人衛某，故從衛姓，改名聚賢，號助臣、繼德、懷彬。別署衛大法師。山西省立商業專門學校畢業。一九二六年考入北平清華大學研究院，由王國維指導研究。畢業後曾任教育部編審及南京保存所所長，參與南京、山西等地的考古發掘。又曾任教於山西國民師範學校、上海暨南大學等。後轉到中央銀行經濟研究處工作，公餘創辦「吳越史地研究會」。一九三九年至一九四四年，先後在上海及重慶編輯學術期刊《説文月刊》，並發表古史研究的論著。一九五一年初由重慶來香港，先後在私立珠海、光夏、聯合、遠東、華夏等書院任教，並曾在香港大學東方文化研究院任研究員。一九七五年移居臺灣。一九八九年在臺灣逝世。一九五〇年代在香港發表學術論著及政治評論頗多，另有若干以普通讀者為對象的考古及考據文章見於《自由陣線》、《人生》、《星島周報》等刊物。

黃思騁（一九一九—一九八四）

浙江諸暨人。畢業於上海復旦大學。一九五〇年到香港。最初參與自由出版社工作。一九五一年任《人生》雜誌編輯，一九五二年與于平凡（許冠三）創辦《人人文學》，並任主編。一九五五年參與籌組「香港中國筆會」。一九六〇年赴馬來西亞，任《蕉風》月刊編輯。一九六三年回港，任教於樹仁學院。作品以小説為主，也有散文。一九五〇年代在香港發表的作品見於《自由陣線》、《人生》、《文壇》、《人人文學》、《中國學生周報》、《祖國周刊》、《文學世界》、《大學生活》、《海瀾》等。

慕容羽軍（一九二七—二〇一三）

本名李維克。另有筆名李影、穗珊、巫非士、秦紅纓，及與徐速合用的王先生等。廣東廣州人。抗戰時曾到前線服務，戰後獲免試進入大學。大學畢業後在廣州任副刊編輯。一九四八年經海南島往馬來亞。一九五一年到香港。曾參與《工商日報》、《工商晚報》、《中南日報》、《天底下》、《東海畫報》、《星報》、《海瀾》、《文藝新地》等報刊的編務。又為「香港中國筆會」會員。作品包括散文、新詩、小説、文藝理論等。晚年撰有《為文學作證——親歷的香港文學史》。二〇一三年在香港逝世。一九五〇年代在香港發表的作品見於《香港時報》、《自由陣線》、《自由人》、《人人文學》、《中國學生周報》、《文藝新地》、《文學世界》、《海瀾》等報刊。

柳存仁（一九一七—二〇〇九）

本名柳存仁。另有筆名柳雨生、彤齋予亦。祖籍山東臨清，清康熙年間舉家移居廣州。生於北京。一九二九年起在上海就讀中學。曾在《論語》、《人間世》等刊物發表。一九三五年考入北京大學國文系，抗戰爆發後轉到上海光華大學借讀，兩年後取得北京大學文憑。上海淪陷至抗戰勝利期間，以筆名柳雨生活躍於上海文壇，曾出版散文集及小説集，參與「中日文化協會」，兩度出席「大東亞文學者大會」。一九四三年創辦《風雨談》。一九四六年到香港，先後任教於皇仁書院及羅富國師範學院。一九五七年代以研究佛教、道教對中國小説的影響得倫敦大學博士學位。一九六二年赴澳洲國立大學中文系任教，至一九八三年退休。二〇〇九年在澳洲逝世。柳存仁在一九五〇年代致力於學術研究，間有散文發表於《星島日報》、《中國學生周報》等。另有話劇劇本《紅拂》、《涅槃》等，曾由香港各院校演出。期間出版的散文集有《人物譚》（香港：大公書局，一九五二年九月）。

徐　訏（一九〇八—一九八〇）

本名徐傳琮，字伯訏。另有筆名史大剛、東方既白、任子楚、迫迂、麗明、姜城北、余光沐、西衣等。浙江慈溪人。幼年隨父親居於上海。一九三一年北京大學哲學系畢業。一九三三年在上海開始發表作品。一九三四年任林語堂創辦的《人間世》編輯。一九三六年赴法國巴黎大學修讀哲學。一九三七年抗戰爆發後，自法返滬。一九三八年在上海《中美日報》、《宇宙風》、

《西風》等報刊上繼續發表，又與馮賓符合編《讀物》。一九三九年與陶亢德合編《人世間》。一九四一年太平洋戰爭爆發，經桂林到重慶。翌年任教於中央大學。一九四三年小說《風蕭蕭》在《掃蕩報》連載，聲名大噪。一九四四年以《掃蕩報》特派員名義赴美。抗戰勝利後回上海。一九五〇年到香港。一九五一年任《星島周報》編輯委員。一九五二年應邀赴新加坡籌辦《益世報》，不久返回香港，與曹聚仁等合作在香港合組創墾出版社。一九五二年及一九五三年先後創辦《幽默》及《熱風》。一九五七年任珠海書院中文系講師，又創辦《論語》。同年臺灣駐港機構組織香港文化代表團訪問臺灣，徐訏任團長。一九六一年至一九六二年應時任新加坡南洋大學校長的林語堂之邀，在該校任教。一九六三年任香港《新民報》副刊主編，兼新亞書院中文系講師。一九六八年創辦《筆端》。一九六九年任香港浸會學院中文系兼任講師，翌年任該系主任。一九七五年組織英文筆會。一九七六年創辦《七藝》。一九八〇年從香港浸會學院文學院院長任上退休。同年在香港逝世。作品包括小說、新詩、散文、文學及政治評論，數量可觀。一九五〇年代在香港發表的作品見於《星島日報》、《星島周報》、《幽默》、《今日世界》、《熱風》、《祖國周刊》、《六十年代》、《文藝新潮》、《論語》等報刊。期間除了重新出版內地的作品集外，全新的散文集有《傳薪集》（香港：創墾出版社，一九五三年）、《傳杯集》（香港：友聯書報發行公司發行，一九五三年）。

望　雲（約一九一〇——一九五九）

本名張文炳。早年筆名張吻冰。生於香港。曾就讀於香港聖約瑟書院。一九二九年與謝晨光、侶倫、岑卓雲（平可）、黃谷柳、陳靈谷等組織香港第一個新文學團體「島上社」，在香港《大同日報》上設「島上」文藝副刊，任主編，並在島上社創辦的文藝刊物《鐵馬》、《島上》發表小說。抗戰期間曾從事電影編導，一九三九年以筆名望雲撰寫連載小說《黑俠》，成為廣受歡迎的流行小說家。一九四一年《黑俠》拍成電影，非常賣座。香港淪陷期間居於內地，曾在桂林《廣西日報》經理部工作。戰後回港，繼續以望雲為筆名寫作。一九五〇年代在香港發表的作品以小說為主，見於《星島日報》、《香港時報》、《星島周報》、《茶點》、《文藝世紀》等報刊。散文結集為《星下談　第二輯》（香港：東方出版社，一九五三年）。

百　木（力　匡）（一九二七—一九九一）

本名鄭健柏。另有筆名力匡、文植。廣東文昌人。生於廣州。抗戰開始後從廣東來香港，曾在香江中學就讀。一九五二年畢業於廣州中山大學歷史系，再度來香港，任中學教師、圖書館主任，兼《人人文學》編輯。一九五五年任《海瀾》主編，並參與籌組「香港中國筆會」。一九五八年赴新加坡，任中學教職。一九九一年在新加坡逝世。一九五〇年代在香港發表的散文、新詩、小說見於《星島晚報》、《自由陣線》、《人人文學》、《中國學生周報》、《大學生活》、《海瀾》等報刊。期間出版的散文集有《北窗集》（香港：人人出版社一九五三年七月香港）。

夏侯無忌（齊　桓）（一九三〇—二〇一八）

本名孫述憲。另有筆名齊桓、宣子、維摩等。廣東中山人。生於廣州。抗戰時來香港讀小學，曾在黃慶雲所編的《新兒童》第一屆徵文比賽中獲獎。香港淪陷前回到內地，先後就讀南開大學、嶺南大學。一九五〇年再來香港。歷任《人生》編輯、人人出版社總編輯，負責編印《人人文叢》、主編《人人文學》。一九五五年參與籌組「香港中國筆會」。一九六〇年代任《紐約時報》及美聯社駐港記者。一九六八年世界中文報業協會成立，出任總幹事至一九七四年。一九七一年參與創辦香港翻譯學會，並曾任會長。後移居美國，在美國逝世。一九五〇年代發表的作品包括散文、新詩、小說、文藝評論、翻譯等，見於《人生》、《星島周報》、《文壇》、《人人文學》、《中國學生周報》、《祖國周刊》、《文學世界》、《大學生活》、《海瀾》、《文藝新潮》、《論語》、《展望》等刊物。其弟費立亦有作品收入本書。

今聖歎（一九一六—一九九七）

本名程綏楚，字靖宇。另有筆名丁世五、一言堂、夏迎春等。湖南衡陽人。在北平就讀中學時，曾到北京大學大旁聽胡適講課，並認識陳衡哲、冰心、周作人等文學家。一九三七年報考北大清華入學試後，「七七事變」發生，考試取消，北平淪陷，與清華師友南下。一九三八年在長沙臨時大學以借讀生資格入讀生物系。長沙臨時大學遷往昆明，易名為西南聯合大學，今聖歎經香港、越南前往會合，改入歷史學系。二戰結束後北返，任教於天津南開大學，開始發表作品。一九四八年底由天津到香港，初期任教中學，公餘寫作。獲《新生晚報》副刊主編高雄賞識，開設專欄，以今聖歎及多個筆名撰寫怪論、散文。一九五一年崇基學院創校，為最早期教師之一，其後離開，先後在聯合書院、新亞書院短期兼課，又一度重返中學，最後專職寫作。一九五〇年代在香港發表的作品見於《星島日報》、《新生晚報》、《香港工商日報》、《香港工商晚報》、《香港時報》、《真報》、《星島周報》、《熱風》等報刊。

易君左（一八九九—一九七二）

本名易家鉞，字君左，號敬齋。筆名康甸父、意園等。湖南漢壽人。父易順鼎（字實甫）為近代著名詩人。辛亥革命後，父親在北京供職，易君左隨母親北上團聚，其後考入北京大學。大學畢業後，赴日本早稻田大學修讀政治經濟。一九一八年在日本創辦華瀛通訊社，宣傳反日救國。「五四運動」後參加「少年中國學會」、「文學研究會」等團體。一九二三年早稻田大學畢業，回國後任教於上海中國公學，並在泰東圖書局兼任編輯，與郭沫若、成仿吾、郁達夫等共事。一九二四年加入國民黨。一九三一年任安徽大學教授。一九三八年在重慶軍委會總政治部編審室、中央文化運動委員會、全國作家協會等單位任職。抗戰勝利後，任上海《和平日報》副社長，兼編副刊。一九四七年調任蘭州《和平日報》社長。一九四九年初辭職回上海，創辦《新希望》。同年五月，上海政權易手，赴臺灣繼續出版《新希望》。一九五〇年到香港，最初與左舜生等合資經營小商店，不久虧損倒閉。一九五一年，任《星島日報》副刊編輯、《星島周報》編輯委員。一九五二年任美國在香港成立的「救助中國流亡知識份子協會」編譯所文藝組主任，負責出版反共文藝書刊，及舉辦有獎徵文比賽。一九五四年復刊《新希望》。一九五五年參與籌組「香港中國筆會」。由一九五六年起，多次到曼谷、新馬舉行詩書畫展銷。一九五九年，任教香港浸會學院。一九六七年赴臺灣定居。一九七二年在臺灣病逝。作品包括舊體詩詞、散文、小說、傳記、學術論著等，數量可觀。一九五〇年代發表的舊體詩、散文、小說見於香港的《星島日報》、《星島晚報》、《自由陣線》、《天文台》、《星島周報》、《幽默》、《今日世界》、《小說月報》、《祖國周刊》、《文學世界》、《新希望》、《大學生活》，臺灣的《暢流》等報刊。期間出版的散文集包括《祖國江山戀》（香港：自由出版社，一九五三年）、《君左散文選》（香港：大公書局，一九五三年十月）、《偉大的青海盡頭》（香港：友聯出版社，一九五四年四月）、《祖國山河（君左遊記選）》（香港：亞洲出版社，一九五四年十二月）、《香港心影》（香港：大公書局，一九五四年）、《迴夢三十年》（新加坡、香港：創墾出版社，一九五四年十月）、《祖國江山戀續集》（香港：自由出版社，一九五四年二月）等。

蕭　聞（張贛萍）（一九二〇——一九七一）

本名張振之。另有筆名張贛萍、張海山、海山、張帆等。江西萍鄉人。長沙中學畢業後，考入中央軍校武岡第二分校第十七期，曾參與抗日及國共內戰。約在一九五〇年來香港，以投稿散文、小說為生，曾兼任苦力，後為《萬人雜誌》編輯、《快報》內勤記者等。又為「香港中國筆會」會員。一九五〇年代在香港發表的散文見於《香港時報》、《文壇》等報刊。

易　文（一九二〇——一九七八）

本名楊彥岐。另有筆名諸葛郎、辛梵、晏文都、楊望年等。江蘇吳江人。生於北京，後隨父母遷居上海。畢業於上海聖約翰大學，主修政治。一九四〇年自上海來香港，合辦小型日報《時報》，後任職《星島日報》、《大公報》。一九四二年返回內地，先後在重慶任英國大使館新聞處中文編輯、《掃蕩報》資料室編譯及編輯組長編輯，在上海任《和平日報》總編輯，並出版散文集及短篇小說集。一九四八年到臺灣。一九四九年來香港，任《香港時報》編輯，主編文學副刊「淺水灣」，並創作小說、編寫劇本、執導電影、填寫流行曲詞、翻譯。一九五三年由報業轉向電影業，接受國民黨邀請，參與創立「港九電影從業人員自由工會」（自由總會）。一九五六年起，先後在電影懋業有限公司、國泰機構（香港）有限公司、邵氏兄弟（香港）有限公司出任編導及宣傳經理，為五、六十年代重要的導演。又為「香港中國筆會」會員。一九七八年在香港病逝。一九五〇年代在香港發表的散文、小說、新詩見於《星島日報》、《星島晚報》、《星島周報》、《中國學生周報》、《西點》、《熱風》、《文藝新潮》、《文藝新地》等報刊。

桑簡流（一九二一——二〇〇七）

本名水建彤。四川潼川人。自幼依外祖父藏書家傅增湘而住，熟悉傳統目錄版本之學。畢業於上海聖約翰大學，主修歷史及國際法。早年有散文、翻譯發表於上海《人世間》、《西風》、《宇宙風》等刊物。一九四三年起任國民政府駐新疆外交人員，最初負責翻譯電碼，後來為新疆外交事務實際負責人，期間發現了八千多卷由光緒年間到民國時代的外交密檔，又曾出使蘇聯哈薩克斯坦共和國。一九五〇年代居於香港。一九五五年參與籌組「香港中國筆會」。一九五六、一九五七年兩次代表「香港中國筆會」參加在倫敦及東京舉行的國際筆會年會。一九六〇年代初曾在崇基學院中文系兼職授課，不久移居英國，任職英國廣播公司（BBC）

電台中文部，直至退休。一九五〇年代在香港發表的散文、小說、翻譯見於《今日世界》、《人人文學》、《熱風》、《文學世界》、《文藝新潮》等刊物。期間出版的散文集有《西遊散墨》（香港：珍珠出版社，一九五八年七月）。

彭成慧（一九一一——一九九四）

本名彭成慧。另有筆名靜遠。廣東陸豐人。一九三一年畢業於上海暨南大學西洋文學系。一九三〇年代曾在廣州、新會任教師，並在上海出版散文集及譯作集。其後在香港德明中學任英文教師。香港淪陷期間返回家鄉。一九四九年與兄弟再到香港，在新界沙田開設餐館楓林小館，一九六四年在沙田再開設兼可住宿的餐館雍雅山房，皆頗受文化、演藝人士歡迎。公餘寫作小說、散文。一九五七年底接替徐訏，與陸海安共同主編《幽默》。後移居美國。一九五〇年代在香港發表的散文見於《星島日報》、《幽默》、《熱風》、《論語》等刊物。期間出版的散文集有《山城之夢》（香港：創墾出版社，一九五四年），又以筆名靜遠在馬來亞出版《做人藝術》（馬來亞：馬來亞出版社有限公司，一九五三年）。

南　木（羅吟圃）（一九〇九——二〇〇〇）

生平資料不詳。從作品中得知成長於內地，到過歐洲。本名羅吟圃，廣東梅州人。一九二〇年代與馮瘦菊等在汕頭創辦文社火燄社，後留學德國、法國，一九三〇年代任翁照垣將軍秘書。一九三八年在香港《星報》任職，一九四一年香港淪陷後離開。一九四九年由上海再來香港。一九五二年任香港《中南日報》總主筆，一九五〇年代中期曾任香港《中聲晚報》編輯。一九五五年參與籌組「香港中國筆會」。一九七〇年代初移居美國。一九五〇年代在香港發表的散文、小說、新詩見於《熱風》、《文學世界》、《海瀾》、《文藝新潮》。著有《中國二十故事》

（與齊桓合著，香港：亞洲出版社，一九五八年）、《中國五十軼事》（與齊桓合著，香港：亞洲出版社，一九五九年）。

路易士（李雨生）（生卒年不詳）

本名李雨生。另有筆名白丁。一九五〇年代初，在香港開始以寫作為業，主要是連載小說，也有文藝隨筆及文學作品翻譯。曾參與《幽默》、《文藝新地》、《論語》等刊物的編務。一九六四年主編《水星》月刊。其後赴倫敦，入英國廣播公司（BBC）工作。離開英國廣播公司後，在倫敦開設印刷所。一九五〇年代在香港發表的散文、小說見於《新生晚報》、《自由陣線》、《人生》、《人人文學》、《西點》、《新青年》、《熱風》、《論語》等報刊。

蕭遙天（一九一三——一九九〇）

本名蕭建中，又名蕭永儀，字公畏、遙天，號薑園。潮陽棉城人。一九三二年考入上海美術專科學校國畫科。一九四九年來香港。曾主編南國出版社的「南國文藝叢書」。一九五三年赴馬來亞，任教於鍾靈中學，並主理海濱書屋北馬分部。一九六〇年升為華文主任。一九六一年左右創辦《教與學》。一九六七年退休。作品包括散文、小說、舊體詩、學術論著等，赴馬來亞之後仍有作品在香港發表、出版。一九五〇年代發表的散文見於香港的《人生》、《幽默》、《熱風》、《文藝新地》，及新馬的《南洋商報》、《蕉風》等報刊。期間出版的散文集有《東西談》（香港：南國出版社，一九五四年）、《食風樓隨筆》（吉隆坡：蕉風出版社，一九五七年）

燕歸來（一九二八—二〇一八）

本名邱然，Maria Yen。另有筆名燕雲。江西寧都人。生於北京。父親邱椿為西南聯合大學、北京大學教授。一九四七年就讀於北京大學西洋語文學系。一九五〇年代初與陳濯生、胡越（司馬長風）、徐東濱等創辦香港「友聯社」，曾任友聯出版社秘書長、友聯研究所所長，主責與「亞洲基金會」接洽。一九五五年受「國際筆會」委託，在香港組織「國際筆會香港中國筆會」。第一屆會員大會選出黃天石（傑克）為會長，燕歸來為義務秘書。一九五〇年代中期居於馬來亞，在當地的友聯機構任職。一九六七年離開友聯機構，短暫任職於香港中文大學。後赴德國深造。獲哲學博士學位後，在瑞士蘇黎世大學任教。一九五〇年代在香港發表的散文、新詩見於《星島日報》、《香港時報》、《中國學生周報》、《祖國周刊》、《文學世界》、《大學生活》等報刊。期間出版的散文集有《謝謝你們：雲、海、山》（香港：友聯出版社，一九五二年）、《梅韻》（香港：中國學生周報，一九五四年）。

曹聚仁（一九〇〇—一九七二）

本名曹聚仁，字挺岫，號聽濤。另有筆名丁舟、陳思、丁秀、橄生、沁園、土老兒、趙天一、彭觀清等。浙江浦江人。一九一五年考入浙江省立第一師範學校預科，翌年升入本科，老師有夏丏尊、朱自清等。一九一九年受「五四運動」影響，參加學潮，創辦《浙江新潮》。一九二一年畢業後到上海任小學教師，在《民國日報》開始發表作品。一九二三年獲上海藝術專科學院聘為國文教授，後歷任暨南大學、復旦大學教授。一九二七年魯迅至暨南大學演講，開始與魯迅交往。一九三一年創辦《濤聲》。一九三五年與徐懋庸合辦《芒種》。一九三七年辭去教職，轉作戰地記者，為各報撰寫通訊。一九三九年採訪時任軍事委員會政治部副部長的周恩來。一九四二年應蔣經國之邀，主持《正氣日報》，一年後離去。一九四四年入《前線日報》工作。抗戰勝利後，仍在《前線日報》工作，並以特派記者名義為香港《星島日報》、福州《星閩日報》撰稿。一九五〇年由上海到香港。最初在《星島日報》撰寫專欄，評論時局，引起左右兩派的批評。一九五二年與徐訏等合組創墾出版社。一九五三年離開《星島日報》，任新加坡《南洋商報》駐港記者。一九五六年起，多次應邀回內地採訪或參加慶典，獲毛澤東、周恩來接見。一九五九年與林靄民合辦《循環日報》、《循環午報》、《循環晚報》，任總主筆。三報不久因銷情不佳合併為《正午報》。曹聚仁來香港後以在報刊撰文維持生計，作品種類、數量皆多，包括雜文隨筆、歷史掌故、回憶錄、採訪記、專題論著、小說等。在香港發表的作品見於《星島日報》、《新生晚報》、《文匯報》、《真報》、《星島周報》、《熱風》、《文藝新潮》、《鄉土》、《文藝世紀》等報刊。期間出版的散文集包括《火網塵痕錄》（檳城：馬來亞週刊出版社，一九五三年；後易名為《文壇三憶》，香港：創墾出版社，一九五四年）、《書林新語》（香港：遠東圖書公司，一九五四年十月）、《魚龍集》（香港：激流書店，一九五四年）、《山水　思想　人物》（香港：香港開源書店，一九五六年九月）、《北行小語》（香港：三育圖書文具公司，一九五七年）等。

唐君毅（一九〇九——一九七八）

四川宜賓人。一九二六年考入北京大學哲學系，後轉往南京中央大學哲學系。畢業翌年任南京中央大學助教，開始發表哲學論文。抗戰時期在成都華西大學，及成都、成公、天府、蜀華等中學任教，參與創辦《重光月刊》，鼓吹抗戰。一九四〇年重返中央大學哲學系，翌年創辦《理想與文化》。一九四九年與錢穆應華僑大學之邀赴廣州講學，因感時局不穩，轉到香港。同年與錢穆、張丕介等創辦亞洲文商夜學院，後改組為新亞書院，任哲學系教授，先後兼系主任、教務長等職。一九五八年與張君勱、牟宗三、徐復觀聯名發表新儒家重要宣言〈中國文化與世界〉。一九七四年退休。一九七五年應邀往臺灣大學講學八個月。一九七八年因病在香港去世，葬於臺灣。唐君毅是哲學家，所撰以學術著作為主，但也有較為平易、面向青年讀者的散文。一九五〇年代發表於香港的這類散文見於《人生》、《中國學生周報》、《祖國周刊》等刊物。

梁羽生（一九二四——二〇〇九）

本名陳文統。另有筆名陳魯、馮瑜寧、梁慧如等。廣西蒙山人。自幼從外祖父學習古文和舊體詩詞。抗戰時期在桂林中學讀高中，對新文藝產生興趣，開始向報紙投稿。一九四五年考入廣州嶺南大學經濟系。一九四九年到香港，在《大公報》任翻譯。翌年轉任副刊編輯。一九五一、一九五二年兼任私立南方學院講師，講授中國近代經濟史。一九五四年開始寫作武俠小說，在《新晚報》連載《龍虎鬥京華》。除武俠小說外，還有文藝隨筆、歷史小品，作為面向青年的文化教育、宣傳讀物。一九五六年與金庸及百劍堂主（陳凡）在《大公報》合寫《三劍樓隨筆》專欄。此後長期在香港、新加坡各地報刊發表散文、小說。一九八〇年代移居澳洲，後在悉尼逝世。一九五〇年代在香港發表的散文見於《大公報》、《文匯報》、《新晚報》等。期間出版的散文集包括《中國歷史新話》（署名梁慧如，香港：自學出版社，一九五六年六月）、《文藝雜談》（署名馮瑜寧，香港：自學出版社，一九五五年七月）、《三劍樓隨筆》（與百劍堂主、金庸合著，香港：文宗出版社，一九五七年五月）等。

阿甲（陳凡、百劍堂主）（一九一五——一九九七）

本名陳凡，字百庸。另有筆名百劍堂主、周為、夏初臨、南鄙人、徐克弱等。廣東三水人。畢業於三水縣立中學附設初級師範班。一九三九年進入「國際新聞通訊社」工作，一九四一年廣西桂林《大公報》創刊，加入成為記者。一九四五年任廣州特派員。一九四九年十月到香港。歷任香港《大公報》港聞課主任、副刊課主任、副編輯主任、副總編輯，直至退休。作品包括散文、報告文學、新詩、舊詩及武俠小說，一九五〇年代發表於香港《大公報》、《文匯報》、《鄉土》、《文藝世紀》等報刊。期間出版的散文集有《抒情小品》（香港：晨風出版社，一九五五年十一月）、《三劍樓隨筆》（署名百劍堂主，與梁羽生、金庸合著，香港：文宗出版社，一九五七年五月）等。

李　素（一九一〇——一九八六）

本名李素英。另有筆名李琤琮、絅兮。廣東梅縣人。幼年到香港。後就讀於廣州真光小學、上海聖瑪利亞女校、燕京大學等校，受教於錢穆、冰心。大學畢業後獲獎學金在原校修讀碩士課程。其後在南京、梅縣兩地任教職。抗戰前在上海《論語》、《宇宙風》等刊物發表作品。一九四一年往重慶，在「新生活運動促進總會」工作，協助冰心、李曼瑰編輯《婦女新運月刊》。其後轉入國民政府社會部研究室任專員。一九四五年隨丈夫曾特赴中國駐捷克大使館一等秘書任。一九五〇年回香港，任教培道中學，同時在報刊撰稿。一九五六年入新亞書院圖書館工作，直至退休。一九八〇年移居美國。散文、新詩及外國作品中譯數量頗多，一九五〇年代在香港發表的詩文見於《自由人》、《中國學生周報》、《中學生雜誌》、《新亞生活》、《文學世界》、《大學生活》、《海瀾》等。期間出版的散文集有《被剖》（香港：人生出版社，一九五五年）。

思　果（一九一八——二〇〇四）

本名蔡濯堂。另有筆名方紀谷、蔡思果等。江蘇鎮江人。初中一年級輟學。十七歲開始工作，任職中國銀行十六年，由支行練習生晉升至總行國外部人事主任。一九四〇年代初開始投稿江西《正氣日報》。抗戰勝利後，在上海《前線日報》、《金融日報》、《論語》等報刊皆有散文、翻譯發表。一九四九年由上海到香港。初期在商行任秘書、會計，公餘翻譯書籍。其後歷任香港工業總會、香港科學管理協會、《讀者文摘》中文版編輯。又為「香港中國筆會」會員。一九八七年獲香港翻譯學會榮譽會士銜。一九七一年移居美國。一九七七年至一九八一年間重回香港，任香港聖神神學哲學院中文教授、香港中文大學翻譯中心研究員。一九九一及一九九六年再次短期回香港工作。作品以散文為主，有少量新詩。另有外國文學中譯及翻譯論著。一九五〇年代在香港發表的散文見於《人生》、《文學世界》、《大學生活》、《海瀾》、《文藝新潮》、《論語》、《出版月刊》等。期間出版的散文集有《私念》（香港：亞洲出版社，一九五六年）、《沉思錄》（台北：光啟出版社，一九五七年九月）、《藝術家肖像》（香港：亞洲出版社，一九五九年六月）。

唐　舟（一九二八—？）

本名湯孟明。婆羅洲華僑。祖籍廣東蕉嶺。一九四五年入讀西南聯合大學歷史系，翌年西南聯大結束，轉入清華大學歷史系，來香港後轉入香港大學。一九五〇年代在香港發表的散文、小說、評論見於《西點》、《文藝新潮》。

徐　速（一九二四—一九八一）

本名徐斌，字直平。一說本名徐質平。曾與慕容羽軍合用筆名王先生。江蘇宿遷人。在家鄉上學至初中。抗戰爆發，投考中央陸軍軍官學校砲科。畢業後出任青年遠征軍參謀。抗戰勝利後隨軍進駐北平，在北京大學中文系旁聽文學課程，參與創辦《新大陸》月刊，發表第一篇小說。一九五〇年到香港，任自由出版社編輯，並在《自由陣線》發表連載小說。其中《星星．月亮．太陽》後來由電懋公司拍成電影。一九五一年與余英時等創辦高原出版社，主要出版文藝書刊。一九五二年擔任《人人文學》編委。一九五五年創辦《海瀾》，並參與籌組「香港中國筆會」。一九五六年創辦《少年旬刊》。一九六五年創辦《當代文藝》，舉辦文藝函授班。一九六九至一九七一年間，任教珠海書院，講授中國新文學史及創作研究。一九八一年在香港病逝。一九五〇年代的作品以小說為主，也有散文和新詩，發表於《自由陣線》、《文壇》、《今日世界》、《人人文學》、《中國學生周報》、《祖國周刊》、《文學世界》、《大學生活》、《海瀾》等刊物。

岳心（徐東濱）（一九二七—一九九五）

本名徐東濱。另有筆名岳非昨、岳中石、蕭獨、藕芽生、吳拾桐等。湖北恩施人。生於北京。曾就讀昆明西南聯合大學外文系，後加入昆明軍委會外事局譯員訓練班。一九四五年任該局三級翻譯員。一九四六年在北京大學西方語文學系繼續課程。畢業前一年（一九四九年）來香港。在香港曾任「民主中國青年大同盟」主席、《自由陣線》周刊助理編輯，與陳濯生、胡越（司馬長風）、邱然（燕歸來）等創辦「友聯社」，歷任友聯出版社秘書長、總編輯、社長，友聯研究所所長，與友聯的關係持續至一九八九年居美國之前。一九五五年參與籌組「香港中國筆會」。一九六〇年代起，任《星島日報》主筆、*TIME* 雜誌《時代叢書》總編輯、《明報》總主筆等。作品包括散文、新詩、小說、戲劇、評論等。一九五〇年代在香港發表的散文見於《中國學生周報》、《祖國周刊》、《大學生活》、《海瀾》等刊物。

司明（一九一八—二〇〇五）

本名馮元祥。另有筆名馮鳳三、鳳三、馮蘅、司徒明、梅霞、林達等。浙江寧波人。生於上海。大學畢業後，在父親的棉布號工作，業餘為上海《影舞新聞》無償撰稿。後轉為全職寫作，在《萬象月刊》、《立報》、《劇影日報》等小型報發表連載小說及隨筆，並曾出版單行本，自言為上海最多產的文人。一九五〇年來港，以寫作為業，作品包括長短篇小說及散文，又撰寫歌詞及電影劇本。司明是是職業作家，每日可寫萬字，又創造了「爬格子動物」、「吃稿紙老虎」等名詞，一九八〇年代後期才告減產。一九五〇年代在香港發表的散文、小說見於《新生晚報》、《香港時報》、《羅賓漢》、《小說月報》等。

葉靈鳳（一九〇五——一九七五）

本名葉蘊璞。筆名甚多，在香港較常使用的有葉林豐、林豐、白門秋生、秋生、任訶、秦靜聞、霜崖、懷霜、老 等。江蘇南京人。上海美術專門學校肄業。一九二五年加入「創造社」，參與編輯該社《洪水》半月刊，並發表散文、小說。一九二六年組織文學團體「幻社」，與潘漢年合編《幻洲》。一九三〇年加入「中國左翼作家聯盟」，翌年遭開除。一九三七年參加《救亡日報》工作，後隨該報遷到廣州，常來往穗港兩地。一九三八年廣州失陷時適在香港，從此定居香港。先後參與《立報》、《星島日報》、《大眾周刊》、《時事周報》、《新東亞》、《萬人週刊》、《星島周報》等報刊的編務。其中《大眾周刊》、《時事周報》、《新東亞》都是香港淪陷時期具日本背景的刊物，葉靈鳳的參與後來引起長期爭議。一九四七年至一九七三年任《星島日報．星座》編輯，期間兼編《星島日報》的「香港史地」、「藝苑」副刊。一九七五年在香港逝世。葉靈鳳早年寫小說，畫插畫，一九三〇年代起寫散文隨筆，以古今圖書、中外文藝、民俗博物等方面的廣博知識馳名，也翻譯西方作品，定居香港後以多個筆名發表大量隨筆散文及譯作。一九五〇年代在香港發表的作品見於《星島日報》、《文匯報》、《新晚報》、《星島周報》、《文藝新潮》、《鄉土》、《文藝世紀》等報刊，其中以香港史地、動植物為題材的系列最受注意，部分文章當時已結集為《香港方物志》（署名葉林豐，香港：中華書局，一九五八年）。

高伯雨（一九〇六——一九九二）

本名高貞白，又名高秉蔭，別號伯雨。另有筆名金城、林熙、高適、溫大雅、秦仲龢、聽雨樓主等。廣東澄海人。生於香港。早年就讀於家鄉和廣州的書塾及新式小學、中學。一九二八年赴英國，本擬攻讀英國文學，其後興趣轉變，專注於中國文史掌故。一九三一年至一九三四年先後在上海中國銀行經濟研究室、南京國民政府外交部任職。其後又隨溥心畬習書畫。一九三七年「七七事變」後赴香港。一九四四年暫居澳門，至一九四五年底重回香港。高伯雨長居香港後主要以寫作為業，所撰掌故文章以資料精確見稱。一九五〇年代在香港的《新生晚報》、《大公報》、《香港時報》、《熱風》、《新希望》、《文藝世紀》，新加坡的《南洋商報》，曼谷的《中原報》等報刊皆有發表。期間出版的著作有《聽雨樓雜筆》（香港：創墾出版社，一九五六年八月）、《中國歷史文物趣談》（署名高貞白，香港：上海出版社，一九五七年十二月）、《讀小說劄記——「水滸」和「二十年目覩之怪現狀」索隱》（香港：香港上海書局，一九五七年八月）。

沙千夢（一九一九——一九九二）

本名謝師孟。江蘇宜興人。青年時代在蘇州受教育。抗戰爆發後曾流徙於中國西南部，期間到過越南河內。一九三九年在上海從事文學工作。一九四八年冬由上海到香港，以寫作為業。翌年與《香港時報》主筆、亞洲出版社總編輯黃震遐結婚。一九五三年出版的長篇小說《長巷》由導演卜萬蒼改編為電影，一九五六年首映，奪得第二屆東南亞電影節最佳電影劇本獎。另曾任「香港中國筆會」理事。一九七四年黃震遐病逝後與子女赴加拿大定居。一九九二年在加拿大逝世。一九五〇年代在香港發表的小說、散文見於《香港時報》、《文藝新潮》等報刊。期間出版的散文集有《有情世界》（香港：亞洲出版社，一九五六年九月）。

費　立（一九三四—　）

本名孫述宇。另有筆名費力、宣仲弘。廣東中山人。生於廣州。童年時因戰亂流轉於廣東、香港、重慶、柳州等地。一九五一年入讀清華大學物理系，翌年因院系調整而轉到北京大學。當時家人已移居香港，一九五三年暑假來港探親，不再北返。一九五四年起入讀新亞書院外文系，期間投稿《人人文學》、《中國學生周報》、《海瀾》等刊物，並在《中國學生周報》兼職。一九五八年畢業後，轉為全職，成為《中國學生周報》、《大學生活》主要負責人。一九五九年赴美國耶魯大學深造，獲英國文學博士學位，歷任香港中文大學英文系、中文系、翻譯系講師及教授，美國愛荷華及臺灣中山大學、臺灣成功大學教授。又為「香港中國筆會」會員。現已退休，居於美國。作品包括散文、小說、學術論著等，一九五〇年代在香港發表的作品見於《人人文學》、《中國學生周報》、《文學世界》、《大學生活》、《海瀾》等刊物。其兄夏侯無忌亦有作品收入本書。

黃　崖（一九三二—一九九二）

本名黃崖。另有筆名黃隼、陸星、余聞、葉逢生、莊重等。福建廈門人。一九五〇年代初離開故鄉，曾居於澳門，約在一九五三年後移居香港，加入友聯出版社，歷任校對、《大學生活》編輯委員、《中國學生周報》副社長等，亦曾任職於國際圖書公司。又為「香港中國筆會」會員。一九五九年赴馬來西亞，任《學生周報》編輯。一九六〇年代主編《蕉風》月刊。一九六五年創辦《星報》，一九七五年開設印務局。一九八六年移居泰國。一九九二年在曼谷逝世。一九五〇年代在香港發表的小說、散文見於《人生》、《文壇》、《人人文學》、《中國學生周報》、《新青年》、《祖國周刊》、《文學世界》、《大學生活》、《海瀾》等刊物。

于肇怡（一九一七——一九六七）

本名于肇怡，另有筆名肇怡、蕭怡、余西堂、西堂。江蘇人。無錫國學專修學校畢業。一九五〇年代初來港，在報界工作，其後任觀察出版社社長。另曾任「香港中國筆會」理事。一九六七年在香港病逝。一九五〇年代在香港發表的散文、評論見於《人生》、《祖國周刊》、《論語》等。

施也可（陸　離）（一九三八——）

本名陸慶珍。另有筆名小離、小慶、文妤、陸蠻、綠離、房素娃、方斯華、范淑雅、沙茲堡等。廣東高要人。出生一個月後隨家人到香港。中學時期開始投稿至《人人文學》及其他青年雜誌。一九五八年入讀新亞書院中文系，加入《中國學生周報》任兼職編輯。畢業後轉為全職，曾負責英文版、電影版等，至一九七二年離任。其後參與《香港影話》、《文林月刊》、純一出版社、《香港時報》等的編輯工作，並在報紙撰寫專欄。一九五〇年代發表的小說、散文見於《人人文學》、《中國學生周報》、《大學生活》、《海瀾》等刊物。

陳君葆（一八九八——一九八二）

本名陳君葆，字厚基。另有筆名曉風、陳筱風、筱風等。廣東香山人。一九〇九年隨父移居香港，後入讀香港大學文學院，修讀政治經濟。一九二一年大學畢業後，應聘赴新加坡任華僑中學英文部主任，兩年後轉任馬來亞七州府視學官。一九三一年「九一八事變」後返回香港，一九三四年受聘於香港大學，任教翻譯課程，兩年後改任馮平山圖書館主任，兼文學院中國文史系教席，至一九五六年退休。抗戰期間參加「中華全國文藝界抗敵協會香港分會」、「中英文化協會香港分會」、「香港新文字學會」等。一九四七年以在香港淪陷期間盡力保護馮平山圖書館藏書及香港政府檔案，獲英國授予勳銜。同年為《華僑日報》創辦《學生週刊》副刊，任編輯至一九五一年該版結束。一九五〇年應邀參加廣東省人民代表會議，後出任廣東省政協委員、廣東省文聯委員。一九五一年起，多次帶領香港師生到內地參觀訪問，並曾獲總理周恩來接見。一九五〇年代在香港發表的作品包括散文、舊詩詞，見於《文匯報》、《新晚報》、《文藝生活》、《鄉土》、《文藝世紀》等報刊。

黃蒙田（一九一六——一九九七）

本名黃復生，後改為黃草予、黃茅。另有筆名戴文斯、復堂、裕園、漫客等。廣東台山人。一九三六年畢業於廣州市立美術專門學校西洋畫系。抗戰時參加政治部第三廳漫畫宣傳隊工作，到過廣東、廣西、湖南、湖北、四川、貴州等地。一九四五年定居香港。一九四七年參與創辦人間書屋，出版《人間文叢》、《人間譯叢》等書。一九四九年繼續在香港從事出版及寫作，先後主編《新中華畫報》、《海光文藝》、《美術家》等刊物，又為集古齋畫廊顧問，負責鑑定字畫。一九五〇年代在香港發表的散文多以美術、花木、時令等知識為題材，見於《大公報》、《文匯報》、《鄉土》、《文藝世紀》等報刊。期間出版的散文集包括《畫家與畫》（香港：上海書局，一九五七年一月）、《北遊記》（署名蒙田，香港：上海書局，一九五七年）、《美術雜記》（香港：上海書局，一九五九年四月）等。

馬朗（一九三三——　）

本名馬博良。另有筆名趙覽星、孟白蘭、孟朗、卜量等等。祖籍廣東中山，兩代前已經移居美國，在中、美兩地營商。父親響應孫中山號召，回中國參與革命。馬朗生於澳門，幼年在美國、香港等地受教育，畢業於上海聖約翰大學。一九四〇年代開始在上海參與文藝活動，發表作品及編輯報刊，包括《社會日報》、《文潮月刊》、《水銀燈》等，並出版個人小說集、詩集。一九五〇年代初再到香港，最初以寫作、改編電影劇本、編輯電影及娛樂雜誌為業，後考進香港政府成為公務員，曾任法庭主控官。一九五六年創辦《文藝新潮》，廣泛譯介歐美現代作品，提倡現代主義文藝，視野開闊，並培養了一批年輕世代的作者。一九六〇年代回美國定居，在喬治城大學深造，改業外交官。一九八〇年代奉派回香港工作。現已退休，居於美國，偶爾發表飲食評論。創作方面，以新詩最著，次為小說，散文題材橫跨雅俗，也見特色。一九五〇年代在香港發表的散文及譯介見於《彩虹》、《七彩週報》、《西點》、《文藝新潮》、《論語》等刊物。

金　庸（一九二四—二〇一八）

本名查良鏞。另有筆名林歡、姚馥蘭、姚嘉衣等。浙江海寧人。抗戰後期考入重慶中央政治學校外交系，未畢業即離校。後在中央圖書館閱覽組工作。至抗戰勝利，入杭州《東南日報》擔任外勤記者。一九四六年轉往上海東吳法學院插班修習國際法。同年秋任上海《大公報》國際電訊翻譯。一九四八年，香港《大公報》復刊，奉派來港工作。一九四九年十一月在香港《大公報》發表第一篇國際法論文，此後接連發表同類文章。一九五二年，《大公報》旗下的《新晚報》創刊，任該報副刊編輯，以姚馥蘭、林歡等筆名撰寫影評。此外，也寫電影劇本。一九五五年，第一部武俠小說《書劍恩仇錄》在《新晚報》連載，此後十餘年間陸續寫出十多部作品，成為譽滿全球的武俠小說家。一九五六年與梁羽生、百劍堂主（陳凡）在《大公報》合寫《三劍樓隨筆》專欄。一九五七年離開《大公報》，進入長城電影製片有限公司，以筆名林歡撰寫劇本，並為電影插曲填詞。一九五九年辭職與沈寶新合作創辦《明報》，出任總編輯兼社長，撰寫社論及武俠小說。一九六六年，創辦《明報月刊》。一九六七年分別在馬來西亞和新加坡創辦《新明日報》。同年又在香港創辦《明報周刊》。一九八九年辭去《明報》社長職務，一九九四年初正式退休。此外，在一九八五至一九八九年間任香港特別行政區基本法起草委員會委員，兼政制小組召集人。二〇一八年在香港逝世。一九五〇年代在香港發表的散文見於《大公報》、《文匯報》、《新晚報》等。期間出版的散文集有《三劍樓隨筆》（與百劍堂主、梁羽生合著，香港：文宗出版社，一九五七年五月）。

衛林（李維陵）（一九二〇——二〇一〇）

本名李國樑，字維陵。另有筆名唯陵、李唯陵等。廣東增城人。生於澳門。一九三五年來香港，就讀華僑中學。一九四一年赴重慶升讀中央政治學校，主修經濟行政。一九四五年畢業後任職財政部關務署，抗戰勝利後奉派至南京工作。一九四八年冬返回香港，從事寫作、繪畫及美術教育。一九五六年英國文化協會主辦李維陵個人畫展。一九五七年任教於聯合書院。一九五九年任職香港教育司署，並獲港督任命為購藏本港畫家作品顧問。一九五九年至一九七七年任教於葛量洪教育學院美術系。一九八二年移居加拿大。一九五〇年代在香港發表的散文、小說及評論見於《熱風》、《海瀾》、《文藝新潮》、《論語》等刊物。另為《香港時報》、《星島日報》、《今日世界》等報刊繪畫插圖，其中不少以香港各處風貌為題材，有畫集傳世。

左舜生（一八九三——一九六九）

本名左學訓，字舜生，號仲平。另有筆名仲平、阿斗、黑頭等。湖南長沙人。一九一二年入長沙縣立師範學校，同年秋季轉入外國語專門學校。一九一三年夏赴上海，就讀震旦學院，認識曾琦、李璜等同學。畢業後在南京任教師，參與發起「少年中國學會」。「五四運動」

時，協助到南京組織罷課的北京大學學生聯絡各大學。一九二〇年往上海，加入中華書局編譯所，任新書部主任，並主編《少年中國》、《少年世界》。一九二六年由中華書局資助留學法國巴黎。翌年返國。一九三二年「一二八」事變後，辭去中華書局職務，在復旦大學、大夏大學兼課，主辦《申江日報》，主張對日抗戰，與張學良、吳佩孚、章太炎、蔣介石等皆有接觸。一九三五年應邀至南京中央政治學校任教。早在一九二二年，曾琦發起組織中國青年黨，左舜生即已加入，此時又獲推為青年黨中央執行委員會委員長。抗戰期間，與張君勱、梁漱溟等合組「中國民主政團同盟」，其後以中國共產黨滲透「同盟」為由與青年黨全體退出。一九四七年任國民政府農林部部長，並當選第一屆國民大會代表。一九四九年由上海赴臺灣，九月轉來香港定居。曾與易君左合資經營小商店，以失敗告終。又籌辦《自由陣線》，被視為屬於「第三勢力」的政治陣營。一九五二年任美國在香港成立的「救助中國流亡知識份子協會」編譯所社會組組長。一九五五年參與籌組「香港中國筆會」。一九五七年起任教於新亞書院，講授史學。一九五八年創辦《聯合評論》。一九六九年赴臺灣，任總統府國策顧問，同年病逝。

左舜生早年創作新詩，作品入選朱自清編《中國新文學大系．詩集》。一九五〇年代在香港發表的政治評論及關於近代人事的筆記見於《香港時報》、《自由陣線》、《自由人》、《祖國周刊》、《新希望》、《大學生活》等，期間結集成書的有《中國現代名人軼事》（香港：自由出版社，一九五一年）、《近三十年見聞雜記》（香港：自由出版社，一九五二年）、《萬竹樓隨筆》（香港：自由出版社，一九五三年初版、一九五七年新版）等。

夏　果（一九一五——一九八五）

本名源克平。另有筆名龍韻。廣東高鶴人。一九三七年畢業於廣州市立美術專科學校。在廣州《民族日報》開始發表新詩。經常來香港，住在經營瓷器廠的叔父家中。抗戰期間曾在廣西南部文工團工作。一九四五年底開始長居香港。初期在中環開設首飾店，一九五七年任《文藝世紀》主編。此外，也是美術設計師，擅長書刊裝幀。一九五〇年代在香港發表的散文和新詩見於《文匯報》、《鄉土》、《文藝世紀》等報刊。

端木青（一九一七—）

本名侯北人。另有筆名北子。生於遼寧海城。自幼習國畫，曾就讀於北京師範大學。約在一九三九年獲獎學金赴日本九州帝國大學修讀社會學，一說學習中日文化關係，期間曾回北京短暫受教於黃賓虹。一九四三年畢業回國，在重慶國際問題研究所任研究員，專責翻譯日本文字材料。一九四五年任職外交部。二戰結束後在國民黨旗下上海《再生》雜誌任編輯。一九四六年底參與《中華民國憲法草案》修訂，並任立法委員。一九四七年辭職往北京，轉為全職藝術家。一九四八年到香港。曾負責編輯《自由陣線》文藝版，並結識國畫大師張大千。一九五六年以難民身份舉家移居美國，以創作及教授中國畫為業，多次在各地舉行畫展，為國際知名的潑墨山水畫家。一九五〇年代在香港發表散文、日本政治經濟評論，見於《香港時報》、《自由陣線》、《熱風》、《文藝新地》、《海瀾》等報刊。期間出版的散文集有《畫與家》（香港：高原出版社，一九五八年一月）。

十三妹（一九二三—一九七〇）

本名方丹，又名方式文。另有筆名方達、三多、拉拉、越兒、石山嵋等。從作品中得知，十三妹祖籍山東，生於越南，父親是越南華僑，母親是北京人。早年曾在北京、上海、青島、緬甸、印度等地居住。沒有接受正式教育，由補習老師上門教導。通曉英文、法文，能演奏鋼琴。約一九四九年到香港小住，遇上內地政權更替，滯留在港。初期在「寫字樓」工作，也曾教授鋼琴。一九五五年開始投稿報紙，一九五八年得《新生晚報》副刊主編高雄（三蘇）賞識，開設專欄，以潑辣爽快的文筆，介紹歐美文化新知，評論時事社會，迅速引起讀者注意。一九五〇年代主要在《新生晚報》發表，其後擴展至《香港時報》、《大晚報》、《工商晚報》、《新民報》等。散文之外，也翻譯外國文學作品。一九七〇年在獨居的寓所病發，失救而死。

辛文芷（羅　孚）（一九二一—二〇一四）

本名羅承勳。另有筆名羅孚、絲韋、柳蘇、吳令湄、文絲，石髮、史復、封建餘、羊朱（多人合用）等。廣西桂林人。一九四一年加入剛創刊的桂林《大公報》，任練習生。一九四二年桂林《大公晚報》創刊，轉為負責編輯該報副刊「小公園」。一九四四年日軍逼近，桂林《大公晚報》停刊，赴重慶參加重慶《大公晚報》復刊，仍編「小公園」。一九四八年奉派到香港，參與香港《大公報》的復刊，同年加入中國共產黨，先後編過副刊「大公園」、「文藝」等。一九五〇年參與《新晚報》創刊，任要聞及副刊編輯，仍參與《大公報》工作。一九六〇年代上半期，兼編香港《文匯報》「文藝周刊」。一九六〇年代參與創辦《海光文藝》。一九八二年被解除《新晚報》總編輯職務，居於北京，至一九九三年回港。一九九七年移居美國，二〇〇二年重回香港。二〇一四年在香港逝世。一九五〇年代在香港發表的散文見於《文匯報》、《新晚報》、《鄉土》、《文藝世紀》等報刊。期間出版的散文集有《今日之歌》（香港：新地出版社，一九五八年）、《風雷集》（香港：新地出版社，一九五九年九月）。

衣　其（倪　匡）（一九三五—　）

本名倪亦明，後改名倪聰。另有筆名倪匡、衛斯理、沙翁、岳川、魏力、洪新、危龍等。浙江鎮海人。一九五一年入華東人民革命大學，隨後加入中國人民解放軍及公安幹警。一九五五年自願到內蒙古呼倫貝爾盟開闢勞改農場種植水稻，其後因事被指控為「反革命」，遭隔離軟禁數月。一九五七年經大連、廣州、澳門逃亡到達香港。最初在漂染廠當雜工，晚上在大專院校進修，後投稿到《真報》、《工商日報》，獲《真報》聘用，歷任校對、助理編輯、記者、政論專欄作家。一九五七年底第一篇小說發表於《工商日報》，翌年開始寫作武俠小說，其後擴展至科幻、推理等類型，以及雜文、電影劇本等，作品數量驚人。又為「香港中國筆會」會員。一九八六年與梁小中（石人）、哈公、黃維樑、胡菊人、張文達（林洵）等創立「香港作家協會」。一九五〇年代在香港發表的散文見於《自由人》、《中國學生周報》、《大學生活》、《論語》、《展望》等刊物。

吳其敏（一九〇九—一九九九）

本名吳其敏。另有筆名蘇耿、眉庵、向宸、望翠、梁柏青、翁繼耘等。廣東澄海人。就讀澄海中學時加入彩虹社，參與出版《彩虹叢刊》、《彩虹半月刊》、「彩虹叢書」等書刊，並有個人小說集及詩集。抗戰爆發後到香港。翌年任《星報》港聞編輯，兼編副刊。抗戰勝利後以電影編劇及在各報撰寫影評為業，拍成電影的劇本近二十部。一九五五年創辦新地出版社，一九六〇年創辦嚶鳴出版社，先後主編兩社出版的《鄉土》及《新語》。其後歷任香港中國通訊社副總編輯、中華書局海外辦事處副總編輯，兼任《海洋文藝》主編。一九七九年加入中國作家協會。退休後，任中華書局（香港）有限公司顧問。一九五〇年代在香港發表的作品見於《文匯報》、《鄉土》等報刊。期間出版的散文集有《望翠軒讀書隨筆》（香港：上海書局，一九五六年八月）、《走馬十二城》（香港：新地出版社，一九五九年四月）。其子康年亦有作品收入本書。

秋貞理（司馬長風）（一九二〇——一九八〇）

本名胡若谷，又名胡永祥、胡欣平、胡越、胡靈雨。另有筆名司馬長風、嚴靜文、曾雍也等。生於遼寧瀋陽。九世祖為蒙古族的胡什拔。幼年隨父母移居哈爾濱。一九四五年西北大學畢業。抗戰勝利後當選國民政府的國民大會代表。一九四九年七月到臺灣，年底到香港。曾為「民主中國青年大同盟」成員。一九五〇年代初與陳濯生、徐東濱、邱然（燕歸來）等創辦「友聯社」，出版《祖國周刊》、《大學生活》、《中國學生周報》、《兒童樂園》等刊物，先後任友聯出版社社長、《中國學生周報》顧問、《祖國周刊》主編等職。一九五五年參與籌組「香港中國筆會」。其後參與出版《南北極》、《東西風》等雜誌，任《明報》國際版編輯，為《明報》與《快報》副刊撰寫專欄，又執教於樹仁學院、浸會學院，講授中國新文學史，撰成《中國新文學史》三卷。作品包括散文、小說、政論、歷史及文學論著等。一九八〇年往美國紐約探親，抵達時中風昏迷，不久逝世。一九五〇年代在香港發表的散文見於《中國學生周報》、《文學世界》、《大學生活》、《海瀾》、《論語》等刊物。期間出版的散文集有《段老師的眼淚》、《多少夢想變成真》（香港：友聯出版社，一九五八年一月）、《北國的春天》（香港：友聯出版社一九五九年四月）。

康　年（吳羊璧）（一九二九——　）

本名吳筠生，又名吳宣。另有筆名吳羊璧、羊璧、雙翼、章玉、魯嘉、林泥、意妮、唐斐等。廣東澄海人。一九四八年畢業於廣東省立嶺東高級商業職業學校，修讀商科及會計。同年到香港。初期在南北行當店員，開始投稿報刊。一九四九年任香港《文匯報》副刊編輯，直至一九八九年。一九六三年與吳山、王鷹、李怡在香港創辦《伴侶》。一九六六年創辦《文藝伴侶》。一九七四年與李秉仁創辦書法雜誌《書譜》，任主編。一九九〇年起出任《壹週刊》文稿編輯。一九九五年退休。一九五〇年代在香港發表的散文見於《文匯報》、《鄉土》、《文藝世紀》、《可可》等報刊。期間出版的散文集有《晨曦短語》（香港：集文出版社，一九五五年）、《還鄉小札》（香港：新地出版社，一九五八年四月）、《鄉情小品》（香港：新地出版社，一九五九年九月）。其父吳其敏亦有作品收入本書。

高　旅（一九一八——一九九七）

本名邵元成，字慎之。另有筆名邵家天、孫然、林埜等。江蘇常熟人。一九三四年畢業於江蘇省測量人員訓練所，曾任測量員。一九三六年開始發表作品，一九三九年在遷至湖南的民國大學就讀，翌年退學。其後任職於上海《譯報》、桂林《力報》、湖南及重慶《中央日報》、上海《申報》等。一九五〇年應聘來港，任《文匯報》主筆，並開始創作小說。一九五〇年代在香港發表的小說、歷史故事、散文，見於《星島日報》、《文匯報》、《鄉土》、《文藝世紀》等報刊。

聶紺弩（一九〇三——一九八六）

本名聶國棪。另有筆名紺弩。湖北京山人。高等小學畢業後，失學數年。一九二〇年獲啟蒙老師資助在上海學習英文數月，後到福建擔任中國國民黨東路討賊軍前敵總指揮部秘書處的錄事。一九二二年赴馬來亞吉隆坡任小學教師。翌年到緬甸仰光任報紙編輯。一九二四年考入中央陸軍軍官學校（黃埔軍校），認識了學校政治部主任周恩來。一九二五年從黃埔軍校畢業，考入蘇聯莫斯科中山大學。一九二七年回國，先後任國民黨中央黨務學校輔導員、中央通訊社編輯。一九三二年經胡風介紹參加「中國左翼作家聯盟」。一九三四年加入中國共產黨。一九三八年在周恩來建議下，到延安考察，後赴皖南新四軍軍部，任政治部宣傳科科員、服務團創作委員、文化委員會委員兼秘書等。抗戰期間，先後參與漢口《新華日報》、皖南雲嶺《抗敵》、浙江金華《文化戰士》、桂林《力報》和《野草》等報刊的編輯工作。一九四五年起在重慶任西南學院教授、《商務日報》及《新民報》的副刊編輯。一九四六年到香港。翌年開始為香港《文匯報》撰社論，又為香港《大公報》、《野草》撰稿。一九四九年六月返回內地，參加第一次全國文代會及中華人民共和國開國大典。一九四九年底再到香港。一九五〇年任香港《文匯報》總主筆，至一九五一年三月再度北返。此後歷任人民文學出版社副總編輯、中國作家協會理事、中國文字改革委員會委員等職。多次捲入政治運動中，一九七九年恢復名譽。一九五〇年代在香港發表的作品見於《大公報》、《文匯報》、《文藝生活》等報刊，期間出版的散文集有《海外奇談》（署名紺弩，香港：求實出版社，一九五〇年十月）、《寸磔紙老虎》（香港：求實出版社，一九五一年三月）。

黃　繩（一九一四——一九九八）

本名黃承燊。生於廣東廣州市。畢業於廣州勷勤大學。一九三七年來香港，任中學教師。一九三九年參與組織「中華全國文藝界抗敵協會香港分會」，翌年出任該會理事，兼「組織部」及「組織部」附設「文藝通訊」負責人。香港淪陷後往桂林，一九四八年回港。一九五〇年起任香島中學校長。一九六二年任香港《周末報》總編輯。晚年任商務印書館（香港）有限公司顧問。一九五〇年代在香港發表的作品見於《文匯報》、《文藝生活》等報刊。

《香港文學大系一九五〇—一九六九》編輯委員會鳴謝
以下人士及單位，資助本計劃之研究及編纂經費：

李律仁先生

・

香港藝術發展局

・

香港教育大學　中國文學文化研究中心

香港藝術發展局
Hong Kong Arts Development Council 資助

香港藝術發展局全力支持藝術表達自由，
本計劃內容並不反映本局意見。

中國文學文化研究中心